마틸다의 비밀 편지

Das Glück des Zauberers

마틸다의
비밀 편지

스텐 나돌니 장편소설

이지운 옮김

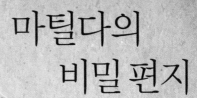

B 북폴리오

"보통 사람에게 무거운 것은 마법사에게도 가볍지 않다."

_쿠르트 쿠젠베르크(1904~1983)

차례

레일란더가 동봉한 편지

스톡홀름, 2017년 7월 28일

사랑하는 이리스와 슈테판,

파흐로크가 나를 유언 집행인으로 지정했어. 열두 통의 편지를 동봉한다. 2012년부터 2017년까지 파흐로크가 손녀 마틸다에게 쓴 편지야. 파흐로크가 첫 번째 편지를 쓸 때 마틸다는 생후 3개월이었어. 그리고 아이가 다섯 살 6개월이 되었을 때 파흐로크는 마지막 편지를 쓰기 시작했고, 미처 끝맺지 못한 채 세상을 떠났지. 마틸다가 성년이 되어 이 편지를 펼쳐볼 때까지 부디 무탈하게 자라기를.

이 편지들은 2030년 이후에 마틸다에게 전달돼야 해. 파흐로크는 편지가 낱장이 아니라 책으로 남겨지기를 원했지. 파흐로크의 마지막 조력자였던 발데마르 4세와 발데마르 3세를 제외하고는 너희가 이 편지를 받는 유일한 사람들이야. 그 두 사람에게는 내가 이미 편지의 사본을 보냈어. 내가 너희와 이 편지를 공유하는 이유는, 파흐로크와 내가 함께한 역사를 잘 알고 있기 때문이야. 그래, 나는 그의 편지에 대해 너희와 이야기를 나누고 싶었어.

왜 이 편지들을 쓰게 됐는지 파흐로크는 다음과 같이 설명했지. 내가 그를 주인공으로 영화를 만든다면 모든 이야기는 마틸다로 시작해야 할 것 같아. 그러니 시나리오처럼 써볼게.

⚜

아기가 자고 있다. 그 모습을 노인 하나가 지켜보고 있다. 그는 의자를 아예 아기 침대 옆에 가져다 놓았다. 그는 왼쪽으로든 오른쪽으로든 조금도 한눈팔지 않았다. 마치 아이가 자라는 모습을 응시하는 것 같았다. 적막이 흐르는 가운데 괘종시계의 추 소리만 또렷이 울릴 뿐이었다. 간혹 노인이 뭐라고 중얼거리는 소리가 들렸다. 정답게 뭐라고 묻는 것 같았다. 하지만 젖먹이가 그에게 무슨 대답을 할 수 있을까? 3월 마지막 날인 오늘, 마틸다는 이제 겨우 생후 3개월이 되었다. 그녀는 크리스마스이브에 태어났다. 크리스마스에 태어난 아이들은 매년 받는 선물이 상대적으로 적게 마련이다. 이것은 그녀의 삶에서 몇 안 되는 애석한 일이었다.

노인의 머리는 눈처럼 하얗게 세었고 얼굴에는 주름이 자글자

글했다. 그러나 사나워 보이는 주름은 아니었다. 많이 웃어서 생긴 주름이 온화한 인상을 풍겼다. 가늘고 마른 체형이었지만 등이 굽지 않고 자세가 꼿꼿했다. 그런 그가 뭐라고 중얼대거나 웃으면서 아기를 바라보았다. 호기심 가득한 눈으로, 그러나 조급할 것은 없다는 표정으로.

큰 집이었다. 이곳에는 아이가 많은 가족이 살고 있었다. 도심 위쪽 전망 좋은 위치에 자리 잡은 넓고 양지바른 고급 주택이었다. 창문으로 다른 집의 박공지붕이 내려다보였고 멀리 방송국의 송신탑이 서 있었다. 도로의 소음은 거의 들리지 않았으나, 가끔 비행기 소리가 들렸다. 방금 괘종시계가 열두 번 울렸다. 그 소리에 아기가 뒤척였다. 깨어나려는 걸까? 아기는 눈을 뜨더니 오른손을 담요 밖으로 꺼냈다. 잠깐 기지개를 켜는가 싶더니 가만히 누워 있다가 다시 잠들었다.

노인의 코끝에 걸친 안경이 바닥에 떨어졌다. 그는 허리 숙여 안경을 집어 들다가 멈칫했다. 안경알 한쪽이 빠져버렸던 것이다. 하지만 노인은 짜증이 난 것 같지 않았다. 오히려 재미있다는 듯 조용히 웃었다. 그는 일어나서 바닥에 떨어진 안경알을 찾았다. 사실 그는 안경이 떨어지자마자 안경알이 어디에 있는지, 더 정확히 말해, 어디에 있었는지 알고 있었다. 노인은 손가락으로 아기를 가리키며 웃었다. "이놈, 딱 걸렸지? 너는 내 손바닥 안에 있다. 알겠니?" 그는 침대로 다가가 아기의 작은 머리를 쓰다듬으며 부드럽게 말했다. "작은 마법사 같으니라고. 넌 내게 축복이야. 엠마가 보내준 축복.”

노인은 부엌으로 가서 작은 빗자루와 쓰레받기를 들고 나와 조심스럽게 카펫에 흩어진 유리 조각들을 쓸어 담았다. 그러고는 각종 상장과 사진들이 걸려 있는 복도로 나갔다. 사진 속 인물은 그가 아니라 여러 무대와 영화에 출연한 배우였다. 강한 턱선과 시원시원한 눈매, 그리고 인디언 혈통 특유의 콧날을 가진 상남자. 상장에 적힌 수상자 이름은 '존 패록'이다. 그렇다. 지금 우리가 보고 있는 것은 패록 씨 가족의 집이다.

노인은 자기 방으로 보이는 작은 방으로 들어갔다. 이 방에도 사진이 빼곡히 걸려 있었다. 대부분 젊은 시절의 노인과 밝게 웃고 있는 여인이 함께 찍은 사진이었다. 그는 비더마이어 스타일의 책상 앞에 앉았다. 책상에는 나무 덮개가 달려 있어서 작업하는 내용이 보이지 않게 덮어둘 수 있었다. 그가 책상 뒤쪽 벽에 붙은 단추 두 개를 누르자 벽 뒤에 숨어 있던 비밀 공간이 열렸다. 그의 손은 반짝이는 작은 위스키 병을 지나쳐 아래쪽 커다란 파일을 잡았다.

파일에는 여러 장의 편지 묶음이 있었다. 그는 “사랑하는 아들, 존에게”로 시작하는 첫 장을 읽었다. 그리고 잉크병을 열어 깃털을 병 속에 담갔다. 그렇다. 그는 백 년 전 초등학교 때 배웠던 대로 깃털에 잉크를 묻혀 편지를 썼다. 먼저 수신인에 줄을 긋고 그 위에 다른 이름을 겹쳐 썼다. “사랑하는 손녀, 마틸다에게.” 깃털은 빠르게 움직였다. “네가 이 편지를 읽고 있을 때쯤이면 나는 이미 오래전에 이 세상을 떠났을 것이다. 파흐로크 할아버지에 대한 기억은 아주 오래전에 사라졌을지도 모르겠구나." 그는 이 편지를 좀더 고치고 새로운 수신인이 첨부된 본문 위에 화살표를 그려 넣었다. 그러고는 이미 써놓은 편지를 계속 읽으면서 마치 삭제하거나 덧붙일 내용이 있다는 듯한 표정을 지었다.

한참을 그러고 있던 그는 무언가 중요한 일이 퍼뜩 떠오른 듯 나무 덮개를 내려 책상을 덮고 의자에서 일어났다. 그는 두꺼운 외투를 걸치고 복도로 나갔다. 올해 3월은 최근 백 년 동안 가장 추운 3월이라고 했다. 두꺼운 털이 바람을 막아주는 회색 더플코트에는 모자도 달려 있었다. 노인은 현관 거울 앞에서 만족스러운 듯 자신을 바라보았다. 더플코트에 베레모, 이런 옷들 덕분에 그는 겨울이 좋았다. "트레버 하워드." 그는 여전히 정확한 자신의 기억력에 만족했다. 60년 전에는 자신이 이런 외투를 사게 되리라고는 꿈에도 생각지 못했다. 영화 〈제3의 사나이〉에 나오는 영국 탐정처럼 보이게 될 줄도 몰랐다. 그 영화가 아니었다면 더플코트가 유행하지도 않았을 것이다. "캘러웨이 소령." 그는 영화 속 주인공 이름을 되뇌며 베레모를 바로 쓴 다음, 당당한 걸음으로 집을 나섰다. 안경알 한 짝이 빠져 있었지만 보는 데는 아무 지장이 없었다. 거리를 걸어가면서 그는 신문 한 부를 샀다.

전차에서 그는 서서 가야만 했다. 요즘은 백 살이 넘은 노인에게도 자리를 양보하는 일이 없다. 예순 살쯤 되는 노인 앞에 서면 앉을 수는 있을 것이다. 하지만 힘겹게 덜덜 떨며 서 있는 모습을 보면서까지 자리를 빼앗고 싶지는 않았다. 그는 한 시간가량은 거뜬히 걷거나 서 있었다. 버스 정류장에서 공동묘지까지 걸어가는 동안에도 힘들 것이 없었다. 단단히 얼어붙어 반들반들한 눈길이 넘어지기 딱 좋았지만 그래도 문제없었다. 부활절이 두 주 앞으로 다가왔는데도 여전히 눈이 내렸다. 무덤 앞에 다다르자 그는 벤치에 쌓인 눈을 치우고 그 위에 신문을 깔았다. 광고 면만 깔았는데도 두께가 충분했다. 그는 자리에 앉아 비석을 가만히 쳐다봤다. 타원형 비석 아래에는 사진도 들어 있었다. '엠마 파흐로크, 슈로펜슈타인 출생, 영원히 사랑받을 마법사, 1912-1955'

때는 2012년 3월 어느 날, 지금으로부터 5년 6개월 전이었다.

영화는 이렇게 수수께끼 같은 장면으로 시작할 거야. 그런 다음 회상이 이어져야겠지. 노인이 1955년 아들에게 썼던 편지를 60년이 지나 젖먹이 손녀에게 고쳐 쓰는 이유도 회상을 통해 서서히 밝혀질 거야.

이 편지가 책으로 출판될 수 있을지 의문이긴 하다. 파흐로크는 오직 마틸다만을 위해 그 모든 편지를 썼다. 다른 것들은 모두 마틸다가 성년이 되어 이 편지들을 읽은 다음 결정할 문제야. 내가 너희에게 이 편지들을 보낸 것은 일단 비밀로 해두길 바란다. 내가 사본을 너희에게 보낸 이유는 혹시라도 내가 잘못되거나 혹은 원본이 훼손됐을 때, 너희가 정해진 시기에 맞춰 마틸다에게 전달해

주길 바라서다. 파흐로크 생전에 너희와 맺은 친분을 생각할 때, 너희가 그의 유언을 정확하게 이행해 줄 거라고 믿는다.

편지 중 몇 통은 컴퓨터로 썼고, 나머지는 손으로 쓴 것이란다. 수기를 정확하게 알아보고 옮겨 적기란 무척이나 어려운 일이었다. 파흐로크가 특별히 암호를 쓴 것은 아니지만 손 떨림 탓에 나처럼 어떻게든 알아보려고 애쓰는 사람이나 읽을 수 있었지. 어쨌든 모든 편지를 정확하게 옮겨 적을 수 있었다. 단 한 자도 내 임의대로 첨가하지 않았고 각주를 달지도 않았어. 예를 들어 파흐로크가 굳이 본명을 거론하지 않은 역사적 인물도 그의 의도를 존중해서 그대로 두었다.

너희도 알다시피 그는 자기 이름을 입에 올리는 법이 없었어. 편지 서명란도 비워두었는데, 실수로 빠뜨린 것은 아닌 것 같아.

너희가 파흐로크와 알고 지내긴 했지만 그의 출신까지는 모를 거다. 1905년 그는 존 파흐로크의 아들로 태어났다. 아버지 파흐로크 씨는 미국 네바다주의 인디언 부족인 파이우트족 혈통으로, 1899년 독일 시민권을 얻었지. 어머니 마리안느 씨는 베를린 태생이었어. 1890년 파흐로크 씨는 베를린에서 열린 버펄로 빌의 〈와일드 웨스트 쇼〉에 출연해 말을 타고 춤도 췄지. 그러다 인디언 전사 춤을 배우러 온 베를린 여성과 사랑에 빠진 거야. 마리안느 씨는 인디언 춤을 배운 보답으로 파흐로크 씨에게 왈츠를 가르쳐 주었지. 그는 매우 쉽게 그 춤을 익혔다더구나. 파이우트족의 영혼이 담긴 춤은 유럽 스탠더드 댄스의 출발점이었으니까.

마리안느 씨가 부모님에게 유산을 조금 상속받은 후 둘은 결혼하고 베를린 팡코 지역으로 옮겨 갔어. 그리고 1902년 연회장을 갖춘 식당이었던 신혼집을 수리해 댄스스쿨을 차렸단다. 당시 독일의 열정적인 춤꾼들은 모두 팡코로 몰렸다더구나. 댄스스쿨은 성황을 이뤘고, 제1차세계대전이 발발하기 전까지는 꽤 성공을 거뒀다. 네 명의 아이를 낳은 부부는 고급 주택가인 하르트비히 슈트라세에 살았어. 내가 말하는 파흐로크는 그중 막내였지. 유년 시절에 그는 행복했단다. 부모님은 풍요롭고 느긋한 분들이었고, 소꿉친구들도 많았으니까. 그중 슈나이데바인이라는 친구만 유독 엉뚱한 시비를 걸어와 어린 파흐로크를 괴롭혔대. 슈나이데바인과의 악연은 앞으로 이어질 편지에서 자세히 알게 될 거야.

이후 그의 모든 삶의 여정이 편지에 자세히 기술되어 있단다. 은퇴 후 50여 년은 군이 설명할 필요 없겠지. 2012년 글래스고에서 만난 이후의 일들은 너희도 잘 알고 있을 테니까. 나 역시 거기서 그를 만났고 사랑에 빠졌지. 너희와 파흐로크의 역사도 바로 그날 그 호텔에서 시작되었고. 그는 그날의 기억에 관해서도 편지 한 통에 자세히 기록해 놓았단다. 당시에 그는 1백 살에 가까웠지만 외모는 2백 살도 넘은 것처럼 보였어. 그런 노인이 나에게 쇼팽의 곡을 연주해 주었는데 얼마나 훌륭하던지 경탄밖에 나오지 않더구나. 30대부터 오르간을 연주하기는 했지만 피아노는 아흔이 넘어서야 배웠는데도 나무랄 데 없는 연주였어.

2011년 말 마틸다는 파흐로크의 아들, 존 부부의 막내로 세상에 태어났어. 이미 증손주가 여럿 태어난 이후에 막내 손녀를 본 거야. 이 작은 소녀는 생후 3개월부터 할아버지의 안경을 잡아채는 장난꾸러기였지만 파흐로크는 손녀에게 마음을 홀랑 빼앗겨버렸단다. 사실 이 편지는 1955년부터 중병에 걸린 그의 아들에게 쓰기 시작한 것인데, 나중에 손녀에게 보내는 편지로 고쳐 쓴 거야. 너희가 발데마르 4세로 알고 있는 그의 마지막 조력자가 이 편지들을 내게 전해 주었지. 나는 마틸다가 열여덟 번째 생일을 맞으면 이 편지들을 전달하는 임무를 맡았어. 이제 겨우 다섯 살 6개월이니 성년이 되려면 아직 멀었지만.

파흐로크는 111년이란 오랜 세월 동안 단 한 번도 정신이 흐트러진 적이 없었어. 정말 납득할 수 없는 이유로 감옥에 갔을 때조차 목소리를 높인 적 없이 이성을 지켰지. 그에 대한 기억 중에 가장 먼저 떠오르는 것은 엠마와 행복했던 오랜 결혼 생활일 거야. 사람을 번창하게 만드는 그의 비범한 재주와 풍부한 상상력도 떠오르는구나. 이 편지에 대한 처분 권한은 오직 마틸다에게 있다는 것이 그의 유언이야. 출판 여부를 결정하는 것도 마틸다에게 달려 있겠지.

그래도 내 생각에는 편지의 내용을 좀더 쉽게 전달하기 위해서는 책보다 영화가 좋을 것 같아. 너희도 영화계에 있으니 편지를 읽다 보면 내가 무슨 말을 하는지 이해하게 될 거야. 편지를 쓴 노인과 아이가 함께 있는 장면 하나만으로도, 그가 자신의 전 생애를 담은 편지를 지금은 아이지만 성년이 되어 읽게 될 손녀에게 쓴다는 설정을 쉽게 이해할 수 있을 테니까. 책으로 본다면 독자들은 혹시 이 모든 것이 그저 마틸다의 독백은 아닐까 의심할 가능성이 높지.

하지만 이 문제를 논의할 기회는 아직 충분하단다. 우리가 2030년까지 살아 있다면, 너희가 스태프가 되고 내가 감독을 맡아서 영화를 만들지도 모르지. 우리가 항상 그래 왔듯이 말이야.

마지막으로 너희에게 사랑을 담아 포옹을 보낸다. 나는 내일 아침 일찍 발데마르 3세의 75번째 생일 파티를 위해 아이슬란드 레이캬비크행 비행기를 타야 해. 그런데 아직 짐도 싸지 않았네. 발데마르가 너희도 초대했다는데 올 수 없다고 했다지? 아쉽구나. 하지만 우리는 곧 베를린에서 다시 볼 테니 괜찮다. 그때까지 잘 있거라!

너희를 사랑하는,
레일란더

사랑하는 마틸다,

이 편지를 읽을 때쯤 너는 열여덟 살이 넘었겠구나. 2031년쯤
되었을 것이고, 나는 이미 오래전에 죽었겠지. 혹시 너의 기억에
파흐로크 할아버지의 자리가 없을지도 모르겠구나. 오늘부터 나
는 너에게 편지 몇 통을 쓰고자 한다. 하지만 너에게는 한통 한통
이 아니라 하나의 묶음으로 한꺼번에 전해질 거야. 네가 어른이 된
다음에 말이다. 그러니까 네가 받은 편지 묶음을 첫 장부터 쭉 읽
어나가면 된단다. 나는 편지로 나의 중요한 마법 경험들을 전하려
고 한다. 이제부터 편지 한 통에 마법 한 가지씩 주제로 삼아 쓸 생
각이야.

2012년 3월 어느 날인 오늘, 아직 넉 달도 안 된 너란 녀석이 요

17

람 밖으로 팔을 길게 늘여서 내 코에 걸쳐 있던 안경을 잡아채 던졌단다. 그 모습을 보고 무척 기뻤다. 우리는 그런 현상을 '팔 늘이기'라고 부르는데, 그것을 보고 마법에 특별한 재능이 있는 아기를 판별할 수 있지. 그 능력은 반쯤 잠든 상태에서 무의식적으로 발휘되는데, 아기가 크면 잠시 사라졌다가 대여섯 살이 되면 다시 돌아오곤 한단다. 분명 너도 예외는 아닐 거야. 발데마르가 너를 내 동료인 레일란더에게 소개해 주기로 했다. 이미 부탁해 뒀지. 그럼 너도 그 기술을 어떻게 쓸 수 있는지 알게 될 거야. 내가 여기서 이 편지를 쓰는 동안 젊은 레일란더는 이미 대가의 경지에 올랐단다. 우리는 아직 직접 만난 적은 없단다. 하지만 내 기력이 허락한다면 올여름에는 기필코 그녀를 찾아가서 네가 크면 돌봐달라고 부탁할 생각이야. 그녀는 마법사인 동시에 훌륭한 영화감독이거든.

마법 기술에 관해 구체적으로 이야기할 생각은 없다. 이 편지가 다른 사람의 손에 흘러 들어갈 수도 있으니까. 그리고 무엇보다 기술을 쓰는 법은 스승에게 직접 배워야 하지. 글은 보조 교재일 뿐이야. 생각을 특정한 이미지에 집중해 마법적 혼수상태에 빠지는 법을 너 혼자 터득했는지도 모르겠구나. 그렇다 하더라도 마법은 천부적 재능이 전부가 아니란다. 연습을 해야 숙련될 수 있지. 하물며 네가 이 사실마저 깨달아서 어린 시절 나타난 몇 가지 재능을 연습하고 완성했을지도 모르겠구나. 그렇다면 이 편지를 포함한 몇 통의 편지는 건너뛰어도 된단다. 계속 읽는 것도 나쁘지 않다만. (읽다 보면 네 할아버지가 어떤 사람인지 알 수 있을 테니까.)

무엇보다 여유를 가지라고 당부하고 싶구나. 단번에 최고 난도의 기술로 뛰어오를 수는 없단다. 내일 당장 투명인간이 되거나 벽을 통과하지 못한다고 해서 낙심하지 말라는 뜻이다. 심각한 무기가 될 만한 마법은 쉽게 문을 열어주지 않는 법이거든. 한 번에 하나씩 차근차근 점점 더 어려운 기술로 나아가게 되고, 인생의 단계와 속도에 맞춰 마법의 문도 열리게 될 거야. 아무리 재능이 뛰어나다 한들 어릴 때는 손에 닿지 않는 물건들이 많으니 말이다. 내 경우에는 마흔이 지났을 때 갑자기 돈 만드는 능력이 생겼단다. 그리고 한 가지 더 강조할 것이 있다. 무언가를 부단히 연습해서 혼자 통달할 수도 있지만, 연장자의 조언을 들어서 해가 될 일은 없다는 것이다.

나는 청소년 시절에 엄청난 행운을 얻었단다. 내가 살던 하르트비히 슈트라세 건너에 마법사 슐로스제크 씨가 이사를 왔지. 그는 조력자와 함께 3층에 살았고, 나의 첫 번째 선생님이 되어주었다.

네가 어떤 상황에서, 어느 정도의 이해력을 가지고 이 편지를 읽을지 정확히 알 수가 없구나. 처음에는 내가 무슨 말을 하는지 전혀 이해할 수 없을지도 몰라. 하지만 언젠가 모든 것을 이해하게 될 것이다. 너는 마법사니까.

너에게는 아주 조금이지만 인디언의 피도 흐른단다. 네 마법 능력과는 아무 상관 없는 사실이지만, 내 아버지 존이 순수 인디언이었다는 것을 기억하렴. 그분은 안장 없이도 말을 탔고, 활을 과녁에 정확하게 꽂았으며, 신처럼 춤을 추었지. 하지만 그 모든 것이 마법은 아니었어. 어린 시절 나 자신이 마법을 부릴 수 있는지도, 언젠가 마법을 부리게 될지도 알지 못했단다. 나한테 그런 얘기를 해주는 사람이 없었거든. 부모님은 물론 형제자매들도 전혀 몰랐지. 다만 내가 보통 아이들과 달라서 괴로웠을 뿐이다. 나는 조금 내성적인 아이였단다. 상상력이 뛰어나고 대체로 온순했지. 하지만 누군가 나에게 명령하거나 부탁한 것은 그 자리에서 잊어버리는 바람에 꾸지람을 들었고, 그럴 때마다 심하게 울음을 터트리곤 했단다.

부모님은 엄하지 않았단다. 잘못을 저질러도 사랑으로 감싸주셨지. 나를 사랑하셨고 내가 실패자처럼 보일수록 더욱 정성을 다해 보살펴야 한다고 굳게 믿으셨어. 나는 다른 아이들의 놀림감이 되기 쉬운 아이였지. 어디서나 눈에 띄었거든. 꼬마 마법사가 걷는 동안에는 끊임없이 방해꾼이 나타난단다. 마법사들은 보통 사람들이 보는 곳과는 다른 방향을 보기 때문이지. 나는 이따금 들판이나 풀숲 사이에서 발길을 멈추고 새나 곤충을 숨죽여 지켜봤어. 나뭇잎이 움직이는 것을 관찰하고, 바람에 지푸라기가 날리는 것도 연구했지. 그럴 때면 누가 나를 부르는 소리도 들리지 않았어. 그러면 사람들은 내가 고집이 세다고 나무랐다. 하지만 나는 고집이 셌던 게 아니라 정신이 팔렸던 거야. 집중이란 '아직 붙들고 있는' 것을 제외한 모든 것을 서서히 지워가는 과정이야. 언젠가는 3미터쯤 떨어진 곳에 달린 체리가 눈에 들어오자 서 있는 자리에서 한 걸음도 떼지 않고 열매를 딴 적도 있단다. 아무 느낌도 없었고, 아프지도 않았지. 그때는 내가 마법사일 수도 있다는 상상조차 하지 않았단다. 그저 내가 무슨 일을 한 건지 곱씹어보는 데 집중할 뿐이었어.

내가 마법사가 될 수 있다는 것을 어렴풋이나마 깨달았을 때도 그리 기쁘지 않았다. 너도 분명 느끼게 될 거야. 그 재능은 너를 다른 사람들, 그러니까 주변 사람들은 물론 단짝 친구들에게서도 갈라놓을 테니까. 마법사 말고 어느 누구에게 네가 마법사라는 사실을 털어놓을 수 있겠니? 마법을 부리는 능력은 비밀에 부쳐야 한다는 것을 우리는 금세 깨닫게 되는 현실이지.

우리 동네에는 마법사 유전자를 가진 사내아이가 하나 더 있었단다. 이름은 슈나이데바인. 우리는 보자마자 서로에게 어떤 공통점이 있다는 것을 알아챘지. 그러고는 많은 것을 함께했단다. 그중 최고는 마법을 활용한 장난이었어. 하루는 학교에서 슈나이데바인이 '팔 늘이기' 기술을 부려서 다른 아이의 셔츠 단추를 하나 풀고는, "야, 칠칠치 못하게 꼴이 그게 뭐냐!"라고 놀렸지. 나도 깔깔대고 웃었단다. 꽃병을 깨거나 다른 사람의 가발을 벗기는 심술궂은 마법도 재미있었지. 그러다 우리 사이가 몇 번 삐걱대기 시작하더니, 결국 슈나이데바인은 친구에서 경쟁자로 돌아섰단다. 그래도 어린 시절에는 그가 있어서 좋았단다. 아이에게는 비밀을 나눌 친구가 필요한 법이니까. 슈나이데바인은 슐로스제크 선생님을 찾아가 자기에게도 가르침을 달라고 부탁했지만 선생님은 단칼에 거절했다. 선생님에게는 이미 제자가 너무 많았고, 그 외에도 다른 할 일이 많았거든. 하지만 나는 선생님이 내 친구를 좋아하지 않는다는 것을 알아챘어. 선생님은 좋아하지 않는 사람이 많았고 그중에는 마법사도 적지 않았지. 그래서 나는 선생님의 마음을 돌리려고 애썼단다.

"그 애는 조금 남다른 것뿐이에요. 아빠한테 줄곧 맞으면서 자랐거든요."

슈나이데바인의 아버지는 농부였단다. 그는 채찍을 휘둘러 말을 몰았는데, 그 채찍이 슈나이데바인의 등줄기에서도 춤을 추었지. 땅을 많이 소유하고 있었던 그는 내가 살던 도시에서도 가장 부유한 축에 들었다. 그 집 소유의 드넓은 들판은 어느 날 농로가 정비된 밭으로 바뀌었지. 하지만 좋은 것들은 대부분 돈으로 살 수 없는 법이란다. 슈나이데바인의 가족들은 정말이지 우울했어.

내가 끈질기게 설득했는데도 슐로스제크 선생님은 조금이라도 미심쩍은 사람은 거두려 하지 않았어. 거기에 화가 난 슈나이데바인은 나한테 분풀이를 했지. 그는 두 번 이상 지극히 의도적으로 나를 위험에 빠뜨렸단다. 그 아이는 위험에 빠진 내 모습을 보며 즐거움을 찾았지. 하지만 그의 이야기는 무척이나 안 좋게 끝났단다. 시간이 흐른 후 그는 어떤 정당에 가입했는데, 사람들을 위험에 빠뜨리면서 즐거워하는 당이었지. 결국 슈나이데바인과 그 당은 같이 파멸하고 말았어. 이 이야기는 나중에 좀더 자세히 설명해

주마.

나에게는 소꿉친구가 하나 더 있었단다. 진짜 친구 말이다. 아인트라흐트 슈트라세에 살던 작은 야콥은 슈나이데바인보다 친절하고 똑똑한 아이였지. 하지만 야콥은 마법을 할 줄 몰랐어.

우리 마법사들은 일반적으로 다른 사람들보다 더 못됐다거나 그렇다고 더 착하지도 않아. 사려 깊은 노인도 있고 훌륭한 어머니도 있지만, 강박적으로 말썽을 저지르는 악동도 있고 보기만 해도 기분 나쁜 인간들도 있단다. '마녀'는 존재하지 않아. 마녀가 불러온다는 '악령'이란 것이 존재하지 않거든.

내 아버지 존 파흐로크는 독일 국적을 취득하기 위해 전쟁에 나가야 했어. 어머니는 눈물지으셨지만 아버지는 눈물을 흘리지 않았지. 인디언은 남들 앞에서 눈물을 보여서는 안 되니까. 물론 울고 싶은 기분이었겠지만 말이다. 아버지는 기병대에 들어가고 싶었지만 보병 연대에 배치받았단다. 거기서도 우는 사람은 없었지. 하지만 나는 울었단다. 그리고 나는 그게 부끄러웠어. 마법사에게는 분명하고 정확한 예감이 있단다. 그때는 아직 내가 그것을 깨닫기 전이었고, 단지 희미한 감정만 느낄 뿐이었지. 그런 감정 또한 정확한 예감의 전조이기 때문에, 그런 느낌의 정체를 자세히 들여다봐야 해.

아버지는 나에게 춤과 함께 활쏘기와 말타기를 가르쳐주셨어. 우리는 집에서 매우 가까운 니더쇤하우젠 성의 마구간에서 말 한 필을 키우고 있었단다. 아버지는 네바다주에 살고 있는 파이우트족과 그 소부족인 패러나겟에 관해 설명해 주셨어. 그때 아버지의 진짜 인디언 이름도 말해 주셨는데 발음이 너무 어려워서 잊어버렸단다. 미국 서부를 개척하겠다며 쳐들어온 버펄로 빌도 그 이름을 부르기 어려워했지. 그래서 아버지의 성은 패러나겟 부족이 살던 산맥 이름을 따서 '파흐로크'가 되었다는구나. 거기에 가장 흔한 '존'이라는 이름을 갖다 붙인 거야.

하지만 이미 오래전부터 아버지는 열심히 독일인이 되어가고 있었지. 아버지는 마치 독일인보다 더 독일인처럼 되어야 한다는 숙제를 스스로에게 내준 것 같았어. 비록 절대 완성할 수 없는 숙제였지만. 아버지가 유명세를 탄 적도 있단다. 대중지 〈비체트 신문〉이 아버지를 "프로이센의 후손 같은 인디언"이라고 소개한 거야. 그 기사는 우리 집 벽에 오랫동안 걸려 있었다. 아버지의 독일어는 독특한 면이 있었지만 이해하는 데는 아무 문제 없었고, 그런 아버지를 독일인들은 흥미롭게 바라봤다는 거야. 하지만 그런 아버지도 '결론'을 뜻하는 독일어 '콘제크벤첸(Konsequenzen)'을 발음하기는 힘들었다고 하셨지. 이 모든 것은 아버지가 이야기해준 그대로란다.

당시 정권은 아버지를 '신고해야 하는 자'라고 했다. 인디언은 특별하기 때문이라는 이유였지. 그 법을 만든 자들은 아무래도 미국식 서부 소설을 너무 많이 읽은 게 아닌가 싶다. 아버지는 군대에서 어떤 화가와 친하게 지냈는데, 그분은 인디언이 말 위에 앉아 있는 그림을 그려서 버펄로 빌이 진행하는 쇼에 출연한 적이 있었단다. 아버지는 사진으로 그 그림을 봤는데 말 위에 앉아 있는 인디언은 아버지 자신이 확실하다고 편지에 쓰셨지. 아버지가 아우구스트라고 불렀던 그 화가는 1914년 페르트레뤼 전투에서 총에 맞아 죽었다. 아버지는 1916년 여름 두오몽에서 전사하셨지. 이걸 다 기억하다니, 내 기억력이 아직은 쓸 만한 것 같구나.

어머니는 제대로 관리하지 않아 엉망이었던 댄스스쿨을 한푼도 받지 못하고 넘겼단다. 말 그대로 엉망이었거든.

이제 그만 '팔 늘이기'로 돌아가 보자. '팔 늘이기'는 가장 기초적인 기술이야. 어린아이라면 누구나 하게 되고 좋아하는 행동이지. 무언가를 만지고 손에 쥐고 입에 무는가 하면 갖고 놀기도 하고, 아니면 그냥 가만히 들고 있기도 하고. '팔 늘이기'가 유아기에 나타났다가 다시 사라지는 것은 좋은 듯하다. 하지만 그 능력이 언제 되살아나서 원하는 대로 사용할 수 있게 되는지는 모른단다. 정해진 것이 없거든. 나는 열한 살 때 돌아왔지. 마침 세계대전으로 우리 모두 굶어 죽을 지경이었을 때 매우 유용하게 쓰였단다.

이른바 '순무의 겨울'로 불렸던 1916년은 참으로 견디기 힘들었다. 먹을 것이라고는 아무 맛도 없는 순무 뿌리밖에 없었거든. 베를린 사람들 모두 농가에 가서 뭐라도 얻어볼까 싶어 도시 외곽으로 나가던 시절이었지. 소위 '쥐새끼 짓'이라는 것을 하러 나갔다가 나는 항상 다른 형제들보다 더 많은 식량을 들고 돌아오곤 했단다. 내가 그 짓을 딱히 잘했던 것도 아닌데 말이야. 사실 나는 그냥 손만 뻗으면 모든 것을 손에 넣을 수 있었단다. 빵이든 감자든, 비누든, 달걀이든, 커다란 훈제 햄이든 손에 집히는 것은 모두 배낭으로 직행했지. 물론 그 누구도 내 마법에 대해 알아서는 안 되었어. 그래서 배낭이 불룩한 것을 사람들이 알아채면 "그냥 떨어져 있는 것을 주웠어요"라고 대답했지.

그러던 어느 날 한 농부에게 걸리고 말았단다. 슈탄스라는 마을에 살던 그 농부는 이미 어떤 마법사들은 팔이 늘어난다는 사실을 알고 있었지. 그는 작은 꼬마였던 내가 마법사라는 것을 알아챘어. 농부는 나를 쇠스랑으로 찍어버리려고 했는데, 아직 다른 마법을 익히지 못했던 나는 죽을힘을 다해 도망쳤단다. 온갖 맛있는 것들로 가득 찬 배낭은 내팽개친 채로 말이다. 거기에는 좋은 양초가 다섯 개나 들어 있었어. 나는 양초를 켜고 밤새 책을 읽으려고 했는데 아쉬운 노릇이었지. 어두운 곳에서도 읽을 수 있는 능력은 스무 살이 되어서야 익혔으니까. '불 밝히기 마법'이란 것이 있단다.

도둑질을 하찮게 부르는 표현에는 여러 가지 있단다. 쥐새끼 짓, 슬쩍하기, 쌔비기 그리고 '손가락 늘이기' 등. 내가 쇠스랑 소동을 털어놓자 슐로스제크 선생님은 몇 가지를 일러주었어. "배가 고픈데 먹을 것을 살 돈이 없을 때는 생계형 도둑질을 해도 된다. 물론 주인은 화를 내겠지. 물건이 없어지면 일단 화부터 내니까. 하지만 네게는 살아남을 권리가 있다." 그는 계속해서 말했어.

"마법사들은 다른 사람들에 비해 무언가를 훔치기가 쉬워. 그러다 보니 도둑질로 얻은 물건에서 기쁨을 얻을 때도 있단다. 하지만 원칙을 잊지 말아야 한다. 바로 정의라는 원칙이다. 물론 주인들이 만들어놓은 법을 노예처럼 따르면서 살라는 것은 아니다. 모든 주인들의 주인, 그러니까 국가가 그 법을 만들었다고 해도 마찬가지다. 하지만 정의라는 기본을 잊지 말도록 하거라!"

슐로스제크 선생님은 정의라는 말을 더 정확하게 설명하기 위해 '페어니스(fairness)'라는 영어 단어를 가르쳐주셨어. 그 단어를 정확하게 옮길 독일어를 찾기가 쉽지 않았단다. 하지만 아버지한테 들은 적이 있어서 무슨 뜻인지는 잘 알고 있었지. "페어하게!" 이 말은 다른 사람이 넘치게 갖고 있으면서도 급하게 필요하지는 않고, 그것을 얻기 위해 너무 오랫동안 일하지 않아도 되는 것이라면 훔쳐도 된다는 뜻이다. 네가 좀더 잘 살아볼 요량으로 다른 사람의 기회를 망가뜨려서는 안 된다는 의미이기도 하지. 종종 도둑질의 유혹이 거세게 밀려올 때가 있어. 도둑질을 해도 들키지 않을 만큼 영민하고 재빠른 사람은 특히 그 유혹을 견디기 힘들지. 하지만 결과가 '페어'하지 못하다면 유혹에 저항해야 해. 예를 들어 '쥐새끼 짓'을 할 때는 나처럼 먹을 것을 찾아다니는 사람이 힘들게 구걸하거나 주운 식량을 훔쳐서는 안 된다. 먹고살기 위해 비참한 짓까지 견뎌내는 사람은 도둑맞았다는 사실을 알게 된 순간 범인을 증오하지 않겠니.

가족을 모두 먹여 살리기에는 내 도둑질 능력은 턱없이 부족했어. 슐로스제크 선생님이 없었다면 우리는 버텨내지 못했을 거야. 선생님은 계속해서 식료품으로 꽉 찬 바구니를 가져다주셨지. 엄마에게는 집도 있고 교외에 있는 밭에 담을 세우고 몰래 과일과 채소를 키우고 있다고 둘러대셨다더구나(모르는 척해 달라는 당부와 함께). 선생님은 달걀을 주면서 닭을 키운다는 거짓말까지 했지. 하지만 실제로는 닭을 키울 필요가 없었다. 마법을 부릴 줄 아니까. 선생님의 능력은 제1차세계대전이 끝나고 몇 년 후 인플레이션 시기에 다시 한 번 진가를 발휘했단다. 돈이 시시각각 종잇장으로 변하던 시대였지. 나는 엄마가 장보러 가기에 너무 늦었다며 눈물을 흘리던 모습을 아직까지 생생하게 기억한다. 가족 모두 배불리 먹고 남을 음식을 살 수 있었던 돈의 가치가 한순간에 떨어져서 작은 우유 한 병도 사지 못하게 됐거든. 그때 부엌에 서 있던 '슐로스제크 삼촌'이 주머니에서 10억 마르크를 꺼내놓으셨다. "그래도 한 번 더 가서 살 만한 게 있는지 살펴보세요. 갑자기 땅을 좀 팔게 됐어요."

나는 어릴 때부터 목공과 땜질에 빠져 있었어. 슐로스제크 선생님이 기르던 울프라는 셰퍼드의 집을 마법으로 지어주려고 하자 내가 나섰지.

"제가 해볼게요, 선생님. 제발요!"

"그래 좋아. 널빤지는 저기 많이 있다."

설계를 마친 다음 톱과 망치는 찾았는데 못이 없더구나. 그러자 선생님이 말했어.

"그건 네 문제란다. 네가 일을 맡겠다고 했으니 네 스스로 해결하렴."

정말이지 풀기 어려운 문제였어. 물론 철물점에 가서 '팔 늘이기'로 서랍을 열고 못을 꺼낼 수도 있었지. 그런데 우리 동네 철물점 주인은 눈치가 너무 빨랐어. 그러다 머릿속에 번뜩 제국의회 의사당 앞 쾨니히 광장에 세워진 힌덴부르크 장군의 나무 동상이 떠올랐단다. 전쟁 자금을 모으느라 전승 기념탑 바로 옆에 전쟁 영웅의 동상을 세워놓고 나무 못 하나를 1마르크에 팔았거든. 돈을 내고 못을 사서 동상에 박으려는 사람들을 위해 그 옆에 놓인 작은 상자에는 수천 개의 못이 들어 있었단다. 그 옆에는 긴 사슬에 묶인 망치도 달려 있었지. 하지만 나에게 필요한 것은 못이었기에 그것만 가져왔다. 일주일 뒤에 셰퍼드 울프는 흠잡을 데 없는 보금자리를 선물받았지. 덕분에 못도 힌덴부르크 동상에 박히는 것보다 훨씬 나은 임무를 수행하게 되었어.

슐로스제크 선생님에 관해서는 들려줄 이야기가 아직 무궁무진하다. 너에게 해주는 조언에도 선생님께 배운 것들이 많이 포함되어 있단다. 그러니 너도 간접적으로는 슐로스제크의 영향권 아래 있다고 볼 수 있어.

선생님은 내가 젖먹이였을 때 멀찌감치에서 한 번 보고는 마법사라는 것을 알아봤단다. 유모차에 타고 외출을 나가는 나를 발코니에서 내려다보고는 말이야. 잠이 덜 깬 아기가 '팔 늘이기'로 보통 아기의 손으로는 닿지 않는 거리에 있던 페튜니아 화분을 망가뜨리는 현장을 포착한 거지. 그때부터 몇 년간 선생님은 나를 눈여겨보았다. 내가 벌써 몇 가지를 할 수 있게 되자 선생님은 본인이 가진 대단한 기술들을 시범 삼아 보여주었어.

슐로스제크 선생님은 아주 보수적인 분이었어. 신념으로 가득 차서 세계주의자를 표방하는 사람들은 많았지만, 선생님에 비하면 편협하기 그지없었지. 그분은 진정한 철학자였어. 선생님은 그때까지 사람들이 확고하게 믿었던 마법의 철학 구조를 수정하기도 했다. 평면적 세계가 아니라 입체적 세계를 그려야 한다는 것이 그분의 지론이었지. 선생님은 곡면에서는 삼각형의 각이 180도가 아닐 수도 있다는 것을 이해했어. 이 생각은 앨버트 아인슈타인의 이론과 일맥상통한단다. 사실 나는 정확하게 이해하지 못했다. 선생님이 아는 모든 것을 내게 가르쳐줄 수는 없으니까.

슐로스제크 선생님은 지붕에 커다란 깃대를 세우고 황제의 생일이나 국경일이면 깃발을 매달았어. 1916년 어느 날 사방에서 승전보가 울려 퍼지는 가운데 나는 선생님과 함께 마당에 서 있었지. 우리는 저 멀리 대로에서 신문팔이들이 호외를 알리는 소리를 들었어. 선생님은 한숨을 내쉬면서 떨어지지 않는 발걸음으로 지붕 위로 올라가 깃발을 달았단다. 그런데 비둘기 한 마리가 홀연히 날아와 깃대 꼭대기에 앉는 것이 아니겠니? 그러자 선생님 눈이 번쩍 빛나더니 작게 오므라들었고, 거기서 나온 초인적인 집중력이 깃발 한 귀퉁이에 작은 틈을 만들었지. 10초쯤 지나자 비둘기는 그 틈새로 사라져 보이지 않았단다. 비둘기가 빨려 들어간 전쟁 깃발은 이전과 다름없이 바람에 나부꼈지. "지금 보여주신 것은 특별히 더 어려운가요?" 내가 묻자 선생님이 대답했지. "조금. 비둘기로 하는 것은 특히."

'팔 늘이기'에 관해 하나 더 이야기하겠다. 마법사가 아닌 사람들은 '팔 늘이기'를 거의 알아채지 못하지만 유독 눈치 빠른 사람들이 있단다. 그러니 중요한 일일수록 눈에 띄지 않을 적당한 순간을 기다려야 해. 늘어난 팔은 길기는 해도 힘이 세지는 않거든. 가늘고 가볍고 빠르지만 그 팔로 무거운 물건을 옮길 수는 없단다. 더구나 물건이 너무 멀리 떨어져 있으면 팔의 움직임도 느려져서 눈에 띌 수도 있단다. 내가 열세 살 때 발코니에 서서 거리의 가스등을 끄려고 한 적이 있어. 그런데 10미터는 너무 멀었지. 내 손은 목적지에 닿지도 못하고 앞마당에 곤두박질쳤다. 다시 손을 잡아끄느라 무척 애를 먹었지.

눈에 보이지 않을 만큼 재빨리 '팔 늘이기'를 하기는 쉽지 않아. 늘어난 팔이 어딘가에 끼이는 경우도 생긴단다. 정말 당황스런 노릇이지. 내가 겪어봐서 잘 안다. 버스에 탈 때 다른 사람의 교통카드를 슬쩍하려고 한 적이 있어. 그 사람이 기계에 카드를 대고 다시 집어넣으려고 할 때였다. 마침 만원 버스였으니 타이밍은 기가 막혔어. 나는 사람들이 밀치락달치락하는 중에도 어찌어찌 늘어난 팔을 다시 끌어당기기는 했는데, 막상 손에 카드가 없더구나. 버스 바닥 어딘가에 떨어졌나 봐. 할 수 없이 버스비를 내야 했지. 사람들은 종종 믿을 수 없을 만큼 날쌔단다. 갑자기 둘이서 뒤엉켜 싸우거나 끌어안을 때 우리의 팔이 끼이기도 하지. 특히 자동문을 조심해야 한다. 회전문은 더 위험하고. 이런 충고가 너무 늦지 않

31

았기를 바란다. 지금까지 네 양팔이 무사하기를!

슐로스제크 선생님은 나에게 과외 지도도 해주셨어. 마법을 배우느라 너무 바빠서 학교 수업을 몇 과목 낙제했거든. 선생님은 내가 제대로 진급하도록 도와줘야겠다고 마음먹었는지 조금 망설이더니 시험에서 써먹을 수 있는 속임수 몇 가지를 알려주었어. 나도 그리 내키지는 않았지만 그리스어 졸업시험에서는 '요리조리 넘겨보기'를 유용하게 써먹었단다. 그래, 옆자리 친구 녀석 답안지를 베낀 거야. 선생님은 원칙대로 사신 분이지만 나를 위해서는 이런저런 예외를 만들어주었어. 그 점은 지금까지 감사하게 생각한단다. 선생님의 도움이 없었다면 나는 고등학교 졸업시험에서 낙방했을 거야. 졸업장이 없었다면 전신회사에 취직하지도 못했을 것이고.

선생님은 나에게 많은 것들을 물려주었어. 그중 가장 소중한 것은 마법 세계 친구들을 보여주며 나에게 용기를 주고 마법 기술을 하나하나 가르쳐주신 것이야.

내가 처음으로 공중에 떠올라 장애물 뛰어넘기를 할 때도 선생님이 함께해 주었지. 그 능력을 익히지 않았다면 나는 스탈린그라드에서 포위되어 서른여섯 살에 생을 마감했을지도 모른다. 그랬다면 네 아빠와 너도 세상에 없었겠지. 아니면 마틸다가 아닌 다른 사람으로 태어났거나. 비행 기술은 다음에 얘기하도록 하자.

경험 많은 마법사를 알고 지내는 것이 굉장히 중요하단다. 애석한 일이지만 우리도 보통 사람들과 다름없이 언젠가는 죽는단다.

그러니 무슨 수를 써서라도 경험 많은 마법사를 찾아가서 그들이 어떻게 하는지 직접 보렴. 우리의 기술은 위대한 선조들의 어깨 위에서 완성된다는 것을 절대 잊어서는 안 된다. 그중 동방에서 온 세 명의 마법사 카스파르, 멜키오르, 발타사르는 꼭 알아둬야 할 이름이야. 그들은 세상 사람들이 믿고 있는 것처럼 크리스마스에 별을 쫓아 베들레헴까지 간 것이 아니란다. 그들은 바람과 줄도 없이 날아다니는 연처럼 그 위를 떠돌고 있었지. 기독교는 이런 불가사의한 능력자들을 '동방에서 온 왕들'이라고 불렀어. 사실 그들에게는 다스릴 영토가 없었다는 것을 뻔히 알고 있으면서도 말이야.

어쨌든 사람들은 1월 6일을 동방박사 축일로 정해 놓고서도 무심히 지나쳐버리지만 우리에게 이날은 무척 중요한 기념일이란다. 엠마와 나는 이날 서로에게 선물을 주었지. 물론 비밀리에. 이미 크리스마스에 선물을 받은 아이들은 모르는 게 좋으니까. 하지만 너와 마찬가지로 크리스마스이브에 태어난 나에게는 동방박사 축일이 꼭 필요했단다. 하지만 역사에서 중요한 일을 한 다른 마법사들과 마찬가지로 '동방에서 온 왕들'을 기념하는 날 또한 사람들에게 점점 잊혀져가는 게 아쉽구나.

내가 시간을 거슬러 여행할 수 있다면—우리 중 몇몇은 할 수 있지만, 아쉽게도 나는 아니란다—뮌헨에 살던 바흐슈텔츠 할아버지께 인사하러 가고 싶구나. '위대한 바흐슈텔츠'로 불리던 할아버지는 외가 쪽 조상으로 스웨덴에서 독일로 건너오셨지. 그리고 19세기 초로 돌아갈 수 있다면 스웨덴으로 가서 요한 아르프베드손을 찾아갈 거야. 그는 마법사였을 뿐 아니라 리튬을 발견한 화학자이기도 했지. 약으로도 쓰이는 원소인 리튬이 없었다면 나는 일흔을 넘기지 못했을 거야. 아니면 전설적인 오스만계 오스트리아인 파트마 퍼츠차이를 찾아가서 꽃다발을 안길 거야. 그는 크리스마스 때 먹는 바닐라 키펠 쿠키 말고도 여러 가지를 발명했어. 레이싱 터틀도 찾아가야지. 그는 1773년 보스턴 티파티(보스턴 차사건)에 가담한 유일한 진짜 인디언으로 이후 백인들의 친구에서 위대한 의학자로 변신했어. 그리고 사회주의에 마법의 입김을 불어넣고자 시도했던 두 명의 훌륭한 동료들도 다시 보고 싶구나. 하지만 사회주의는 이를 용납하지 않았고, 그들의 시도는 비극적인 역사로 남고 말았지.

사랑하는 마틸다, 끈기를 잃지 말고 열심히 배우렴. 모든 능력들은 끊임없이 시도하다 보면 저절로 얻어지는 법이란다. 때로는 오랫동안 발전이 없는 것처럼 느껴질 때도 있을 거야. 하지만 마법은 어느 순간 선물처럼 나타난단다. 네가 할 수 있는 능력 덕분에 즐거울 때면 네가 아직 못하는 것에 대한 쓸쓸함도 잊지 말거라. 마법사들에게 명예는 아무런 가치가 없단다. 마법의 통로는 열리기도 하고 열리지 않기도 하는데, 네가 억지로 할 수 있는 일이 아니다. 그렇다고 우리 힘으로 모든 것을 배울 수 있는 것도 아니다. 수천 개의 기술 중 한 사람이 연마해야 할 기본 역량은 20~25개 정도란다. 나머지는 매우 진기한 기술들이지. 새로운 기술이 생겨날 때도 있어. 네 생전에 그것을 볼 수도 있고, 아닐 수도 있지. 내가 할 수 있는 능력은 200개가 조금 넘는데 평균보다 많은 편이란다. 하지만 몇 년 전에는 할 수 있었는데 지금은 못하게 된 것도 몇 개 있어. 점점 느려져서 말이지.

어느 순간 마법의 경지가 활짝 열리는 때가 찾아오기도 한단다. 그때가 언제인지는 자연스럽게 알게 되지. 그럴 때는 네가 할 수 있는 모든 것을 받아들이려무나. 하지만 그런 경험이 레일란더처럼 훌륭한 스승의 개인지도를 대신할 수 있는 것은 아니다. 레일란더의 책을 구할 수 있는지도 알아보렴. 내 서재에도 몇 권 남아 있을 거다. 눈에 보이지 않는 글씨로 마법에 대한 광범위한 설명을 담고 있는 오래된 서적들은 후각으로 판별해 낼 수 있단다. 그런 책들에서는 고르곤졸라 냄새가 나지.

독서를 손쉽게 하지 말라고 충고하고 싶구나. 알다시피 손가락 두 개를 책등에 얹으면 1분 안에 모든 내용을 파악할 수 있는 기술이 있단다. 어떤 사람들은 소파에 멀찌감치 앉아 '팔 늘이기'와 이 기술을 함께 구사하지. 하지만 나는 매우 나쁜 습관이라고 생각해. 사람은 움직여야 지식을 더 잘 소화할 수 있단다. 게다가 마법사에게 게으름은 심각한 위험을 불러올 수 있어. 모든 것을 저절로 일어나게 하다 보면 결국에는 그저 높은 의자에 가만히 앉아 있게 될 거야. 자리에서 일어나 직접 가보는 습관을 들이려무나.

소파에 가만히 앉아서 '팔 늘이기'로 어떤 물건을 가져올 수 있다 하더라도 일단 직접 가서 보고 제자리로 돌아오거라. 그럴 필요가 없어도 움직여라. 팔과 다리를 움직여라. 둘러가는 길을 사랑하고 일부러 일을 번거롭게 만들어라. 응급 상황을 제외하고는 한장 한장 넘겨가면서 책을 읽어라. 마법으로 글을 쓰지 마라. 한 글자 한 글자 정성을 다해 쓰고 마침표를 찍어라. 정말 필요한 단어인지 하나하나 곰곰이 생각해라. 중력이 작용하는 모든 것은 그만큼 힘을 들여야 옮길 수 있다. 너에게도 예외는 아니라는 것을 명심하렴. 이 주제는 비행에 관해 설명할 때 다시 한 번 얘기하자.

'위대한 바흐슈텔츠' 할아버지는 말년에 '뚱돼지'라는 오명을 안고 사셨어. 운동 부족으로 엄청나게 살이 쪘거든. 재능이 뛰어난 마법사였지만 너무 일찍 돌아가셨지. 혈관에 지방이 잔뜩 끼어서 심장이 계속 임무를 수행하기 버거웠거든. 조금 더 살아서 당신의 능력을 젊은이들에게 가르치셨다면 얼마나 좋았을까!

마법과 상관없는 책도 좀 읽으렴. 종류를 가리지 말고, 특히 소설을 읽어라. 독서는 쭉정이와 알맹이를 구분하는 능력을 키워준단다. 책을 많이 읽은 사람은 처음 몇 페이지만 읽고도 그 책을 계속 읽어야 할지 말지를 판단할 수 있어.

그리고 방금 네게 해줘야 할 이야기가 또 생각났다. 바로, 두려움이다! 모든 마법사가 두려움을 경험한단다. 자신의 재능을 느끼기 시작할 무렵에는 크게 두려울 것이 없지. 하지만 무언가 잘못되기 시작하면서, 그러니까 어떤 오점이 생기면서 두려움도 찾아온단다. 거기에 걱정이 더해지고 질투에 눈을 뜨고 외로움이 찾아드는 식이지. 혹은 모든 것이 너무 쉽게 되다 보니 혹시 나쁜 짓을 하게 되지 않을까 하는 두려움도 있지. 사실 유혹이 너무 많아. 이 모든 종류의 두려움을 네가 이미 경험했을지도 모르겠다.

두려움은 나쁜 것이 아니란다. 네가 맹수가 되지 않도록 막아주니까. 하지만 두려움은 영혼을 좀먹는다. 계속해서 두려움에 시달리는 사람은 어느 순간 두려움이 없는 사람을 미워하게 되지. 두려움으로부터 완전히 자유롭다고 자신하지 말거라. 차라리 두려움에게 자리를 주고 반려동물처럼 길들이렴. 가끔 으르렁거리거나 할퀴는 것을 허용하되 너무 버릇없이 굴거나 뚱뚱해지지 않도록 선을 분명히 긋도록 해. 그렇게 하면 두려움은 유용한 도구가 될거야. 위험을 과소평가하지 않도록 경계심을 심어주거든. 하지만 어떤 식으로든 패닉에 빠지는 것은 금물이다. 심지어 죽음이 네 앞에 나타날 때도. 혹시라도 죽음이 눈앞에 보이면 침착함을 유지하면서 어떤 묘수가 있을지 곰곰이 생각해 보렴. 그리고 두 팔 벌려 우연의 선물을 기다리거라.

용기는 무조건 필요하다. 그리고 너에게 용기가 있다는 것을 확신한다. 우리는 같은 혈통이니까. 용기가 방종이 되어서는 안 되지. (그럼 그것 또한 맹수처럼 날뛸 거야.) 하지만 어떨 때는 용기를 북돋울 필요도 있어. 용기가 없었다면 내가 감히 어떻게 엠마에게 말을 걸 수 있었겠니. 그때 이미 나는 아름다움과 유혹의 마법에 능통했지만, 그런 보조 도구 없이도 그녀에게 닿을 수 있다는 것을 직감했단다. 나에게 필요한 것은 그녀에게 나를 드러낼 용기였어. 우리인간들에게는 종종 정말로 결정적인 순간이 찾아온단다. 그 순간이 왔다는 것을 알 수 없는 느낌으로 알게 되지. 그때가 오면 경솔하게 위험을 무릅쓰기보다 자신에게 꼭 필요한 단계를 밟아나간다는 기분으로 너무 서두르지 말고 차근차근 확실하게 해나가면 된다. 마음을 굳게 먹고 용기를 낸다는 것은 참으로 대단한 일이지. 내가 용기를 불러내면 획 하고 어디선가 나타나거든. 훌륭한 용기가 새로이 샘솟았다는 것을 너는 금세 알아챌 수 있어. 그럼 이제 발을 떼고 몸을 움직여서 말을 걸 차례야. 용기를 너무 오랫동안 기다리게 하지는 말거라. 또다시 슬금슬금 사라져버리고 마니까.

엠마와 나는 마법사 아이를 간절히 원했단다. 물론 자연히 그렇게 되는 것은 아니야. 마법사 능력은 부모에게 유전되는 것이 아니라, 유전적 불모지에서 예기치 않게 나타나는 것이지. 하지만 우리는 꼬마 마법사를 얻기 위해 계속해서 아이를 낳았단다. 너의 삼촌과 고모의 나이를 계산해 보면 우리가 얼마나 노력했는지 알 거야. 그리고 드디어 막내아이에게서 소원이 성취될 기미가 보이기 시작했단다. 지금은 존이라고 부르는 네 아빠 요한 말이다.

1955년 나는 요한이 마법사가 될 거라고 확신했어. 태어난 지 석 달이 되자마자 내 손에 회중시계를 쥐어주었거든. 지금은 그 아이가 '팔 늘이기'를 하는 것처럼 꾸민 것이 엠마였다는 사실을 알고 있지. 그녀는 마지막 출산을 하고 중병에 걸린 상태에서도 마법 능력은 녹슬지 않았어. 그리고 나에게 잠시라도 마법사 아이가 생겼다는 희망을 주려고 했어. 나는 그 믿음을 기꺼이 받아들였지. 엠마가 세상을 떠난 후 나 역시 심각한 병을 앓았단다. 마법에 관한 편지들은 그때부터 쓰기 시작한 거야. 요한을 위해서 말이다. 하지만 요한은 단 한 번도 읽지 못했지. 우선 내가 다시 건강을 되찾았고, 언젠가부터 그 아이는 마법사가 아니라 배우가 되기 위해 태어났다는 사실이 분명하게 드러났거든. 엠마, 놀라운 여인이여! 당신의 마지막 마법을 나는 기꺼이 받아들이겠소! 당신이 꾸민 속임수는 정말로 사랑스러웠다오.

꼬마 마틸다, 이 편지를 읽을 때쯤이면 이미 다 컸겠지만 너에게 많은 것을 전해 주고 싶구나. 모든 것을 옮겨 적는 일을 완수하기를 바란다. 나는 이제 106세란다. 죽음은 마법으로도 멈출 수 없지. 몇몇 동료들은 내가 그런 마법을 부릴 줄 안다고 생각하지만 그렇지 않단다. 나보다 나이 많은 마법사는 빈에 사는 포스피스칠 뿐이야. 게다가 그분은 예나 지금이나 아름다운 여인이지. 그분 이야기는 나중에 다시 할게.

나는 아직도 더 오래 살고 싶다. 그동안 알고 지냈고 보고 싶고 때로는 사랑했던 수많은 사람들이 더 이상 편지를 보내오지 않지만, 삶의 아름다움은 구하기 어려울수록 귀중한 법이지. 그렇다고 외롭지는 않단다. 네 엄마와 조력자인 발데마르 4세와 이야기도 많이 나누고, 가끔 예전 조력자였던 발데마르 3세와도 소식을 나누거든. 영화 촬영이 없는 날에는 네 아빠하고도 이야기를 나누고 말이야.

평생 간직해 온 주소록이 아직도 나에게 있단다. 종이에 손으로 적은 주소록이지. 더 이상 세상에 존재하지 않는 이름 뒤에는 두 줄의 선을 그어두었다. 하나는 가늘게, 하나는 두껍게. 악보를 그릴 때 음악이 끝났음을 알리는 종지선을 본뜬 거야. 나는 주소록에 십자 표시를 하지 않는다. 세상을 떠난 지인들 대부분이 무슬림이거나 유대인이니 십자가는 어울리지 않지.

몇 년 전부터는 더 이상 연락이 닿지 않는 사람들의 이름을 이메일 주소록이나 휴대전화 연락처에서도 삭제했단다. 그럴 때면 슬퍼지지. 전자 목록에서 지워진 이름은 손으로 종지선을 그려 넣은 이름보다 더 빨리 잊혀지거든.

하지만 그마저도 인생의 아름다움이겠지. 항상 사라진 누군가를 대신할 새로운 인물이 나타나 아장아장 주위를 맴돌곤 하니까. 아주 늙어서라도 자기 인생과 친구가 될 수 있다면 그건 행운이야.

지금은 우리 집안의 막내인 네가 내 앞에 나타난 새로운 인물이지. 이제 다시 너를 보러 가야겠다. 새로 맞춘 안경은 책상 위에 두고 가야겠지.

너의 할아버지, 파흐로크

사랑하는 마틸다, 내가 가장 아끼는 손녀딸. 당연히 네가 아름다움으로 가득한 삶을 오래도록 평탄하게 누리기를 바란다. 또한 너란 사람 자체가 아름답게 빛나기를. 하지만 그렇지 않다고 해도 나는 걱정하지 않는다. 너에게는 마법이 있으니까.

나는 우리가 부릴 수 있는 마법 기술 중 어떤 것을 소개할지 고민했단다. 나는 인생의 단계마다 새롭게 열리는 마법의 장을 차례대로 소개하려고 노력하는 중이야. 하지만 그 순서는 사람마다 다르단다. 어떤 동료는 '팔 늘이기' 이후에 아름다움이나 사랑을 다루는 능력이 한참이나 나타나지 않았대. 오랫동안 그 어떤 새로운 능력도 생기지 않았던 거야. 그러다 갑자기 양육의 마법이 나타났다는구나. 아이를 키우는 것은 최고 난이도의 기술에 속하거든. 그것을 완벽하게 구사하는 사람은 거의 없어. 다른 동료는 '팔 늘이기' 다음에 바로 신뢰의 마법이 나타났다고 했어. 그는 변신을 할수도, 투명인간이 될 수도, 날 수도 없었지만 얼굴은 밝게 빛났단다. 사람들이 그를 무조건 신뢰하게 만들 수 있었거든. 그 마법은 누구에게나 나타나는 것이 아닐뿐더러 논란의 여지가 있는 기술이다. 어떤 사람들은 그를 '아름다운 거짓말쟁이'라고 부르거든. 나는 그 마법을 익히지 못했어. 그래서 나는 항상 진실만 말할 수밖에 없단다.

그럼 이제 아름다움의 마법에 대해 이야기해 줄게(혹시 네가 이 기술에 관해 중요한 것들을 모두 알고 있다면 다음 장으로 넘어가도 좋아). 이 마법은 서로 판이한 두 가지 방향으로 구사할 수 있단다. 실제로 아름다움을 구현하는 것과 관찰자에게 마법을 거는 것이지. 앞에 말한 기술은 네 자신을 바꾸는 것이고, 뒤에 말한 기술은 너를 바라보는 사람을 바꾸는 것이야.

10대 시절 내 또래의 남자 마법사들은 예쁜 소녀들에게 마법을 거는 일에 관심이 많았단다. 반면 어린 여자 마법사들은 자신을 그레타 가르보 같은 여신 외모로 바꾸는 데 집중했지. 모든 사람들 눈에 그렇게 보이도록 변신하기란 정말 힘든 일이었는데도 말이야.

어린아이들은 아름다움이 무엇인지 아직 잘 모른다. 아이들 눈에 비친 가장 아름다운 사람은 누가 뭐래도 엄마와 아빠일 거야. 그다음 순서를 차지할 아름다운 사람은 한참 동안 나타나지 않지.

그러다 모든 것이 '아름다워' 보이는 나이가 찾아오지. 어린아이들에게는 동화, 날씨, 말, 휴교일도 아름답단다. 높은 곳에서 내려다보면 눈에 들어오는 모든 것이 좋아 보이는 법이지. 사실 사람의 아름다움은 비슷비슷해. 정상의 아름다움은 극소수만 차지할 뿐이야. 어떤 사람의 외모가 상대의 눈에 크게 거슬리지 않는다면 마음에 들기에 충분하단다. 비율이나 배치는 각자의 이상형에 따르는 거야. 반면 정상을 벗어난 모든 것을 추하다고 말하지. 어떤 아기가 아기다워 보일 때 사람들은 아름답다고 말한단다(소리를 지르고 팔다리를 허우적대고 기저귀를 적시는 그 모든 일이 정상적이고 아름답지). 반대로 다 큰 어른이 마치 커다란 아기처럼 행동하는 것은 추한 일이야. 어른에게는 아기와 다른 규칙이 적용되니까.

어떤 얼굴이 아름다운지는 이상형의 기준에 따라 다르단다. 보통은 너무 과하지도 모자라지도 않은 상태를 두고 흠잡을 데 없는 아름다움이라고 말하지. 그리고 그 이상의 어떤 상태를 만나면 우리의 마음이 움직여. 감동을 받은 사람들은 '하늘에서 내려온 선녀' 혹은 '여신'이라는 단어로 마음을 표현한단다. 어떤 사람들은 숭배의 경지에 빠지기도 하더구나. 흔히 친구나 연인에게 보내는 것과는 다른 황홀경에 도취되어 상대를 바라보는 거지. 사람들은 대부분 젊든 늙든, 여자든 남자든, 아름답든 그렇지 않든 간에 사랑받고 싶어 한단다. 그리고 사랑은 아름다움과 관련이 있다고 생각하지. 하지만 진실을 말하자면, 사랑과 아름다움은 전혀 다른 차원의 마법이란다.

규칙성이나 관상학에서 대칭이라고 부르는 것 자체만으로 무조건 매력을 뿜어내는 것은 아니야. 사실 우리가 쉽게 질리지 않는 것은 향신료처럼 취향을 자극하는 몇 가지 작은 흠결들이지. 태어날 때부터 얼굴에 난 크지 않은 점이나 덧니, 매부리코, 가벼운 사시 같은 것 말이야. 베를린의 노이에스 박물관에 전시돼 있는 파라오의 왕비 네페르티티 흉상을 오랫동안 들여다보지 않으면 눈동자가 비어 있다는 사실을 눈치채지 못한다. 이상적인 아름다움이란 사람에 따라 다르지. 나는 요즘 텔레비전에 나오는 젊은 여성들의 얼굴을 제대로 분간하기 힘들어. 나한테 못생긴 구석이 있어서 얼마나 다행인지. 그것으로 나를 알아볼 테니까.

사람들은 젊을수록 아름답다고 말하지. 하지만 그것도 청춘의 얼굴에 암담한 그늘이 드리우기 전의 얘기란다. 고집, 분노, 오만, 집착 혹은 여타 정신질환이 시작되면 얼굴이 망가지는데도 우리는 그런 것을 보지 못하고 쉽게 단정해 버리지. 반대로 젊은 시절 크게 눈에 띄지 않던 얼굴이 나이가 들면서 아름답게 빛나는 경우도 있단다. 거기에는 다른 힘이 작용하지. 그것은 진실한 마음과 유머, 그리고 좋은 심성의 힘이야.

슈나이데바인은 멋진 사람이었어. 금발에 푸른 눈을 가졌고, 마치 큰 나무처럼 체격이 건장했지. 그 사실을 깨달은 이후부터 나는 명백하게 불공평한 일이라고 생각했어. 그는 그렇게 멋진데 나는 그렇지 않다니……. 하지만 그의 영혼은 전혀 멋있지 않았어.

그 아이가 줄기차게 내 몸의 흠결들을 지적할 때 나는 그 사실을 알아챘지. 아, 그리고 보면 내 흠결들은 어찌나 눈에 잘 띄던지! 내 코는 너무 크고, 다리는 너무 짧은 데다 살짝 바깥을 향해 벌어져 있단다. 하루는 슈나이데바인이 내 다리를 보고 "말을 탄 동상에서 말을 빼버린 것 같다"고 평했지. 나도 가만히 있지 않았어. "정말 다정하네! 그런데 말이야, 슈나이데바인처럼 멍청한 이름은 도대체 누가 지은 거니? 이름이 '잘린 다리'라니 너무하지 않아?" ('Schneidebein'은 '자르다'는 뜻의 동사 'Schneiden'과 '다리'를 뜻하는 명사 'Bein'이 결합된 것이다.—옮긴이) 그와 말싸움만 벌인 것이 아니야. 어느 날은 그의 얼굴에 자를 대고 대칭성의 일부를 훔쳐오려고 시도했던 적도 있단다. 성공하지는 못했지. 그 애는 나만큼 마법을 잘 부리지는 못했지만 주먹은 셌거든.

청소년 시절에 나는 아름다움을 하나의 사건으로, 인생이란 신문에 대서특필될 만한 주제로 생각했다. 나는 아름다운 사람을 보면 크게 감탄한 나머지 숨을 제대로 못 쉴 정도였어. 경탄에 빠진 내 머릿속에는 질문이 이어졌지. 왜 이토록 아름다운 걸까? 몸매가 날씬하고 비율이 딱 맞는 데다 얼굴 대칭까지 완벽해서 그런 것일까? 입술은 도톰하고, 머리카락은 풍성하고, 눈은 크고, 속눈썹이 길어서 그럴까? 그때의 나에게 누군가 '무슨 일이 일어나고 있느냐'고 물었다면 나는 혼란스러운 정신으로 '사랑'이라고 말했을 거야. 물론 아름다움은 사랑을 불러일으키는 힘이지만 아름다움이 일깨우는 것이 비단 사랑만은 아니란다. 아름다움은 족쇄를 채우고 굴복시키고 심지어 노예로 만들기도 하지. 어떻게든 아름다움의 '시종'이 되고자 하는 남자들이 드물지 않거든.

아름다움은 어떤 경우에도 위력을 발휘한단다. 예를 들어 아름다운 소녀는 선생님에게 좋은 평가를 받는다. 그 선생님이 스스로가 공정하다는 것을 굳이 증명하고 싶어 할 때를 제외하고는 말이다. 그럴 때는 오히려 실력보다 낮은 점수를 받게 되지. 너에게도 낯설지 않은 사실일 거야. 사람들은 아름다운 사람을 좀더 신뢰한단다. 외모가 준수한 사람이 학급 반장으로 뽑히거나(슈나이데바인처럼), 누드모델이 되어달라는 요청을 받지. 하지만 정반대의 경우도 있어. 좋은 사람은 잘생겼을 거라고 짐작하는 것이지. 예수가 어떻게 생겼는지 정확히 모르면서도 그가 못생겼으리라고 짐작하는 사람은 거의 없는 것처럼 말이다.

하지만 모든 경탄은 증오와 질투로 돌변할 수 있단다. 누구는 아름답고 누구는 그렇지 못하다는 사실에 마음이 언짢은 것이지. 그렇다고 모두 다 아름다울 수도 없어. 누구나 공평하게 재산을 나눠 가질 수 없는 것과 마찬가지로 말이다. 미래에도 기대할 수 없지. 행복이나 지적 능력도 공평하게 누릴 수 없는 것들이란다.

슈나이데바인과 드잡이한 날 저녁이면 슐로스제크 선생님께 물었어. 어떻게 하면 다리를 늘이고 똑바로 펼 수 있냐고. 코를 작게 만드는 것은 내 생각에도 시간이 좀 걸릴 것 같았거든. 하지만 선생님은 내가 원하는 것에 크게 공감하지 않았단다.

"할 수는 있지. 몇 주는 연습해야 할 거야. 하지만 그렇게 된다

고 한들 무슨 소용이니? 뭐, 시간이 문제되지 않는다면야 얼마든
지 가능하단다."

선생님은 마지못해 어떻게 하는지 보여주었어.

나는 정말 부지런히 연습했단다. 가끔 수업 중에도 했지. 한 달
쯤 지나자 처음으로 성공했단다. 벌어진 다리가 펴지더니 키가 조
금 커진 거야. 나는 당장 거리로 나가서 곧은 다리를 시험해 봤어.
그런데 오(O)자형 다리를 갑자기 펴다 보니 이번에는 살짝 엑스
(X)자형이 되고 말았어. 마치 오른쪽 무릎이 왼쪽 무릎 연골 쪽에
붙은 것처럼 말이다. 나는 전속력으로 달리다가 풀썩 쓰러지고 말
았단다. 한쪽 무릎에 피가 나고 코에도 상처가 났지. 나는 씩씩대
며 선생님께 달려가 상처를 보이지 않게 만드는 마법을 알려달라
고 했어. 선생님은 "말도 안 되는 소리!"라고 중얼거리면서 무릎
의 상처에 일회용 밴드를 붙여주었단다. 그 무렵 새로 나온 상처
용 밴드였다. 나는 코에는 아무것도 붙이지 않겠다고 했어. 예쁜
코를 만드는 법을 배웠거든. 어차피 작게 만들면 상처도 사라질
테니 밴드는 필요 없다고 했지. 그리고 새로운 마법은 당장 효과
를 보였단다.

하지만 이웃사람들과 친구들은 내가 달라진 것을 알아채지 못
했지. 마법을 부릴 줄 알았던 슈나이데바인만이 내 체형과 코가
나아졌다는 것을 알아봤을 뿐이야. 다른 사람들은 아예 불가능하
다고 생각했기 때문에 그런 변화를 알아보지 못했던 거야. 익숙한
그림이 달라진 사실보다 더 큰 힘을 발휘한 셈이지. 실망이 컸단

다. 이후로 나는 작심하고 내 코와 다리를 관심 밖으로 몰아냈어. 지금 다리 모양은 그때보다 조금 펴진 것 같지만 길이는 그때 그 대로인 것 같아.

그래, 몇 시간이면 당나귀처럼 뾰족한 귀를 둥글게 만들거나 점을 없애거나 매부리코를 반듯하게 만들 수 있단다. 하지만 미용마법에는 힘이 많이 든다. 새로운 외모도 나이 앞에서는 장사가 없거든. 시간이 조금만 지나면 원래 상태로 돌아가곤 하지. 숙련된 마법사도 오래 지속할 수는 없어. 그리고 무엇보다 나이가 들수록 아름다움의 마법을 부리기가 힘들단다. 잘생겨 보이게 하는 일이 더 이상 중요하지 않기 때문이야. 그러다 보면 게을러지지. 예전에 나는 매일 아침 우편물을 전해 주는 여자 사환이 오기 전에 얼굴 주름을 펴곤 했는데 20년 전부터는 귀찮아서 그만뒀단다.

그렇게 해야겠다고 마음먹는다면 완벽하게 변신해서 완전히 다른 사람이 되는 것이 한결 쉬워. 그러나 잠시 아름다워지겠다고 완전히 다른 사람으로 변신하는 것은 그 사람을 오랫동안 지켜봐 온 모두를 실망시키는 일이란다. 자신을 아름답게 만드는 마법은 딱 한 가지 경우에만 가치를 발하는 기술이야. 너를 저주하는 사람을 화나게 만들 때 말이다. 나는 경쟁자를 짜증나게 하려고 그 기술을 써먹은 적이 있단다.

그렇지 않다면 일반적인 방법으로 아름다움을 추구하는 것이 훨씬 낫단다. 우아한 몸짓이나 바른 자세 같은 것 말이다. 구부정한 자세로 이중 턱을 만들면 예뻐 보일 리가 없지. 엷은 미소까지

띠면 한결 낫단다. 사진을 찍어본 사람들은 누구나 어떻게 하면 조금 더 예뻐 보일지 알고 있을 거야. 몇 가지 잘 알려진 방법도 있어. 립스틱이나 색조 화장, 아름답고 세련된 옷차림, 하이힐 등. 모두 어렵지 않은 것들이야. 이런 것들을 가지고 다른 사람들처럼 해봐도 되고, 아니면 내가 알려줄 완전히 다른 마법을 부려도 된단다. 하지만 세상 사람들이 네가 아름다움을 유지하기 위해 단정하게 옷을 입고 부지런히 화장을 한다는 것을 알게 된다면, 그들은 네 외모뿐 아니라 네가 노력한다는 사실에 칭찬을 아끼지 않을 거야. 물론 그렇게 해서 아름다워진 네 모습에 먼저 감탄하겠지.

요즘에는 많은 마법사들이 한두 시간쯤 정성을 들여서 치아 교정기를 보이지 않게 만든다더구나. 아쉽지만 초기 마법은 신체의 일부에 붙어 있는 물건, 즉 깁스나 수갑 같은 것에는 통하지 않았단다. 그 이후에 나타날 다른 마법을 추가로 사용해야 했단다. 이점에 관해 전체 마법이나 경이의 세계를 통제하는 어떤 사람—말하자면 신이나 여신 정도 되겠지—과 얘기를 좀 나눠보고 싶구나. 어떤 마법이 너무 늦게 나타나서 짜증났던 이야기를 좀 해주려고 말이야. 몇몇 마법은 더 이상 필요 없을 때쯤 느지막이 그 문이 열린다니까. 치아 교정기에 대해서도 나는 할 말이 많단다.

아마 너는 요령을 터득해서 몇 번만 연습하면 완전히 다른 사람으로 변신할 수 있을 거야. 하지만 변신 마법을 하기 전에 먼저 풀어야 할 숙제가 있단다. 바로 누구로 변할 건지, 모델이 필요하다는 것이다. 네가 점찍은 사람에게 그저 쑥 들어가면 되는 일이 아니야. 그렇게 하다 보면 그 사람의 인생에 네가 의도하지 않았던 어떤 오류가 생기게 마련이란다. 그러니 일단은 그 사람의 주변을 충분히 맴돌아야 해. 슐로스제크 선생님은 빌헬름 황제의 모습으로 시장에 가는 것을 좋아했어. 황제가 아직 살아 있었지만 멀리 추방되었을 때여서 별 문제되지 않았지. 우유 가게에 서 있는 황제를 누구도 알아보지 못하자 선생님의 실망이 이만저만이 아니었단다. 하지만 그것은 플로라 슈트라세에 있는 구둣방 주인장도 비슷하게 생겼기 때문이었어. 그런 일은 항상 있으니까.

변신할 수 있는 사람은 사기도 잘 쳐야 한단다. 한번은 슐로스제크 선생님이 공산주의자를 구출한 무용담을 들려준 적이 있단다. 그 사람은 총에 맞은 채 기차로 도망쳤대. 선생님은 턱선이 굵고 검은 가죽 코트를 입은 기골이 장대한 남자로 변신해서 갈라진 목소리로 총을 쏘는 병사들에게 외쳤지. "발사 중지!" 당시 독일에서는 갈라진 목소리의 명령이라면 무조건 따랐고, 그때도 예외가 아니었단다.

슐로스제크 선생님은 죽은 사람의 모습으로도 변할 수 있단다. 자동차를 개발한 고틀리프 다임러의 모습으로 동물원에 가고, 유명 작가 카를 마이의 모습으로 국립도서관에도 갔지. 동물이 될 수도 있었어. 하루는 선생님 댁 마당에서 악어로 변신한 선생님과 마주친 적도 있단다. 나는 곧바로 선생님이라는 것을 알아봤지.

"좋은 아침이에요, 슐로스제크 선생님!"

"안녕, 파흐로크. 오늘따라 굉장히 맛있어 보이는구나!"

악어가 이빨 몇 개를 드러내며 대답하더구나.

선생님은 나 말고는 그 누구도 변신한 모습을 알아보지 못하게 하려고 주의를 기울였단다. 그 말은 마음만 먹으면 그 누구의 방해 없이 나를 잡아먹을 수도 있었다는 뜻이지. 하지만 나는 선생님을 믿었어. 마법사들이 서로 믿는다는 것은 무엇보다 중요한 일이란다. 너도 네 능력을 결코 잘못된 곳에 써서는 안 된다. 나는 악어의 위협에도 눈 하나 깜짝하지 않고 대답했지.

"선생님은 정말 아름다운 악어예요. 존경해요!"

악어가 히죽 웃었어. 입과 함께 가죽 위를 울룩불룩 수놓은 균열이 함께 히죽거리는 표정이 볼 만하더구나.

변신할 때는 항상 위험을 염두에 두어야 해. 네가 원하면 언제든지 원래 상태로 돌아올 수 있을 때까지는 섣불리 변신해서는 안 된다. 오랫동안 악어나 카를 마이로 사는 것은 그리 유쾌한 일이 못 되니까. 개구리가 공주의 키스로 왕자가 되는 그런 일은 아니란다. 그건 동화 속 얘기일 뿐이야. 투명인간이나 다른 모습으로 몇 년씩 살 수는 없다는 점도 명심하렴. 몇 시간을 견디는 것도 매우 힘든 일이고, 두 달 이상 성공한 사람은 아직 못 봤다. 중간에 잠깐 머리를 식히고 나서 다시 그 모습으로 돌아가는 것도 불가능해. 그러니 네가 갑자기 본모습으로 돌아올 수도 있다는 사실을 항상 계산하고 있어야 한다. 그 타이밍이 아주 부적절할 수 있다는 것도 말이다.

그리고 또 하나, 네가 어떤 특정인으로 변신했을 때 그 사람과 너무 가까이 있으면 안 돼. 원본과 복사본이 나란히 서 있다가 변신 마법의 효력이 갑자기 사라진다면 어떻게 되겠니. 그 사람이 보는 앞에서 원래 네 모습으로 돌아오면 당황스러운 질문 세례에 시달리겠지. 원본이 마법보다 훨씬 강한 것은 당연한 사실이니까. 언제나 원본과 확실한 거리를 유지해야 한다는 것을 잊지 말아라. 사진 촬영 역시 매우 위험한 일이야. 변신한 너의 모습이 기록으로 남는 것은 곤란하지 않겠니. 네가 마법을 부리는 공간에 카메라를 두는 것은 절대 금지야.

그때는 좋은 시절이 아니었단다. 많은 사람들이 죽임을 당했지. 전쟁은 지나갔지만 미움 때문에 사람을 죽였고, 거리는 시위대로 가득했어. 계급의식이 있는 사람들이 공정한 세상을 쟁취하기 위해 거리로 나왔지. 하지만 불공평한 세상이 유지되기를 바라는 민족주의자들도 있었다. 그들 모두 근본적으로는 자기 나라가 잘되기를 바라는 마음이었지.

한번은 총파업 때문에 외곽에 살던 사람들은 베를린 시내까지 걸어가야 했다. 그때는 아직 하늘을 나는 마법을 익히지 못한 때였기에 나 역시 걸어갔단다. 여러 갈래로 갈라진 정당들이 서로 싸웠어. 선전용 현수막에는 항상 자기네 사람들은 아름답게, 반대쪽 사람들은 다리가 짧고 뚱뚱한 매부리코로 그려놓았다.

사람들은 모두 한 군데쯤은 병이 들거나 다쳐서 아픈 곳이 있었어. 전쟁에서 부상을 입거나 쇠약해져서 돌아온 사람, 돈을 모두 잃은 사람, 아무리 노력해도 일자리를 얻지 못하는 사람, 독일이 모든 전쟁 피해에 대한 보상을 해야 할 거라는 예상에 의기소침한 사람, 아들을 잃은 사람 등등. 누구나 모종의 흥분과 절망 속에 있었고, 그중 다수가 정치 모임에 참석했어. 거기서 같은 방식으로 절망하고 흥분한 사람들을 만나는 거지. 나 역시 그들이 조금은 섬뜩하게 느껴졌지만 그래도 종종 정치 모임에 나갔단다. 마법을 연습하기에 최적의 장소였거든. 거기 있는 사람들은 아무도 나를 모를뿐더러 내가 누구일지 짐작조차 하지 못했거든. 나는 얼굴과 이름을 바꾸고 거의 모든 정당에 가입했어. 조야한 몸동작을 하며 이상한 방식으로 인사를 해야 하는 정당에도 들어갔지.

나는 신분증을 '잃어버렸다'고 말하고 당에서 제공하는 공짜 맥주와 소시지를 곁들인 완두콩 수프를 얻어먹었어. 그리고 사라져서는 두 번 다시 그곳에 발길을 두지 않았지. 어디선가 내가 모델로 삼아 변신한 원본이 나타나서 신분증을 제시하며 자신의 이름은 그게 아니고 그 정당에 가입한 적이 없다는 사실을 예의 바르게 증명했거든. 내가 좀 경솔하기는 했지만, 그때는 정말이지 배가 너무 고팠단다. 다른 마법사들은 훨씬 더 심한 비행도 일삼았어.

나보다 나이가 조금 더 많은 블뤼트너 씨는 독일제국 대통령으로 변신해 해수욕을 즐기다가 수영복 입은 사진을 찍히기도 했어. 그 사건은 이제 막 움트기 시작한 민주주의에 뼈아픈 타격을 입힐 뻔했단다. 하지만 진짜 대통령은 그보다 좀더 살집이 있었기에 사진 속 인물이 자신이 아니라고 공식 부인했지. 블뤼트너 씨는 그 일을 부끄러워하기는 했지만 다른 사람의 모습으로 나타나는 일을 그만두지는 않았다. 슐로스제크 선생님도 마찬가지였고.

각설하고, 변신술에 관해 명심해야 할 것이 하나 더 있다. 남자 마법사가 여성의 겉모습으로, 여자 마법사가 남성의 겉모습으로 변신하는 것 둘 다 가능하단다. 목소리도 바꿀 수 있지. 하지만 성별이 변하는 것은 아니야. 잠시도 안 되고, 오랫동안 할 수도 없어. 그건 마법으로도 안 되는 거란다. 마법의 역사를 통틀어 그런 일이 가능하기를 간절히 바랐던 동료들에게는 참으로 애석한 노릇이지. 하지만 안 되는 건 안 되는 거니까. 동물로 변신할 때조차 성별은 변하지 않아. 슐로스제크 선생님이 악어로 변신했을 때도 수컷이었지. 이 점에 관해 마법 세계가 정한 기본 법칙은 논쟁을 허용하지 않는다.

아름다움의 마법이 두 가지라고 말했지? 이제 두 번째 마법에 대해 얘기해 보겠다. 내가 실제로 아름다워지는 것이 아니라 다른 사람에게 예뻐 보이게 만드는 마법 말이다. 장기적으로는 첫 번째 마법보다 오히려 더 행복한 방식이지. 네가 아직 이 마법을 쓸 줄 모른다면 좀 의아한 일이구나. 지금쯤이면 분명 할 수 있을 거라고 생각하거든. 이 마법은 영향력의 영역에 속한단다. 그리고 항상 그런 것은 아니지만 종종 에로틱한 방향으로 발휘되곤 하지. 어떤 특정 인물이 네게 특별한 공감을 느끼게 되는 것인데, 모든 사람의 눈에 그렇게 비치는 것이 아니라 오직 마법에 걸린 사람에게만 적용되는 거야. 마법에 걸린 사람 눈에는 일단 자신이 예뻐 보인단다. 적어도 자기 모습이 마음에 든다고 생각하는 것이지. 그렇지 않다면 영향력의 일부가 제대로 발휘되지 않은 거란다. 기분이 좋으면 자기 모습이 왠지 모르게 '근사해 보이는' 법이잖니. 거울에 비친 내 모습이 원래보다 좀더 예뻐 보이는 효과, 바로 그것이 영향력의 마법이란다.

나는 스스로를 아주 매력적인 청년이라고 확신했다. 그리고 마법의 힘을 빌려 다른 사람의 눈에도 그렇게 보이게 했지. 그래, '보이게' 만들었어. 그것은 믿음의 문제가 아니라 사실이었다. 슐로스제크 선생님은 나한테 소녀들의 관심을 끄는 탁월한 재주가 있다는 것을 발견했지. 내가 선생님 댁 앞마당에서 연습하던 시절부터 그 사실을 알아챘단다.

성적 매혹은 파괴적 힘을 가지는데, 마법으로 그 힘을 좀더 증폭할 수 있지. 하지만 끝까지 밀어붙이는 힘은 마법이 아니라 그 자체에서 나오는 거란다. 누군가 다른 사람을 연모하게 될 때, 아름다움은 한낱 액세서리에 지나지 않아. 실제로 내 첫 번째 연애에서 마법은 아무런 역할도 하지 않았어. 우리는 그냥 마음이 끌리는 대로 입을 맞추고 그다음으로 넘어갔어. 니더쇤하우젠 성 앞 공원에는 우리를 찾으려 눈에 불을 켜고 돌아다니는 시끄러운 녀석들이 있었지만 거기에 신경 쓸 겨를이 없었다.

소녀의 이름은 빌트루트였어. 팡코의 여인숙집 딸이었는데 처음에는 부끄러워 몸을 움츠렸지. 우리가 부둥켜안고 있을 때 그녀는 방해꾼이 있다는 것을 알아채고는 몸을 뒤로 빼더구나. "저건 그냥 꼬마 마법사야. 저런 녀석들은 길에 널렸다니까." 내 설명에 그녀는 조금 안도하는 듯했고, 방해꾼은 곧 모습을 감췄다.

아마 나는 그 어린 숙녀 곁에 더 오래 머물 수도 있었을 거야. 그녀는 마음이 넓고 재미있고 무엇보다 있는 그대로의 나를 좋아했거든. 하지만 그녀의 아버지, 여인숙 주인은 그렇지 않았어. 그의 눈에 나는 별로 잘생기지 않은 것을 넘어서서 이상하게 보였을 거야. 나는 인디언 혈통의 혼혈에 푸른 눈이 아니라 갈색 눈을 가졌으니까. 그는 딸에게 다시는 나를 만나지 말라고 다그쳤단다.

지금 나는 여기 앉아 글을 쓰고, 너는 기분 좋게 공갈 젖꼭지를 빨고 있는 이 순간에도 한 무리의 사람들이 내전을 피해 독일로 도망을 오고 있다. 그들 중 많은 이들은 분명 아름다운 사람들일 거야. 하지만 어떤 사람들은 그들이 처한 현실 때문에 스스로를 미련하고 추하다고 생각하겠지. 내 눈에 비친 빌트루트의 아버지도 이상하기는 마찬가지였단다. 내 입장에서 그는 난폭한 여인숙 주인이었어.

빌트루트와 헤어진 슬픔이 오래가지는 않았다. 철부지였던 나는 사랑의 맹세를 끝까지 지켜야겠다는 생각도 없었거든. 그때는 마침 슐로스제크 선생님과 소녀들의 마음을 뺏는 기술을 연마해 나가던 시기였어. 나는 새로운 여자 친구를 찾기 위해 온갖 마법을 부지런히 연습했지. 그때 라이벌이었던 슈나이데바인은 나 때문에 계속 불이익을 당해야만 했어. 소녀들은 처음에는 그 아이를 바라봤지만 얼마 지나지 않아 나에게 더 끌렸거든. 마법으로 그 대단한 일을 해냈단다. 슈나이데바인의 불타는 가슴에 계속해서

찬물을 끼얹는 재미가 쏠쏠했지. 하지만 잘못은 그 애가 자초한 거야. 그 애는 원래 잘생겼는데도 여자들 앞에서 더 잘생겨 보이려고 애쓴 나머지 정말 흠잡을 데 없이 준수해 보였어. 시시각각 미용 마법을 구사해서 아름다움을 뽐냈는데 그게 오히려 부정적으로 작용한 거야. 아름다움 자체에 주력하느라 매력을 놓친 거지. 게다가 그 애는 진심으로 웃을 줄을 몰랐어. 입매를 끌어 올리고 치아를 드러내면 웃는 거라고 생각했지. 근육과 치아는 웃고 있지만 눈은 아니었어. 기쁨의 미소라기보다 득의양양한 웃음이어서 누구도 그 모습을 보고 따라 웃을 수는 없었지.

나는 매번 여자들의 마음을 뺏는 데 성공했지만, 한번 시작한 마법을 어떻게 멈추는지는 몰랐단다. 오직 시간의 힘에 의존했지. 그렇게 몇 년이 흐르는 동안 나는 여자를 울리는 비정한 남자가 되어버렸어. 나중에는 후회를 많이 했지. 이별을 위한 위로의 마법은 따로 있단다. 매혹의 마법을 배우는 김에 그 마법도 함께 배우는 것이 좋겠다.

언젠가 한번은 글래스고에서 진행되던 영화 촬영이 절반을 넘긴 기념으로 열리는 축하연의 초대장을 팩스로 받은 적이 있단다. 레일란더가 감독하고(그때는 이미 그녀와 알고 지내던 때였다), 네 아빠가 위대한 군주로 출연한 영화였어. 영화가 항상 우리 곁에 있다는 것은 얼마나 아름다운 일인지. 나는 좋은 영화를 수백 편, 아니 천여 편은 보았고, 하나하나를 모두 사랑한다. 그때 네 아빠는 벌써 세 번째로 나이 지긋하고 지혜로운 신사 역할을 맡은 거였어. 나도 배우가 되고자 평생 노력했지만 네 아빠처럼 성공하지는 못했다.

네가 이 편지를 읽을 때쯤에는 팩스가 아예 없어졌을지 모르겠구나. 스마트폰마저 사라졌을지 모르지. 머릿속으로 미래의 모습을 그려보면 어쩐지 거북한 기분이 들곤 한다. 예를 들어 상상 속 미래의 사람들은 머리에 만능칩을 심어서 훨씬 비상하고 발달된 기능의 뇌를 가졌을지도 몰라. 뉴욕에 사는 친구와 통화하고 싶다면 그냥 그 자리에서 대화를 시작하면 되겠지. 귀에 뭔가를 갖다 댈 필요 없이 손목시계의 단추 하나를 누르고 말하면 되는 거야. 그쯤 되면 마법과 기술의 차이는 단추를 누르느냐 마느냐 하는 정도이겠지. 오래전 슐로스제크 선생님은 기술이 마법을 대체하고자 노력할 거라고 예상했어. 하지만 선생님은 기술의 승리가 아니라 패배를 장담했지. 사실 선생님은 거의 모든 기술을 흉물스럽게 생각했는데 그중 자동차를 유독 싫어했어. 나는 그렇지는 않았지.

사랑하는 마틸다, 나한테 열일곱 살에 온종일 무엇을 하며 지냈냐고 묻는다면 매일같이 소녀들 뒤꽁무니를 따라다니거나 그것을 위해 마법을 연마한 것만은 아니었다고 자신 있게 말할 수 있단다. 사실 내 마음은 소녀들이 아니라 기술에 홀려 있었어. 나는 모든 수단을 동원해서 기술을 익혔지. 기계를 찾아내서 해체하고 다시 조립했어. 슐로스제크 선생님은 그것을 못마땅해했지. 선생님은 '문명의 이기'라는 단어를 들으면 얼굴을 찡그리고는 마치 도움을 기다리는 것처럼 하늘을 올려다보며 이런 말을 하곤 했어.

"기술은 어떤 식으로든 몸을 팔겠다고 마음먹은 마법의 어린 여동생 같은 거야."

"기술은 마법을 부릴 수 없는 사람들이 기계를 이용해서 우리의 마법을 따라 해보려고 애쓰는 것에 불과해."

나는 반박하지 않을 수 없었단다.

"그래도 기술은 유익해요. 저는 마법을 부릴 수 없는 사람들이 좀 늦게라도 자신들에게 도움이 될 마법과 비슷한 무언가를 가져야 한다고 생각해요."

"사회민주주의자들처럼 말하는구나!"

선생님은 코웃음을 쳤어.

"그리고 제 눈에는 자동차도 멋있기만 한걸요!"

"그건 흉물이야!"

"하지만 그 모든 기계들이 우리의 가능성을 넓히는 데 도움이 되잖아요. 그런 것을 왜 가지면 안 되죠?"

"그래, 좋아. 기술 덕분에 우리는 공격과 굶주림, 추위를 피할 수 있어. 더 이상 먼 거리를 걸어가지 않아도 되지. 하지만 탁탁 소리를 내며 철길을 달리는 증기기관차가 아름다운 노랫소리를 덮어버리는 것은 어떡하지? 자동차가 만들어내는 소음과 악취는 어떡하지? 마차 소리가 그보다 훨씬 더 아름다워. 화물열차의 도착을 알리는 바보 같은 '플롭 플롭' 소리보다 말을 타고 온 전령들의 인사 소리가 훨씬 더 유쾌하지 않니?"

모든 기술에 매료되어 있었던 나는 선생님의 주장에 화가 났어. 나는 마치 오늘 아침에 있었던 일처럼 그 모든 대화를 생생하게 기억한단다.

"그럼 밤이 되면 거리는 암흑천지가 되어야 하고, 물도 수도꼭지에서 나오면 안 되겠네요? 저희 어머니는 물을 길러 팡코 공동 우물까지 걸어가야겠군요? 연탄을 구할 수 없으니 나무를 베어다 불을 때야 하고요."

슐로스제크 선생님이 손을 들어 내 말을 막았지.

"그런 것까지 논쟁을 벌이고 싶지는 않구나. 하지만 기술은 처음 발명되었을 때의 목적을 넘어서서 간섭하지 않아도 될 곳에까지 영향력을 미치고 있어. 반면 마법은 원래 의도대로 세상의 아름다움을 위해 일하지."

"'의도대로'라고요?"

"그래, 처음처럼. 그리고 '모든 것의 시작에는 마법이 깃들어 있다'는 유명한 말처럼."

선생님은 분명 현명하고 학식이 높은 분이었다. 그런데도 마법의 힘으로 부족의 불운을 막아냈던 드루이드족의 세계를 동경했지. 마법과 경이로움은 신체보다는 인간의 영혼에 작용하는 거라고 생각했던 선생님은 현대인 중에서도 같은 꿈을 꾸는 회의론자들이 있을 거라고 믿었어. 마법과 시작에 관한 유명한 경구는 선생님의 말과 글에 자주 등장하던 것이란다. 나중에 헤르만 헤세라는 시인이 어디선가 주워듣고는 자기가 말한 것처럼 퍼뜨리고 다녔지.

그때 우리는 가난했고 슐로스제크 선생님은 부자였다. 하지만 선생님도 우리도 그것을 개의치 않았어. 선생님이 우리를 도와주었거든. 선생님은 나를 마음에 들어 했고, 어머니도 좋아했어. 어머니는 씩씩하고 언제나 진심으로 다정한 분이었거든. 어머니는 1924년부터 막내였던 나와 함께 베를린 베딩 지역에 살면서 삯바느질을 했어. 하지만 양조장에서 일하던 큰형의 도움 없이는 생계를 이어가지 못했어. 물론 슐로스제크 선생님의 도움도 컸지.

선생님을 좋아했던 나는 초대해 주실 때마다 기쁜 마음으로 찾아갔단다. 특히 저녁 초대를 좋아했지. 선생님의 조력자였던 블라디미르가 초로 밝혀놓은 집 안에서 깃대 꽂힌 대문이 석양에 빛나는 풍경은 정말이지 근사했어. 정말 아름다운 집이었단다. 선생님은 1906년에 그 집을 지었는데, 대문은 나중에 추가로 만들었다더구나. 3층에 있는 선생님의 집필실 창문으로 부모님이 살았던 예전 우리 집도 보였어. 나는 그곳을 바라보면서 언젠가는 그 집으로 돌아가겠다고 생각했지. 그때는 서른 살쯤이면 가능할 줄 알았는데, 결국 아흔이 되어 휠체어를 타고서야 집으로 돌아왔구나.

어느 날인가 나는 문득 선생님보다 마법을 더 잘하는 사람이 있는지 물어보았단다. 선생님은 고개를 끄덕였지.

"한 명 있는 건 확실하지."

"누구예요?"

"바벤첼러."

"그분은 어디 살아요?"

"정확히 모른다. 나도 직접 만나본 적이 없으니까. 감당하기 어려운 사람이거든. 하지만 재미있는 사람이기도 하지."

"그분이 선생님보다 더 잘하는 게 뭐예요?"

"죽음. 마법사는 마법으로 사람을 죽여서는 안 된다. 할 수도 없고. 하지만 유일하게 그 사람에게는 죽음의 마법이 허락되었지. 어떤 이들은 바벤첼러를 악마라고도 한단다."

"그럼 그분이 다른 마법사를 죽일 수도 있나요?"

"내가 들은 바로는 그렇단다."

"왜 죽이는 거예요?"

"내가 그걸 어떻게 알겠니? 아마 재미있나 보지."

나는 가급적 바벤첼러를 피해야겠다고 결심했다. 하지만 어렸던 나의 머릿속에는 다른 생각들로 가득했지. 그렇지 않더라도 죽음에 대해 깊이 생각하고 싶은 사람이 누가 있겠니? 그래서 시간이 지나 그 악명 높은 인물과 직접 대면하게 되었을 때는 그의 이름조차 제대로 떠올리지 못했단다.

내 어머니는 슐로스제크 선생님이 마법사인 줄 몰랐어. 내가 선생님 댁에 놀러 갈 때마다 어머니는 "교수님께 안부 전해라"고 말했지. 사실 어머니는 내 능력에 대해 모르고 있었단다. 어머니는 뜬구름 잡는 소리를 할 때도, 반항적일 때도 언제나 내 모습 그대로를 사랑했어. 어머니가 아니었다면 나는 특별한 재능을 가졌는데도, 혹은 바로 그 특별한 재능 때문에 나쁜 사람이 됐을지도 모른다. 우리는 재봉틀 위에 걸린 사진을 보며 아버지 얘기를 자주 했단다. 아버지 역시 내가 마법사라는 사실을 전혀 몰랐지. 아니, 혹시 알고 있었으려나?

전쟁에 나가기 한참 전에 아버지는 네바다주 파흐로크 산맥의 커다란 절벽 이야기를 해준 적이 있단다. 거기에는 인디언 언어로 부족의 미래가 적혀 있고, 나를 암시하는 문자도 있었다고 말이야. 나는 아주 오래 살 것이고 책을 한 권 쓸 것이라고 그 절벽에 적혀 있다는 거야. 나는 아버지를 믿었고 항상 그 말을 기억했단다. 네게 전해 줄 중요한 것들을 편지에 다 쓰고도 시간이 허락된다면 나는 네바다주로 날아가서 인디언에게 절벽에 쓰인 문자를 해석해 달라고 부탁할 거야. 마틸다, 거기서 너에 대한 설명도 하나쯤은 발견할 수 있을지 모른다. 마법사의 존재는 어딘가에서 한 번쯤 예고되게 마련이거든.

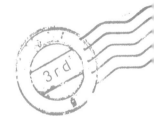

세 번째 편지 **공중에 뜨기와 날기**

2012년 8월

공중을 난다는 것은 어떤 식으로든 중력의 지배를 거스르는 행위란다, 마틸다. 말도 안 되는 소리로 들릴 수도 있지만 마법의 세계에서는 가능한 일이야. 이 기술은 열다섯에서 열여덟 살 무렵에 나타나지. 너에게는 이미 나타났을 수도 있고, 또는 나타나기 직전일 수도 있다.

나에게 비행 기술의 조짐이 보이기 시작한 것은 1923년 크리스마스 무렵이란다. 열여덟 살이 다 되어갈 즈음이었고, 슐로스제크 선생님은 눈금 저울에 올라갔을 때 몸무게가 덜 나가게 하는 법을 알려주었지. 신중한 선생님은 비행 기술이라는 말은 하지 않았어. 영양실조로 분류돼야 급식을 좀더 잘 받을 수 있으니 보건실에서 체중을 잴 때 써먹으라고 했어. 나는 가벼워지는 데 초점을 두고 그 기술을 배운 다음 체중계 위에서 시도해 보았단다. 하지만 아무리 애를 써도 무게를 2킬로그램 남짓밖에 덜지 못했지. "좀 더 할 수 있어!" 슐로스제크 선생님은 용기를 북돋워주었다.

얼마 지나지 않아 나는 광코 초등학교 친구들과 함께 라이니켄도르프의 쉐퍼 호수로 썰매를 타러 갔어. 슈나이데바인은 선물받은 스케이트를 메고 왔지. 얼음판이 아직 얇았는데도 우리는 그 위로 올라갔어. 슈나이데바인이 속력을 내다가 스케이트 날로 살짝 금이 간 얼음판 위를 찍자 순식간에 얼음이 조각조각 갈라지는 통에 깜짝 놀라 뭍으로 올라왔지. 하지만 나는 달랐어. 나는 그 애보다 가벼워서 발아래만 살짝 갈라지고 말았어. 그래서 자신만만하게 그 자리에 서 있는데 갑자기 얼음판이 와장창 부서지더니 신발 속으로 차가운 물이 스며드는 거야. 너무 놀라서 얼마 전에 갓 배운 마법을 부릴 수가 없었지. 그래도 잠시 잠깐 사이 아직 덜 가라앉은 얼음덩이를 한 발로 밟고 서는 데 성공했단다. 그리고 반동을 이용해서 겨우 구멍 사이로 다시 올라올 수 있었어. 그동안 나에게 무슨 일이 일어났는지 눈치챈 사람은 아무도 없었단다.

새로운 능력이 매우 자랑스러웠던 나는 연습할 만한 공간을 찾아다녔지. 그렇게 찾은 곳이 어느 큰 건물 화장실이었어. 높은 건물에 있고 오가는 사람도 많았지만 천장이 높고 문을 걸어 잠글 수 있었거든. 나는 사다리를 들고 화장실로 들어가 변기 옆에 세워놓은 다음 그 위에서 의기양양하게 뛰어내렸단다. 부양력이 오락가락하거나 서서히 줄어들 때는 그 자리에 정지할 수도 있었어.

마침내 손이나 발을 쓰지 않고 천장까지 오르는 데 성공했지. 문제는 사다리를 들고 화장실에 들어가는 과정이었어. 사람들은 변태를 보듯 나를 쳐다봤거든. 그래서 천장에 붙은 거미줄을 제거하러 간다고 둘러댔단다.

순식간에 몸무게를 줄이는 기술은 굳이 날 때가 아니라도 정말 쓸데가 많단다. 예를 들어 휘청거리거나 무언가에 부딪쳤을 때 바닥에 넘어지는 것을 방지할 수 있어. 바닥으로 떨어지는 대신 공중으로 날아오르는 거지. 나는 이 기술을 학교 운동장에서 몸싸움을 벌일 때 써먹었단다. 때리고 맞으려면 양쪽의 무게가 필요해. 하지만 때리는 순간 맞는 사람의 무게가 깃털처럼 가벼워지면 상처나 멍도 남지 않는단다. 무하마드 알리가 이 기술을 거의 비슷하게 구사했는데 마법을 쓰는 것 같지는 않더구나. 너는 여자아이니까 몸싸움 같은 데 휘말리지 않기를 바란다. 하지만 그게 아니더라도 갑자기 가벼워지는 기술은 쓸모가 많아. 언젠가 네가 사랑스럽지만 운동은 그리 열심히 하지 않은 신랑을 만나 기대에 찬 눈으로 보는 사람들 앞에서 번쩍 안겨야 하는 순간에 이 기술이 무척 큰 도움이 될 것 같구나. 하지만 조절을 잘해야 해. 어느 정도 무게는 남아 있어야 하니까.

이 기술을 운동 경기에 활용하는 것은 문제가 있단다. 나는 1926년 열린 무선전신회사 체육대회 멀리뛰기 3차 시기에 이 기술을 써서 우승을 했어. 그러느라 허공에 잠깐 떠 있었는데, 비디오카메라로만 판독할 수 있을 정도였지. 하지만 눈이 밝은 마법사라면 알아볼 수 있었을 거야. 누군가 보고서도 나한테 아무 말도 하지 않았을 수도 있고. 지금에 와서는 너무 부끄러워서 그때 딴 메달은 어딘가에 숨겨두었단다.

네가 바닥에서 발을 떼고 살짝 떠오를 수 있거든 아무도 보지 않는 숲으로 가서 연습하렴. 바람이 많이 불 때는 날아가지 않도록 몸에 긴 줄을 매달도록 해. 까불지 말고, 전선이나 풍력발전기 혹은 날다가 걸릴 수 있는 모든 것을 조심해야 해. 그리고 무조건 바지를 입거라! 아직 기술을 완벽하게 익히지 못한 상황이라면 너를 뒤쫓아 오는 누군가를 피해야 할 경우에도 갑자기 날아오르려고 하지 말거라. 두 발을 모으고 뛰었는데 다시 땅으로 떨어지는 것만큼 당황스러운 노릇도 없지. 그보다는 열심히 달려서 줄행랑치는 편이 낫단다.

허공에 뜨기 위해 필요한 집중력을 모으는 방법은 사람마다 다르단다. 어떤 사람들은 새처럼 팔을 펄럭이는 것이 도움이 된다고 해. 나는 오른손으로 코를 쥐고 있는 게 낫더구나. 나의 위대한 동료 뮌쉬하우젠은 오른손으로 머리카락을 움켜쥔대. 슈나이데바인은 나는 데 별 소질이 없었어. 두 팔을 펄럭이며 아무리 애써도 살짝 떴다가 도로 제자리였지. 그 애는 그것을 항공 용어처럼 '추락했다'고 표현했어.

비행 이야기를 본격적으로 하기 전에 다시 한 번 당부하겠다. 네가 마법 능력을 가지고 있다는 사실은 반드시 비밀로 해야 해.

더 정확하게 말하자면 여기저기서 일어난 마법 같은 일들이 바로 네 손으로 이뤄졌다는 사실은 언제까지나 비밀로 부쳐야 한단다. 예외는 없어. 아무리 친한 사람에게도 말해서는 안 된다. 다만 마법사라고 확신하는 사람에게는 말해도 된단다. 그리고 절대 들키지 말거라! 아름다움의 마법은 눈에 잘 띄지 않는 편이야. 정말 돋보이고 싶을 때는 차라리 다른 사람으로 변신하렴. 다시는 볼 일 없는 잘 모르는 미인이 되는 거야. 팔 늘이기를 할 때는 보는 사람이 아무도 없는 완벽한 순간을 노려라. 누군가 보는 앞에서는 절대 공중으로 뜨면 안 된다. 비행은 밤이 이슥해지면 하고, 아니면 투명인간 마법과 동시에 할 수 있을 때까지 기다리렴.

물론 남들이 보는 앞에서 물 위를 걸을 수도 있겠지. 하지만 그런 쇼는 너무 과하다. 게다가 굉장히 어려워. 허공에 뜬 채로 완벽하게 걸어가야 하니까. 그러면 사람들은 네가 마법사라는 것을 알아채겠지. 가끔은 사람들이 놀라워하는 모습을 보는 것도 재미있단다. 하지만 지나치게 하지는 말거라. 물론 너는 몇 년 후에 마리아 상이 눈물을 흘리도록 만들 수도 있고, 장님의 눈을 뜨게 할 수도 있어. 하지만 제발 몰래 하렴. 사람들이 너를 살아 있는 성녀로 숭배하지 않도록 말이다. 대신 신비로운 어떤 존재가 있다고 상상하게 내버려두는 거야. 그러는 것이 그들의 정신 건강에도 좋아. 또한 이성적인 면에서도 가끔씩 이런저런 기적이 일어나는 것이 좋단다.

인류가 아직 발전하지 못했을 때, 그래서 우리의 말을 잘 들었을 때는 숨지 않아도 되었어. 우리는 공개적으로 조언하고 치료하고 위로하면서 부족들을 이끌었지. 우리의 말 한마디면 싸우다가도 멈췄어. 그때 인간의 뇌는 다른 식으로 구성돼 있었고 자아 개념도 강하지 않았지. 사람들은 무엇을 해야 할지를 우리에게 물었고, 사슴 떼처럼 우리를 따랐어. 우리는 처음부터 마법이 지극히 소수에게만 주어지는 재능에 불과한 것처럼 연기했지. 우리는 '영혼'의 소원을 듣는 특별한 능력이 있다고 주장했어. 그러면서 마법의 물약을 전해 줬지. 돌팔이 같은 짓이었지만 그게 의학의 시작이었단다. 그럴싸한 이미지를 만들려고 주문도 외웠지. 실제로 마법을 부릴 때는 그냥 생각에만 집중하면 되니까 주문은 필요 없어. 그런 건 괜히 방해만 될 뿐이야.

시간이 지나면서 우리는 동화에 등장하기 시작했단다. 온갖 종류의 마법 도구들과 함께. 램프, 반지, 오두막, 테이블, 마법에 걸린 음식 등등 모두 귀여운 속임수였어. 하늘을 나는 양탄자도 사실은 마법사가 하늘을 날면서 양탄자를 들고 있었던 거야. 많은 사람들이 아직까지도 마법의 물건들을 믿고 있단다. (필요하다고 생각하면 그런 것을 구입하기도 해.) 하지만 전 세계 공통으로 마법의 힘을 발휘하는 물건은 이불인 것 같아. 기상 알람이 계속 울리면 사람들은 전날 그것을 맞추면서 굳은 다짐을 했던 그 힘을 이불로 막아내지.

우리는 숨어서 일한단다. 지금도 그것은 변함없어. 그러니 너무 눈에 띄는 마법은 쓰지 말거라. 사람들이 너를 앞뒤가 안 맞는 사건을 만들어내는 장본인으로 기억하게 하지 말거라. 사람들이 보는 앞에서는 무엇이든 상식 범위 내에서 행동해야 한다. 어떤 행동이든 중학교 과학 시간에 배운 이론으로 해명할 수 있는 수준이어야 해. 그게 불가능하다면 문 뒤나 어둠 속에서 일하렴.

마법사들끼리 벌이는 경쟁에 말려들지도 마라. 그런 싸움을 하다 보면 얼마나 많은 눈이 너를 바라보고 있는지를 쉽게 잊고 말지. 혹시 감옥에 가게 됐는데(그런 일이 일어나곤 한단다) 담장을 넘거나 벽을 통과하는 기술을 벌써 익혔다면, 밤에 나갔다가 날이 밝기 전에 반드시 방으로 돌아와야 한다. 정치적인 이유로 감시를 당하던 동료들 몇몇이 1년이 넘도록 감옥과 자유세계를 넘나들다가 교도관의 관심을 끈 적이 있단다. 그래서 그들은 인내심을 갖고 훨씬 세련된 기술을 연마했고 결국 감옥에서 나올 수 있었어. 그건 바로 정권을 몰락시키는 것이었다. 감옥살이를 끝낼 수 있는 가장 믿을 만한 방법은 그것밖에 없었지.

이 기회에 할 말이 또 있단다. 의심을 사지 않을 만한 소시민적 신분을 갖는 것은 마법사에게 꼭 필요하다. 내가 거쳐온 직업들을 오직 열정으로만 하게 된 것은 아니란다. 그것은 일종의 위장술이기도 했지. 네가 값비싼 물건을 가졌다거나 그저 즐기기 위해 자주 여행을 떠난다는 사실이 이웃의 눈에는 의심스럽게 비쳐질 수도 있잖니. 그러니 사람들이 쉽게 받아들일 수 있는 평범한 직업을 가지렴. 특별한 기술이 필요없는 직업 말이야.

이런 말을 하는 게 유쾌하지는 않다만, 진짜 마법을 부릴 수 있다고 해서(무대에서 복면을 쓰고 쇼를 하는 마법사가 아니라) 예술이나 학문 등 다른 분야에서도 천재성이 있는 것은 아니란다. 발명가도 몇 명 없어. 볼펜과 바르는 겨드랑이 땀 억제제를 발명한 비로 씨가 유명하고, 내가 샥토그래프와 위성항법 장치를 발명한 정도란다(두 가지에 대해서는 나중에 다시 설명하마). 하지만 성공한 기업가는 꽤 있지. 샴페인 업계에 큰 혁신을 일으킨 클리코 퐁사르당 여사가 떠오르는구나. 하지만 기업가나 발명가가 아니더라도 우리는 마법을 할 수 있으니 그걸로 충분하지. 최고의 숯은 지극히 일반적인 사람들의 몫으로 남겨두자.

연금 생활자가 된 이후로도 나는 해외 원정에 들어가는 많은 비용이 어디서 나오는지 증명하기 위해 게스트하우스를 열어서 (이른바) '은퇴 후 수익'을 창출하고 있단다. 이 일은 굉장히 재미있어. 아니면 백 세 노인이 어디서 그렇게 많은 젊은이들을 만나겠니? 중국에서 온 친구들이나 패기로 가득 찬 베네수엘라 동료들을 만났을 때는 정말 기분이 좋았단다. 정부가 호시탐탐 감시하는 그곳의 삶은 위험의 연속이야. 그래서 나는 한 젊은이에게 매우 유용한 속임수를 하나 전수해 주었다. 누군가 내가 사는 곳 근처까지 따라오는 것이 느껴지면 순식간에 옷을 바꿔 입는 기술이란다. 나는 그 기술을 열여섯 살 때부터 구사할 수 있었지. 다른 사람이 네 옷가지를 걸치고, 네가 그 사람의 차림을 하는 거야. 그럼 뒤를 밟던 사람은 엉뚱한 사람을 붙잡았다가 놓아줄 수밖에 없지. 그때부터 자신의 머리를 믿지 않게 되는데, 그것이 이 기술의 해피엔 딩이란다.

슐로스제크 선생님은 인정받는 마법사에게는 조력자가 필요하 다고 강조했다. 마법에 대해서는 알고 있지만 능력은 없기 때문에 경쟁자가 될 가능성이 없는 존재 말이다. 물자를 조달하고 의논도 할 수 있는, 이른바 '이인자'를 말하는 거야. 세상에 그런 사람은 많지 않아. 누구나 일인자가 되려고 하니까. 슐로스제크 선생님은 자신의 조력자들을 모두 '블라디미르'라고 불렀어. 나는 '발데마 르'라고 부른단다. 발데마르 3세는 해양소설을 쓴 작가야. 역대 발 데마르의 진짜 이름은 모두 잊어버렸다. 그걸 다 기억하기는 어려 우니까.

다시 비행 기술로 돌아가자. 공중에 뜨는 데 성공했다면, 이제 는 바람이 어디에서 부는지를 잘 살펴야 한단다. 제발 뜨기 전에 바람부터 점검해라! 나의 첫 비행 시도처럼 갑자기 날아오르는 것 은 위험해. 나는 3월 어느 새벽 동이 트기 전에 연습을 시작했단 다. 그런데 어떻게든 몸을 들어 올리기까지 너무 오래 걸린 거야. 동쪽 하늘은 밝아오기 시작했고, 서쪽 하늘에서는 구름이 몰려오 고 있었지. 하지만 나는 연습에 집중하느라 둘 다 보지 못했어. 아 침 일찍부터 날씨가 그렇게 궂으리라고는 예상하지 못한 거야. 그 러다 돌풍이 휙 부는 게 느껴지더니 허공에 잠깐 떠 있는 나를 잡 아채서는 남동쪽으로 몇 킬로미터나 날려버렸어. 발아래로 집들이 점점 작아지고 떠오르는 태양에 반사되어 반짝이는 호수가 보였지. 다시 무게를 늘리려고 갖은 애를 썼지만 내 몸은 종잇장처럼 나풀대기만 했어.

호수 바로 위를 지나갈 때쯤 산에서 내리부는 바람이 내 몸을 붙드는 찰나에 마침 힘을 준 것이 뒤늦게 효력을 발휘했단다. 나는 거대한 수면 위로 내리꽂혔어. 물에 첨벙 빠졌다거나 물속으로 가라앉은 기억이 없는 것으로 보아 바로 기절한 것 같아. 기억나는 것은 얼마쯤 지났는지 내 몸을 배 위로 끌어당기던 힘센 두 팔이었다. 호수의 수영장은 아직 개장 전이었는데, 부지런한 수영장 관리인이 비바람에 보트가 괜찮은지 살피러 나왔다가 내가 물에 빠지는 것을 목격한 거야.

"도대체 너는 어디서 떨어진 거니? 비행기에서 뛰어내리기라도 한 거니?"

그가 뭍으로 노를 저어가며 물었어. 나는 대답을 망설였지. 이를 덜덜 떨면서 시간을 끌었어. 마틸다, 가능한 모든 변수를 고려해서 적절한 타이밍에 적당한 해명을 내놓는 것이 무엇보다 중요하단다.

나는 계속 몸을 떨며 말했다.

"회오리바람이 불었어요! 발코니에 서 있었는데 저를 휙 들어 올려서 날려버린 거예요!"

"어디서?"

"집요."

"녀석아, 그러니까 그 집이 어디냐고?"

나는 베를린 테겔 지역이라고 말했단다. 그런 일이 일어나기에 적당한 지역이라는 생각이 들었거든. 내가 사는 팡코 부근에서 나를 찾아다니는 일은 막아야 했으니 거짓말이 불가피했지. 하지만 나는 내 첫 비행을 기념하고 화제를 모으고 싶은 마음에 더 신중하지 못했다.

"와우, 이건 신문 기삿감이야!"

관리인은 그렇게 소리치면서 당장이라도 신문사에 전화할 태세였어. 그는 내게 수건과 샤워 가운을 주면서 공중전화로 전화를 해야겠다고 말했지. '오, 하늘이시어, 신문은 안 돼요!' 나는 마음속으로 소리를 질렀단다. 당장 도망쳐야만 했어. 그런데 그 마음씨 좋은 관리인은 목적의식 또한 분명한 사람이었어. 내가 달아나지 못하도록 창고에 집어넣은 다음 문고리를 걸어두고 간 거야. 열쇠는 바깥 문고리에 꽂아둔 채로. 다행히 각목을 격자로 엮어 만든 문이라 각목 틈 사이로 팔 늘이기를 해서 열쇠를 뺄 수 있었단다. 그리고 옷 바꿔 입기 기술로 15분 거리에 있는 신문배달원의 행색으로 변신했지. 필요한 기술이 착착 잘 맞아떨어졌어. 하지만 젖은 것을 말리는 마법은 갖추지 못했어. 그래서 변신한 옷차림 역시 흠뻑 젖어 있었지. 계속해서 폭풍우가 몰아치고 있었으니까. 나는 도망치는 길에 전화를 걸고 돌아오는 관리인과 마주쳤고 다정하게 고갯짓으로 인사까지 나눴단다. 그의 손에는 빗물이 뚝뚝 떨어지는 베를린 지역신문이 들려 있었지. 기대에 찬 그의 표정을 아직도 잊을 수가 없구나.

집으로 돌아오기까지 한 시간이나 걸렸지만, 나는 자신감이 생겨서 행복했단다. 제자리에서 붕 떴다가 내려오는 것이 아니라 아예 도시 하나를 지나 날아가면서 인간 세상을 내려다볼 수 있었으니까. 그런 경험을 한 사람은 당장 더 높이 오를 계획을 세우게 마련이지.

다시 실전으로 돌아가면, 비행 마법은 네가 방향을 조정할 수 있을 때만 가치가 있단다. 그걸 어떻게 하냐고? 물론 비행기처럼 할 수는 없지. 아기 코끼리 덤보처럼 큰 귀를 날개 삼아 방향을 바꾸는 방식도 아니야. 우리의 기술은 완전히 다르단다. 일단 네가 날아오를 수 있을 만큼 높이 수직으로 날아올라라. 최고 4킬로미터쯤 될 거야. 새들은 그보다 훨씬 더 높이 날 수 있단다. 그다음 몸의 균형을 유지하면서 아래로 떨어지는 거다. 내려오는 동안 네 눈에 보이는 것에 집중해. 네 눈과 눈에 보이는 대상 간의 자기력으로 방향을 잡는 거야. 처음 눈에 들어온 대상이 너의 첫 번째 목적지야. 시력으로 나는 거지. 물론 다른 대상이 눈에 들어오면 시선을 돌려도 된다. 하지만 어디가 됐든 목적지를 항상 보고 있어야 한다는 것을 명심하렴. 이 방법이 익숙해지면 너를 조종할 다른 방법도 찾아보거라. 예를 들어 스키점프 선수처럼 두 팔을 넓게 벌려서 팔을 날개로 만들어볼 수도 있지. 물론 팔은 날개가 될 수 없으니 흔들거나 휘두르는 것은 방해만 될 뿐이란다.

날아서 방향을 조종할 수는 있지만 눈으로 방향 조절하는 법을 장시간 구사하기는 무리라면(이건 힘든 일이니까) 중간 착륙을 해야 한다. 눈을 쉬고 나서 다시 수직으로 날아오르는 거야. A지점에서 B지점으로 가는 데 얼마나 걸리는지 말하기는 어렵지만, 대략 베를린에서 뮌헨까지 중간 휴식 없이 3시간쯤 걸린다고 계산하렴. 그리고 항상 날다가 갑자기 추락할 가능성을 염두에 두어야해. 그러니 네가 비행과 동시에 투명인간이 될 수 없다면, 혹은 추락할 때 새처럼 작아지는 마법을 익히지 않았다면 밤에만 날거라. 그리고 명심해야 할 다른 한 가지는, 네가 날아서 이동한다는 사실을 다른 마법사들도 알 수 있다는 거야. 너를 개인적으로 아는 마법사라면 더 정확하게 네가 비행할 때 내는 소리를 식별할 수 있지. 마법사들은 누구나 자신만의 독특한 비행 소음을 갖고 있거든. 네가 어떤 마법사를 적으로 두고 있다면 비행 중 위험에 처할 수 있다는 얘기야. 그와 멀지 않은 곳에 있다면 그가 너의 위치를 확인할 수 있으니까.

네가 운반하고자 하는 물건들에 대해서도 충고할 것이 있단다. 그것들은 축소할 수가 없으니 원래 크기 그대로 옮겨야 한다. 약, 휴대전화, 식료품 등 무엇이든 일단 한번 들고 날아본 다음 꼭 필요한 물건인지를 다시 결정하렴. 네가 누군가에게 부품이나 총기를 조달해야 한다면, 너무 무겁게 들고 가지 말고 하나씩 여러 번에 나눠서 옮겨라. 가능하다면 네 물건은 하나도 지니지 말고.

내 경험을 말하자면 볼가 전투에서 죽을 뻔한 위기에서 탈출했단다. 그런데 그 어떤 준비물도 나를 구하지 못했어. 그 반대였지.

따로 준비해 온 짐들은 아무 도움이 안 됐고, 필요한 물건들은 모두 길에서 구했어. 무엇보다 추위 때문에 그리 높이 날 수도 없었단다. 하지만 그렇게라도 날아올라 그 광활한 땅에서 도망쳤던 일이 내 인생에서 엄청난 자유의 순간으로 남아 있단다. 별, 구름, 숲, 짐승 그리고 나를 도와준 사람들에게서 얻은 희망과 함께 고향으로 돌아오는 길은 마치 지옥에서 창세의 순간으로 돌아오는 길 같았지. 하지만 그 행복은 오래가지 못했어. 혹한으로 온몸이 곱아들었거든. 그리고 이 길에서 나는 '하이스터바흐 타임슬립 현상'으로 내 인생 중 몇 년을 잃어버리고 말았어. 흔치 않은 일이지만 그래도 여기서 언급하는 것이 좋겠구나.

하이스터바흐 현상이란 비행 중에 시간의 틈 사이로 빠져버리는 것을 말한다. 시간은 우리가 없는 채로 흘러가 버리고, 우리는 그 사실을 알아차리지 못한 채 돌아오지. 마치 긴 잠에서 깨어난 것처럼. 돌아왔을 때는 이미 많은 것이 달라져 있지만, 우리는 경험하지 못했으니 무슨 일이 일어났는지 알 길이 없단다. 그 기간은 한 달 또는 몇 년, 심한 경우 백 년이 될 수도 있어. 그럴 때는 그도 세상을 알아보지 못하지만 세상도 그를 알아보지 못하겠지. 내 경우 2년이 속절없이 흘러버렸단다. 슐로스제크 선생님은 이 위험에 대해 알고 있었지. 그는 낭만주의 시구에서 힌트를 얻어 '하이스터바흐 수도사 효과'라고 불렀어. 새로운 발견에 선생님은 신이 나서 그 효과에 대한 나름의 생각을 펼쳤지만 나에게는 언제, 그리고 왜 이런 불행이 닥치는지에 관한 나만의 이론이 있어.

하지만 그 이야기는 전쟁 경험을 들려줄 때 같이 하마. 지금은 잠시나마 20대에 머물러 있고 싶구나. 내가 놀랍도록 젊었던 그 시절, 내 편지를 읽고 있는 지금 네 나이 때 말이야.

비행은 굉장한 해방감을 선물한단다. 인간이 가진 위대한 꿈의 실현이지. 공중으로 날아 어딘가에서 벗어난다는 것은 비단 성이나 철조망이 둘러친 감옥을 탈출하는 것에만 해당하는 게 아니란다. 부모에게서 벗어나고 싶은 청소년들의 꿈이기도 하지. 아이들은 날개에 힘이 붙은 어린 새처럼 둥지를 떠날 때가 되었음을 직감하거든. 내가 어릴 때는 주로 소녀들보다 소년들이 집을 박차고 떠났단다. 대부분 아버지와의 갈등 때문이었지. 그동안 상황이 달라졌을지도 모르겠구나.

아버지는 내가 질풍노도의 시기를 맞이하기도 전에 돌아가셨단다. 그래서 나의 어떤 점을 다잡는 일은 어머니의 몫이었지. 나는 좋은 아들이 되려고 노력하는 편이었는데도 어머니의 간섭을 피할 수 없었단다. 소년 마법사들은 물론 소녀 마법사들도 자신이 특별하다는 것을 부모님에게 알릴 수 없다는 점 때문에 무척 힘들어한단다. 그 사실을 알면 부모들은 겁을 먹거든. 내 자식이 미쳤다고 생각하는 거야.

나는 그 점에서 사랑하는 인디언 혈통의 아버지에게 감사한단다. 아버지는 다른 아버지들과 달랐어. 아버지는 내가 독립적이기를 바랐지. 내가 스스로를 도울 수 있는 아들이 되기를 바랐어. 아버지 자신도 무엇을 해야 할지를 다른 사람에게 묻지 않았다. 그렇게 하면 일이 잘못되었을 때 다른 사람에게 책임을 떠넘길 수 있으니까. 나는 아버지가 수영을 가르쳐주었던 일을 아직까지 기억한단다. 잠시 물 위로 나를 들고 있다가 그냥 놓고 가셨어. 내가 비명을 지르고 허우적대자 다시 돌아와서는 가만히 나를 바라보셨지. 나는 가라앉지 않았어. 코르크로 만든 구명용 벨트를 가슴에 차고 있었거든. 아버지는 곁에 그냥 머물러 계셨지. 내 공포는 가라앉지 않았지만 그래도 아버지가 눈빛으로 하는 말을 들을 수 있었어.

"가끔은 아무도 없이 혼자 헤쳐 나가야 한다. 지금이 바로 그런 기분을 느낄 때야. 살아남는 법을 배워라. 헤엄치는 법을 배워!"

굳이 말로 할 필요는 없었어. 아버지는 그냥 다정하고 확신에 찬 눈빛을 보냈지. 그리고 나는 수영을 잘하게 되었단다. 단 한 번도 투명 마법으로 튜브를 만들어 찰 필요가 없었어. 수영에 관해서는 슐로스제크 선생님께 배울 것이 없었지. 그분은 고양이처럼 물을 싫어했으니까. 악어로 변신해도 늪에 들어가지 않는 분이었어.

사랑에 관한 다음 편지를 시작하기 전에, 동료를 알아보는 법에 대해 몇 가지 알려주마. 우리 기술에 대한 비밀을 지키는 것은 중요한 일이다. 국가가 호시탐탐 우리를 감시하고 있는 데다 그 기법이 날로 발전하고 있단다. 감시를 피하느라 우리끼리도 서로를 알아보기 힘들어진 것은 애석한 일이지.

마법을 부리는 사람들이 공통으로 갖고 있는 특징 혹은 습성이랄까, 아니면 별나다고 할 만한 습관이 있긴 하단다. 하지만 보통 시선을 돌릴 때 눈을 한 번 깜박이거나, 향신료인 육두구 앞에서 얼굴을 찌푸리는 습관과 다르지 않아. 다른 사람들이 내가 마법사라는 것을 알아채는 데는 별 소용 없는 그저 그런 습관이란다. 마법사 동료를 확인하기 전에 먼저 우리를 엿듣고 있는 사람이 없는지 주위를 적극적으로 살펴야 한다. 그러고는 우리끼리만 알아볼 수 있는 아주 가벼운 마법을 부리는 거야. 강도를 세게 하면 눈에 띌 수도 있단다. 상대가 마법사라면 설탕 그릇이 갑자기 0.5센티미터쯤 찻잔으로 당겨진 것을 보고 그냥 넘어갈 리 없어. 일반인이라면 착시 현상이라 여기고 금방 잊어버리지. 하지만 마법사라면 곧장 작은 신호로 화답할 거야. 예를 들어 크림 주전자를 기울이지 않고 커피에 크림을 조금 올려준다든가 하는 식으로 말이다.

작은 신호를 주고받을 때 중요한 것은 항상 새로운 것을 하라는 것이다. 우리 주변을 쑤시고 다니는 사람들에게는 체크리스트가 있는데, 그들은 거기에 기록된 기술만 알아본다. 사방에 감시 카메라가 있어서 불편할 수도 있지만, 아주 사소하고 평범한 마법은 화면을 1초씩 넘겨봐야 알아볼 수 있단다. 그러니 상대를 이겨볼 요량으로 주의를 끄는 엄청난 마법을 부리지는 말거라. 그런 것은 확실해진 다음에 해도 늦지 않아. 서로 마법사라는 것을 확인했다면 둘 다 휴대전화를 끄고 산책을 하렴. 공원 안쪽으로 깊숙이 들어가면 자유롭게 얘기를 나눌 수 있으니까.

내가 세인트 폴리카프라는 곳에 대해 얘기했는지 모르겠구나. 여기까지 쓴 내용을 다시 뒤져볼 엄두가 나지 않으니 내가 앞에서 이미 썼다면 감안해서 들으렴. 그 도시의 수도원 도서관은 요리책 서가로 유명하단다. 아주 오래된 요리법이 기록된 책에는 수도원 밖의 사람들은 모르는 비법이 적혀 있어. 1858년 뮌헨에서는 위대한 우리 조상 바흐슈텔츠의 책에 나온 요리법에 따라 만들어진 구겔후프(중간에 구멍이 뚫린 케이크—옮긴이)와 타펠슈피츠(삶은 쇠고기 요리—옮긴이)를 공식적으로 어떻게 소개했는지 아니? "왕실과 지체 높은 시민들의 식탁을 위한 요리 기법을 엄수한 완벽한 작품"이라고 했단다. 하지만 이 요리책들이 흥미로운 것은 그 행간에 우리만 읽을 수 있는 정확한 마법 안내서가 포함돼 있기 때문이야. 게다가 수백 년 전 우리 동료들의 경험과 노력도 엿볼 수 있지.

마법의 세계에도 연구라고 부를 만한 것이 있단다. 우리의 위대한 능력자들께서는 항상 보다 더 강력한 마법을 부릴 수 있는 방법을 찾았거든. 읽고 이해할 수만 있다면 바흐슈텔츠의 요리책에서 그 연구 결과를 찾을 수 있단다. 그분의 중요한 고민은 역사의 어떤 흐름을 마법으로 바꿀 수 없는가 하는 것이었어. 특히 지나간 일을 바꾸고자 하셨지. 사람들은 이런 생각을 거부하려고 해. 혹은 자신들이 할 수 있는 일이 아니라고 겸손을 떨지. 하지만 평범하고 성실한 바이에른 궁궐의 주방장으로 변신했던 바흐슈텔츠는 마법사이자 철학자로서 "더 넓게 생각할 것"을 당부했고 스스로도 그렇게 될 수 있다고 믿었지. 그의 책을 꼭 읽어보렴. 나는 지나간 역사의 아주 작은 부분조차 바꾸기는 매우 어렵다고 생각하지만 확실하지는 않아. 위대한 바흐슈텔츠가 좀더 오래 살았다면 그 일을 해내셨을지 모르지.

사랑하는 마틸다, 여기까지 쓴 것들을 다시 읽어보니 내 이야기와 충고가 조금 장황하구나. 하지만 좀 참아주겠니? 네게 필요한 것들만 찾아서 읽고 다른 것들은 그냥 유머로 받아넘기렴. 언젠가네가 한 세기를 넘도록 살아서 노련한 어른이 되면 죽은 다음에라도 도움이 될 만한 충고를 빠짐없이 전하고자 하는 내 마음을 이해하게 될 거야.

방금 나는 스코틀랜드에 다녀왔단다. 드디어 레일란더와 얼굴을 보고 인사를 나눴구나. 레일란더는 지금 네 아버지가 주인공으로 출연하는 영화를 찍고 있단다. 이 얘기는 앞에서 벌써 했지? 그녀가 감독으로 활동할 때 쓰는 이름은 레일란더가 아니야. 그리고 그녀는 내가 지금껏 얘기해 본 여성 중에 가장 똑똑한 사람이다. 내 어머니와 엠마를 제외하고 말이야. 아름답기도 하지. 특히 나는 그녀의 목소리에 반하지 않을 수 없었단다.

제작자가 영화 촬영 팀 전체를 글래스고의 레스토랑에 초대했어. 나도 물론 초대받았지. 나는 분장을 맡은 이리스, 음향을 맡은 슈테판과 같은 테이블에 앉았단다. 그들은 최근에 사랑에 빠진 것 같았어. 나도 레일란더에게서 눈을 뗄 수가 없었다. 마치 그녀와 사랑에 빠진 것처럼 말이다. 보통 106세에는 잘 일어나지 않는 일이지. 하지만 마법사에게는 그 어떤 일도 일어날 수 있다는 것은 마법사가 아닌 사람들도 잘 알고 있단다.

발데마르 3세가 우리를 서로 소개해 주고 나서 말했어.

"파흐로크 씨는 레일란더가 꼬마일 때 본 적 있으세요."

꼬마라고? 나는 무슨 말인지 전혀 알 수 없었는데, 그녀는 나를 알아보는 듯하더구나.

"네, 제가 만났을 때 당신은 '붐붐 삼촌'이었어요."

1970년대 말 아역 배우였던 레일란더는 베를린에서 촬영 중이던 영화에 출연했고, 나는 제1차세계대전을 배경으로 한 그 영화의 폭약 효과를 담당했단다.

그녀는 발데마르 3세에게 내가 아흔 살에 피아노를 배웠다는 얘기를 듣고 한번 연주해 달라고 청했어. 마침 호텔에는 조율이 잘된 그랜드 피아노가 있었지. 그녀는 내 연주에 매혹된 것 같았어. 나는 가슴이 뿌듯했다. 그리고 우리는 너에 관한 계획을 구체적으로 이야기했단다. 그게 만남의 목적이었으니까.

그러니까 레일란더가 언젠가 베를린으로 와서 너를 보기로 했어. 만난다고 해서 당장 뭔가를 많이 배울 수는 없을 거야. 일단 서로를 정확하게 알고 난 다음 일이지. 그녀는 너를 마법사로 키워 주겠다고 약속했고, 네가 이 편지를 읽는다는 것은 이미 그 과정이 시작됐다는 뜻이야.

글래스고는 비행기로 다녀왔단다. 혼자 날아서 바다를 건너는 일은 상상조차 할 수 없어. 헨리 그룬트처럼 운동에 미친 마법사들이나 하는 짓이지. 나는 가끔 그가 누구한테 칭찬을 받으려고 그런 짓을 했을까, 자문하곤 한다. 아무리 태평양을 오락가락한들 신문에 날 수도 없는데 말이야.

네 번째 편지 **사랑 찾기**

2013년 1월

내 평생 가장 사랑했던 것(물론 네 할머니 엠마를 제외하고)은 바로 전기란다. 전기를 활용하는 법과 그 분야에 관한 연구는 젊은 청년이었던 나를 마법보다 더 강하게 사로잡았지. 사실 마법을 부릴 수 있는 사람은 별다른 보조 기계가 필요하지 않단다. 하지만 나는 모든 새로운 기술을 완전하게 맛보고자 했어. 기술을 향한 내 사랑 때문에 사회주의자처럼 보일 정도였지. 기술이 전쟁을 몰아내고 사람들 사이를 이어주고 대부분의 필요를 채워주는 세상을 상상했으니까. 그리고 기술적 진보에 대한 내 관심은 계급 없는 사회를 향한 사회주의적 열정보다 훨씬 더 오래갔단다.

그저 하나의 예이지만 요즘 나는 보청기 덕분에 S와 F를 구분해서 들을 수 있단다. 손을 오목하게 만들어서 귀 뒤에 대고 소리

85

를 들을 필요가 없어. 음악회 내내 마법으로 청각을 예민하게 만들지 않아도 되지. 귀에 깔때기를 꽂을 필요도 없어. 제2차세계대전까지만 해도 얇은 금속판 깔때기로 소리를 모아 귓속까지 전달하는 방식을 썼단다.

우리가 기술, 특히 전자 기계에 고마워해야 할 이유는 굉장히 많단다. 나는 이 모든 대단한 보조 도구들을 잘 쓰면서도 옛날이 더 좋았다고 말하는 사람들을 도무지 이해할 수 없단다.

당시에는 기계, 엔진, 자동차, 비행선, 비행기, 전보 그리고 모든 전자 기계가 신세계이자 더 나은 미래를 뜻했다. 우리 젊은 남자들은 모두 기술에 미쳤지. 아인트라흐트 슈트라세에 살던 야콥도 그랬지만 그중 내가 가장 심했어. 내 장래 희망은 '전기기사'였거든. 근사하게 들리는 그 이름은 내 마음을 뜨겁게 달궜지. 나는 누구를 만나든, 그가 듣고 싶어 하든 듣고 싶어 하지 않든 간에 '옴의 법칙'을 설명했어. 전류와 전압의 차이, 저압과 고압, 변전과 직류에 대해서도 말했지.

언젠가는 슐로스제크 선생님에게 마법으로 무선통신 기술을 배워보려고 한 적도 있었어. 그러면서 브라운관과 진폭의 조정, 토머스 에디슨, 무한한 기회의 땅 미국에 대해 한참을 떠들었지. 갑자기 선생님은 강아지 울프를 부르시더구나. 나에게 그만하라고 하는 대신, 울프와 공놀이를 시작하더니 울프가 공을 물어올 때마다 한없이 칭찬을 늘어놓으셨지. 선생님은 내 말을 듣고 싶지 않았던 거야.

이제는 마법 교습도 많이 달라졌지. 새로운 영역이 많이 생겼어. 하지만 다른 사람이 나를 무조건 믿게 만드는 신뢰의 마법은 도통 마뜩찮단다. 거짓말에서 행복을 얻을 수 있다는 것을 도무지 상상할 수 없거든. 사람들이 그 거짓말을 믿는다고 해도 나는 거짓말을 해본 적이 없단다. 어릴 때부터 그랬어. 다른 아이들은 가능하면 오랫동안 거짓말을 끌어보려고 했지만 나는 달랐단다.

고등학교 졸업시험을 치른 후, 나는 무선전신회사에 견습생으로 들어갔어. 처음에는 기본 훈련을 받았는데 사실 나는 거의 배울 필요가 없는 것들이었지. 이미 오래전에 납땜과 조립, 측량 등을 할 줄 알았으니까. 감전에 대해 배우고 나서 작업하기 전에 기계의 전원부터 꺼야 한다는 것도 알았지. 하지만 컨베이어벨트는 완전히 새로운 경험이었단다. 컨베이어벨트에서 일하는 것은 자유로운 인간을 추구하는 내 지론에 맞지 않았지만, 그래도 언젠가는 그 부서에서 일하기를 바랐단다. 내 지론이 과연 옳은 것인지 시험해 보고 싶었으니까.

퇴근 후에는 밤까지 혼자서 전기기사 공부를 계속했고 단순 기술뿐 아니라 공학까지 파고들었다. 나는 전파수신기를 만들어서 전 세계의 방송을 엿듣기도 했어. 직접 만든 배터리를 전등에 달고 팡코 도서관에 있는 전기, 라디오, 전신에 관한 책을 모두 읽었어. 마침 슐로스제크 선생님께 책등에 손가락 두 개를 얹으면 순식간에 내용을 다 읽을 수 있는 기술을 배웠기 때문에 평소보다 더 빨리 습득했지. 그래도 모든 내용을 잘 기억하고 있었다.

나는 발명에도 재미를 붙였어. 다른 마법사들과 달리 나는 잠이 없었다. 날이 밝으면 침대에서 곧장 일어나 무언가를 생각했지. 그러다 다시 잠들어 버려서 다른 견습생들보다 지각이 잦은 편이긴 했지만. 그래도 누구보다 부지런히 배웠고 이해가 빨랐단다. 그 덕에 나는 견습 기간이 끝난 후에도 시험부서 기술자로 계속 일할 수 있었지. 내가 맡은 일은 온종일 축음기와 레코드판을 점검하는 것이었다. 그 일을 하면서 기술에 관한 낭만적인 생각이 사라졌지. 당시 레코드판은 셸락이라는 물질로 만들어졌는데, 그 원료가 필리핀에 사는 깍지벌레 분비물이야. 나는 그 작은 벌레들이 레코드판 수백만 장을 만들어낼 분비물을 배출할 거라고는 상상도 하지 못했단다. 곤충에게서 그렇게 많은 분비물이 나온다는 것도, 그걸 모으는 사람들이 그렇게 많다는 것도 놀라웠지. 가끔 황소만 한 크기로 변신한 깍지벌레가 나타나 끝도 없이 셸락을 뿜어내는 꿈을 꾸곤 했어.

전신회사 시절은 참으로 즐거웠지. 사람들에게도 인정받았고. 심지어 회사의 지원으로 공학전문대학에 진학했단다. 그렇게 좋은 회사가 또 어디 있겠니! 내 평생에 '공학 석사'는 실제로 땀을 쏟아 얻은 유일한 타이틀이야. 비록 그것을 써먹을 기회는 많지 않았지만. 다른 타이틀은 모두 마법으로 얻은 거란다.

밤낮을 가리지 않고 새로운 기술을 배우느라 항상 새로운 여자친구를 사귀던 버릇은 어느새 사라졌단다. 그래서 1926년에는 여자 친구가 한 명도 없었어. 배우고자 하는 열의 외에 유일한 열정은 음악이었다. 혼자 말고 다른 사람들과 함께 노래 부르는 취미가 있었지. 그리고 어느 날 공원 벤치에 앉아 러시아 노래를 부르는 세르게이란 남자를 만났어. 그는 알리사라는 소녀와 함께 베를린으로 왔다고 했지. 둘은 누가 봐도 친구 사이였지, 연인 관계는 아니었어. 러시아혁명 이후 잘못된 계급에 속하게 됐다는 것이 둘의 공통점이었어. 세르게이의 부모님은 총살되었고, 알리사의 집안은 재산을 몰수당하고 추방됐어. 둘은 노이엔쉰홀처 슈트라세에 살았는데, 내가 졸업한 학교와 아주 가까웠어. 그들은 러시아어로 노래를 부르고 때로는 독일 노래도 불렀어. 알리사는 러시아 민속 현악기인 발랄라이카도 연주했지. 나도 그들 곁에서 내 몫을 했단다. 음향 기술에 해박했으니 두 사람의 전축도 수리해 주었어. 때로는 팔 늘이기를 활용해서 세르게이의 레코드판 컬렉션을 늘리는 데 도움을 주기도 했단다.

예나 지금이나 나는 악보를 잘 못 본단다. 하지만 좋은 목소리와 청각을 갖고 있지. 나는 한두 장의 레코드를 계속 돌려 들으면서 노래를 똑같이 부르려고 애썼단다. 그중 '그녀의 손에 키스를'이라는 노래를 가장 잘 불렀어. 세르게이는 아직 독일어를 잘하지 못했지만 알리사는 거의 완벽하게 했지. 하루는 알리사와 정치에 관한 얘기를 한 적이 있는데 금방 입을 다물어버리고 말았어. 나는 그때까지도 "공산주의는 사회주의 권력에 전 국가의 전기화를 더한 것이다"라는 레닌의 말에 공감하고 있었거든. 하지만 혁명

희생자인 알리사는 내 의견에 묵묵부답으로 응대했지.

어느 여름날 저녁, 나는 알리사와 세르게이, 그리고 이제는 더이상 작지 않은 아인트라호트 슈트라세의 야콥과 함께 공원 야외 음악당에서 열리는 무도회에 갔어. 나는 좀처럼 춤추러 가지 않았지만, 웬일로 그날은 다 같이 가게 됐지. 그리고 거기서 빨간 머리 소녀와 함께 온 슈나이데바인과 마주쳤단다. 빨간 머리 소녀의 이름은 엠마 폰 슈로펜슈타인이었어. 옛날 귀족 가문의 딸로 우아하고, 뭐랄까, 영원한 아름다움이 느껴지는 소녀였지. 마치 르네상스 시대의 그림에서 튀어나온 것 같았단다. 나는 어떻게 슈나이데바인이 이런 사람을 알아냈을까, 자문했어. 하지만 그럴 만도 했던 것이, 당시 귀족에게 미쳐 있었던 슈나이데바인은 물불 가리지 않고 귀족과 연락할 길을 찾아다녔지. 왜 그렇게 안달했는지는 그 자신도 모를 정도였어. 어쨌거나 그는 트로피를 모으듯 아름다운 것들을 수집했단다.

슈나이데바인은 마법을 부려서 스스로를 한껏 아름답게 꾸몄지만, 내 눈에는 잘 들어오지 않더구나. 그가 춤을 정말 못 춘다는 것만 보였지. 왈츠는 그래도 봐줄 만했는데, 찰스턴을 출 때는 어찌나 다급하게 팔다리를 놀리는지 의자를 가져다 앉혀주고 싶을 정도였어. 그 자리에서 나는 끊임없이 미국에 대한 동경을 얘기했단다. 기술을 향한 꿈을 실현해 줄 땅이자, 내 아버지의 나라이기도 한 미국 말이다. 내가 그때 흥분해서 쏟아낸 말들은 이후 알리사가 미국으로 건너가는 데 영향을 준 것 같아. 그녀는 할리우드에서 시나리오 작가로 일하다가 미국인과 결혼했고 나중에 엄청나게 유명한 작가가 됐어. 하지만 음악당에서 그녀는 왜 자꾸 떠들기만 하고 춤은 안 추냐고 나를 다그쳤지.

우리는 슈나이데바인과 합석했기 때문에 나는 그의 동행인에게 춤을 청할 수 있었어. 그녀는 나보다 적어도 다섯 살은 어려 보였지만 몸놀림은 아주 유쾌했단다. 그리고 그녀가 입을 여는 순간 나는 눈이 번쩍 뜨이는 것을 느꼈어. 온몸에 믿을 수 없는 전율이 흘렀단다. 다른 것도 아니고 목소리에 감전되다니! 하물며 흔히 '아름답다'고 말하는 그런 목소리가 결코 아니었어. 부드럽게 흐르거나 나지막이 유혹하는 소리도 아닌 완전히 높고 새된 목소리에 어처구니없을 만큼 열광적으로 반응하게 되었지. 그녀가 입을 열어 씩 웃는 모습을 보며 마음 깊은 곳에서 엄청난 결심이 솟구쳤단다. 지금 당장 그녀와 영원히 함께하겠다는 마음을 주체할 수 없었지. 엠마는 미인이었을까? 내 눈에는 당연히 그랬고, 슈나이데바인의 눈에도 그랬던 것 같았어. 하지만 그녀의 목소리가 다른 것은 아무것도 개의치 말라고 나를 몰아붙이는 듯했지. 일단 나는 그 목소리에 저항하려 했고, 할 수 있는 한 그녀를 보지 않으려고 애썼단다. 하지만 그녀의 매력이 내 저항력보다 훨씬 세더구나.

내 오랜 경쟁자에게서 소녀를 뺏어오기는 어렵지 않았어. 그녀는 이미 슈나이데바인에게 자신은 수집물에 불과하다는 것을 눈치채고 있었거든. 그는 불같이 화를 냈지만 나는 전혀 흔들리지 않았단다. 엠마와 나는 며칠 만에 떼려야 뗄 수 없는 사이가 되었

고 평생을 함께하자고 약속했어. 그리고 그것을 늦추고 싶지 않았
단다. 왜냐고? 왜였을까? 사랑을 증명할 의무는 없지 않겠니.

엠마의 아버지 슈로펜슈타인 백작은 시민계급이었던 도로시아
하이들레와 결혼했어. 우리가 급속도로 연인이 된 것을 이해해 준
데에는 그분의 경험이 어느 정도 작용한 것 같아. 그는 내 인디언
혈통을 흥미롭게 받아들였을 뿐 아니라 나에게도 마음을 열어주
었지. 어느 날 엠마의 아버지가 슈로펜슈타인과 하이들레 가문에
관해 설명해 줬는데, 그 가운데서 귀에 익은 이름을 들었단다. 바
로 바흐슈텔츠였지! 엠마는 독일 남부 슈바벤 지방 기사의 피뿐
아니라 바이에른 왕실 직속 요리사였던 바흐슈텔츠의 혈통도 이
어받은 거야. 나 역시 어머니 마리안느의 가문을 짚어 올라가면
바흐슈텔츠와 친족 관계였지. 이런 이야기를 하는 이유는, 네가 마
법사 조상을 둔 아주 드문 존재라는 것을 알았으면 해서란다. 바
흐슈텔츠부터 엠마와 나, 그리고 너까지, 넷이 다 한 가문이지. 우
리 말고는 없어. 마법사 명단은 그리 길지 않으니 확신할 수 있단
다. 하지만 마법 능력은 혈통으로 유전되는 것이 아니야. 그건 작
은 잉꼬처럼 아무렇게나 날아가 앉고 싶은 곳에 둥지를 틀지.

어쨌거나 그때 나는 바흐슈텔츠가 마법사였다는 사실을 몰랐
단다. 사실 처음에는 엠마에 관해서도 잘 몰랐어. 그저 그녀의 특
이한 목소리가 내 안에서 무언가 엄청난 힘을 일으켰다는 것만 알
았지. 나는 즉각 이 소리를 다른 어떤 소리보다 더 사랑하게 됐단
다. 단파, 중파, 장파, 방송국에서 보내오는 말과 소리보다, 나우엔

이나 독일 북부에서 공기를 타고 날아오는 그 어떤 방송보다 그녀의 목소리를 사랑했어. 미국에서 송출된 일기예보 수신에 성공했을 때도 그렇게 황홀하지는 않았단다.

네 목소리는 엠마와는 다른 방식으로 내 마음을 녹인단다, 마틸다. 네 목소리는 엠마나 레일란더만큼이나 아름다워. 어제는 네가 나를 "할아버지"라고 불렀지. 그 말을 듣자 나는 네가 누구에게서 원하는 것을 얻을 수 있는지 정확하게 아는 똑똑한 아이란 것을 눈치챘단다. 지금까지 많은 손자들에게 할아버지 소리를 들었지만, 특별히 기억에 남는 경우는 없었어. 하지만 네 입에서 그 말이 나오자 내 온몸이 사랑으로 충전되는 것 같았단다. 나는 휠체어를 버리고 한 번에 두 칸씩 층계를 올라 네게로 갔지. 계단으로 올라간 것은 10년 만에 처음이었어! 너는 마법을 부리지 않았지만 나는 엄청난 마법에 걸린 기분이었어.

최근에 나는 음성 인식 프로그램으로 편지 쓰는 것을 시도해 보았단다. 위성 안테나를 설치하다가 오른손을 다쳤거든. 내가 말하면 노트북이 들리는 대로 입력하는 것이지. 하지만 노트북은 말도 안 되게 입력했더구나. 결국 나는 웃고 또 웃다가 다시 손글씨로 돌아왔단다. 네가 컸을 때는 이런 프로그램이 더 정확하게 작동하겠지. 그리고 새로운 것들이 끝도 없이 쏟아져 나올 거야. 그게 무엇일지 나도 좀 알고 싶구나.

머지않아 '큐리오시티'가 화성에 착륙해서 찍은 사진들을 보내오겠지. 인간이 화성으로 이주하는 날도 보고 싶구나. 2036년이면 가능하다던데 말이다. 태양전지도 경험해 보고 싶어. 지금보다 백배 더 많은 에너지를 얻을 수 있고, 배터리 무게는 훨씬 가벼워지고 용량은 훨씬 커지겠지. 컴퓨터 기술이 어떻게 발전했는지, 칩은 얼마나 빨라졌는지도 궁금하단다. 마틸다, 너의 시대에는 삶이 훨씬 편하겠구나. 지금 우리의 개념으로는 상상할 수도 없을 만큼 편하겠지. 나는 '월드 와이드 웹'의 작동 방식을 익힌 것도 몇 년되지 않았고, 3D 프린터를 처음으로 본 것도 최근이야.

새로운 기술이 등장할 때마다 조금 무서워지는 것도 사실이지만, 동시에 엄청난 매력을 느끼지. 하지만 얼마나 많은 사람들이 이 기쁨을 놓치고 사는지. 그들은 컬러텔레비전 안에서 어떤 일이 일어나는지 알려고 하지 않으면서, 그저 디지털화는 무조건 나쁘다고만 생각하지. 알고리즘이 무엇인지, 클라우드는 어떻게 작동하는지……, 이 모든 것이 미지의 땅이야! 의료용 원격 감시 장치를 몸에 주입하는 시대가 와서야 그것을 허용하는 일이 정당한지 물어보겠지. 사람들은 한편으로는 기술문명을 경계하고, 다른 한편으로는 무시하면서도, 계속 성장하려고 갖은 노력을 다한단다. 여력이 되는 대로, 할 수 있는 한 부지런히 배우렴. 개념을 파악하고 직접 경험하렴. 그래도 기술에 대한 거부감을 지울 수 없다면 정확한 근거라도 찾아보렴.

나는 기술을 사랑한단다. 기술이 희생을 낳는 것을 보고, 기술 때문에 많은 좋은 사람과 이별해야 했음에도 사랑한다. 하지만 분명 예전보다는 회의적이야. 기술의 우둔함과 심술궂은 성향에 회의를 갖게 됐지. 기술의 핵심은 빛나는 혁신인데, 그 주변에는 혁신과 무관한 것들이 우글댄단다. 나는 더 이상 젊은 사람들처럼 기술을 완전히 믿지 않아. 여기에는 전쟁 경험이 크게 작용했지.

하지만 20대였던 나는 종류를 막론하고 모든 기술의 전도사였단다. 엠마의 부모님과 식사를 하면서 허먼 홀러리스가 천공카드와 태뷸레이터를 발명한 것은 우리 모두에게 얼마나 큰 행운인지 열변을 토한 적도 있지. 그 위대한 발명 덕분에 모든 행정기관에 혁명이 일어났거든. 하지만 그분들에게는 아직 감동의 물결이 일어나지 않았고, 나는 계속해서 라디오와 정류기, 저항, 변압기, 축전기에 대해 설명했어. 결국 후식을 먹을 때쯤 기어코 철도의 신호 기술을 말하기에 이르렀지. 그러자 엠마의 아버지가 내게 벨을 수리할 수 있겠냐고 하셨어. 마침 슈로펜슈타인 집안의 사람들이 하녀를 부를 때 쓰던 벨이 고장 났거든. 나는 1분 만에 뚝딱 해치웠지. 그러자 아버지는 내게 담배와 코냑을 주시면서 이제 말을 놓자고 하셨어(그때부터 우리는 말을 놓았고, 나는 엠마의 아버지를 판크라츠라고 부르기 시작했단다).

코냑을 마시자 내 머릿속에 반짝하고 무언가가 스쳤단다. 나는 곧장 엠마의 아버지에게 회사를 하나 차릴까 하는 생각이 떠올랐다고 말했어. 엠마의 목소리가 무척 아름다우니 에디슨의 축음기와 비슷한, 밀랍으로 만든 빈 레코드판을 활용한 녹음기를 만들어서 그녀의 목소리를 전자식으로 녹음하면 어떨까 한다고 말이야(그때는 카세트테이프나 레코더 같은 개념이 아예 없었단다). 그래, 그렇게 하면 대량생산도 가능할 거라고. 나는 기계 이름도 지어놓았어. 에디슨의 축음기가 '포노그래프'이니, 내 발명품은 '샬로그래프'(독일어 'Schall'은 '소리, 음향'이라는 뜻이다.—옮긴이). 실제로 나는 야간 작업으로 그 시초가 될 만한 것을 이미 만들어놓았고, 가끔씩 제대로 작동하는지 확인한 상태였어. 완전히 새로운 발명품은 아니었지만 슈로펜슈타인 백작의 귀와 마음을 여는 데는 성공했단다.

"레코드판이 스스로 녹음을 하다니, 상업적으로 커다란 반향을 불러일으킬 거야! 사랑하는 사람의 목소리를 영원히 간직하고 싶은 사람들이 좋아하겠지. 젊은 아빠들이 맨 먼저 아기의 울음소리를 녹음하려고 할 거야. 이 발명품은 엄청난 성과를 올릴 것이 분명해. 사진 기술과 비교해도 뒤지지 않아!"

그는 당장 회사를 하나 세워서 이 기계의 개발을 지원하고 싶다고 말했어. 그에게 그럴 돈이 있다면 말이야. 하지만 애석하게도 오래된 귀족 가문이라고 가난이 비켜가지는 않았단다. 인플레이션 이후로 그는 말 그대로 파산 상태였어. 대신 그는 내게 다른 백작을 소개해 줬단다. 샤크 폰 비테나우라는 그 백작은 아직 재산이 남아 있었어. 그는 내 기계 이름을 '샬로그래프'가 아닌 '샤크토그래프'로 하는 조건으로 자금을 대기로 했어. 나는 동의했지. 머릿속으로는 '엠마그래프'로 하면 어떨까 생각하면서도.

나는 뭐든 좋았어. 계속 작업할 수 있고, 무엇보다 슈로펜슈타인 집안에게 미래가 촉망되는 남자로 보일 수만 있다면 무엇이든 오케이였지. 분명한 것은 오직 한 가지뿐이었으니까. 엠마와 함께 살고 싶고, 그러기 위해서는 그녀를 충분히 먹여 살릴 수 있어야 한다는 것. 무선전신회사 기술자로 고정된 자리를 잡기 위해서는 아직 거쳐야 할 단계가 많이 남아 있었단다. 그러니 나는 제조업자로서 빛나는 미래에 희망을 걸어보기로 했다.

엠마와 내가 어떻게 서로가 마법사라는 것을 알아보았는지 설명해야겠지? 어느 날 나는 나무뿌리에 걸려 넘어질 뻔한 적이 있단다. 엠마는 깜짝 놀라 비명을 지르면서 내 허리춤을 붙들었지. 하지만 나 역시 그 순간 50킬로그램가량 체중을 줄였단다. 그 결과 엠마는 내가 넘어지는 것을 막았을 뿐 아니라 허공으로 높이 나를 들어 올렸어. 나는 마치 빈 종이 상자처럼 붕 떴다가 바닥에 내려앉았지. 비밀을 들켰으니 그녀가 나를 무서워하겠구나 생각했지. 우리 둘 다 생각하느라 아무 말도 하지 않았어. 그러다 그녀가 먼저 입을 뗐지.

"나도 그거 할 수 있어!"

"뭘 할 수 있다고?"

대답 대신 엠마는 두 발로 도움닫기를 하더니 3미터 높이의 뻣뻣한 밤나무 가지를 잡았단다. 그녀가 점프에 이어 수직 상승을 하는 모습을 똑똑히 보았지. 엠마는 가지를 이리저리 흔들어 보인 다음 손을 놓고 양팔을 쭉 벌리더니 깃털처럼 나풀나풀 땅으로 내려왔어.

"허허허, 이런!"

"잘됐지, 뭐야."

그녀가 말했어.

"뭐가?"

"우리 이제 같이 얘기할 수 있잖아."

"그래, 정말 다행이다!"

그녀는 다시 정상 체중으로 돌아왔고, 우리는 말없이 계속 숲길을 걸었어. 그때 우리 앞에 더 이상 지루한 삶은 없을 것임을 깨달았지.

사실 진작부터 우리는 지루할 틈이 없었어. 하지만 아쉽게도 평화로울 틈도 없었지. 사람들은 춤을 추고 재즈를 듣고 연구를 하고 티격태격 장난을 하기도 했어. 하지만 많은 사람들이 그 정도 긴장감으로는 충분하지 않았고 더 싸우기를 원했단다. 셀 수 없이 많은 사람들이 공격 욕구로 팽팽하게 부풀어 오른 채 여기저기 들쑤시고 다녔어. 그들은 이미 존재하는 것보다 불안감이 훨씬 더 팽배하기를 바랐어. 그들의 말에는 항상 '책임'이란 단어가 등장했지. 그들은 누가 이 모든 책임을 져야 하는지를 물었어. 세계대전을 시작한 책임, 세계대전에 패배한 책임, 그리고 다음 전쟁을 일으킬 책임 말이야. 그다음으로 따라붙는 말이 '치욕'이었지. '우리 아버지들의 치욕'을 되갚고 복수해야 한다고 했어. 하지만 누구에게 갚아준단 말인가. 그 대상은 자기 정당에 속하지 않은 사람들이자, 정당에 속했더라도 배신한 사람들이었어.

사람들은 역사의 수레바퀴를 거꾸로 돌리고자 했지. 그건 마법사들이나 할 수 있는 일이야. 그것도 심사숙고한 뒤에나 가능한 일이지. 하지만 마음속에 분노를 가득 장전한 남자들은 노소를 막론하고 자기들도 그걸 할 수 있다고 생각했어. 그런데 어떻게? 무기를 늘리고 독특한 상상력이 가미된 믿음을 가지면 된다는 것이었지. 나는 그때 '최후 승리'라는 말을 처음 들었어. 그것은 제1차 세계대전의 패배를 제2차 세계대전의 승리로 돌이킬 수 있다는 뜻이야. 제2차세계대전의 승리는 '최후 승리'에 대한 굳건한 믿음으로 가능하다는 것이 그들의 논리였지. 하지만 그렇게 생각하는 사람들이 절대다수는 아니었어. 다른 것들은 모두 받아들일 수 있다 하더라도 전쟁과 죽음만큼은 안 된다는 게 보통 사람들의 생각이었지.

엠마와 나는 이런 것에 열을 내며 왈가왈부하지 않았어. 거리에서 사람들이 으르렁대며 싸우는 소리가 들리면 우리는 창문을 닫고, 그 어떤 봉기보다 더 강한 마법이 작용하는 장소로 들어갔지. 그건 바로 침실이야.

사랑은 '왜'라는 질문을 교묘하게 피해 간단다(그래서 사랑은 디지털이 안 되나 보다). 누군가를 왜 사랑하는지 설명하고자 하는 사람은 곧 말을 더듬게 돼. 나처럼 아예 설명하려는 시도조차 하지 않는 사람도 있지. 마법사는 무엇을 할 수 없는지를 알고, 기술자는 모든 비논리를 멀리하는 법이거든. 나는 그저 엠마의 목소리를 평생 듣고 싶고, 매일 그녀의 행동을 지켜보고 싶다는 바람뿐이었어. 그녀가 차를 따르고 물건을 집어 들고 전차에 오르는 모습을 지켜보다 보면, 내 머릿속에는 온통 '우아하다'는 표현밖에 떠오르지 않았지. 잘 쓰이지 않는 표현이지만 엠마를 묘사하는 데는 이 드문 단어가 제격이었다. '우아함'은 그저 말만으로는 닿을 수 없는 하나의 마법이란다. 이 단어로 시를 써보려고 했던 모든 시인들은 엠마를 알지 못했던 거야.

어류나 조류의 몸에는 한 무리가 똑같은 행동을 하게 하는 어떤 기관이 있다는 이야기를 읽은 적이 있단다. 노년에는 자주 철새로 변신하면서 그 말이 사실이라는 것을 확인할 수 있었지. 사랑하는 사람들 사이에도 흡사한 기관이 있단다. 뇌와 뇌를 잇는, 눈에 보이지 않는 선이 생겨서 그 위로 전류가 흐르는 거야. 나는 언제나 엠마가 무슨 말을 하려는지 금방 알았어. 물론 그 말을 막지는 않았지. 나는 그녀의 목소리를 사랑했으니까. 우리의 목소리가 서로의 귀에 맑은 음악처럼 울리지 않았다면, 우리는 서로 얘기할 필요가 거의 없었단다. 말하지 않아도 모든 것을 알 수 있었으니까.

이번 편지에서 위대한 사랑을 발견할 수 있는 일종의 탐색 같은 특별한 마법을 다룰 거라고 기대했다면 거기에 부응하지 못하겠구나. 너에게 세상에 없는 것을 말하고 싶지 않단다. 그건 신빙성이 없으니까. 거르고 걸러 어떤 이상적인 사람을 찾아낼 요량으로 온갖 잣대를 들이대는 것도 쓸모없는 일이란다. 딱 맞는 이상형을 찾는 경우는 드물거든. 이상형 말고 계속 다른 사람을 찾게 될 테니까. 정작 이상형을 찾은 사람은 그리 노력하지 않았고, 노력했다 해도 그리 오래 하지 않아. 사랑이 그를 찾아왔고, 그는 그저 알아보았을 뿐이거든.

물론 사랑의 주변부 어딘가에 적용할 만한 마법이 있기는 하지. 하지만 그것들도 너를 위대한 사랑으로 이끌어주지는 못한단다.

평생을 함께할 아내와 남편은 저 멀리 어딘가에서 온 선물이란 다. 우리 같은 사람이 잘 알지 못하는 그 어딘가에서 말이다. 그래 서 사랑은 마법사가 이뤄낼 수 없는 어떤 일들을 해낼 수 있어. 사 실 그런 건 마법사가 아닌 보통 사람들이 더 잘하지. 너 자신이나 다른 사람을 악어로 변신시킬 수는 있어도, 좋은 사람 혹은 믿을 수 있는 사람으로 바꿀 수는 없단다. 하지만 사랑은 그것을 해내 지. 사랑을 충분히 받은 사람은 나중에 다른 모든 사람에게 기꺼 이 돌려준단다.

네가 이야기를 나누는 누군가가 소중한 선물이 될 수 있어. 그 러니 그 누구도 예외로 두지 말거라! 진실한 사랑은 이미 정해 놓 은 기준을 모두 허물어버린단다. 그리고 오직 한 사람의 목소리만 들리지. 그 목소리가 아름다운 노래를 부르지 않아도 괜찮아. 위대 한 사랑은 음치에게도, 온 세상이 실패자라고 손가락질하는 사람 에게도 찾아오는 법이야.

1931년 봄, 우리는 브라이텐바흐 광장이 내려다보이는 폐가로 이사했다. 집수리는 우리 몫이었어. 나는 전선을 깔고 수도와 문을 고쳤어. 엠마는 콧노래를 부르면서 바닥에 카펫을 깔고 벽을 칠했 지. 만삭일 때여서 마법을 부려 일했고, 나보다 훨씬 빨리 끝냈어.

그녀는 벽을 칠하는 기술을 자세히 알려주겠다고 말했지. 그런 마법은 슐로스제크 선생님에게 배우지 못했거든. 선생님은 그런 것을 할 필요도 없었고 하고 싶어 하지도 않았으니까.

선생님은 온 힘을 다해 '고용주'의 자리에 머물기를 원하셨어. 페인트공을 불러놓고 의자를 끌고 와서 그가 일하는 모습을 지켜봤지. 작업 도구가 떨어지면 재빨리 팔 늘이기로 주워서 건네주며 "어허, 중력이란 게 이렇다니까"라고 너스레 떨기를 좋아했어. 그리고 계속 지켜보면서 작은 실수 하나에도 즐거워했지. 그걸 보면서 나는 선생님이 왜 하필 악어로 변신하곤 했는지, 그 이유를 알게 됐어. 선생님이 바로 악어였던 거야! 입을 벌리고 눈앞에 떨어지는 무언가를 기다리는 악어. 하지만 나에게는 지구상에서 그보다 사랑스럽고 도움을 많이 주는 척추동물이 없었단다.

엠마와 내가 절대 합의하지 못했던, 온갖 중재 노력에도 불구하고 결코 절충선을 찾지 못했던 사안이 딱 하나 있단다. 그녀에게는 실내 온도가 너무 낮았고 나에게는 항상 높았던 거야. 내가 따뜻하다고 느끼면 그녀는 얼어붙었어. 그녀에게 따뜻할 만큼 온도를 높이면 나는 참지 못하고 집을 나가야 했지. 그녀에게 나는 걸어 다니는 오븐 같은 존재여서, 항상 내 곁을 따라다녔어. 그녀가 어찌나 내 몸을 휘감고 다니는지 다른 사람들이 봤다면 뱀인 줄 알았을 거야. 극장에서도 우리는 껴안고 앉아 있었어. 보기만 해도 추워지는 〈S.O.S 빙산〉 같은 영화를 볼 때는 말할 것도 없었지.

우리는 일주일에 서너 번 극장에 갔단다. 우리는 말하지 않아도 상대가 극장에 가고 싶어 하는지, 혹은 어떤 영화를 보고 싶어 하는지 정확하게 알았지. 우리에게는 잊을 수 없는 영화가 아주 많았단다. 가끔 저녁에 나란히 누워 영화 하나를 고른 다음 머릿속에서 그 영화를 상영하기도 했지. 대화는 필요하지 않았어. 그저 같은 타이밍에 함께 웃는 소리를 듣는 걸로 족했지. 가끔 둘 중 하나가 상대의 머릿속을 들여다보다가 이렇게 말하기도 했어.

"잠깐, 당신 인디언이 기습하는 장면을 빼먹었잖아!"

우리는 약혼식을 하지 않았다. 내가 그것을 봉건적이고 귀족적이며 불필요하고 비논리적인 데다 무엇보다 인디언의 행사가 아니라고 했기 때문이야. "끝, 다른 말 하지 않기!"라고 나는 말문을 막아버렸지. 엠마는 내 의견에 동의했어. 하지만 그녀가 순종적이어서 그런 것이 아니라 나보다 더 현대적이고 진보적인 사고를 가졌기 때문이야. 그녀가 인문계 고등학교가 아니라 가정관리 전문학교를 다녀서 그런 것 같아. 하지만 엠마의 아버지는 엠마가 결혼을 잘하는 것이 중요하다고 생각하는 사람이었지. 당시 귀족들은 보통 그렇게 생각했고, 가난한 귀족이라서 더더욱 그랬을 거야. 하지만 그분은 우리 사랑에 어떤 방해도 놓지 않았단다. 어떻게 그럴 수 있었냐고? 그분은 기적을 강하게 믿었고, '샥토그래프'가 아직 만들어지지 않았는데도 이미 나를 부유한 사업가로 대해 주었지.

엠마는 아름다운 물건을 살펴보는 것을 좋아했어. 그녀는 도자기 그릇과 보석, 자개함, 놋상자 등 정교하게 만들어진 모든 것을 사랑했지. 나는 세르게이에게 러시아 전통 찻주전자를 사서 엠마에게 선물했단다. 돈이 별로 없을 때였지만 말이야. 세르게이는 그 돈을 받아서 프랑스로 건너갔단다. 베를린의 정치 상황을 마음에 들어 하지 않았거든. 엠마는 사모바르라고 하는 그 주전자를 매우 아꼈지만, 시대가 좋아지면 세르게이에게 되돌려줘야 한다고 말했어. 그건 세르게이가 부모님에게 받은 단 하나의 유품이었거든.

그때는 생활이 그리 쉽지 않았단다. 우리처럼 능력을 가진 사람들도 어렵기는 마찬가지였어. 아쉽게도 돈을 만드는 능력은 아직 생기지 않았지. 그런 능력이 있었다면 많은 도움이 됐을 텐데. 엠마는 나보다 더 어렸으니 그런 능력이 생기려면 나보다 더 오래 기다려야 했고, 나는 그런 능력이 나이가 한참 들어서 나타나는 것은 옳지 않다고 생각했어. 누구보다 돈이 필요한 것은 젊은 부부인데 말이지. 그래도 우리에게는 나이 든 슐로스제크 선생님이 계셨고, 선생님은 어머니를 도와주었듯이 우리를 도와주었단다.

돈이 필요할 때마다 내가 선생님을 찾아가야 했어. 선생님은 소위 폭도들 때문에 집을 나올 수가 없었거든. 다른 곳과 마찬가지로 팡코도 군대가 점령했어. 군대를 막으려고 했던 민주주의자들에게는 반민주주의자라는 낙인이 찍혔지. 민주주의자들을 적으로 돌린, 말은 타본 적도 없으면서 승마 바지를 입고 다녔던 뚱뚱한 사내들은 민주주의 국가에서는 허용될 수 없는 패악을 저지르고 다녔어. 그래도 선생님은 아주 힘들 때조차 법을 지키려고 노력했지. 법이 무기력해진 순간에도 선생님은 끝까지 품위를 지켰어.

　우리 가까이에는 젊은 미술사 박사가 살고 있었단다. 우리는 쿠젠베르크라고 하는 그 박사와 친하게 지냈지. 그는 가끔 신문에 전시와 경매에 대한 글을 쓰기도 했어. 그가 아는 이름이라고는 그림을 한 점이라도 그린 적이 있는 사람들뿐이었지. 그런데 우리가 마법사라는 것을 그가 알아챘단다. 어떻게 알게 되었는지는 우리도 잘 몰라. 그는 마법사가 아니었는데 말이지. 우리 집에서 차를 마시고 간 다음 그가 사실이나 진배없는 이야기를 한 편 썼단다. 파흐로크와 슈나이데바인이라는 두 마법사의 갈등에 관한 것이었어. 쿠젠베르크는 일주일쯤 지나서 우리에게 그 글을 보여줬지. 처음에는 너무 놀라서 말을 잇지 못했어. 나는 마법에 대해 단한마디도 한 적이 없고, 그저 슈나이데바인과 동창이라는 얘기만 했거든.

　나는 그 이야기가 좋았어. 두 마법사 중 파흐로크가 좋은 사람으로 그려진 점이 더욱 좋았지. 언젠가는 이 이야기가 발표될 수 있다는 생각에 내 마음이 따뜻해졌단다. 하지만 그렇게 하지 말아달라고 부탁했어. 이야기가 발표되면 나에게 해가 될 수 있고, 글을 쓴 사람도 위험해질 수 있다고 설명했지. 그리고 그에게 모든 것을 털어놓았단다. 그렇게 할 수 있었던 것은, 그가 완벽하게 신뢰할 만한 사람인 데다 그 역시 다른 세상에서 온 것처럼 보였기 때문이었어. 그리고 몇 해 지나 용기를 내어 그 이야기를 책에 실어달라고 다시 부탁했어. 슈나이데바인을 화나게 만들고 싶었거든. 쿠젠베르크는 내 부탁을 들어줬지만, 내 이름을 조금 고쳤고 이야기의 결말도 화해 무드로 바꿨더구나.

그는 내가 이름 지우기 마법을 시도하는 데 간접적으로 기여했단다. 다른 사람들이 네 이름을 확실하게 잊어버리도록 만드는 마법이지. 그들이 네게 이름을 묻고 너는 대답하지만 그들은 금세 잊어버리고 마는 거야. 나는 내 이름에 그 마법을 적용했고, 다른 마법사들도 흔히 쓰는 방법이야. 이제는 지구상의 그 어떤 사람도 내 이름이 무언지를 말하지 못해. 분명 내 서류와 서명에 적혀 있는데도 말이야. 내 이름을 안다고 생각하기 때문에 다시 물어보지 않지. 하지만 그걸 말하거나 적어야 할 때는 머릿속이 텅 빈 것처럼 느껴지는 거야. 그러고는 묻지. "저기, 성함 한 번 더 말씀해 주시겠어요? 아니, 여기 직접 적어주세요!" 그렇게 나는 수천 장의 서류와 명단에 내 손으로 직접 이름을 써넣어야 했단다. 최근 전산 시스템은 마법에 거의 반응하지 않거나 간간이 반응하는 편이라 예전보다는 이름과 관련한 사고가 덜 일어나지. 어쨌든 나는 루이젠 공동묘지에 있는 나와 엠마의 묘비가 어떻게 새겨질지 궁금하단다. 어떤 마법 효과들은 그 주모자가 죽은 뒤에도 효력을 발휘하지만, 또 다른 것들은 그렇지 않거든. 이 경우에는 어떨지 나도 확실히 모르겠다.

슐로스제크 선생님은 나에게도 조력자가 필요하다고 계속 말했지. 마법은 체력 소모가 심한 활동이기 때문에 잠이 많이 오거든. 푹 자지 않으면 얼빠진 사람처럼 돌아다니게 되지. 그래서 마법사는 충성스러운 누군가에게 일상 업무를 위임하곤 한단다. 아내에게 그걸 맡길 수는 없단다. 아내도 마법사라면 더더욱 안 될 일이지. 훌륭한 조력자는 주인을 보호하는 동시에 주인의 보호를 받는다. 주인을 배신하지 않고 우러러보며, 주인을 위해 많은 것을 포기하지. 귀찮은 일들을 모두 대신해야 해. 모든 것을 알고 모든 것을 하지만 겸손함과 객관적 태도를 절대 잃지 않아야 하고. 감정적으로 처신하거나 경쟁심을 느껴서는 안 돼. 그런 것들은 독이 되거든. 주인을 모시는 역할에 만족하지 못하고, 모셔야 할 대상에게 질투나 분노를 품는 조력자는 도움은커녕 위험이 될 뿐이란다.

나는 아무리 둘러봐도 이 모든 기준에 적합한 사람을 찾지 못했어. 쿠젠베르크가 우리의 마법에 대해 알고 있는 데다 독립적인 성격을 갖고 있었지만, 그에게 그 역할을 맡길 수는 없었다. 그는 엠마를 사랑하고 있었고, 부탁하면 흔쾌히 들어줄 만큼 그 사랑은 컸단다. 하지만 조력자가 주인의 아내를 온종일 생각하고 있다니, 그건 말도 안 되는 얘기지! 그래도 우리는 잠시 고민할 수밖에 없었어. 조력자에게 임금을 지불해야 하는데 쿠젠베르크에게 그 일을 맡기면 돈을 아낄 수는 있었으니까.

결혼한 상태에서 첫아이가 태어나기를 바랐던 우리는 마침내 결혼을 했단다. 결혼이란 발상 자체가 너무 소시민적이라고 생각했지만 엠마는 평범한 모든 것을 배척할 수는 없다고 말했어. 평범함을 벗어나면 만나는 사람 모두에게 그렇게 한 이유를 설명해야 하니까. 결혼식은 매우 성스러웠고 귀족적이었으며, 말도 안 되게 돈이 많이 들었단다. 하지만 나는 이미 자수성가한 청년 기업가이자 훌륭한 신랑감으로 정평이 나 있었기에 어쨌든 감당해야 할 일이었지. 어머니는 예식보다 우리의 사랑 자체에 감동받으셨지만, 슈로펜슈타인 백작이 '두오몽에서 전사하신 독일의 애국자'라고 소개한 내 아버지가 그 자리에 계셨다면 분명 웃다가 울다가 하셨을 거야.

담대한 어머니는 잘 차려입은 사람들 사이에서도 전혀 위축되지 않았다. 춤추는 인디언과 결혼하기를 두려워하지 않았던 여인은 귀족의 결혼식 테이블 앞에서도 주눅 들지 않는 법이지. 결혼식에 참석한 귀족들은 어머니가 '정말 상냥한 부인'인 줄은 알았겠지만, 보통 사람들보다 춤을 훨씬 잘 춘다는 것은 몰랐겠지. 엠마 앞에서 무장해제된 어머니는 눈치껏 받아들여야 할 충고들을 늘어놓았어. 예컨대 샴페인 첫 잔을 비운 후에, 벌써 내가 평판이 좋은 사내아이들 중에서도 가장 똑똑한 아이였다는 비밀을 발설했지.

슐로스제크 선생님도 하객으로 참석했어. 선생님은 거의 말씀을 하지 않았고, 샤크 폰 비테나우 백작하고만 기술에 관한 대화를 조금 길게 나눴지. 당시에는 과묵해도 괜찮았어. 오늘날 정치권에서 '열린 토론'이라고 부르는 방식의 대화법은 오히려 경멸의 대상이었지. 선생님은 신부와 춤추는 것을 더 좋아했어. 이전에 딱 한 번 짧게 소개했을 뿐인데도 선생님은 춤추는 동안 그녀가 마법 사라는 것을 알아봤지.

엠마도 물론 나를 통해 선생님이 마법계의 대가라는 것을 알고 있었어. 내가 어머니와 춤추는 동안에도 두 사람은 함께 앉아 있었어. 그리고 얼마 지나서 엠마에게 그때 선생님이 했던 이야기를 전해 들었단다. 내가 평판이 좋은 사내아이들 중에서도 가장 똑똑한 아이였다는 비밀과 기술에 대해 정신없이 늘어놓는 내 수다를 사랑으로 견뎌내길 바란다는 당부였대.

결혼식이 끝난 후 선생님은 나에게 이렇게 말씀하셨어. "엠마는 정말 환상적이야!" 선생님은 엠마가 책을 좋아하고 많이 읽는다는 점을 마음에 들어 하셨어. 특히 손가락 두 개를 이용하지 않고 보통 사람처럼 읽는다는 점을 말이다.

그리고 만난 김에 나의 조력자를 찾고 있다고 말씀하셨어. 나는 경제 위기가 닥쳐서 무선전신회사에서도 해고됐고, 발명품 관련 사업은 진척이 없었으며, 요즘 모든 사람들이 파산하고 있다고 대답했단다. 내 유일한 소득원은 라디오 수리였어. 선생님은 고개를 흔들면서 말했지.

"너는 마법사가 되려는 것이냐, 아니냐? 조력자가 없으면 사소한 일들을 모두 혼자 처리해야 해. 너도 알고 있는 사실이잖니. 뭐라도 해서 돈을 좀 벌어보거라. 부자인 사람, 혹은 부자가 될 사람 밑에 들어가서 일을 해봐. 아이디어를 팔고, 책을 쓰고, 카를 마이나 카를 마르크스처럼 베스트셀러를 만들어. 아니면 나한테 배운 비행 기술이라도 써먹던가!"

비행 기술이라! 정말 기발한 아이디어였어. 기술과 관련된 일인데다 나는 기계를 이용한 비행의 모든 것을 배웠고 시험도 모두 통과했으니까. 나는 곧장 뒤셀도르프에 사는 백만장자에게 날아갔단다. 그는 '완전히 새로운 옛 독일'을 만드는 일에 돈을 잔뜩 투자할 예정이었지. 그는 나에게 일은 맡겼지만 다행히 정치 얘기는 하지 않았어.

그렇게 나는 조력자를 고용할 돈을 벌었고, 발데마르라는 똑똑하고 겸손한 젊은 청년을 찾았단다. 믿음직한 청년이었지. 프로나우 지역에 집도 한 채 샀단다. 나중에 어머니를 모시려고 말이야.

일하는 동안에는 간혹 온종일 엠마와 떨어져 지내는 날도 있었어. 하지만 그녀는 별 걱정하지 않았지. 그녀는 내가 어떤 추락에도 살아남으리라는 것을 알고 있었으니까. 하루는 실제로 비행기가 떨어진 적도 있어. 날개를 고정하고 있던 밧줄에 결함이 있던 거지. 말 그대로 불운이었어. 낙하산도 펴지지 않았지만 나에게는 큰 문제가 아니었다. 나는 공중을 떠다니다가 건초를 가득 실은 트럭이 나타나기를 기다렸어. 내게 필요했던 것은 그 상황을 지켜보던 목격자에게 어떻게 추락했는데도 살아남았는지를 해명할 말이었으니까. 백만장자도 나풀나풀 날아와 착륙했단다. 그의 낙하산은 제대로 펴졌거든.

그래, 1930년대 초반까지는 그래도 어떻게든 일이 잘 돌아간 편이었어. 젊은 발데마르가 큰 도움이 됐지. 그는 세금을 정산하고 적당한 거짓말을 만들어내는 일을 정확하게 이해하고 있었어. 물론 거짓말하는 대상은 내가 아니라 나의 적들이었지. 그는 마법사에게 비밀 엄수와 위장이 얼마나 중요한 일인지 잘 알고 있었단다. 특히 그 시절에는 말이야.

내가 알기로는 슈나이데바인도 이미 오래전부터 조력자를 두고 있었어. 그것도 여러 명이나. 어떤 정당의 지도부에서 일하면서 벌이가 꽤 좋았던 그는 조력자를 셋이나 둘 수 있었지. 그 정당에서는 인사할 때 팔을 하늘로 높이 쳐들었단다. 황토색 군복을 똑같이 차려입은 그들은 하나같이 비슷해 보였어. 서로 이름을 부를 때는 '하'로 시작하는 구령을 붙였지. 그래서 나는 슈나이데바인 패거리들을 한꺼번에 싸잡아서 "함함함"이라고 불렀어.

걱정스럽게도 많은 유권자들이 슈나이데바인의 정당에 표를 주었단다. 그는 나에게도 좋은 추천사를 써줄 테니 그 정당에 가입하라고 권유했어. 정당에 기부하는 산업계 인사들이 많아서 급여도 나쁘지 않았지. 슈나이데바인은 이미 오래전부터 뛰어난 육감과 수색 실력을 갖춘 인재로 평가받고 있었단다. 물론 당원들은 그에게 숨겨진 능력이 있다는 것을 전혀 알지 못했지.

나는 그가 엠마에 대한 욕망을 다시 한 번 드러낼 것임을 알고 있었어. 비록 그녀가 한 번 결혼을 했고, 재혼은 귀족의 품위에 어울리지 않는다 하더라도 말이야. 그녀의 아름다움이 그의 마음을 홀렸고, 그녀가 마법사라는 사실도 매력적이었을 거야. 나는 그가 기꺼이 그녀는 물론 심지어 그 아들까지도 받아들일 거라고 예상했다. 그때는 벌써 네 큰삼촌 꼬마 펠릭스가 태어난 후였어(그를 볼 수는 없겠구나. 이미 12년 전에 죽었으니까). 우리를 찾아온 슈나이데바인은 서툰 손길로 펠릭스를 쓰다듬었어. 펠릭스는 그 손길을 거부하며 울음을 터뜨렸지. 슈나이데바인은 새로운 독일과 그들의 목표, 그러니까 모든 회사와 기업, 기관을 '관변화'하겠다는 계획을 폭포처럼 쏟아냈어.

"그게 무슨 뜻이야?"

내가 묻자 그가 되물었어.

"전기기술자가 그것도 몰라? 적어도 관변화란 단어는 알고 있어야지!"

"그건 기술 용어가 아니잖아. 혹시 변전이랑 헷갈린 것 아냐? 교류 전기를 직류로 바꾼다는 변전은 기술 용어이지만 관변화는 아니거든?"

그는 심사가 뒤틀린 듯 예상치 못한 작은 반격에 잠시 머뭇거렸지. 그러다 다시 '정당 공동체의 총체'에 관해 말했어. 지금은 내가 당원이 될 수 있지만, 그들이 권력을 잡으면 어려워질 거라는 얘기였어.

"슈나이데바인, 나 좀 내버려둬."

"내 말 들어. 넌 독일을 구하는 데 힘을 보태는 거야!"

"나도 진심으로 독일을 구하고 싶어."

"그러니까 들어오라고!"

"하지만 너희에게서 구해야 할 것 같은데."

"이봐, 상황 파악 좀 하라고. 그분은 우리를 수렁에서 건져내는 일 외에는 아무 관심도 없어. 그분은 지금 우리가 썩은 진창에 빠져 있다고 생각하시거든. 제발, 부탁이야! 나는 너를 돕고 싶어. 하지만 두 번째 제안은 없다는 점을 명심해야 할 거야!"

그는 자리에서 일어나더니 발뒤꿈치를 딱 붙이고 허공으로 팔을 쳐들어서 '그분'을 향한 경외를 표시했어. 나는 자리에 앉아 할 수 있는 한 다정한 눈빛으로 그를 쳐다보았지.

"루돌프, 고마워! 네 선의에 감사해. 정말이야!"

나는 말했어.

나는 그의 이름을 불렀어. 어린아이들이라면 모를까 마법사들끼리는 그렇게 하지 않는 법인데도 말이야. 어떤 의도가 있어서 그렇게 불렀던 것은 아니야. 그 순간 문득 더 이상 그가 격식을 차려야 할 동료가 아니라는 것을 느꼈을 뿐이야. 나는 의도를 숨기려고 했지만, 그는 즉각 그 말의 의미를 깨달아버렸지.

슐로스제크 선생님께 그날 있었던 일들을 이야기하자, 선생님은 혐오스럽다는 표정을 지으면서 말씀하셨어.

"녀석이 부패한 도적놈들과 손잡고 싶어 안달이 났군. 난 그 애가 열 살 때부터 그렇게 될 줄 알았단다."

부패한 도적놈들이라니! 케케묵은 표현이지만 선생님이 할 수 있는 최고의 욕설이었지.

나 역시 '팔을 높이 쳐드는 사람들'에게 호응할 생각은 없었어. 오히려 그들의 우상이, 각진 콧수염을 기른 그 사내가, 수상이 될까 봐 걱정했단다. 하지만 염려는 현실이 되고 말았어. 그를 본떠서 세워진 쾨니히 광장의 나무 동상만큼이나 실제 머릿속도 텅 비어 있던 당시의 힌덴부르크 대통령이, 그 콧수염 기른 무식쟁이를 정부 수상으로 임명한 거야. 그날 나는 백만장자를 모시고 포츠담으로 날아갔단다. 정부에서 주최하는 축하연에 참석하려고 말이다. 백만장자는 나를 연회에 동반했고 그 자리에 참석한 것은 정말 대단하고도 찝찝한 영광이었지.

축하연의 절정은 프로이센의 정신에 대해 얘기한다면서 덩치만 큰 늙은 힌덴부르크 혼자 호엔촐레른 왕가의 묘실에 올라간 것이었지. 이미 몇 달 전에 프로이센 제국은 해체되었으니 그렇게 해서라도 정통성을 주장하려고 한 거였어. 짧지만 열광적으로 몇 마디를 한 뒤 그는 몇몇 중요한 인물들과 인사했어. 거기에는 신임 수상도 서 있었지. 나는 학창 시절 슈나이데바인이 했던 장난을 떠올리고는 재빨리 팔 늘이기로 그의 단추를 풀었단다. 물론 눈치챈 사람은 없는 것 같았어. 그리고 힌덴부르크와 수상이 된 반계몽주의자가 나누는 대화를 엿들었지.

힌덴부르크가 말했어.

"이보시게, 이 중요한 날 무슨 결례인가?"

"대통령님, 무슨 말씀이시죠?"

"아래를 좀 보게!"

그 순간 카메라 플래시가 터졌지. 그 유명한 사진은 교과서나 인터넷에서 아직도 볼 수 있단다. 물론 '포츠담의 그날'이라는 제호가 달린 사진에서 그 반계몽주의자가 풀린 단추 때문에 당황해하는 기색을 알아볼 수는 없겠지. 하지만 그 이후로 공식석상에서 그가 항상 팔짱을 끼고 있는 것을 볼 수 있었어. 불행의 단추가 풀리지 않도록 나름대로 철통 보안을 한 거지.

어쨌든 나는 아무도 내 장난을 보지 못했을 거라고 확신했다. 그런데 가쁜 숨을 재채기로 숨기면서 다시 눈을 감았다 떴을 때, 날카로운 눈초리와 정면으로 마주쳤지. 슈나이데바인이 모든 것을 지켜보고 있었던 거야. 하지만 내가 마법을 부린 것을 고발하면 자기 역시 비밀을 들킬 수밖에 없었기 때문에 그 자리에서 나를 잡아 가두지는 않았어. 하지만 백만장자에게 무슨 거짓말로 트집을 잡았는지, 나는 하루아침에 궁색한 핑계와 함께 해고되고 말았단다.

슐로스제크 선생님은 아무도 그를 보지 못하도록 각별한 주의를 기울여야 하는 신세가 됐어. 광신자들의 말에 따르면, 그는 '유해한 인종'에 속했거든. 아인트라흐트 슈트라세에 살던 야콥도 마찬가지였어. 키가 2미터에 흠잡을 데 없는 금발인 그에게도 '유해한 인종'이란 꼬리표가 붙었지.

나는 다시 전기기술자로 돌아왔단다. 독일 홀러리스 기계회사, 줄여서 데호막(Dehomag)이라고 불리던 회사는 리히터펠데 지역 동편에 있었어. 미국계 회사였지. 무언가를 은폐하기 위해 회사 경영에서는 '신현대화'를 강조했어. 구둣발로 바닥을 탁탁 차면서 걷고, 각을 잡아 인사하고, 회사 건물 마당에 전 직원을 집합시키는 것이 '신현대화'였을까. 슈나이데바인이 큰소리친 대로 정치적인 '관변화'가 본격화된 것만은 확실했단다.

카드 천공기 기술에 대한 나의 동경은 엄청났어. 나는 그것에 관한 모든 것을 알고 싶었지. 그 발상의 시작과 발명가에 이르기까지. '홀러리스가 보내는 편지'에서 나는 다음 구절을 발견했어. "천공카드가 만들어지는 순간 인간의 정신노동은 끝이 난다. 이후 정신노동은 기계가 한다." 중요한 문장이지. 또한 이 시스템이 안고 있는 위험성을 알리는 문장이기도 해. 카드 천공기는 무기가 될 수도 있다는 말이니까. 특히 '인간의 정신노동'이 시스템의 안위를 위협할 때는 자기방어책을 쓸 가능성마저 충분하지.

프로나우에서 리히터펠데까지 먼 통근길을 매일 오가야 했지만 나에게는 문제될 것이 없었단다. 나는 지하철을 사랑했거든. 가끔 퇴근길에 쿠젠베르크를 보러 갔어. 그는 아주 똑똑한 아가씨와 결혼했단다. 그는 그녀를 그레테라고 불렀는데, 진짜 이름은 아니었지. 그는 그렇게 다른 사람의 이름을 바꾸면서 행복한 가상의 세상을 창조해 냈단다. 그리고 물어보면 이렇게 대답했지. "나는 비난할 수 없어." 나중에 그가 진짜 하고 싶었던 말은 이것이었음을 깨달았어. "나한테는 비난할 능력이 없어." 다른 사람이 춤을 출 수 없거나 요리를 할 수 없듯이 그는 세상을 향해 비난할 수 없었던 거야.

엠마와 나는 모든 것을 할 수 있었단다. 춤도 추고 요리도 하고 필요하면 비난도 했지. 하지만 우리는 그런 대로 행복했어. 철학자들은 항상 행복에 대한 정의를 내리려고 하지. 그들을 흉내 내자면, 행복이란 신경조직의 한 중간(내 생각에는 '태양신경총'이라고 부르는 신체 부위인 것 같아)을 부드럽게 당기는 듯 엄청나게 편안한 기분이야. 그녀 옆에 누워 그녀가 숨 쉬는 것을 들으면 편안한 발작이 일어나는 거지. 나에게는 그것이 행복이고, 마법사이든 아니든 간에 행복한 사람은 누구나 이 기분을 느낄 수 있을 거라고 생각한다. 그렇다고 우리가 항상 편안했던 것은 아니란다. 그동안 우리에게는 아이가 하나 더 생겼고, 팔 늘이기로 연명해야 할 처지였어.

마틸다, 이 편지를 쓰는 동안에도 너를 자주 볼 수 있어서 얼마나 기쁜지 몰라. 너는 이제 막 첫돌을 지났단다. 새하얀 턱받이에 보라색 모자를 쓴 너는 이제 겨우 단어 몇 개를 말할 수 있지. 하지만 네 말을 알아듣는 사람은 네 엄마와 나뿐이란다. 네 엄마는 엄마이고, 나는 마법사니까. "저 채깅네"라는 말은 "저기 책이 있네"라는 뜻이야. "끄치"란 건 "끝"이란 뜻인데, 보통 네가 용변을 보고 나서 하는 말이지. 너는 엄마, 아빠처럼 너도 배꼽이 있다는 사실을 발견하고 굉장히 좋아했단다. 그 이후로는 배꼽을 볼 때마다 마치 배꼽이 없을 거라고 생각했다는 듯이 깜짝 놀라는 척했지. 이 세상에 온 것을 환영한다, 마틸다!

우리의 행복은 오래가지 않았어. 1934년 여름, 슐로스제크 선

117

생님이 자취를 감췄단다. 우리는 몹시 걱정했어. 그가 스스로 사라진 것일까, 아니면 어딘가에 갇힌 것일까. 마지막으로 대화를 나누고 나서, 선생님이 우리에게 남긴 소식은 없었어. 얼마 후 나는 데호막에서 해고됐는데, 슈나이데바인이 또 무슨 일을 꾸민 게 틀림없었어. 우리는 프로나우의 집을 팔았고, 이민을 고려했단다. 물론 미국으로 갈 생각이었지. 하지만 곧 포기했어. 나이 많은 어머니를 모시고 가는 것은 불가능했고, 어머니를 두고 간다는 것은 상상할 수 없는 일이었으니까. 무엇보다 나는 슐로스제크 선생님을 찾아야 했어. 선생님이 아직 살아 계신지, 그렇다면 어디에 계신지를 무조건 알아내야 했단다.

하지만 슈나이데바인처럼 막강한 적이 버티고 있는데 우리가 무얼 어떻게 할 수 있었겠니? 나는 심지어 공군에 지원할까도 생각했단다. 공군이 창설된다는 것은 공공연한 비밀이었어. 하지만 슈나이데바인의 팔은 거기까지 닿았고 나는 단번에 입대를 거부당했단다. 그 사실을 알고 나는 마음속으로 기뻤어. 폭탄을 떨어뜨려 누군가를 죽이는 일은 하고 싶지 않았으니까.

적이 권력을 잡고 사사건건 방해하는 통에 삶은 점점 더 힘들어졌단다. 적들은 명령과 형벌, 그리고 상상할 수 없을 만큼 잔인한 폭력을 행사했어. 정권은 결연함을 증명하고자 했고, 가해자가 되기로 결심한 개개인도 그 일에 동참했단다. 그들은 자신들에게 의심의 여지가 없음을, 결연함을, 더 이상 뒤로 물러서지 않을 것임을 증명하기 위해 잔인한 폭력과 살인을 저질렀어. 하지만 소용없었지. 죽는 사람들만 늘어났을 뿐 의심은 계속됐으니까.

그때 사람들이 다 함께 모여 그 끔찍한 상황에 대항해 분노와 저항감을 드러냈어야 했어. 하지만 그보다는 앞잡이들의 눈에 띄지 않기 위해 애쓰는 편을 택했단다.

마법사는 필요하다면, 그리고 그 마법에 관한 충분한 지식이 있다면 투명인간이 될 수 있었어. 앞잡이들의 눈에 띄지 않을 탁월한 능력이었지. 당시 나는 그 능력을 발견한 지 얼마 되지 않았고, 엠마는 어쩌다 가끔 할 수 있는 정도였지. 그리고 우리 아이들은 마법사가 아니었어. 아이들을 위해 우리는 그 상태로 있어야만 했지. 눈에 보이는 불투명한 상태로 말이다.

다섯 번째 편지 투명인간 되기

2013년 10월

마법사의 성장은 골 깊은 산을 오르는 것에 비유할 수 있단다. 처음에는 낮은 언덕을 넘어 작은 산을 오르다 높은 봉우리로 갈수록 점점 더 가파르고 힘들어지지. 하지만 어느 순간 꼭대기에 오르면 시원한 공기를 마시며 화려한 경관을 한눈에 담을 수 있단다. 그 후에 남은 것은 산을 내려오는 일뿐이야.

맨 먼저 우리 마법사들이 할 수 있는 것은 자신의 모습을 바꾸는 일이다. 팔을 늘이고, 아름다워지거나 혹은 다른 사람 눈에 아름답게 보이거나, 체중을 조절하지. 마지막 단계로 우리가 머문 자리에서 보이지 않는 존재로 변할 수 있단다. 이것이 우리 자신을 소재로 한 마법의 전부란다. 다른 사물이나 다른 사람을 바꾸는 마법은 성인이 되었을 때 시작하는 것이 좋아. 양파를 초콜릿으로,

단풍 나뭇잎을 캐나다 달러로, 자동차를 헬리콥터로, 적을 새끼 돼지로 바꿀 수 있단다. 하지만 애석하게도 이런 마법 능력 중 일부는 간절히 필요한 상황에서 제대로 발휘되지 않을 때도 있지.

1934년은 투명인간 되기 마법이 거의 완성될 무렵이었다. 내가 선생님의 지도 없이 완성한 첫 번째 기술이었지. 엠마는 나보다 어렸지만 거의 비슷하게 그 기술을 습득했고, 우리 둘 다 그 마법을 잘할 수 있게 됐단다. 당시 엄중한 상황에서 어떤 사람은 특정 장소나 특정 사람들 앞에서 아예 눈에 띄지 않는 게 최선이었어. 사랑하는 마틸다, 그런 시대는 언제라도 다시 올 수 있다는 것을 항상 잊어서는 안 된다.

투명인간 되기 마법의 사용법과 위험성에 대해 이야기하기 전에 중요한 것 하나를 짚고 넘어가야겠구나. 지금 말하지 않으면 잊어버릴 수도 있으니 말이다. 우리는 마법의 힘으로 인간의 생을 끝낼 수 없단다. 죽음의 마법이 허락되지 않은 사람은 그 일을 할 수 없어. 능숙하게 쓸 수 있는 마법도 어떤 사람의 목숨을 끊는 의도로 사용하면 능력이 사라진단다. 예를 들어 어디론가 올라가서 누군가를 죽일 생각을 하는 순간 바닥에서 단 1센티미터도 날아오를 수 없지.

엉금엉금 기어 다니는 작은 아기 앞에서 아직 이런 말을 하기가 쉽지 않구나. 먼 훗날이라도 네가 다른 사람이 죽기를 바랄 거라는 생각을 할 수 없으니까. 하지만 아무리 상상할 수 없는 일이라도 기본 원칙은 얘기해야겠지. 그러니 다시 한 번 강조한다. 너는 마법으로 그 누구도 죽일 수 없다. 응급 상황에서도 마찬가지야. 나는 마법이 어떤 특정 의도를 차단하는 것은 매우 합리적이라고 생각하지만, 그게 어떻게 가능한지는 풀 수 없는 퍼즐이란다. 우리가 다른 사람보다 더 적극적으로 개입하고 있는 세계의 핵심은 지성과 의지를 넘어서는 영역인 것 같아.

그 세계의 지성은 삶을 돕고 구원하는 일에 결코 인색하지 않아. 우리는 죽은 사람을 마법으로 일으켜 세워 다시 건강하게 만들 수는 없지만 그것보다 간단히 해낼 수 있는 일들이 많단다. 예컨대 하늘을 날아서 약이 없으면 죽게 되는 중환자에게 약을 가져다줄 수 있지. 투명인간이 되어 침상으로 다가가 그의 입에 약을 흘려 넣는 거야. 의사는 아무것도 눈치채지 못할 거야(그들은 상황이 다 끝난 후에야 나타나 자기가 모든 처치를 제대로 했기 때문이라고 생각하지).

하지만 죽음은, 심지어 자신을 죽이는 일도 마법으로는 할 수 없어. 자살은 일반적인 방식으로만 가능해. 나는 이 원칙을 직접 시도해 보고 나서야 알았단다. 엠마가 죽은 이듬해 1956년은 내게 그런 시간이었다. 나는 가능한지 시도나 해보자며 스스로를 설득했지. 나는 스텐 재질의 생선 냄비를 9밀리 탄약 두 발로 바꾼 다음 권총에 넣었어. 방아쇠를 당기자 도관은 돌아가지 않았고 그 안에서 발견된 건 밀가루를 발라 구운 가자미 요리였단다. 게다가 내 옆에는 버터와 말린 로즈마리가 나타났고, 테이블 위에는 차가운 화이트 와인 한 병이 세워져 있었지. 우리가 작은 일부분만을 갖고 있는 위대한 마법의 힘은 가끔 유머로 교훈을 남긴단다. 그런 교훈이라면 따를 수밖에 없지.

이제 본론으로 들어가자. 레일란더와 다른 전문가가 너에게 아직 설명하지 않았거나 훈련하지 않았을 경우를 대비해서 설명하자면, 투명인간이 되는 것은 다른 사람으로 변신하는 것과 거의 비슷한 마법이야. 네가 다른 사람의 외모로 변신한 적이 있다면, 그 과정에 아주 짧고 좁은 중간 지대가 있다는 점을 알아챘을 거야. 그 공간에서 너 자신으로도, 다른 사람으로도 보이지 않는 것이지. 그 '아무것도 아닌 지대'에 멈추는 것, 그 상태를 충분히 유지하는 것이 어렵기는 하지만 가능하단다. 그리고 바로 이 상태가 투명인간이야! 언젠가 내가 악어로 변신하는 것을 지켜보던 발데마르는 파흐로크와 악어 사이에 아주 잠깐 눈에 보이지 않는 과정이 있다는 것을 발견했어. 그는 그걸 구식 자동차의 조명등이 켜지는 순간에 비유해서 설명했지. 전면을 환하게 비추기 전에 감광 헤드라이트가 꺼지고 원거리 조명등을 켜기 위해 스위치가 바뀌는 0.1초 동안의 암흑과도 같은 거라고 말이다.

투명인간 마법을 제대로 구사하기까지는 생각하고 연습해야 할 것들이 많단다. 예를 들어 투명인간 상태에서는 보통 때보다 힘이 약해지지. 그러니 강한 펀치를 날리거나 무거운 짐을 들 수 있을 거라고 생각해서는 안 된다. 투명인간 상태에서 비행할 때는 짐을 조금만 들고 가렴! 그렇다면 여기서 질문. 네가 투명해지면 너의 소지품들도 투명해질까? 핸드백부터 네가 목줄을 붙들고 있는 강아지까지? 답은, 반경 2미터, 최대 3미터 내에 있는 물건들 중 네 몸에 붙어 있는 것들은 투명하게 바뀐단다. 여기까지는 훌륭하지. 하지만 살아 있는 강아지 혹은 말이나 앵무새는 어떨까? 네가 타고 있는 말도 투명하게 바뀐단다. 하지만 네가 타고 있는 와중에 갑자기 말만 마법이 해제되어 모습이 드러난다면 그건 완전 주목의 대상이 되겠지. 혹은 너는 사라지고 네 옷자락만 남을 수도 있어.

투명인간 마법을 제대로 써먹으려면 배워야 할 것들이 많단다. 처음에는 네가 정확하게 투명인간 지대에 머물 수 없다는 것도 고려해야 해. 보였다가 안 보였다가, 촛불처럼 가물대는 형상은 의심을 사기 딱 좋지. 그러니 사람들에게 들키지 않도록 조심하거라. 그리고 무엇보다 국가란 존재를 잊지 말고, 본모습을 들키지 않도록 조심하거라. 한번 발각되면 네가 애써 얻어낸 시민의 신분을 포기하고 완전 다른 사람이 되어 다른 나라에서 처음부터 다시 시작해야 한다는 점을 항상 유념하렴.

네가 엄격하게 감시당하는 건물에 들락날락하면서 비밀을 캐내고 대화를 엿들으려고 마음먹었다면 투명인간 마법이 큰 도움이 될 거라고 생각하겠지. 논리적으로 맞는 생각이야. 너는 투명인간으로 감옥에 들어갈 수 있고, 감방의 친구 앞에 모습을 드러냈다가 다시 보이지 않는 상태로 감옥을 나올 수 있어. 네가 벽을 통과하는 마법을 배우지 않은 이상 어쨌든 열린 문으로 드나들어야 할 테니까.

하지만 한 가지 알아둬야 할 것이 있단다. 다른 마법사들은 투명인간으로 변한 너를 볼 수 있다는 사실이야. 아주 선명하지는 않아도 너라는 것 정도는 확실하게 알아볼 수 있어. 물론 너도 투명인간으로 변한 다른 마법사를 볼 수 있단다. 투명한 수족관을 들여다보는 것과 비슷해. 일단 중간 지대 가까이 고개를 들이밀어야 '투명인간'의 얼굴을 확인할 수 있어. 네가 어떤 마법사를 적으로 두고 있다면(내가 누구를 염두에 두고 하는 말인지 짐작하리라 생각한다), 투명인간으로 변신하여 그의 마법을 피하려무나.

마음대로 다른 사람의 눈을 피할 수 있다는 것은 다시 말해 범죄를 저지를 수도 있다는 뜻이지. 그러니 정의, 곧 '페어니스'에 관해 내가 말한 것을 잊어서는 안 된다. 우리의 기술은 그것을 활용해 사람을 죽일 수 없도록 차단해 놓았어. 하지만 상해를 입히거나 불공정한 이득을 취하거나 은밀하게 부를 축적하는 데는 최고의 기능을 발휘한단다. 마법의 사용과 관련해 정해진 규칙을 지킬지 말지는 온전히 너의 결정에 달렸지.

국가가 타락했을 때는(이 역시 무엇을 염두에 두고 하는 말인지 짐작하리라 생각한다) 그 규칙을 지킬 의무가 없단다. 네 유년 시절의 국가는 그런 대로 괜찮은 편일 거야. 하지만 상황은 언제라도 급변할 수 있고, 네가 어른이 되어 이 편지를 읽을 때쯤에는 어떻게 되었을지 알 수 없지. 사람들은 자기 나라에는 바람직한 미래가 펼쳐질 거라고 굳게 믿지만, 나쁜 미래가 찾아와도 친절한 사람들

사이에서는 별 걱정 없이 하루하루를 감사하며 살아갈 수 있단다.

엠마와 나는 처음부터 어떤 상황과 어떤 장소에서도 서로서로 행복하게 살았단다. 1934년 우리는 베를린 근교 우커마르크에 있는 겝하르트 숲으로 비밀리에 이사했어. 우리는 큰 어려움 없이 적들의 손아귀에서 벗어날 수 있었어. 우리는 지구상 그 어떤 장소에서도 우리의 삶이 즐겁지 않을 이유가 없다는 것을 알고 있었지. 그때 우리는 이미 단란한 가정을 꾸리고 있었거든. 펠릭스는 네 살이었고, 그 여동생 펠리시타는 세 살이었어. 조력자인 발데마르는 내 남동생 '블라디미르'로 위장했지. 우리는 이웃들에게 러시아 망명자라고 소개했어. 세르게이에게 산 사모바르가 있었으니 사람들은 그 말을 쉽게 믿었단다. 그리고 우리 가족의 성을 슈니트비츠라고 기재한 완벽한 위조 서류가 있었어. 우리는 자칭 예카테리나 황후를 따라 러시아로 건너간 독일인 소작농의 후예들이었어. 본래 고향은 폴란드 국경 인근의 체르브스트라고 했지. 이런 배경으로 어떻게 상트페테르부르크에서 온 전기기술자가 루터교 신앙을 가질 수 있었는지에 관한 의문은 말끔히 해소되었단다.

나는 루터파 개신교 계열인 장크트 미카엘 교회에서 주최한 시험에 합격한 다음, 교회 관리인이 되었어. 이 생각은 선하든 악하든 마법사는 교회 문지방을 함부로 넘기 힘들다는 점에 착안한 완벽한 책략이었지. 그중에는 슈나이데바인도 포함될 테니까. 교회 공동체 안에서 우리는 어찌 됐건 안전을 보장받을 수 있었어.

열심히 공부하고 시험을 치른 덕분에 나는 예배를 보는 데 아무 문제 없었단다. 물론 러시아어도 유창했지. 우리의 출신을 의심받아서는 안 된다는 생각에 이사 오기 전부터 베를린 도서관에 있는 러시아어 책을 모두 독파했어. 손가락 두 개 마법을 사용했으니 문법과 단어 책을 대출할 필요는 없었지. 겜하르트 숲의 이웃들은 오히려 우리의 완벽한 독일어 실력에 감탄했단다. 가당치 않은 칭찬이었지만 우리는 사양하지 않고 기쁘게 받아들였어.

　루터파 개신교의 관례와 중요한 관용구들은 비교적 어렵지 않게 익힐 수 있었지만, 옛날 말로 쓰인 성경 구절은 넘기 힘든 장애물이었단다. 하지만 그 역시 사흘을 고군분투한 끝에 유창하게 읽어낼 수 있었어. 그 어떤 의심도 불러일으켜서는 안 됐기 때문에 힘든 기색을 드러낼 수는 없었지.

　나 혼자 해결해야 할 가장 큰 숙제는 오르간 연주였단다. 예배 시간에 교회 관리인이 맡은 업무 중 하나였지. 악보 읽는 법은 금세 배웠지만, 연주는 아무리 해도 되질 않더구나. 그래서 다른 사람에게 오르간을 배우기로 했어. 예배가 없는 날이면 교회에서 연습하는 오르가니스트가 있었거든. 나는 투명인간으로 그 옆에 앉아서 손과 발의 움직임을 연구했지. 거기에 책 몇 권을 읽고 허공에다 건반을 그려놓고 상상 연주를 무척 열심히 한 끝에, 마침내 다성 화음의 성가를 반주하고 잔잔한 기도 음악을 연주할 수 있게 되었단다.

　기술자로서 오르간의 기계적 구조는 비교적 간단하게 파악했어. 한번은 '전자식 공기압축 트래커'라는 부품을 수리한 적도 있지. 슈케에서 만든 31번째 오르간이었는데 손 건반 두 개와 페달, 두 개의 건반을 연결하는 연동 장치와 네 가지 콤비네이션 장치가 있었어. 나는 사랑스러운 소리를 내는 첫 번째 건반보다 밝고 날카로운 소리를 내는 두 번째 건반을 더 사랑했지. 마틸다, 네가 오르간을 배울 마음이 생길지 또 누가 알겠니. 그건 굳이 어디에선가 잠수를 타야 하는 경우가 아니더라도 배울 만한 가치가 있단다.

우리의 겉모습은 그리 많이 달라지지 않았어. 적어도 그 부분에서는 마법을 쓰지 않았단다. 겜하르트 숲은 베를린에서 꽤 멀리 떨어져 있으니 우리를 알아볼 사람은 없었어. 딱 한 가지, 나는 수염을 길렀는데 그건 마법을 부리지 않고도 '러시아' 분위기를 채워주는 효과적인 도구였어.

우리는 보호 아래서 잘 지냈단다. 그 모든 것이 신앙심 깊은, 다행히 좋은 쪽으로 신앙이 깊은 겜하르트 숲의 기독교인들 덕분이었어. 나는 그들 중 몇몇을 존경하게 됐단다. 특히 목사님은 겉으로만 루터의 저항 의식을 따랐던 것이 아니라 용기를 증명해 보였던 분이야. 국가가 그들에게 한 거짓말과 부여한 의무를 거부하고 독립적인 판단력을 지켜낸 기독교인들에게 경의를 표하지 않을 수 없었어. 그들은 선한 마법사들과 같은 부류의 사람들이었지. 하지만 그 기간 동안 내가 기독교인이 된 것은 아니야. 한 사람이 고백할 수 있는 신앙은 그렇게 많지 않단다. 나는 이미 마법사였고, 기술자이며, 우울증 환자였으니 그것만으로도 충분했어.

우리의 용감한 목사님의 이름은 프리드리히 슈나벨이었어. 그가 미행을 따돌리려 할 때 우리가 도와준 적이 있지. 팔짱을 끼고 다니던 제국 수상은 그동안 '총통'으로 직함을 바꿨단다. 그는 큰 박수갈채 아래 모든 사람이 사람은 아니라고 주장했어. 인간 종족 중에서도 특정 민족은 동물이라고, 아니 동물보다 더 아래 있다고 (그는 동물 애호가였거든) 말했지. 또한 그들은 너무 위험하기 때문에 창살 뒤에 가두거나 저 멀리 보내버려야 한다고 주장했어. 독일인 모두 그 말을 이해하지 못했으므로 그는 '민족 계몽'을 위해 장관을 하나 임명해서 독일인들을 설득했단다. 입만 열면 거짓말을 쏟아내는 작자였지.

그전까지 '계몽'은 내가 좋아하는 단어 중 하나였어. 슐로스제크 선생님은 스스로를 계몽주의자라고 불렀고, 모든 종류의 주장을 의심하는 것을 좋아했지. 선생님이 의심하지 않은 것은 딱 한 가지, 인간의 정신은 진보한다는 믿음이었어. 무엇보다 선생님은 기술의 도움으로 소통하는 것을 싫어했지. 그리고 '민족'이란 말을 사랑했어. 마법사들은 민족을 사랑한단다. 민족이 곧 삶이야. 하지만 총통이란 자가 '민족 계몽'이란 단어 조합을 쓴 이후로 내가 가장 싫어하는 단어가 되었단다.

그 시절 나는 전기적 자극이 기계적으로 처리되는 모든 것과 기계가 전기적 자극으로 처리되는 모든 것에 푹 빠져 있었어. 몇 가지 새로운 발명품도 고안해 냈지. 그중 핵심적인 것이 '동조기'야. 도개교와 운하 갑문, 바퀴, 프로펠러 날개 혹은 조명등에서 회전 각도를 맞추는 장치란다. 이 기계를 사용하면 사람들은 두 개 이상의 기계 부품을 정확한 각도로 설치할 수 있어. 톱니바퀴나 버팀목 등을 추가해서 기계적 힘을 가하지 않아도 되지. 나는 내 발명품을 '역방향 평행 구조 다이오드를 이용한 동기제어기'라고 불렀다. 그리고 매우 자랑스러워했지. 하지만 다른 사람들에게 축하받지는 못했어. 발표하지 않았으니까. 그런데 어느 때인가 어떤 사람이 매우 공식적으로 그 기계를 발명했고, 미국 회사가 그것을 생산해 냈더구나. 사랑하는 마틸다, 나는 정말로 특출한 사람이었던 거야! 네 앞에서 으스댈 일은 아니지만.

슐로스제크 선생님은 여전히 행방불명이었다. 선생님께서는 이미 우리의 계획을 털어놓았고 우리가 새로운 신분으로 살아갈 것임을 알고 있었는데도 아무런 소식이 없었어. 어딘가에 갇혀 계신 걸까? 그건 말도 안 되는 추측이었다. 선생님은 그 어떤 감옥도 마법으로 어렵지 않게 빠져나올 수 있으니까. 적어도 우리에게 기별하러 오실 수는 있었지. 혹은 예상치 못한 급습으로 돌아가신 것은 아닐까? 선생님은 언제라도 죽음의 공격을 막아낼 수는 있지만, 그것도 공격이 다가오는 것이 보일 때만 가능한 얘기니까. 아니면 마법의 힘을 빌리지 않고 일반적인 방식으로 자살을 하신 것은 아닐까? 하지만 선생님이 그런 일을 저지를 까닭이 없었고, 그렇다 해도 우리가 아무런 흔적도 발견하지 못한다는 것이 말이 안되지. 그럼 현대적 삶의 소음과 더러움에서 도피해 다른 세상 어딘가 안락한 동굴을 찾아 숨어 계시는 건 아닐까? 이것도 상상하기 어려운 일이야. 선생님은 누구보다 이 나라를 사랑했고, 낯선 나라들은 현미경으로 들여다보는 것을 선호했거든(주로 1905년 판 슈틸러의 〈손으로 그린 지리부도〉를 보셨지. 독일의 식민지를 함께 보는 것을 좋아했으니까). 또한 선생님이 그렇게 오랫동안 실종을 계획하면서 내게 인사도 없이 떠났다는 것도 납득할 수 없는 일이었지.

나는 먼 길을 날아 베를린에 다녀오려고 했어. 물론 각별히 유의해서 투명인간으로 변신하고 말이야. 베를린의 집에서 가져올 물건도 있었고, 무엇보다 슐로스제크 선생님의 행방을 더 찾아보고 싶었거든. 엠마는 비행으로는 가지 않는 게 좋겠다고 말렸어. 대신 자전거를 타고 여행한 다음, 베를린 경계에서 투명인간이 되라고 했지. 그녀의 말도 일리가 있었어. 우리 집과 슐로스제크 선생님 집 모두 감시받고 있을 것이고, 그들은 투명인간이 된 나를 볼 수는 없지만 문이 열리고 닫히는 것은 볼 수 있으니까. 벽을 통과하는 마법은 그때까지도 생겨나지 않았으니 집 안을 들여다보려면 발코니 창문까지 날아오를 수밖에 없었지. 지금 우리 집에는 누가 살고 있을까? 슐로스제크 선생님 댁에는 누가 살까? 슈나이데바인, 아니면 다른 타락한 마법사? 혹시 슈나이데바인이 거기에 있다면 들킬 위험이 컸어. 나를 알아보는 순간 따라 날아와서 내 집중력을 빼앗아가려고 할 테니까. 마법으로 한창 날고 있는 마법사를 추락시키는 방법이지. 그렇게 추락하면 다시 균형을 회복하지 못하고 일반 사람처럼 바닥으로 꼬꾸라지고 말거든.

그동안 슈나이데바인은 거물이 돼 있었어. '제국'으로 시작하는 지위에 있었지. 그러니 낮 동안에는 사무실에 있을 거라고 확신했단다. 그리고 그가 도플갱어를 만들어낼 수 있을 거라고는 생각하지 않았어. 나이가 지긋해야 할 수 있는 마법이거든. 그때까지 도플갱어를 만드는 마법에 대해 나도 정확히는 몰랐어. 어쩌면 전자공학의 힘으로 만들기가 더 쉬웠을지도 몰라. 한 가지 확실한 것은, 슈나이데바인은 내가 슐로스제크 선생님께 배운 것만큼 훌륭한 교습을 받지 못했다는 거야. 짐작건대 그는 나보다 나이가 많았지만 그래도 투명인간이 되거나 벽을 통과하는 기술을 익히지는 못했을 것 같았어. 벽을 통과하는 기술은 서른 번째 생일이 지나야 나타난단다. 마법으로는 내가 슈나이데바인을 능가할 것이라고 짐작했지. 그런데 내가 잘못 생각한 거라면 어떡하지? 그렇다면 어떤 식으로든 그는 우리의 거처를 알아내려 할 것이고, 그럼 우리는 또다시 도망쳐야 한단다. 이 모든 걱정을 안고 나는 자전거 페달을 밟았어. 6시간을 가는 동안 울퉁불퉁한 돌바닥을 저주했지. 날아갔다면 적어도 엉덩이가 아프지는 않았을 텐데.

그래, 우리 집이었던 곳에는 '함함함'들이 살고 있었다. 슐로스제크 선생님 댁에도 군복을 입은 사람들이 돌아다녔지. 선생님 댁 옥상 깃대에는 소 등에 불로 지져놓은 것 같은 표시의 깃발이 걸려 있었어. 보초는 없었다. 하지만 방이란 방마다 파티가 열린 통에 나는 집 안으로 들어가서도 거의 움직일 수 없었고 서랍을 열거나 선생님의 흔적을 찾을 수도 없었어. 사람들이 벌건 대낮에 잔뜩 취해 있긴 했지만 그래도 누군가 내 움직임을 눈치챌 수도 있으니까. 마침 교회 업무 때문에 겝하르트 숲으로 돌아가야 할 시간이 촉박했기 때문에 탐색은 다음에 하기로 했지. 그러고는 쿠젠베르크를 찾아갔단다. 그의 집도 오랫동안 관찰 대상이었으니 매우 조심해야 했어. 감시당하고 있으리라는 예상이 맞았단다. 우리가 서로 알고 지내는 사이라는 것을 적도 알고 있었어. 그새 쿠젠베르크는 언론인이 되었고, 부업으로 다른 이야기도 쓰고 있었지. 그는 항상 그랬듯이 팔을 높이 쳐드는 사람들이 생각하는 것과 정반대되는 이야기를 썼어. 그런데 그 이야기가 정반대이다 보니 그들 눈에는 오히려 문제작으로 보이지 않았던 모양이야. 그들은 재미있고 무해한 농담쯤으로 읽었지. 착각도 유분수지 말이야. 그러나 그 웃기는 착각 덕분에 쿠젠베르크는 불이익을 당하지 않았단다.

집으로 돌아오는 길에 나는 곁길에서 사내 다섯 명이 다른 한 사람을 미친 듯이 쫓아가는 광경을 목격했어. 희생양은 나이가 지긋한 남성이었는데 발이 빠른 편이긴 했지만 사냥꾼들을 피해 몸을 숨길 집을 찾지 못하고 좌절하기 직전이었다. 그는 여러 집을 다니며 초인종을 눌렀고, 사냥꾼들과의 거리가 점점 좁혀지는 가운데 어느 집의 문도 열리지 않았어. 그때 내가 그 사내들을 마구 두들겨 패주었을 거라고 생각하니? 그러고 싶은 생각도 있었지. 하지만 마법사라는 것을 들키지 않고 그렇게 하기는 힘들어 보였어. 나는 슐로스제크 선생님이 내게 했던 첫 번째 명령이 '혈기를 억눌러라'였던 것을 떠올렸어. 나는 자전거를 가로등 옆에 세워두고 모퉁이를 재빨리 돌아서 키가 2미터쯤 되는 커다란 가죽 코트 차림의 남자로 변신했지. 몇 분 전에 스치듯 지나간 사람의 용모를 주의 깊게 봐두었거든. 나는 오른손을 찔러 넣어 주머니 끝이 툭 튀어나오게 한 다음, 절도 있는 걸음으로 그 무리들에게 다가갔어. 그동안 그들은 나이 지긋한 남성을 붙잡아 이리저리 밀고 당기고 있었지. 나는 무리 중 하나가 자기 키만큼 긴 철봉을 들고 있는 것을 보았다.

"모두 주목!"

내가 소리를 지르자 무리는 일제히 몸을 돌려 나를 바라봤어.

"내 관할에선 안 돼!"

"뭐라고?"

"이미 알아듣게 말했다고 생각한다!"

그들은 혼란스러워 보였어.

"그리고 당신, 이리로 오시오! 이름이?"

나는 나이 지긋한 남성에게 말했어.

"마이어."

"매우 고전적이군. 나는 당신 집을 좀 봐야겠어. 자, 출발!"

나는 폭력배들을 향해 몸을 돌리고 말했어.

"내 눈앞에서 썩 꺼져. 나는 너희를 본 적이 없고 앞으로도 보지 않길 바란다. 알겠나?"

그들은 아무 말 없이 슬그머니 꽁무니를 뺐단다.

나는 나이 지긋한 남성의 뒤를 따라가서 집까지 데려다줬어. 그러고는 투명인간으로 변신해 자전거를 세워둔 자리로 돌아와 겜하르트 숲까지 자전거를 타고 가려고 했지. 하지만 나는 계획대로 하지 못했어. 자전거를 도둑맞았거든. 마법사에게도 불운이 있단다.

그 시절에는 밤마실도 종종 나갔다. 대부분 홀러리스 카드를 교환하거나 위조하거나 훔치려는 목적이었어. 철두철미하게 계획한다고 했는데도 처음에는 몇 번 실수를 했지. 그리고 불행히도 그 첫 번째 카드가 슐로스제크 선생님 것이었단다. 그 일이 선생님의 운명에 영향을 주었는지는 아직까지 확실하지 않아. 시간이 지나면서 그 일에 능숙해졌단다. 나는 어떻게 하면 관청의 문들을 관습적인 방식, 그러니까 쇠막대기나 복제 열쇠를 이용해 열 수 있는지 알아낸 다음 서류를 뒤졌어. 좀더 우아하게 그 일을 할 수 있는 마법들이 몇 가지 있었지만 그때까지는 그런 능력이 없었거든. 하지만 의지만 있다면 마법은 필요하지 않지.

나는 내가 할 수 있는 것들만 위조했단다. 명령, 허가, 지령 등등. 나는 사형 선고를 없애버리는가 하면, 갖고 있던 타자기로 사면 명령을 작성하기도 했어. 서명은 문제될 것이 없었지. 공격적으로 삐뚤빼뚤 휘갈겨 쓰기만 하면 어디든 통과였으니까. 단정하게 글씨를 쓸 줄 알면서도 정작 서류에는 마치 수전증에 걸린 노인처럼 자기 이름을 휘갈겨 서명하는 사람들이 점점 늘어난 것은 국가

적으로 불행한 일이 아닐 수 없었지. 마침내 나는 몇 번의 연습 끝에 모든 편지를 수작업으로 만들어낼 수 있었다. 크고 작은 권력자들의 서명은 모두 지그재그의 연속이었어. 펜촉을 직선으로 이리저리 정신없이 휘둘렀거든. 그들의 손은 쓸 때나 지울 때나 움직임이 똑같았단다. 하지만 내 위조 작업이 성공했는지 확인할 겨를은 없었어. 밝은 대낮에는 교회 관리인이었으니까.

　하루는 발데마르에게 아이들을 맡기고 엠마와 함께 우리의 동료 블뤼트너 씨를 만나러 작센으로 날아갔다. 여기서 비행 경로 분리를 설명하고 넘어가는 것이 좋겠구나. 마법사들은 나란히 날 수 없단다. 서로를 방해하기 때문이야. 왜인지는 나도 모른다. 서로 대화를 나누면서 날 수는 없어. 목적지가 같더라도 서로 다른 경로로 운행해야 한다. 하지만 그게 그리 아쉽지는 않단다.

　우리는 블뤼트너 씨가 슐로스제크 선생님에 관해 무언가 들은 것이 있기를 기대했단다. 그는 선생님의 제자인 동시에 위대한 능력자였으니까. 공장 사장이었던 그는 테라스가 딸린 빌라에 살고 있었다. 거실에는 그랜드 피아노 두 대가 놓여 있었어. 둘 다 금장으로 그의 이름이 박혀 있었지. 그가 연주하는 피아노였는데 아무도 보지 않을 때는 손을 여덟 개까지 늘려서 동시에 연주하기도 한다더구나. 여러 해 전 혈기 왕성한 말썽꾸러기였던 그는, 총통으로 변신해 수영복 사진을 찍힌 적이 있단다. 지금은 그때보다 살집만 더 붙은 것이 아니라 더 현명해지고 조심스러워졌지. 그래도 그는 우리의 허약한 집권자의 모습으로 다시 한 번 마이크 앞에 서서 자신이 속한 정당의 해체와 모든 수형자들의 석방을 명령하면 어떨까 얘기하더구나. 하지만 행동에 옮기지는 않았지. 그 아이디어는 예상치 못한 방향으로 꼬일 수도 있었으니까. 그 정권에는 타락한 마법사들이 많단다. 그들이 의도를 꿰뚫어보고 얼른 그를 쏴 죽이면 일은 허망하게 끝나 버리지. 하지만 독재자에 관한 영화를 만들기에는 탁월한 아이디어라고 생각했어. 그 역시 내 말에 동의했지. 그는 곧 미국에서 영화를 찍는 동료에게 기별을 넣겠노라고 말했다. 나도 그의 작품 몇 개를 본 적이 있는데, 마법사로는 매우 드물게 위대한 예술가였단다.

슐로스제크 선생님이 체포된 이후 어떻게 되셨는지에 관해 블뤼트너 씨도 아는 바가 없었어. 그래도 몇 주 전 내가 주민등록과에서 저지른 실수에 관해 물어보았지.

"그 일로 걱정이 돼서요. 내가 일을 망쳐버린 것 같아요. 관청에 들어가서 선생님의 천공카드를 조작하려고 꺼냈어요. 구멍 두 개는 막고, 두 개는 새로 뚫어서 선생님의 출생지를 고쳤죠. 그러고는 카드를 제자리에 둔다는 것이 다른 지역으로 잘못 넣어버렸어요. 실수를 깨달았을 때는 이미 늦었죠. 카드는 사라졌고 상황이 좋지 않게 된 것 같아요."

"정말 희한한 일이군. 카드를 한 번 섞었다고 영원히 사라져버리다니."

"다른 카드들 사이로 사라진 거죠. 문서기록실 시스템에는 그

카드가 아직 남아 있는 걸로 나올 텐데 이제 사라지고 말았으니 곧 누군가 의심할지도 몰라요."

"안타깝네. 우리 둘이 같이 했어야 했는데 말이야. 자네는 홀러리스 전문가이고, 그게 어떤 식으로 보여야 할지만 알면 마법으로 재빨리 물건을 바꿔놓을 수 있는 기술이 나에게 있으니까."

"네, 저는 아직 그걸 못해요. 아직 그 단계까지 가지 못했어요."

블뤼트너 씨는 오늘 슐로스제크 선생님이 방탄 자동차에 실려 모아비트의 감옥으로 옮겨졌다고 말했어. 하지만 앞잡이들이 선생님을 어떻게 그 차에 태웠는지는 알 수 없다고 했지. 어떤 마법사가 손을 쓴 것인지도 알지 못했어. 그래서 슈나이데바인과 유년 시절에 있었던 일과 이후의 경험을 들려주면서, 그가 나는 물론 슐로스제크 선생님에게도 커다란 증오를 품고 있으리라는 짐작을 덧붙였단다.

"자기가 차별당했다고 느꼈던 게 분명하군. 슐로스제크가 스승이 되기를 거부했으니."

"그분이 그런 아이를 좋아할 리 없으니까요. 좋아하지 않는 아이를 가르치지 않을 권리는 누구에게나 있는 거 아닌가요."

"하지만 그가 선생이라는 게 문제지. 살인 사건의 절반은 사랑받지 못한 어린 시절 때문에 생기거든."

블뤼트너 씨의 말에 나는 고개를 끄덕였단다.

"그럼 나머지 절반은 무슨 이유 때문이죠?"

엠마가 물었어.

블뤼트너 씨는 피아노 앞에 앉으며 대답했지.

"다른 사람이 자기를 방해하기 때문이지. 또는 어떤 사람이 가진 재물을 갖고 싶거나 잘못된 것을 믿어서이기도 하고."

"혹은 금지된 태생이라는 이유로 죽임을 당하기도 하지요."

엠마가 덧붙였지.

블뤼트너 씨는 오래 침묵하더니 건반을 몇 번 눌러보고는 스윙풍의 래그타임을 여러 곡 이어서 연주했어. 나는 이런 분위기에서 슬픈 음악을 연주하지 않으려는 그의 마음을 충분히 이해했지. 그런데도 눈물이 났어. 눈물을 훔치면서 내 아버지가, 그 모든 것이 어머니를 사랑했기 때문이라고 하더라도 그때 독일군으로 전쟁에 나가지 않았다면 지금 어떻게 됐을까 생각했지.

"부디 아무도 이 연주를 듣지 않았기를! 그들은 이런 '깜둥이 음악'은 '퇴폐적'이라고 하니까요."

엠마의 말에 블뤼트너 씨가 대답했어.

"이 방은 방음이 잘되지. 나는 모든 방을 방음으로 만든 다음에야 얘기를 하고 연주도 하거든. 슐로스제크에게도 이 능력이 있는데, 안타깝게도 필요할 때 쓰지 못했어."

"왜요?"

"그의 조력자 블라디미르한테 들었는데, 슐로스제크가 창문을 열어놓고 총통을 '악평을 좋아하는 죄질 나쁜 범죄자'라고 했다더군. 독일제국은 '속물적인 광신자들의 나라'라고 했다지. 그를 고발한 밀고자는 그 말들을 다 받아 적어서 시립도서관을 차려도 됐겠어. 그러고 나니 그의 태생이 문제가 됐지. 그렇게 문제 뒤에 다른 문제가 엮인 거야."

"블라디미르는 어떻게 됐죠?"

"그 역시 사라졌어. 아마 죽었을 거야. 그의 개처럼."

"울프 말씀이세요?"

"그래, 울프. 주인을 보호하려다 여지없이 총에 맞았지. 그건 그렇고 자네들 세인트 폴리카프 수도원에 가본 적 있나? 없다고? 그럼 무조건 거기 한번 들러보게. 둘이 같이! 자네들에게 어떻게 날아서 올 수 있는지, 그리고 정확히 언제 와야 할지 알려주겠네."

그는 거기서 마법사들의 회동을 준비 중이었어. 그의 말에 따르면 '능력자들의 모임'이라고 했지. 슈나이데바인은 그 장소를 알리 없으니 걱정 말라고도 했어. 일반인들은 결코 찾을 수 없는 곳인 데다 그 어떤 책에도 설명된 적 없는 장소라는 거야. 스승이 없는 마법사들은 존재 자체를 알 수 없다고 했어. 그는 돌아오는 동방박사 축일에 유럽 각지에 사는 믿을 만한 동료들을 거기로 불러 모을 작정이었어.

말을 마친 다음 블뤼트너 씨는 피아노 두 대로 연주를 시작했지. 하지만 마법을 부릴 필요는 없었어. 한 대는 엠마가 쳤으니까. 당시에는 귀족 가문의 딸이라면 누구나 악기 하나쯤 연주할 수 있었고, 대다수가 피아노를 쳤단다.

돌아오는 길에는 기차를 탔어. 엠마가 비행에 자신 없어 했거든. 몸이 좋지 않을 때는 비행을 해서는 안 된다. 임신한 마법사도 마법을 부리면 안 되는데, 그때 엠마는 임신 6개월이었어. 기차 여행에도 위험이 있었지. 기차에서는 언제라도 나를 알아보는 사람과 마주칠 수 있거든. 그래서 기차를 타는 동안에는 우리 외모를 완전히 바꾸기로 했단다. 인파 속에서는 투명인간이 되는 것보다 그게 더 나으니까.

잊어버리기 전에 한 가지 짚고 넘어가야겠구나. 투명인간이 된다고 해서 몸 자체가 사라지는 것은 아니란다. 그러니 누군가 너를 향해 뛰어들지 않도록 항상 주의하렴. 투명인간이 되면 계속 다른 사람과 거리를 유지하고, 특히 뒤에서 부딪칠 수 있으니 그쪽도 잘 살펴야 한다. 그래서 기차에서는 어떻게든 자리를 넓게 잡고 예상 밖의 사태가 일어날 수 있다는 것을 염두에 둬야 해. 독일에서는 보통 자리가 비어 있어도 누군가 맡아놓은 게 아닌지 한 번 물어보고 앉으니 여행객들이 크게 당황할 일은 적은 편이야.

겜하르트 숲에서 우리는 적어도 러시아계 부부의 자리로 돌아올 수 있었다. 그 점이 진심으로 기뻤어.

마법과 직접적인 연관이 없는 경험들만을 늘어놓은 것 같구나. 하지만 추억에 잠기다 보니 그렇게 되었다. 원래 내 지식의 일부만을 전수하려고 했단다. 그러나 자기 삶을 이야기하지 않고서는 불가능하다는 것을 깨달았지. 조금만 더 참고 들어보렴. 이건 네 가족사이기도 하니까.

그즈음 작은 티투스가 태어났어. 그 아이는 아직 살아 있고

77세가 되었지. 그는 티롤 산맥의 목장에 혼자 살면서 그 지역 사람들에게 삼촌 소리를 듣고 있단다. 아마 너도 한 번쯤은 얼굴을 봤을 거야. 당시 펠릭스는 초등학생이었어. 그리고 아인트라흐트 슈트라세에 살던 야콥이 우리를 찾아왔지. 그는 우리의 새로운 주거지를 알려준 몇 안 되는 지인 중 하나였어. 우리가 경험한 바에 따르면, 그는 우리를 나쁜 관청에 밀고할 사람이 아니었으니까.

야콥은 슬픈 소식을 들고 왔단다. 나의 사랑하는 어머니가 돌아가셨다는 소식이었어. 장례식에 가는 것은 어림도 없는 일이었다. 당연히 거기에는 첩자들이 득실댈 테니까. 아마 슈나이데바인도 그 자리에서 장송곡을 따라 부르며 우리의 흔적을 찾으려고 애쓸 거야. 투명인간이 되든, 다른 모습으로 변신하든 그는 우리를 알아볼 테니까. 나는 절망에 빠졌다. 무엇보다 그 사악한 인간이, 어쩌면 군복 차림으로 어머니 무덤 앞에 서 있을 상상을 하니 마음이 괴로웠지.

날이 갈수록 내가 교회 관리인의 일을 얕잡아봤다는 생각이 들었다. 그 일은 퍽이나 많은 것을 요구하더군. 마치 시시각각 배가 침몰할지도 모르니 준비하라고 엄포를 놓는 선장 같았지. 엠마와 발데마르의 도움이 없었다면, 그리고 때때로 마법의 힘을 동원할 수 없었다면 나는 그 업무를 견뎌내지 못했을 거야. 진짜 교회 관리인들은 신앙으로 그 일을 모두 감당하나 봐. 하지만 우리는 마법사였고 일은 그저 눈속임에 불과했으니 신앙심 따위 생길 리 없었지. 몇 달, 그리고 몇 년이 지나자 바로 그 점이 나를 참을 수 없을 정도로 괴롭혔단다.

　우리는 교회에 딸린 집에 살았어. 완수해야 할 모든 업무를 감독하는 데 최적의 조건이었지.

　교회 업무는 매우 다양했단다. 교회에는 청소할 사람이 항상 필요했어. 바닥을 쓸고, 오르간의 먼지를 털고, 제단과 교회 중앙에 놓인 십자가를 닦고, 성찬식에 쓰이는 그릇과 용기를 씻어야 했지. 목사님의 가운과 납작한 모자를 세탁하면서 가운 위에 늘어뜨리는 흰 띠를 빠뜨려선 안 되었어. 제단 덮개와 세례 의식 후 성수를 닦는 수건을 빨고, 예배를 시작하기 전 칠판에 찬송가 번호를 적을 뿐 아니라 헌금함과 구제함에 모인 돈을 계산하는 일을 할 사람도 관리인이지. 게다가 누군가는 초를 관리하고 제때 잘 세워둬야 하지. 또한 포도주와 성체가 떨어지지 않게 재고를 관리하고 정확한 장소에 보관할 전문가도 필요해. 겨울에는 난로에 불을 땔 때는 화부 임무도 맡는데, 동시에 앞마당에 언 곳이 없는지 살피는 업무도 겸하지. 꽃꽂이를 관리할 사람과 전기가 나갔을 때 응급 조명을 쏘고 설교단 전등이 고장 나면 수리하는 전기기사도 있어야 해. 제의실에 모든 종류의 사고에 대비한 약들을 구비하고 응급처치 방법을 아는 위생병도 필요하지(최후의 순간에 대처하는 방법은 목사가 알고 있으니 그것까지는 신경 쓰지 않아도 된단다). 교회 문을 정시에 열고, 환기를 시키고, 성경의 정확한 장을 펼치고, 목사님이 가운 입는 것을 도와줄 사람도 있어야 하지. 종을 크기대로 정렬하고, 어떤 종을 얼마나 오래 쳐야 하는지를 아는 것은 종지기인데, 관리인이 곧 종지기야. 종치기는 교회의 맥박과도 같은 매우 중요한 일이란다. 끝으로 예배 정시에 오르간 앞에 앉아 그날 필요한 악보를 보면대 위에 올려놓는 오르가니스트의 일도 빼놓을 수 없는 업무 중 하나지.

교회에서 열리는 예식과 예배의 횟수는 무지막지하게 많더구나. 그때마다 주어진 업무를 모두 해내느라 엄청난 정신력과 노동력이 소모됐지. 앞에서 말한 모든 업무를 예외 없이 혼자 감당해야 했던 사람이 바로 나였기에 정작 나 자신을 돌보지는 못했어.

교회 관리인의 업무에서 가장 중요한 것은 오늘날 사람들이 '결과 지향성'이라고 부르는 태도를 갖는 거야. 수십 년이 지나 내가 기업 경영 전문가를 자처하게 된 데에는 교회 관리인 시절 쌓은 풍부한 경험이 바탕이 되었단다. 젊은 사람들은 내가 교회 관리인을 위해 준비했던 것들 따위는 알려고 하지 않고, 그저 성공적인 경영인이 되는 방법만 알려달라고 해. 그럼 나는 내 경험을 구구절절 설명하지 않고, 거기서 얻은 헌신과 의무에 관한 깨달음만을 전달한단다. 그런 단어는 자기 결정권을 중요하게 여기는 요즘 사람들의 생각과는 정반대 지점에 있는 것들이지. 그들에게는 헌신과 의무가 마치 구속의 다른 말처럼 들리나 보더구나. 하지만 우리가 당연하게 생각하는 자유라는 말, 그러니까 무엇으로부터 '자유롭다'는 상태가 항상 지켜져야 할 절대적 가치라고 생각하니? 네가 기필코 들어가야 할 곳이 있고, 거기에 들어가기 위해 스스로를 성장시켜야 하는 상황에서는 자유가 큰 가치가 없단다. 너에게 그런 상황이 생긴다면 네 나름의 결단으로 '자유롭지 않길' 선택하려무나.

1936년이 저물어가는 성탄절 전야와 성탄절은 가혹한 노동의 시간이었지. 그리고 우리의 축제가 다가왔다. 1월에는 그리스도의 탄생에 함께한 세 명의 거룩한 마법사를 기념하는 날, 바로 동방 박사 축일이 있단다. 나는 짧은 휴가를 내고 업무를 발데마르에게 위임한 다음 세인트 폴리카프 수도원으로 갔어. 블뤼트너 씨가 그려준 약도 덕분에 찾기는 어렵지 않았지. 날이 그리 춥지 않아서 날아갈 수 있었고(물론 개별 경로로) 그동안 아름다운 설경을 즐길 수 있었어. 나라는 흉측하게 돌아가고 있었지만 위에서 바라본 모습은 아름다웠단다. 쑥대밭이 돼가고 있던 대도시들마저도.

우리는 사흘 동안 민박집 하나를 빌린 다음 곧장 수도원 도서관으로 향했어. 말로 형언할 수 없을 정도로 놀라운 광경이 눈앞에 펼쳐졌단다. 쇠사슬로 엮어놓은 서적 묶음이 그때까지 남아 있었지. 그래, 중세에는 귀중한 출판물들을 쇠사슬로 묶어두었단다. 아무도 훔쳐가지 못하도록. 경솔한 학자들도, 21세기에서 시간 여행을 온 골동품 업자도. 도서관에는 우리 말고도 마법사로 짐작되는 나이 든 신사 세 명과 젊은 숙녀가 하나 있었다. 우리는 블뤼트너 씨가 나타나 서로를 소개해 주기를 기다렸지. 그동안 우리는 책을 여러 권 읽었는데, 나는 주로 요리책 서가를 맴돌았어. 거기서 위대한 바흐슈텔츠의 작품을 만났단다. 고르곤졸라 냄새를 가득 품고 있는 책이었지. 그 후에도 나는 몇 번인가 세인트 폴리카프에 갔어. 멈추지 않고 정진하는 자만이 대가가 될 수 있는 법이란다.

　세인트 폴리카프는 수도원 이름이기도 하지만 그 주변을 둘러싼 가게와 민박집 몇 개가 있는 작은 도시의 이름이기도 해. 그곳 사람들이 살고 죽는 것도 다른 곳과 다르지 않았다. 그들도 배우고 일하고 연애하고 놀고 결혼하고 치과에 갔어. 그리고 그들은 오래된 수도원을 사랑했는데, 그 안에 있는 교회에서는 여전히 예배가 열렸지. 하지만 세인트 폴리카프가 다른 도시들과 다른 점이 하나 있었단다. 바깥세상 사람들은 찾아낼 수 없다는 거야. 그 도시는 세계 지도는 물론 독일 지도에도 나와 있지 않아. 외지인이 숲에서 길을 잃었거나 자동차로 사유지 도로를 따라 달리다가 우연찮게 그 다정한 도시를 발견했다면, 그 도시가 표시된 좀더 정확한 지도를 사야겠다고 마음먹겠지. 하지만 막상 그 도시를 떠나면 다시는 돌아올 수 없어. 하물며 기억도 나지 않지.

　그렇다면 세인트 폴리카프의 주민들은 어떻게 돌아오냐고? 그들은 그곳을 벗어날 마음이 없어. 그들에게 필요한 모든 것이 거기에 있으니까(자동차나 전화기는 '필요한 모든 것'에 포함되지 않는다). 아마도 그들 역시 한번 그 도시를 떠나면 다시 돌아올 수 없다는 것을 알고 있지 않았을까? 그렇다고 떠나고 싶은 마음을 참는 것처럼 보이지는 않았는데 정확히는 알 수 없구나. 한번 물어봤어야 했을까? 하지만 물어본들 돌아오는 것은 그저 엷은 미소가 아니었을까?

존재하지 않는 장소는 기억에 특별히 선명하게 각인되는 것 같아. 전설 속 왕국의 폐허나 비네타 같은 신비의 섬도 마찬가지지. 세인트 폴리카프에서 우리는 무한한 자유와 함께 진정한 안정감을 느꼈다. 나는 전쟁이 끝난 후 엠마와 함께 한 번 더 그곳에 들르려고 했으나 길이 막혀버렸지. 실재하지 않는 장소라지만 그래도 동쪽 지역에 있었고, 전쟁 후에 동쪽은 실제로나 가상으로나 마법사들에게 매우 가혹한 지역이었단다. 시간이 많이 흐른 뒤에야 나는 제2차세계대전 중에 어느 냉혈한 마법사가 수도원의 책들을 모두 서쪽으로 밀반입해 왔다는 사실을 알게 되었다(이 얘기는 나중에 다시 하기로 하자).

수도원의 이름이 된 순교자 폴리카프에 관한 짧은 일화가 있단다. 그는 사람들에게 잡혀 화형장에 끌려왔을 때 사형 집행관에게 한 시간만 기독교에 관한 강의를 하게 해달라고 제안했단다. 공짜로 해줄 테니 들어본 다음 더 듣고 싶다면 다시 협상하자고 말이야. 나는 이 성인이 마음에 든단다.

엠마와 나는 첫날을 수면과 독서와 산책으로 보냈어.

블뤼트너 씨에게서는 아무런 연락이 없었다.

이튿날에도 우리는 도서관으로 갔어. 거기에는 전날 봤던 사람들이 와 있었지. 그런데 갑자기 세 명의 신사 중 한 명이 눈에 띄는 거야. 슐로스제크 선생님의 집에서 차를 마시는 그를 본 기억이 났단다. 나는 곧장 그 이름을 떠올렸지. 너무 특이해서 잊을 수 없었던 그 이름은 코네타블 드 레스디기에르. 나는 프랑스어를 몰라서 엠마에게 말을 걸어보라고 언질을 줬단다. 당시에는 귀족 가문의 딸이라면 누구나 외국어 하나쯤 할 줄 알았고 대다수가 프랑스어를 배웠지. 왜냐하면 귀족들은 누구나 언젠가 루이 14세가 베르사유 궁전에 초대해 줄지 모른다는 꿈을 품고 살았거든. 우리 세대에도 그 변변찮은 꿈을 여전히 품고 사는 이들이 적지 않았단다.

엠마는 코네타블의 이름을 불러 말을 걸었어. 그는 대답한 다음 그녀의 손에 키스를 하고 프랑스어로 말했지. 엠마가 내게 통역해 주길, "나는 당신을 여기서 만나게 될 줄 알고 있었습니다, 백작부인. 그럼 이분이 바로 파흐로크 씨군요. 반갑습니다, 동료여! 걱정 마세요, 여긴 칼라간도 하우센도 그리고……." 그는 눈동자를 위로 치켜뜬 다음 말을 이었어. "……슈나이데바인도 없으니까요. 오, 몽듀!" 그리고 내게 말했다. "파흐로크 씨, 내가 모든 것을 안다는 사실을 당신도 알고 있겠죠. 한 가지 부탁이 있어요. 내게 친절을 베풀어 프랑스어를 배워주세요. 내가 독일어를 할 수도 있지만, 당신의 뇌는 아직 젊잖아요. 게다가 프랑스어를 배워둔다고 해가 될 것이 없답니다. 필요한 것은 저기에 다 있어요."

나는 그가 가리키는 건너편 서가로 가서 왼손가락 두 개를 프랑스어 문법책 위에 올리고, 오른손가락 두 개는 라루스 백과사전 위에 올려서 가능한 빨리 프랑스어를 배웠지. 코네타블을 오래 기다리게 하고 싶지 않았거든. 4분 후에 우리는 그의 언어로 대화를 시작했어. 당연히 나에게는 몇 가지 어휘가 부족했지. 그중 '악독

한 샤먼'이란 단어는 독일어로도 이해할 수 없었어. 지금은 알게 되었는데, 우리 동료 중 악을 사랑하거나 적어도 악한 일을 저지르는 부류를 가리키는 단어였던 것 같아. 그는 또한 '밤빈첼레' 같은 프랑스어 이름도 말했는데, 프랑스에 있는 어떤 적의 이름이라고 짐작했다.

그는 우리에게 어떤 능력이 있는지 물었어. 팔 늘이기나 날기, 아름다워지기, 다른 사람으로 변신하기 그리고 투명인간 되기 말고 다른 능력이 나타나기 전이었어. 벽 통과하기와 다른 강력한 마법들이 앞으로 더 생기리라는 것을 우리도 알고 있었지. 그런데 코네타블은 이미 할 수 있는데도 우리가 모르고 있는 능력이 하나 있다고 알려줬어. 그건 투명인간 되기와 반대되는 마법이지.

"당신들은 '안 보이게' 할 수 있군요. 좋아요. 하지만 당신들을 '보이게' 만들 수도 있다는 걸 알고 있나요? 그러니까 당신들이 실제로 없는 곳에서도 있는 것처럼 '보이게' 만드는 거죠. 예를 들어 나는 지금 여기서 당신들과 대화를 나누고 있지만, 동시에 센 강변의 카페에 앉아 있는 것처럼 보이게 만들 수 있어요. 거기서 나를 알아본 사람은 내가 지금 커피를 마시고 있다고 말하겠죠. 여기서 중요한 것은 내 커피 알리바이에 대해 말하려던 사람에게 또다른 기술이 들어가야 한다는 점이에요. 기술 두 가지가 연결되는 거죠. 그 사람은 그것을 말하려는 순간 갑자기 급한 용무가 생각나면서 뭘 말하려고 했는지를 잊어버립니다. 당신들은 아직 젊어서 이런 복합 기술을 쓸 수 없을 거예요. 하지만 기본 기술에 해당하니 내가 당신들에게 전수해 줄 수 있습니다.”

이날 오전 동안 우리는 많은 것을 배웠단다. 그는 일정한 나이가 되면 그 모든 것들을 더 잘해 낼 수 있을 거라고 했지. 그때가 되면 수천 명의 도플갱어를 이리저리 흩어놓을 수 있을 뿐 아니라, 그들 하나하나에 자아를 심어서 원래 그 사람처럼 대화하고 행동하게 만들 수도 있다는 거야.

사랑하는 마틸다, 마법이 세상의 흐름을 크게 바꿔놓을 수는 없지만 때때로 엄청난 즐거움의 원천이 되는 것만은 분명하단다!

드디어 유럽 각지에서 마법사들이 하나둘 도착했어. 모두 흥분해서 모임이 시작되기만을 기다렸단다. 그리고 어디에선가 블뤼트너 씨도 모습을 드러냈지.

세인트 폴리카프에서 마법사들의 회동이 열리던 중, 나는 점심 휴식 시간에 처음으로 벽돌 벽을 통과하는 데 성공했단다. 나는 이 능력을 나이 든 동료의 도움으로 능숙하게 익힐 수 있었어. 이로써 나는 슈나이데바인과의 격차를 한 걸음 더 벌렸으리라 짐작했지.

1937년 1월 7일 세인트 폴리카프에 모인 사람들이 그리 많지는 않았어. 하지만 나는 유럽 전역의 동료들이 총출동한 모임을 다시는 경험하지 못했단다. 위대한 능력자들은 이름으로 부르지 않는 게 규칙이었어. 메테르니히 시절부터 오늘날까지 변함없이 이어진 규칙이지. 하지만 젊은이들은 평상시처럼 불렀어. 헨리 그룬트, 레오노어 드레이서, 췰피히에서 온 크리네 프로푸소처럼 말이야.

가슴이 깊게 팬 옷을 입고 눈동자가 양쪽 귀 쪽으로 쏠린 외사시가 인상적인, 그래도 귀여운 빨간 머리 요정은 오스트리아 빈에서 온 라이사 포스피칠이라고 했지. 그리고 나와 엠마도 당연히 젊은 마법사 부류에 속했단다.

이목을 집중시키는 것은 대부분 우리 젊은이들이었어. 우리가 급하게 입을 열면, 나이 든 사람들은 기꺼이 하던 말을 멈췄지. 그들은 젊은이들이 어떤 의도로 말을 꺼냈는지 금세 알아차렸단다. 마법사라고 해서 보통 사람들과 다를 바 없었어. 오히려 젊은이들의 당돌함이 좀더 도드라지는 듯했지. 나는 그게 항상 굉장히 거슬렸단다. 나이 든 사람들 앞에서 좀더 예의 바르게 행동할 수도 있을 텐데, 다른 사람의 말을 싹둑 자르고 자기 말을 시작하는 것이 안타까웠어. 그래서 나는 다른 사람들처럼 무례를 범하지 않으려고 애썼단다. 적어도 애쓴 흔적이라도 보였기를.

대화를 이끈 것은 블뤼트너 씨와 레스디기에르, 그리고 스코틀랜드 출신 매킨토시 등 연장자들이었어. 매킨토시는 암암리에 '사마귀'로 통했는데 큰 키에 마른 몸이 누가 봐도 운동 부족이었거든. 그녀는 사랑스럽고 구슬이 굴러가듯 청명한 목소리로 일당독재가 시작된 독일의 현 상황과 잘못된 환상과 이별해야 할 필요성에 관한 엄중한 문장들을 쏟아냈지. 그녀는 사업가였고 신랄한 현실주의자였어. 음악가인 동시에 경영자이기도 한 블뤼트너 씨는 처음에는 거의 모든 점에서 그녀의 의견에 동의했지. 하지만 언제부터인가 정중하게 그 반대편에 섰어.

강철 갑옷을 입은 듯 단단하고 기운이 센 레스디기에르는 뼛속까지 기사였어. 그는 공격이 들어오면 기꺼이 반론에 나섰지. 나머지 연장자들은 다양한 방식으로 풍부한 감수성과 이상주의적인 면모를 드러냈지. 그런 점은 대화에 매우 유익했단다. 지나친 현실 감각과 전략적 판단은 그런 행사를 진부하게 만들어버리니까. 몇몇은 꿈을 꾸거나 살짝 미쳤거나 적어도 흥분하고 있어야 재미있는 대화가 가능한 법이야.

우리는 그날 마침 '재고 조사'를 위해 휴관을 한 도서관의 대강당에 모였다. 당연히 중립의 의무를 지킬 토론 진행자를 정하는 게 우선이었지. 그렇게 해야 민주적 방식으로 똑똑하고 경험 많은 자들의 막강한 자의식을 저지할 수 있으니까. 우리는 바이에른 바서부르크에서 온 카예탄 그나들에게 진행을 맡기자는 데 동의했어. 한쪽 다리가 마비돼 절뚝거리면서도 등산을 즐기는 쾌활한 사람이었지. 바이에른 출신은 토론 진행자로 제격이란다. 그들은 이해되지 않는 것이 있으면 거리낌 없이 시인하고 끝까지 알아내려 하거든. 또한 거만한 인물에게는 적당히 비위를 맞추면서도, 차분하고 다정하지만 용감하게 다른 사람에게 더 많은 배려를 베풀라고 강요할 줄 안단다.

그나들은 나이가 들어 유명한 마법사가 되었고, 그 덕에 매력적인 이름 카예탄은 기억 속에 사라져버렸어. 그는 바서부르크에서 교통경찰로 일했는데 그곳은 북바이에른에서도 외딴 지역이라 교통량이 많지 않았지. 그래서 잘 알려지지 않은 마법까지 익힐 시

153

간이 충분했단다. 그는 나보다 훨씬 많은 능력을 가진 데다 복잡한 것도 간단하게 설명할 줄 아는 타고난 선생님이었어. 전쟁이 끝난 후 비상시에 그가 내게 밀렵을 가르쳐주었지. 마법과 전혀 상관없는 것이었지만 굶주림에 시달리던 가족들에게 단백질 영양분을 공급할 수 있게 해준 유용한 기술이었단다.

회의에서 엠마는 서기로 임명되었어. 그녀의 뛰어난 청력과 아름다운 필체 덕분에(혹은 아름다운 귀와 뛰어난 필체 때문이라고 해도 되겠지) 말이야. 그녀는 기뻐했어.

폴리카프 회의는 맨 먼저 위험한 형편부터 돌아보았다. 그리고 선한 마법사들이 악한 마법사들에 대항하여 단결할 것을 서로에게 촉구했지. 우리는 공동으로 행동하고 우리와 같은 부류인 선한 인간들에게 도움을 주기로 결의했다. 필요에 따라 그들을 구출하거나 보호하기로 말이야. 국가는 언제나 마법사들을 배척하기 마련이었지만, 그때는 독일 전체가 그 어느 시대, 그 어느 나라에서도 볼 수 없었던 증오와 야만에 압도당해 있었다. 가장 큰 위험에 처한 것은 유대인들이었어. 그들은 생각해 낼 수 있는 모든 말썽의 근원으로 지목되었지.

나는 이렇게 말했단다.

"독일에서 일어난 모든 일에 책임을 져야 할 민족이 인디언이었다면 어땠을까요. 그렇다면 나 혼자 감당하고 말았을 텐데요. 나는 마법사니까 어디론가 자취를 감춰버리면 그뿐인데……."

그러자 라이사 포스피칠이 작은 목소리로 말했어.

"슐로스제크도 마법사였지만, 혼자서는 해낼 수 없었죠."

순간 여러 명이 동시에 외쳤단다.

"왜 그걸 과거형으로 말하죠?"

레스디기에르가 말했지.

"그는 죽었을 리가 없어요. 그는 도망갈 수 있는 기상천외한 방법들을 알아요. 아마도 평소에는 악어가 됐다가 매일 아침 식사 시간에는 군복 입은 자로 변신해 식판을 들고 있을지도 몰라요."

그 말에 아무도 웃지 않았어. 하지만 우리는 슐로스제크 선생님을 위해 슬퍼할 필요는 없다는 데 동의했단다. 적어도 아직까지는. 그가 살아 있으리라는 기대를 버리지 않기로 한 거지. 그러나 독일이 살아남을 것인가, 슐로스제크 선생님이 사랑했던 그 독일이 계속 유지될 수 있을 것인가는 또 다른 문제였어.

매킨토시가 말했지.

"독재자는 병에 걸렸어요. 그는 진실을 견디지 못하고 약에 의존해 살아가고 있죠. 늦어도 2년 안에 전쟁을 일으킬 거예요. 그때가 되면 돌이킬 수 없어요. 일이 년은 전장에서 자기 능력을 과대평가할 수 있겠죠. 하지만 결국은 지나친 요구를 쏟아내는 연약한 악마일 뿐이라는 사실이 드러나고 말 거예요. 그리고 얼마 후에 정말 죽어버리겠죠."

"그건 너무 길어요."

드레이서가 목소리를 높였고, 레스디기에르가 검을 빼서 누군가를 내리치는 듯한 동작으로 말했다.

"맞아요! 그러니 누군가 그를 죽여야 해요. 이건 우리만의 문제가 아닙니다. 유럽 대륙 전체의 문제예요."

"하지만 우리는 할 수 없어요. 어떤 마법사도 다른 이를 죽음에 이르게 할 수 없습니다. 직접적이든, 간접적이든 말이에요. 친애하는 코네타블, 그건 당신도 잘 알고 있을 텐데요."

블뤼트너 씨가 반박했지.

"나는 마법을 쓰지 않고서도 검으로 내려치거나 총을 쏠 수 있어요. 다양한 방법으로 성공할 자신이 있단 말이오!"

"아마도 권총이 발사되지 않을 거예요. 왜냐하면 총을 쏘기 전에라도 한 번쯤은 마법의 힘을 빌려야 할 테니까요. 마법 없이 무슨 수로 그 사람 가까이 갈 수 있죠?"

레스디기에르는 생각에 잠긴 듯 담배에 불을 붙였어. 담배는 그에게 잠시 침묵할 시간을 주었지.

"우리는 사람을 구하기 위해 그 일을 하는 거예요. 죽이기 위해 하는 게 아니라고요."

크리네 프로푸소가 마치 그 일이 개인적으로도 중요하다는 것을 표현하려는 듯 긴 머리카락을 신중하게 흔들면서 말했어.

"마음씨가 곱군요. 하지만 그렇다고 우리가 마법사라는 사실을 천하에 공개할 수는 없어요. 이런 상황에서 사람들을 어떻게 구할 수 있죠? 익명으로 사보타주를 하거나 감옥에 갇힌 사람들을 조금씩 구해 내는 것 이상은 불가능해요. 사람들의 일에 간섭하자고요? 하나둘쯤은 괜찮겠죠. 하지만 집단적으로, 정치 지도자들과 정당에, 인류 전체에 간섭해도 될까요? 절대 안 돼요! 역사의 흐름에 맞서는 마법은 결코 용납될 수 없습니다."

매킨토시가 말했어. 그녀의 말은 토론을 본질적인 방향으로 끌어갔지. 토론의 주제는 우리의 마법이 무엇을 위해 존재하는가로 바뀌었어. 드레이서는 이 질문에 합의를 이루지 않고서는 '능력자들의 모임'을 발족할 수 없으며, 이 질문에 대한 대답이 이 회동의 최종 목표가 될 것이라고 주장했지. 우리는 협상을 해야만 했어.

블뤼트너 씨가 숨을 깊이 들이쉬며 말했단다.

"일단은 당연히 마법이란 것 자체에 의미가 있겠죠. 그다음으로는 사람들에게 영향을 미치는 것에도 의미를 둘 수 있을 것 같습니다만."

"그걸 말하기 전에 우리는 누구이고 무얼 하는 사람들이죠? 저는 그것부터 알고 싶어요."

매킨토시가 논쟁적으로 끼어들었지.

내가 입을 열 차례였어.

"잠깐, 제 말 좀 들어보세요. 음악이 청중을 변화시킬 때 그 주체가 작곡자인지 연주자인지는 중요하지 않아요. 문학과 미술도 마찬가지죠. 마법도 다를 게 없습니다. 우리는 사람들이 말하는 모순과 우연의 영역을 다뤄요. 그들은 '우연일 리가 없어'라고 말하죠. 놀라움에 겨워서 하는 말이지만 누가 그걸 했는지, 혹은 누가 하긴 한 건지 알아내려고 하지 않습니다. 우리는 사건을 만들어내고 사람들은 그걸 보고서도 자신들의 눈을 믿지 않죠. 그런 일을 겪었다고 해서 기적을 신봉하지는 않지만, 그래도 기적이 있다는 것을 상상할 수 있게 돼요. 바로 그걸 위해 우리가 존재하는 겁니다. 매킨토시 씨, 제 말에 틀린 점이 있나요?"

"슐로스제크가 말하는 것 같군요."

매킨토시가 말했다.

"그럴 수도 있어요. 저는 그분의 제자이니까요."

끼어들 타이밍을 찾고 있던 헨리 그룬트가 결국 참지 못하고 입을 열었어.

"그 말에 덧붙일 것이 세 가지 있습니다. 첫째……."

"잠시만, 지금까지 나온 얘기를 엠마가 다 받아 적을 수 있도록 시간을 좀 줍시다."

카예탄 그나들이 그의 말을 막았다. 노련한 진행자인 그는 누군가 '첫째'로 시작하며 쌓아놓은 말을 풀려고 할 때는 잠시 중단할 필요가 있다는 것을 알고 있었지. 그럴 때 말고는 그나들의 목소리를 들을 일이 거의 없었어. 그는 눈빛만으로 토론을 이끌고 안배했단다. 그가 누군가를 바라보면 그 사람이 말을 했지. 그리고 적당한 때 눈을 감고 고개를 다른 토론자 쪽으로 돌린 다음 다시 눈을 뜨고 고개를 끄덕이는 거야. 당연히 마법적 수단이었는데, 발언권이 누구에게 있는지를 똑똑히 알려줬단다. 성질 급한 사람이 즉흥적으로 끼어들 수도 있지. 하지만 그러기 위해서는 장애물을 하나 넘어야 했어. 그나들은 이 저지 마법을 '미풍양속'이라고 불렀단다. 그런 식으로 차단하지 않으면 토론을 진행할 수 없었지. 요즘도 텔레비전 토크쇼를 볼 때면 그나들의 훌륭한 솜씨가 떠오른단다.

엠마는 부지런히 받아 적었고, 모두가 침묵할 때도 그녀의 펜촉에서 나는 작은 바람 소리가 들렸어. 물론 일반 사람들의 눈에는 종이 위에 아무것도 보이지 않았단다. 비능력자들은 우리의 회의록을 읽을 수 없었지.

이렇게 한번 중단된 다음, 우리는 다시 마법의 의미와 과제, 그에 따른 전략을 토론했다. 타데우스 알루츠라는 남성은 전체 모임에서 딱 세 마디만 했지.

"우리는 돕기 위해 존재합니다. 하지만 전략은 없습니다. 그 점이 우리의 강점이자 약점입니다."

매우 급진적인 말이었다. 수수하다 못해 음울해 보이기까지 한 그의 행색이나 더듬대는 말투와는 사뭇 어울리지 않은 말이었지. 모두 생각에 잠겨 입을 다물었단다. 블뤼트너 씨가 가끔은 전략 없이도 모든 일이 저절로 굴러갈 거라고 착각할 수 있다며 상황을 정리했어. 그 말에 헨리 그룬트가 작심했던 말을 쏟아냈단다. 그는 알루츠의 말을 과격하게 반박했어. 그가 말하기를, 우리의 의무는 인류에 반하는 권력 행사를 방해하는 것이며, 이를 위해 국가의 감시와 행정 기능을 조직적으로 사보타주해야 한다는 거야. 전략 없이는 그런 일을 할 수 없다고 했지.

그나들은 열기를 가라앉히려 했다. 그래서 나에게 지금 당장 홀러리스식 정보 저장과 그 조작법에 관한 보고를 해달라고 청했어. 내가 전문가라면서 말이야. 천공카드와 이중 카드, 카드 적재기와 색인에 적용할 수 있는 마법에 관한 나의 설명은 굉장히 건조했지만, 그때 분위기에서는 어느 정도 지루한 것이 유익했단다. 나는 사람의 힘으로 할 수 있는 것은 딱 한 가지라는 결론을 내렸어. 홀러리스 카드를 보관하고 있는 모든 관청에 불을 지르는 것, 그것도 동시에. 그건 매우 어려운 일이었단다. 그렇게 하면 안에 있는 사람들의 목숨이 위태로워질 것이고, 그러면 마법의 힘이 작동하지 않을 테니까.

이 결론에 따라 토론에 다시 불꽃이 붙었고 근본적인 논쟁이 재개되었다. "우리는 방화범이 아닙니다." 블뤼트너 씨가 말했지. 우리는 전쟁에서 승리하기 위해서가 아니라 삶이란 마법을 위해 봉사하며, 그 삶은 우리의 능력보다 위대하다고 말이야.

"그렇다면 우리가 도대체 왜 여기에 모인 건지 묻고 싶군요!" 젊은 그룬트가 항의하듯 말했고, 여기에 레오노어 드레이서가 흥미로운 눈빛을 보냈지. 몇몇 나이 든 마법사들이 이 말에 대답하려고 숨을 들이마시는 소리가 들렸지만 그나들이 한 발 앞섰어.

"여러분, 점심시간이에요. 한 시간 정회하겠습니다. 무슨 말을 했는지 잊어버리지 마세요. 한 시간 후에 계속합시다."

그날 점심시간은 내 삶에서 가장 중요한 시간이었다고 할 수는 없지만, 분명 가장 의미 있는 점심시간이었단다. 나는 식사하러 가기 전에 오른쪽 신발 밑창에 낀 돌을 뺐어. 그리고 다시 신발을 신으려고 몸 왼쪽을 벽에 기댔지. 그 벽 반대쪽은 화장실이었다. 그때 놀라운 일이 일어났단다. 갑자기 벽이 부드럽게 느껴지더니 물렁해지고 급기야 더 이상 몸을 받쳐주지 않더구나. 나는 균형을 잃고 넘어졌지. 아니, 넘어졌다기보다 빠져들어 갔어. 마치 시간의 늪처럼 그 벽에 빠져들었지. 그다음은 암흑, 그러고는 다시 밝아졌어. 그리고 나는 변기에 앉아 있는 레스디기에르와 마주쳤단다. "아이고!" 내가 놀라 비명을 질렀고, 그도 "울라라!"라고 화답했지.

나는 필사적으로 그 상황에서 벗어나려고 비틀거리다 다음 벽을 뚫고 들어갔어. 이번에는 사방이 막힌 욕실 거울 옆에 서게 됐는데 그 거울은 헨리 그룬트를 비추고 있었다. 그가 웃통을 벗고 우락부락한 근육을 갖고 노는 믿을 수 없는 광경을 보았단다. 마법으로 체격을 좋게 만든 그가 변신한 모습을 마음에 들어 하고 있었어. 하지만 그런 모습을 들켜서 좀 당황스럽지 않았을까? 그는 그저 빙그레 웃어 보였단다. "아무 일도 아니야, 파흐로크! 벽통과 마법은 항상 예고 없이 들이닥치지. 우리 모두 그걸 안단다."

"식사 맛있게 해!"

나는 정중하게 인사하고 바로 사라지려고 했어. 그런데 그룬트가 물었지.

"그래, 너도! 그런데 내 몸은 어떤 것 같아?"

"굉장하다!"

나는 진심으로 그렇게 말하고 다음 벽을 뚫고 넘어갔어. 거기는 날렵한 동료들이 벌써 자리를 차지하고 앉아 있는 식당이었지.

그때 매킨토시가 소리쳤어.

"저것 봐요. 파흐로크가 벽에서 나왔어요!"

사람들이 일제히 고개를 돌려 나를 쳐다봤어. 내가 옷에 묻은 시멘트 가루를 털어내는 사이 블뤼트너 씨는 잔을 들고 나를 위해 건배했단다. 나는 얼른 엠마 옆자리에 앉아 폭풍우처럼 몰아닥치는 생각의 고삐를 잡으려고 애썼지. 엠마는 일단 아무 말도 하지 않았는데 나한테는 얼마나 다행이었는지 모른다. 그녀는 오래전부터 내가 그녀 곁에 있을 때 가장 깊이 생각에 잠길 수 있다는 것을 알았어. 다만 그녀가 질문을 하지 않을 때만. 나는 살면서 그렇게 공감 능력이 뛰어난 사람을 만나본 적이 없단다. 공감 능력은 삶이 부여한 마법으로, 우리의 기술과는 무관하지. 그건 내가 할 수 있는 독심술과는 다르거든.

생각할 게 많았단다. 일단은 내가 돌을 빼내고 다시 신발을 신을 때 내 머릿속에서 어떤 일이 일어났는지를 되짚어봐야 했지. 물리학이 갑자기 효력을 잃으면 사람들은 어떻게 그런 일이 생겼는지를 알고 싶어 하는 법이야. 그렇지 않으면 두 번 다시 스스럼없이 벽에 기댈 수 없을 테니까. 나는 결국 그걸 찾아냈고, 내 생각이 맞다고 블뤼트너 씨가 확인해 줬어. 신발에서 돌을 빼내려고 했을 때 내 머릿속에 떠오른 어떤 생각이 시작점이었는데, 여기서 더 자세히 설명하고 싶지는 않구나. 네가 그 마법을 할 때쯤 레일란더나 다른 마법사가 필요한 것들을 말해 줄 거야.

사랑하는 마틸다, 벽을 통과할 때 지켜야 할 기본 규칙은 이렇단다. 벽은 커피에 적신 비스켓처럼 한순간에 부드러워진다. 조금은 찐득거릴 수도 있다는 거야. 벽의 다른 면을 뚫고 나올 때, 녹은 벽돌에서 나온 빨간 조각이나 회벽 혹은 석고에서 떨어져 나온 하얀 먼지가 기념품처럼 네 몸에 붙기도 하지. 보통의 벽들은 네 뒤에서 곧장 닫히고 눈 깜짝할 사이에 본래의 강도로 돌아간다. 너에게 총알이 날아들었는데 너는 이미 벽을 통과한 후였다면 그 탄환은 벽에 그대로 박히게 되지. 흔히 볼 수 있는 벽에 박힌 탄환은 모두 그런 사연을 갖고 있단다.

그다음으로 네가 어떤 것을 함께 갖고 통과할 수 있는지 궁금하겠지. 1~2미터 너비의 손에 들 수 있는 물건은 함께 가져갈 수 있단다. 하지만 그보다 더 큰 물건이나 생명체는 안 돼. 개나 고양이는 두고 가야 한다.

또한 벽 뒤편에 누가 혹은 무엇이 있는지를 파악한 뒤에 통과하는 것이 좋아. 애석하게도 벽 뒤에 무엇이 있는지 꿰뚫어보는 능력은 나이를 좀더 먹어야 찾아온단다. 그러니 절대 경솔하게 벽을 향해 돌진하지 말거라. 혹시 그 너머에 사람이 있지는 않은지 신중하게 살펴라. 감옥을 빠져나올 때는 혹시 교도관 사무실에 도착하는 것은 아닌지, 아니면 8층 외벽을 뚫고 나와 허공에서 팔다리를 허우적대는 것은 아닌지 잘 살펴야 해. 그럴 가능성까지 미리 염두에 두고 있으면 놀라서 온몸이 얼어붙는 대신 신속하게 비행 능력을 활용할 수 있으니까. 어떤 종류의 벽이든 가능한 모든 수를 고려하는 것을 원칙으로 삼아라.

그리고 또 하나, 주철을 통과하기는 어렵지만 가능하고, 강철은 아예 불가능하단다. 그런데 철근 콘크리트 건물은 어디나 두꺼운 보강용 강철봉이 세워져 있다는 게 문제야. 골함석 사이에 끼거나 금고 안에 넣었던 손을 꺼내지 못하는 것 역시 유쾌한 상황은 아니지. 하지만 서두르지만 않으면 잘 통과할 수도 있는 부드러운 금속재도 있단다. 특히 금은 아무 문제가 안 돼. 하지만 금으로 벽을 세우는 경우는 거의 없지. 혹시 사우디아라비아에서는 볼 수 있을지도 모르겠구나.

금속 얘기가 나온 김에 슐로스제크 선생님과의 추억을 하나 더 얘기하마. 내가 열세 살 때였어. 선생님 댁 현관 안쪽에는 우편물 투입구 뒤에 얇은 금속판 우편함이 달려 있었는데, 하루에 두 번 우편물이 배달됐단다. 선생님의 조력자였던 블라디미르가 독감에 걸려 누워 있던 어느 날, 선생님은 나더러 편지가 왔는지 보고 오라고 했지. 그런데 우편함 구멍에 넣은 열쇠가 부러져서 다른 열쇠를 넣을 수 없게 됐단다. 나는 선생님께 설명하고 부러진 열쇠를 열쇠구멍에서 꺼내는 마법을 배우고 싶다고 말했지. 선생님은 웃더니 서랍에서 자석을 꺼내 구멍에 갖다 댔어. 그러자 금속 열쇠 조각이 딸려 나왔지. 문제의 해결책은 마법보다 상식에서 발견될 때가 종종 있단다.

기억해야 할 것이 하나 더 있다. 유리 벽은 그 어떤 마법으로도 통과할 수 없다는 것이다. 유리벽은 보통 사람들이 하듯 깨부수는 방법밖에 없지. 그러니 방탄유리는 어쩔 도리가 없단다.

세인트 폴리카프에서 열린 회의는 이렇다 할 결론 없이 끝났다. 애초 회의의 목표가 달성되지 못한 셈이지. 상호 보조와 지원을 위한 비밀 연대를 확인하는 것이 전부였어. 아주 강력하게 결의하지는 못했지만, 우리가 서로 도움을 구할 때 어떤 신호를 쓸지는 합의했단다. 블뤼트너 씨는 새로운 소식이 들어오는 대로 전체회람용 편지를 쓰기로 했지. 우리가 좀더 강하게 조직화하지 않은 것은 짧지만 강렬했던 알루츠의 발언에 영향을 받은 것일 수도 있단다. 그때까지 나는 우리의 강점이 전략의 부재에 있다는 그의 말에 동의하지 않았지만. 그때 이후로는 그를 보지 못했고 그저 소식만 전해 들었어. 그는 평생 다른 이들을 위해 일했고, 자신을 위해서는 단 한 번도 마법을 쓰지 않았다더구나. 그리고 그는 책임져야 할 어떤 사람을 보호하기 위해 꽤 이른 나이에 제 손으로 죽음을 맞았다고 했지. 마법사들에게 불운을 알리는 흉조 역할을 맡았던 알루츠, 나는 그를 결코 잊지 못할 거야.

정치적인 대표를 뽑고자 했던 일부 마법사들의 노력은 수포로 돌아갔단다. 사실 오늘날까지도 의견이 분분한 주제이지. 대표를 맡았어야 할 인물들이 적극적으로 나서지 않았기 때문이라고 생각했어. 블뤼트너 씨는 자신의 능력 밖이라며 공격 성향이 강한 헨리 그룬트를 따라야 한다고 주장했고, 그나들은 타고난 교통경찰로서 충돌을 막는 데만 주의를 기울이니 정치에는 맞지 않다고 했지. 하지만 이후에 알게 된 진짜 이유는 그게 아니었다. 사실 좀 더 까다로웠어. 마법사들은 대중 앞에 나서서 "우리는 무언가 특별하니 우리를 따르시오!"라고 말할 수 없단다. 마법사 로비 단체, 마법사 성당, 마법사 정치란 존재하지 않아. 마법사는 마법으로 사람을 죽일 수 없으니 죽이겠다고 위협할 수도 없지. 그렇다면 사람을 죽일 수 있는 마법사를 찾아내서 정치인으로 내세워야 할까? 그때까지는 그런 마법사가 존재하는지조차 확실치 않았어. 내 머릿속에는 '재미있어하다'라는 단어와 함께 이름 하나가 퍼뜩 떠올랐지만, 그는 야멸찬 중립주의자일 거라고 짐작했단다.

그리고 이 모든 논의보다 우선한 명제는, 마법사들이 역사의 흐름에 개입하는 것은 근본적으로 금지돼 있다는 사실이었어. 그렇다 해도 예외가 있지 않을까? 하지만 정확한 것은 아무도 몰랐단다.

다시 겝하르트 숲을 향해 날아가는 엠마의 얼굴은 밝았지. 발데마르, 그러니까 블라디미르가 우리 없이도 잘 해내고 있을지 걱정이었거든. 게다가 엠마는 크리네 프로푸소의 눈길이 오랫동안 내게 머무는 것을 봤어. 나는 웃으면서 그녀가 내 뒤에 있던 헨리 그룬트를 본 거라고 둘러댔지만 엠마 역시 마법사잖니. 마법사들은 당장 벌어지는 것 이상을 보니까. 하지만 엠마가 아닌 다른 사람에게 관심이 있었다면, 굳이 그런 가정을 해보자면 그건 프로푸소가 아니라 라이사 포스피칠이었을 거야.

블라디미르로 불렸던 발데마르는 관리인 일을 굉장히 잘해 내고 있었어. 아마도 우리와 달리 그는 진짜 기독교인이었기 때문일 거야. 오르간 연주는 할 수 없어서 근방에 살던 은퇴 교사에게 부탁해야 했지만, 다른 일들은 빠짐없이 정확하게 완수해 낸 덕분에 목사님의 총애를 받았지.

나는 다시 본업으로 돌아왔어. 1년을 하루같이 지내온 훌륭하고 존경받는 교회 관리인의 자리로 말이다. 가끔 시간이 남으면 독일 전체를 날아다니며 여유를 즐겼지. 나는 여러 도시에서 유대인 예배당이 불타는 모습을 보았단다. 종교 건축물 관리를 맡다 보니 유독 그런 화재가 눈에 들어오더구나. 한번은 방화범에게 날아가서 양동이에 담겨 있던 흑탄을 그의 머리 위에 쏟아부은 적도 있어. 내가 성냥갑을 잡자 그는 예상대로 벌벌 떨더군. 성냥에 불이 붙지 않으리라는 것을 잘 알고 있었어. 하지만 마법으로 그를 두려움에 사로잡히게 할 수는 있었지. 나도 그 이상을 원한 것은 아니었어.

머릿속 상상력은 다른 곳을 날아다니기도 했지. 주로 이른 아침에 새로운 발명 아이디어를 발전시켰단다. 이번에는 '샥토그래프'처럼 상업적인 발상은 아니었어. 원래 있던 동조기 구상이 진척된 것도 아니었다. 하지만 더없이 혁신적인 아이디어였다는 것이 훗날 증명되었단다.《허풍선이 남작의 모험》이 연상되는 그런 발명품이었지.

인류는 오랫동안 달 여행을 꿈꿔 왔단다. 하지만 막상 거기 가서 무얼 하고 어떤 것을 만들 수 있는지 생각하는 사람은 거의 없었지. 대부분은 어떻게 하면 거기에 도착할 수 있을까 하는 것에만 골몰했어. 나는 이제나저제나 그 일은 반드시 이뤄질 거라고 생각했다. 그렇다면 그다음에는 어떻게 할까? 장기간 달에 머물면서 가정을 꾸릴 거라는 상상은 난센스지. 하지만 기계를 설치하는 것은 가능하지 않을까. 사람이 없이도 작동되는 완전 자동화된 기계 말이다. 그렇다면 그 기계를 위해 무선통신을 해야 할 것이고, 다시 그것을 위해 강한 전파를 쏘는 중계소가 필요할 거라는 확신이 들었다. 기계에 맡겨질 최우선 임무는 사진과 동영상 카메라와 연결해 지구의 선명한 모습을 촬영하는 일일 거야. 눈을 호강시킬 고화질로 말이야. 요즘은 '눈 호강'이라는 표현이 완전히 다른 의미로 쓰이지만, 원래는 사진 기술에 관한 용어로 1950년대 초반에 내가 특허를 내면서 처음으로 쓴 표현이란다.

하지만 생각만으로는 안 되었어. 추가로 개발해야 할 작업이 많았고, 적당한 관이며 축전기를 만드는 데 많은 시간과 노력이 들 테니까. 게다가 그렇게 완성된 기계는 웬만한 가정집 한 채보다 큰 것은 물론, 군대 막사에 마구간을 합친 크기일 듯했어. 그것을 개집만 하게, 더 나아가 개밥 그릇 만하게 축소해야 쓸모 있는 발명품이 될 것 같았지. 그런데 왜 당장 설계부터 들어가지 않았냐고? 그 모든 것을 지구에서 시도해 볼 수는 있었을 거야. 그런데 달에서도 작동할 거라는 점을 물리학적으로 설명할 재주가 없었단다. 나는 아인슈타인을 떠올렸지만 당장 그에게 연락하기는 어려웠다.

　나는 동트기 전부터 열심히 계산하고 설계한 다음, 회로도를 제의실 성물 보관함 사이에 숨겨두었단다. 달에 세워질 무선통신 중계소의 용도는 분명했어. 지구의 평화를 위해! 그게 있으면 지구상의 그 어떤 전쟁 준비도 초장에 발각될 테니, 감히 누가 다른 나라를 침공할 엄두를 내겠니? 나는 지구에서 인공 달을 만든 다음 로케트처럼 발사해서 궤도에 올릴 계획까지 세워두었단다. 이 작업의 핵심 과제는 인공 달이 진짜 달과 충돌하지 않는 데 있었지.

　시절은 엄혹했지만 발명으로 아침나절을 보내는 것은 나머지 하루를 살아내는 데 도움이 되었단다. 그렇게 몇 달을 평화로이 보냈지. 하지만 그동안 시절은 점점 더 나빠졌어. 무엇보다 전쟁이 시작됐단다. 처음에는 세계의 절반과 맞서 싸웠고, 나중에는 전 세계와 맞서 싸웠지. 승전보가 울릴 때마다 곡괭이 모양 깃발 아래 모인 자들의 '최종 승리'를 향한 믿음도 강해졌어. 마치 온 세상이 인정한다는 것처럼 행세했지. 나는 징집 대상이었지만 걱정은 하지 않았어. 교회가 나를 없어서는 안 될 인력으로 신고한 덕분에 일순위로 징집에서 열외되었으니까.

　1940년 7월 어느 월요일, 우리는 아이들과 자전거를 타고 숲으로 향했어. 펠릭스는 이미 낡은 여성용 자전거를 탈 만큼 컸고, 펠리시타와 티투스는 뒷자리에 태워 버섯을 따러 갔지. 그전에 산책을 하다 버섯이 많은 장소를 발견했고, 우리가 직접 따려고 아무에게도 장소를 말해 주지 않았단다. 몇 시간이 지나 자루를 가득 채워 돌아와 발데마르를 찾았지. 그런데 그가 아무 데도 없는 거야. 그의 방에도 없었고, 책상 위에는 종이 한 장만 놓여 있었지. 그 위에는 빨간 글씨로 알 수 없는 낙서가 그려져 있었어. 그때 이웃이 찾아와 알려주길, 내 동생 블라디미르(거기에서는 모두 그렇게 알고 있었단다)에게 가죽 코트를 입은 남자 세 명이 찾아왔다는 거야. 그러고는 그와 함께 방으로 들어갔는데 고성과 비명이 들렸다고 했어. 그들이 다시 모습을 드러냈을 때, 내 동생의 손은 결박당한 채로 이마와 입에서 피가 흐르고 있었다더구나. 주민들이 물어도 가죽 코트들은 거의 대답하지 않았는데, 그중 하나가 '병역 의무'라는 단어를 입에 올리면서 우리의 행적도 물었다는 거야. 다행히 우리는 이웃들에게 옆 마을에 서커스 구경을 간다고 말해 두었지. 그들은 2시간쯤 더 기다렸다가 블라디미르를 데리고 사라졌다더구나.

나는 그들이 전쟁에 내보내기 위해 발데마르를 데려갔다고 믿지 않았어. 다른 이유가 있는 게 분명했지. 그래서 나는 그의 방에서 발견된 종이 위에 낙서처럼 그려놓은 형체를 자세히 들여다봤단다. 내 짐작이 맞았어. 발데마르는 자기 피로 어떤 신호를 남긴 거였어. 알아보기 힘든 흔적이었지만 상상력을 동원해 '다리'라는 것을 알아보자 그 위에 놓인 '칼'도 눈에 들어왔단다. 그림 퍼즐이 맞춰졌어. '잘린 다리', 슈나이데바인이었지! 나는 왜 앞잡이들이 발데마르를 잔인하게 심문한 다음 책상 앞에 앉혔는지 의아했어.

아마 그들이 진술서에 서명하도록 시켰고 발데마르는 만년필을 쥐기 전에 다른 종이에 피를 닦는 척 휘갈긴 것 같았어. 그들은 그가 무슨 신호를 남겼다고는 짐작하지 못했겠지.

나는 너무 놀랐단다. 엠마가 그러지 말라고 매달렸지만 당장 베를린으로 날아갔어. 물론 투명인간으로 말이다. 슈나이데바인과 대화를 시도하려고 했어. 하지만 그보다 먼저 가족들을 안전한 곳으로 옮겨야 했다. 가능한 빨리. 그자들이 언제 다시 들이닥칠지 모를 일이었으니까.

엠마와 아이들을 근처에 있는 친구의 집에 숨긴 다음, 동네 우체국으로 가서 블뤼트너 씨에게 전화를 걸었어. 나는 가짜 이름을 대고 추적을 피해 새로운 거처를 구한다는 뜻으로 우리가 미리 정해 놓은 문장을 불렀지.

"당신의 직장에 축복을! 빈자리 있을까요? 나를 좀 바꿔볼까 합니다."

다른 사람을 위한 대피소를 구한다는 뜻의 신호는 "내 친구가 좀 달라질까 합니다"였지.

"가족이 있으신가요?"

블뤼트너 씨는 마치 모르는 사람이 뭔가를 찾는 것처럼 물었어.

"네, 아내와 세 아이가 있습니다."

"좋습니다. 그럼 편하게 도서관에서 뵙죠."

세인트 폴리카프로 오라는 소리였지.

"언제가 편하시겠어요?"

171

블뤼트너 씨가 계속 말했지.

"가능한 빨리요."

"그럼 내일 4978로 합시다."

그 숫자는 월급이 아니라 약속 시간을 뜻하는 거였어. 4978은 현재 시간에서 3을 빼라는 신호였지. 약속은 그다음 날, 그러니까 1940년 7월 26일 1시에서 3을 뺀 오전 10시로 정해졌지. 세인트 폴리카프에서는 이런 공식으로 약속이 잡혔단다. 마법사들에게는 숫자로 된 신호를 계산하는 능력이 있으니까. 엿듣는 자들을 혼란스럽게 만들면서도 번거로운 절차를 생략하는 유용한 기술이지.

첩자나 마이크를 통한 감시는 우리의 영원한 골칫거리였다. 요즘 사람들은 통신 감청을 익히 알고 적응하는 것 같더구나. 감독 기관은 누군가를 이해하지 못하면 곧 그를 믿을 수 없는 사람으로 판단한다. 그런 경로로 엄청나게 많은 사람들이 엉뚱한 의심을 사게 되지. 그렇게 감시 선상에 오른 사람들은 더 이상 미심쩍어 보이지 않으려고 무진 애를 쓰게 된단다. 그 과정에서 그 사람만의 개성은 점점 사라지지.

폴리카프에서 만난 블뤼트너 씨는 해결책을 알려줬단다. 우리는 겝하르트 숲에서 완전히 철수하기로 했어. 슈나벨 목사님과 작별하는 것이 가장 마음에 걸렸지. 그는 친절하면서도 정신력이 강한 전형적인 사내였지만 인디언처럼 여린 면도 있었다. 하지만 그곳을 떠나는 것이 여러모로 옳았단다. 그에게 모든 것을 비밀로 할 수만은 없었거든. 설명할 수 없는 게 너무 많았고, 때로는 내가 상식적으로 이해할 수 없는 능력을 발휘하는 터에 그는 이미 내가 진짜 교회 관리인이 아니라는 것을 알고 있었단다. 그동안 나는 정말 그 일을 잘할 수 있게 됐고, 특히 오르간을 연주하던 나날들을 가슴 아프게 그리워할 정도였지.

블뤼트너 씨의 대리인은 우리를 드레스덴이 보이는 언덕 위의 빈 저택으로 데려갔단다. 오래 머물기에 적합한 곳은 아니었어. 그 부근에는 당 소속 정보원들도 많았어. 위험을 감수하지 않고서는 펠릭스와 펠리시타가 학교에 다닐 수 없었지. 어쩌다 아이들이 진실을 말해 버리면 모든 것이 들통나니까. 그래도 며칠은 그럭저럭 보낼 만했단다. 하루는 아무 일도 없는 가족처럼 다 같이 드레스덴 동물원에 가서 맹수와 뱀을 구경하기도 했어.

그리고 나는 작심한 대로 베를린으로 날아갔단다. 규정에 따라 가슴에 휘장을 두르고 군복을 입은 매우 뚱뚱한 장관의 모습으로 반정부주의자들이 갇힌 커다란 교도소로 갔어. 내가 건물에 들어서자 모두 팔을 뻗어 '독일제국식 경례'를 붙였지. 나는 그 장관이 하던 대로 답례 삼아 몇 번 지휘봉을 휘둘렀다. 그리고 엄중한 목소리로 화장실이 어디인지 물었고 안내받아 들어간 다음 다시는 나오지 않았어. 왜냐하면 투명인간이 되어 벽을 뚫고 다니며 발데마르를 찾아 교도소 칸칸을 뒤졌거든. 그를 찾지 못했지만 심문을 기다리는 한 무리의 수형자들을 발견했단다. 나는 곧장 교도관으로 변신해 출입구를 연 다음 멀리 달아나라고 명령했어. 죄수복을 입은 채로 멀리 달아나는 것이 가능했을지 그 결과는 알 수 없단다. 하지만 이런 방식이 근본적인 선행은 아니라는 것을 깨달았지.

정당의 대표가 화장실에서 나오지 않은 것은 수형자 몇 명이 교도소를 빠져나간 것보다 더 큰 소동을 일으켰다. 이미 예상한 대로 슈나이데바인이 왔지. 마법사가 아닌 사람들은 내가 투명인간이 되었다는 것을 짐작조차 하지 못하겠지만 그래도 슈나이데바인이 나타날 거라고 생각했지. 그는 나를 발견하자마자 곧장 권총을 꺼냈어. 나는 벽으로 몸을 던졌고, 그가 방아쇠를 당겼을 때 나는 거의 벽을 뚫고 들어가던 중이었어. 하지만 불행히도 아직 오른팔이 덜 들어간 상태에서 탄환이 날아들었지. 나는 찰과상을 입은 채로 도망쳤고, 그 후로 몇 주간은 팔 늘이기를 할 때 욱신거리는 것을 참아야 했단다.

나는 엠마에게 돌아왔어. 그동안 블뤼트너 씨가 우리를 위해 새로운 거처를 구해 주었다. 우리는 블뤼트너 씨의 고급 승용차 호르히 670를 타고 갔어. 12기통의 이 화려한 괴물은 그의 그랜드 피아노처럼 번쩍이는 검정색이었지. 그가 직접 그나들이 사는 북바이에른의 바서부르크까지 데려다주던 길에 군복을 입은 자들이 길을 막고 검문을 했는데, 그 순간 우리 차에는 정당 마크가 새겨졌지. 남자들에게도 군복이 입혀졌는데 운전사 역할을 한 블뤼트너 씨는 평범한 군복이었지만, 나는 호르히에 걸맞게 휘장과 은색 단추가 번쩍이는 화려한 차림이었어. 누구도 감히 우리를 막아서지 못했지. 마침 얼마 전부터 블뤼트너 씨에게는 온갖 마법 능력이 풍성하게 찾아온 참이었고, 그는 기꺼이 그것을 활용했지.

174

바서부르크의 모든 정보는 교통경찰인 그나들이 꽉 잡고 있었고, 우리의 숙소도 훌륭하게 준비해 놓았단다. 그는 조제프 그루버라는 과묵하고 딸린 식구가 없는 남자를 알고 있었는데, 전파상을 운영하는 그는 주말이면 산에 갔단다. 종종 그나들과 동행하기도 했어. 그런데 어느 이른 아침 그가 상점 책상 뒤편에 누운 채로 발견됐다. 함께 산행을 떠나려고 상점을 찾았던 그나들은 한눈에 그가 죽었다는 것을 알아챘어. 그 정도는 마법사도 의사만큼이나 잘 판별할 수 있단다. 그리고 그때 내 생각이 났다는 거야. 내가 새로운 거처를 구한다는 소식을 블뤼트너 씨에게 들었던 참이거든. 그는 침묵을 지키며 시신을 흔적 없이 감추었지. 그에게는 어려운 일이 아니었어. 장례식도 손수 준비했다. 해 뜰 무렵 '높은 벌판'이란 뜻의 '호흐플라테' 봉우리 아래 절벽에서 비석도 없이 치러진 그 장례식에는 두 명의 조문객이 참석했지. 카예탄 그나들과 나. 하지만 작은 도시에서는 누구도 그의 죽음을 애도하지 않았다. 왜냐하면 바로 그 시각부터 내가 바로 조제프 그루버가 됐으니까!

그루버와 똑같은 모습으로 변신하는 것은 어렵지 않았어. 전기 기술에 관해 내가 훨씬 더 많이 알고 있었으니까. 오히려 갑자기 지식을 마구 뽐내서 다른 사람들의 주의를 끌지 않도록 조심해야 했지. 또한 태생적으로 그보다 훨씬 다정한 사람이었던 나는 차츰차츰 태도를 바꿔나가야 했어. 나는 손전등에 들어가는 건전지를 팔고, 전구를 찾아주고, 라디오를 수리하거나 전화선을 설치했지.

엠마는 일단 아이들과 함께 지냈다. 우리가 연기할 시나리오는 이거였어. '그루버는 세 아이와 함께 사는 파흐로크 부인에게 연민을 느낀다. 베를린에 있는 그녀의 집은 폭격에 불타 버렸고 파흐로크 씨 또한 그녀 곁에 없기 때문이다. 그는 그녀를 떠나 행적이 묘연했으며 아마 이 세상 사람이 아닐 것이다.' 엠마가 좋아하는 소설 플롯이었지. 그녀들의 도움으로 우리 가족 모두 주민 카드를 위조해 관청에 등록할 수 있었던 것은 행운이었다. 다른 서류들도 모두 수월하게 구했어. 나는 홀러리스 카드기에 등록된 파흐로크 부인과 그 아이들의 행적을 과감히 삭제해 버렸다.

아이들은 조제프 그루버를 친절한 삼촌쯤으로 대했어. 아이들 앞에서 그런 역할극을 하기는 어려운 일이었다. 아이들에게 아빠는 그루버 삼촌이 사라진 뒤에야 가끔 비밀스럽게 나타나는 존재였어. 나는 아이들에게 바서부르크 주민들 앞에서는 아빠가 사라졌고 이미 오래전부터 보지 못했다고 말하라고 당부했어. 아이들에게 거짓말을 부추기는 아비의 심정은 찢어졌지만, 생각 없이 입을 놀렸다간 당장 나쁜 사람들이 찾아온다는 것을 이해한 아이들은 거짓말을 완벽하게 해냈어. 겜하르트 숲에서 발데마르가 당한 일은 아이들의 기억 속에도 남아 있었으니까.

'입을 놀리다'라는 표현을 꺼낸 김에 한마디 하겠다. 사랑하는 마틸다, 내가 이 편지를 쓰는 동안 너를 관찰하며 내린 결론은 아이들은 어느 순간 두 발로 어떻게 걷는지 깨닫는 것처럼 무언가를 철저하게 부숴버릴 때의 기쁨을 발견하는 것 같다는 점이야. 2014년 현재 너는 적어도 백 개 정도의 단어를 알고 짧게 대화를 나눌 수도 있단다. 게다가 노래를 만들 줄도 알게 됐지. 네 인형에게 긴 노래를 불러주고는 잘했다고 스스로를 칭찬한 다음 다시 예쁜 노래를 부르고, 뭐든지 내키는 대로 하지. 당연히 너는 할아버지가 기꺼이 너를 칭찬해 주리라는 사실을 잘 알고 있었어. 너의 말과 노래, 그림, 하물며 할아버지 책상 위에 올라가 엉망진창으로 만들어 놓은 것까지 말이다.

하지만 아이에게 꾸지람을 해야 할 때도 있지. 조심해라, 이렇게 말해라, 노래를 해봐라, 혹은 좀더 잘 뛰어봐라 등등. 그러고 나서 다시 칭찬을 해. 이것이 너를 키우는 나만의 방식이란다. 너는 마법의 힘을 빌리지 않고도 어떤 일들을 정확하게 해낼 줄 알아야 하고, 그러기 위해 바보 같은 칭찬보다는 지혜로운 꾸지람이 훨씬 더 많이 필요하지. 그런 것은 할아버지가 아버지보다 더 잘 알고, 늙은 마법사가 젊은 마법사보다 훨씬 더 잘 아는 법이란다.

바서부르크에서 우리는 아름다운 시간을 보냈다. 그곳에도 독재자를 추종하는 자들이 있었지만 바이에른 경계 너머만큼 많지는 않았지. 그곳은 천주교를 믿는 농부들의 땅이었고, 그들은 갈색 군복을 입은 자들의 세계관을 '시시한 우익들의 짓거리'로 생각했단다. 그야말로 핵심을 찌르는 해석이지 않겠니. 오래된 도시는 그림 같았고, 어느 때부터인가 기술에 눈을 뜨기 시작한 것이 나에게는 다행이었지. 바서부르크는 독일 최초의 트랙터 '불독'을 발명한 엔지니어 프리츠 후버의 고향이기도 해. "트랙터에 1기통은 충분치 않다." 작은 도시에는 위대한 엔지니어의 명언이 새겨진

석판이 서 있단다.

엠마는 바이에른 방언에 능통할 필요가 없었어. 그녀는 공식적으로 베를린 사람이었으니까. 하지만 완벽하게 그루버로 살아야 했던 나는 표준어를 쓸 일이 없었단다. 그가 과묵한 사람이었던 게 얼마나 다행인지. 첫날은 아무 말도 하지 않았는데도 아무에게도 의심을 사지 않았어. 시간이 날 때마다 그나들에게 부지런히 지역 방언과 관용어를 배웠는데 발음할 때 목구멍을 엄청나게 움직여야 했지. 바이에른에서만 사용하는 단어와 문법을 정리한 책도 있단다. 티투스는 책 없이도 금방 새로운 언어를 익혔어.

나는 그나들에게 계속 마법 기술을 배웠어. 가끔 엠마까지 합세해서 셋이 함께 등산했단다. '등반의 즐거움'이란 뜻의 '호흐게른', '결투의 벽'이란 뜻의 '캄펜반트', '바이올린 바위'란 뜻의 '가이겔슈타인' 등 시적인 이름의 봉우리를 가진 산이었지. '호흐플라테'에 올라서는 조제프 그루버에게 헌사를 바쳤단다. 나는 그에게 자신의 삶을 허락해 준 것에 감사하며 그의 이름을 훼손하는 일은 절대 하지 않겠노라고 맹세했지. 그의 침묵을 나는 허락으로 받아들였어.

하지만 온종일, 일주일 내내, 한 달 내내 전기기술자로 변신해 사느라 죽을 힘을 짜내야 했단다. 그야말로 고역이었다. 나는 과부하에 걸렸지. 너무 힘들 때면 나도 모르게 그루버의 모습에서 빠져나와 원래 내 모습으로 돌아오곤 했어. 파흐로크의 모습을 드러낸 거야. 의심을 사기 딱 좋은 상황이었어. 엠마는 본래 모습으로 살았다. 아이들을 위해서도 그게 좋았지.

블뤼트너 씨와 그 나들, 엠마와 함께 오랜 계획을 세운 끝에 나는 마지막으로 슈나이데바인과의 만남을 한 번 더 시도해 보기로 했어. 어쨌든 우리는 어린이 마법사 시절 단짝 친구였으니까. 그를 증오에서 벗어나게 하는 일을 한 번쯤은 시도해 볼 만했지. 말이 통하지 않으면 최후의 카드로 그를 위협할 작정이었어. 그의 마법 재능을 아는 사람은 아무도 없었고, 그의 정당은 사기꾼은 용납할 지언정 진짜 마법사는 받아주지 않았으니까 폭로하겠다고 위협하기로 했지.

블뤼트너 씨는 슈나이데바인이 엠마와 아이들을 추적해서 납치할 위험에 대비해 보호책을 쓰자고 제안했어. 여러 명의 연륜 있는 동료들이 공동으로 구사해야 하는 마법이 있었지. 마법사의 수가 많을수록 강력한 힘을 발휘하는데, 우리는 세인트 폴리카프 회의에 참석한 모두가 함께해 줄 것이라고 확신했다. 그건 일종의 방어막을 만들어서 여성 마법사와 그의 아이들을 보호하는 마법이었어. 블뤼트너 씨는 이를 '모성 보호'라고 불렀는데, 아버지에게는 통하지 않기 때문이었다. 나는 전혀 들어보지 못한 기술이었지만 그의 배려에 감동해 바로 그 제안을 받아들였어.

그 기능을 사용하려면 엠마에게 몇 가지 요령이 필요했고, 포스피스칠이 그것을 지도했지. 우리는 만약의 경우 조제프 그루버의 재산이 엠마에게 넘어가도록 유언장도 작성했단다. 진짜 그루버는 형제와 아이가 없었고 부모님도 한참 전에 돌아가셨으니까. 그래도 우리는 기분이 개운치 않았다. 한평생 근면하게 살았던 그 영혼이 살아 있었다면 그의 집과 상점을 하다못해 동료나 동물보호단체에라도 물려주려고 했을지 모를 일이니까.

슈나이데바인이 나를 죽이는 데 성공한다 해도 그는 절대 내 가족에게 따라붙지 못할 거야. 하지만 내가 그에게서 도망쳐야 하는 상황이 생긴다면, 도망친다 해도 독일제국 안에서는 늦든 빠르든 간에 언제라도 그는 나를 찾아낼 거야. 내가 그루버이든 파흐로크이든 문제없겠지. 그래서 첩자와 앞잡이가 거의 없는 동쪽 국경으로 도망칠 계획을 세웠단다. '조제프 그루버'는 관청에서 정한 규칙에 의거해 국경 지역으로 송출된 것으로 천공카드 등록 시스템의 모든 서류를 흠잡을 데 없이 고쳤지. 바서부르크에서 갑자기 사라진 전기기술자의 행적도 그렇게 설명하기로 했어. 익사, 빙하에서 실족, 정신착란, 정처 없는 방랑 등 아무리 떠올려봐도 그게 제일 나았다. 슈나이데바인이 독일제국 전역에서 의문스런 실종 사건을 캐묻고 다닐 게 뻔했거든. 그나마 총독의 명령에 따른 송출은 실종 사건에 해당되지 않으니 그의 귀에 들어갈 확률이 낮았어. 게다가 국경 지역에서는 그루버란 자가 고향에서 어떤 모습이었는지 아무도 궁금해하지 않을 테니 나는 파흐로크의 모습으로 지낼 수도 있겠지. 어떻게든 살아남을 거라고, 그건 아무 문제 없다고 생각했어. 어쨌거나 나는 마법사니까.

어느 평화로운 가을날 나는 베를린으로 떠났단다. 3시간을 비행한 후 파흐로크 본래의 모습으로 슈나이데바인의 사무실 현관에 들어섰어. 경비병에게 내 성과 이름을 말하고 슈나이데바인과 접견하고 싶다고 말했지. 우리는 어린 시절부터 친구였고, 그는 오랫동안 나를 기다려왔다고 말이다.

경비는 전화를 걸고 나서 대기실에 앉아 잠시 기다리라고 말했어. 30분 넘게 멍하니 앉아 있다가 자리에서 일어나 창가로 갔지. 경비실 앞으로 정당 깃발이 달린 커다란 차가 지나가더구나. 운전사가 문을 열자 휘장과 훈장이 잔뜩 달린 검은 군복을 입은 정치인이 내렸지. 그는 정자세로 경례를 받고 건물 안으로 들어갔어. 나는 그의 얼굴을 한 번에 기억할 수 있었지. 크고 굽은 코와 광선처럼 찌르는 듯한 강력한 눈빛을 가진 남자. 나는 단번에 그가 일반 사람들이 자기 얼굴을 식별할 수 없도록 만들었다는 것을 알아챘어. 일반인들은 그의 얼굴을 기억하지 못하지. 그러니까 그는 마법사였던 거야! 다행히 그쪽에서는 창문 뒤에 서 있는 나를 알아보지 못한 것 같았다. 아니, 알아봤을까? 나는 다시 자리에 앉았어.

10분이 더 지나서야 엘리베이터를 타고 꼭대기 층에 있는 슈나이데바인에게 안내되었다. 그의 사무실 문은 사람 키 두 배만큼이나 높았지. 나를 데려다준 사람은 발뒤꿈치를 구르고 팔을 위로 뻗어 인사한 뒤 물러났고, 나는 방으로 들어갔다.

"이보게, 파흐로크 동지! 은신처에서 감히 나오다니 이게 무슨 일인가? 정말 용감하군!"

"슈나이데바인, 잘 있었나!"

그의 책상은 거대했고, 강철 상판은 유난히 번쩍거렸다. 그 뒤에는 을씨년스러운 총독의 사진이 걸려 있었지. 그 벽 아래 작은 책상에는 군복 입은 사람이 있었는데, 앞에 타자기가 있는 것으로 보아 비서인 것 같았어.

"엠마는 어디 있지?"

"안전한 곳에."

그는 사악하게 웃었다.

"오호라, 안전한 곳! 네가 여기 나타났는데 엠마라고 언제까지 나 안전한 곳에서 버틸 수 있을까?"

"슈나이데바인, 나는 여기에, 그러니까…… 우리 둘만 얘기할 수 없을까?"

"내 비서 앞에서 어떤 비밀도 없다네!"

언급된 당사자는 몸을 살짝 돌려 거의 보이지 않게 고개를 끄덕였다. 그의 눈이 서로 다른 방향으로 나뉘어 향한 탓에 그는 마치 우리 둘 다 한 번에 노려보는 것 같았지. 나는 그 얼굴을 알아봤어. 몇 분 전 거대한 차에서 내려 거창한 인사를 받으며 경비실을 통과했던 바로 그 남자였지.

"뭐, 나야 상관없지만……."

슈나이데바인은 이렇게 말하고는 누군가를 불렀다. "바브!" 그리고 다시 헛기침을 해댔지.

비서는 의아하다는 듯 그를 바라봤어.

"그리프치히, 우리에게 시간을 좀 주겠나?"

"분부대로!"

키 큰 남자는 방을 나갔어.

나는 귀가 밝은 편이야. 분명 처음에는 '바브'라고 했는데? 슈나이데바인에게 비서가 두 명인가? 하나는 바브, 또 하나는 그리프치히?

그제야 나는 하려던 말을 시작할 수 있었지. 뭔가 이상한 기분이 들었지만 원래 계획대로 했어. 그런데 이상하게도 그리프치히가 아직 방에 있는 것처럼 느껴지는 거야. 투명인간인가? 하지만 그건 불가능했어. 마법사는 마법사를 알아볼 수 있으니까. 그런데도 석연치 않은 기분이 여전했지. 예컨대 그리프치히가 일반적인 마법사의 조력자라면 구태여 왜 고위급 정치인으로 변신해서 휘황찬란한 벤츠를 타고 나타나 비서 자리에 앉아 타자기를 두드리고 있는 걸까. 하지만 나는 일단 모든 의문을 접어두기로 했지.

"슈나이데바인, 내가 진심으로 용서를 구하네."

"진심이라……. 그렇게 말해 주니 얼마나 기분이 좋은지 모르겠군. 그 말을 하지 않았더라면 농담이라고 생각할 뻔했어."

그가 무엇에 대한 용서를 구하는 거냐고 묻는다면 나는 과거사를 꺼내려고 했지. 하지만 그는 그러지 않았어. 슐로스제크 선생님이나 발데마르에 관한 이야기를 내가 먼저 꺼내지는 않아야겠다고 마음먹었지.

"제발 부탁이니 더 이상 우리를 따라다니지 말아주게. 그래도 한때 우리는 친구였지 않나. 엠마와 아이들은 자네에게 아무 짓도 하지 않았어. 우리는 지금 두려움 속에 살고 있고, 그렇지 않아도 상황은 충분히 나쁘다네."

그는 놀란 듯이 나를 바라보았고, 그의 눈빛이 조금 누그러지는 듯했지.

"좋아, 한번 생각해 보지. 옛정을 생각해서 말이야. 하지만 한 가지 조건이 있어. 자네들의 새로운 은신처가 어디인지 말하게. 그 정도 믿음은 있어야 하지 않겠는가."

나는 고개를 끄덕이며 한동안 그를 바라보다 조용히 말했지.

"미안하군. 그건 안 돼."

"안 된다고?"

"아직은 안 돼. 슈나이데바인, 제발 이해해 주게!"

그때 나는 거짓으로 은신처를 꾸며낼 수도 있었을 거야. 그랬다 하더라도 그는 단 1초도 믿지 않았겠지. 우리는 서로를 전적으로 불신한다는 것을 너무도 잘 알고 있었어. 그리고 그 느낌, 마치 비서가 문을 나간 뒤에도 여전히 함께 있는 것 같은 그 느낌은 왠지 모르게 점점 더 강해졌단다. 방 안에는 없다 하더라도 멀리 가지 않은 게 분명했지. 슈나이데바인이 그를 처음엔 "바브"라고 불렀다가 다시 "그리프치히"라고 고쳐 부른 이유가 도대체 무엇일까?

바브, 바흡, 바압? 혹시 바벨, 바보오이프, 바벤베르거?

그러다 내 머릿속에 이름 하나가 떠올랐어. 바벤첼러! 슐로스제크 선생님이 들려준 그 악명 높은 바벤첼러! 코네타블이 '밤빈첼레'라고 발음해 혼동하기도 했던 그 이름은 세인트 폴리카프에서도 몇 번 언급된 적이 있었지.

슈나이데바인의 말을 듣기 전에 벽으로 뛰어들어 도망쳐야 한다는 생각이 들었지. 아마도 그게 내가 할 수 있는 마지막 선택인 것 같았단다.

사랑하는 마틸다, 1942년 슈나이데바인과의 만남이 어떻게 진행됐는지 하나도 빠뜨리지 않고 네게 전달할 요량으로 나는 당시 매일매일 모든 것을 적어두었던 기름종이 노트를 찾아보았단다. 그런데 어디서도 찾을 수가 없었어. 집에도 창고에도 없었단다. 그 대신 너에게는 아무 재미 없을 다른 물건들만 잔뜩 찾아냈다. 처음으로 만든 나의 '샥토그래프'와 그에 맞는 레코드판, 무선통신 기구와 홀러리스 주식회사를 인수한 회사에서 1962년 생산한 아날로그 워드프로세서, 그리고 내 첫 번째 컴퓨터와 플로피디스크 등이 들어 있는 상자를 발견한 거야. 거기에는 도트 프린터와 토너도 들어 있더구나. 1990년부터 2000년까지는 그거면 충분했어. 나는 잉크젯을 거치지 않고 곧장 레이저프린터로 갈아탔지. 벽

돌처럼 생긴 내 첫 휴대전화도 나왔다. 내가 백 년을 더 살 수 있다면, 박물관을 차려도 될 판이야. 이름도 생각해 두었다. '전자제품 고대 박물관.'

하지만 아쉽게도 노트는 찾지 못했다. 전쟁 후 몇 년간 여러 가지 상념을 적어놓은 것인데 말이다. 슈나이데바인과 나, 신과 전쟁과 죽음, 스탈린그라드에 대해, 그리고 처음에는 멍청해서, 그다음에는 사악해서 겪어야 했던 두 번의 전쟁에 대해서도. 그것들을 다시 한 번 읽고 싶었단다. 그 노트는 팡코에 있는 쥐들의 디저트가 된 걸까? 그랬다면 쥐가 먹고 남은 거라도 있어야 하지 않을까? 혹시 그 얘기가 널리 알려지는 것을 싫어했던 슈나이데바인이 훔쳐간 것일까? 그러고도 남을 놈이지. 그래도 뭐 괜찮다. 나는 아직까지도 베를린에서 나눴던 모든 얘기를 한 문장도 빠뜨리지 않고 기억하고 있으니까.

특별히 기억해야 할 대화를 마치 용량이 넉넉한 녹음기처럼 완벽하게 저장할 수 있는 마법이 있단다. 매일 저녁 이 능력을 활용해 기억을 저장하는 습관이 있지. 하지만 걱정 없이 살고 싶은 사람에게 권할 만한 것은 아니다. 굳이 이 능력을 배우고 싶다면 레일란더에게 물어보렴. 어떻게 하는지 알려줄 거야. 몇 년 전에 내가 전수해 줬단다. 그런데 레일란더도 몇 년 써보더니 그 능력을 지우고 살 생각이라더구나. 떠올리고 싶지 않은 기억도 있게 마련이니까. 레일란더와 나는 요즘 들어 부쩍 자주 만나 서로의 마법을 교환하고 있단다.

아, 슈나이데바인과의 전쟁을 얘기하고 있었지! 그 기억을 떠올릴 때마다 내 삶에 감사한단다. 내 삶이 공포와 증오, 악에서 풀려났다는 것에 대해. 이 얘기를 하는 것도 바로 그런 이유에서다.

나는 슈나이데바인에게 우리의 오랜 인연을 생각해서라도 휴전하자고 청했어. 그는 나를 표독스럽게 노려보며 말하더군.

"우리의 우정이 오래됐다고 말하기에는 석연찮은 점이 몇 가지 있지 않나?"

"그렇게 생각하나? 정확하게 무슨 말인지 모르겠군. 나는 자네가 나를 자네 당으로 데려가려고 할 때 따라가지 않고 버틴 죄밖에 없어. 물론 그 정당 우두머리에게 잠시 결례를 범한 적은 있지만, 그건 이 자리에서 사과하겠네. 하지만 자네가 나를 미워하는 이유는 다른 데 있어. 엠마가 나를 선택했기 때문이야. 그러면서 본심을 숨기고 대의가 있는 것처럼 핑계를 대는 거지. 이참에 인정하게."

그때까지만 해도 나는 외교적인 태도를 유지하고 있었단다.

"자네가 우리의 적이라는 것을 자네 입으로 공공연하게 말하고 다녔어. 자네는 사보타주를 주도하고 우리 중 누군가를 살해하려고 작당했지. 확실한 근거를 가지고 하는 얘기야. 그리고 마침 대의라고 했으니 말인데, 우리의 대의가 무엇인지는 결과가 말해 줄 거야. 우리는 우리에게 대항하는 마법사를 허용하지 않아."

"어차피 자네가 말하는 국가는 마법사 자체를 허용하지 않잖아. 자네도 허용되지 않는 인물 중 하나지. 아무도 말해 주지 않으니 자네만 모르고 있는 거야. 어쨌든 마법사는 어떤 국가를 위해서도 봉사할 수 없어."

"그건 슐로스제크의 생각이야. 나는 역사는 발전한다는 것과 그 힘을 지지해. 나는 역사의 동력을 믿어. 네가 그런 것을 알 턱이 없지만."

"무슨 소리! 나야말로 기술자라고. 동력에 대해 알 만큼 알아. 예를 들어 그중 하나가 원심력이지. 정확하게 중심에 머물지 않은 사람은 모두 날려버리는 힘. 그게 바로 머지않아 자네에게 일어날 일일세. 그렇게 되면 몇몇 사람을 구하게 될 테니 여러모로 좋을 것 같군. 말 나온 김에 슐로스제크 선생님과 발데마르 얘기 좀 해볼까?"

내 말에 슈나이데바인이 히죽거리며 말했어.

"그들은 벌써 손쓸 수 없게 됐어."

"그들을 죽인 거야?"

"제거되었지. 그것 또한 내 임무 중 하나니까. 이제 네 앞에 서 있는 사람이 누구인지 제대로 보이나?"

결국 내 속에서 치밀어 오른 화가 예의 바른 외교관을 쫓아내 버렸다.

"배신자에 살인자인 그저 그런 마법사. 그게 지금 내 앞에 있는 자의 본모습이야."

그는 얼굴이 벌겋게 달아올라 잠시 심호흡을 했고, 그건 효과가 있어 보였어. 그동안 나 역시 놀란 가슴을 다독이려 애썼지. 그가 결국 그 짓을 저질렀구나. 발데마르는 우리 때문에 죽은 것이었어. 아니 우리를 위해서. 충성스럽고 진실하며 다정하고 총명한 발데마르! 슐로스제크 선생님 또한 내가 스승으로 모시지 않았다면 아무 일도 없었을지 모르지. 슈나이데바인의 증오가 그렇게 컸다니. 순간 그렇다면 이젠 내가 당할 차례인가 하는 생각이 들더구나.

나는 빠져나갈 길을 생각했단다. 내 눈에도 보이지 않을 수 있는 능력을 가진 비밀스런 마법사는 바벤첼러밖에 없었어. 혹시 내가 그의 편에 붙으면 보호를 받을 수 있지 않을까? 퍼뜩 떠오른 생각이었지만 완전 헛소리는 아니었지. 그가 슈나이데바인 곁에 머물고 있다고 해서, 나를 죽이려 한다는 뜻은 아닐 테니까. 위대한 마법사는 슈나이데바인을 위해서도, 국가를 위해서도 일하지 않는 법이거든. 그런데 그가 정말 나쁜 마법사라면 어쩌지? 아무래도 그리 호의적이지 않으니 그런 악평이 도는 거 아니겠어? 일단 그의 군복은 변장을 위한 도구였던 것이 분명해. 그러다 번뜩 슐로스제크 선생님이 내게 한 말이 떠올랐다. "그는 재미있는 것을 좋아해." 그렇다면 내가 '재미있게' 만들면 어떨까? 나는 일단 모험을 해보기로 했어.

"네가 고만고만하니까 나쁜 마법사로라도 이름을 날리려고 애쓰는 거 아니야? 하지만 그래 봤자 너는 바벤첼러가 될 수 없어. 그 근처에도 갈 수 없을걸?"

그러자 슈나이데바인이 말했어.

"바벤첼러? 그런 사람이 진짜 있다고 생각해? 그건 그냥 슐로스제크가 지어낸 인물이야."

"그 말은 네가 가장 위대한 마법사를 모른다는 뜻으로 들리는데? 하지만 그건 거짓말이야. 왜냐하면 너는 그 제자 중 하나거든. 그런데 총애받는 제자는 아니었나 봐. 너와는 반대로 바벤첼러는 국가를 초월하고, 그 병신 같은 '동력'도 초월했거든."

나는 순간 슈나이데바인이 입을 다물고 내가 떠들도록 내버려 뒀다는 사실을 깨닫고 놀랐어. 투명인간으로 이 방에 머물고 있는 그의 스승이 내 말을 끝까지 듣고 싶어 한다는 것을 그도 눈치챈 것일까?

하지만 대놓고 굽실거리는 전략은 효과가 없었지. 혹시 그리프치히는 단지 조력자일 뿐인데 내가 착각한 건가? 나는 곧장 다음 패를 꺼내 들었지.

"그건 그렇고 내가 전세를 완전히 뒤엎어버릴 끝내주는 발명품을 만든 거 아나? 엠마와 아이들, 혹은 나에게 아주 작은 이상이라도 생기면 그 발명품은 내 아버지가 태어난 나라로 보내지도록 되어 있지. 너희도 어떤 조치를 취하기는 하겠지만 그건 몰락을 자초할 뿐이야. 내 발명품의 설계도 사본이 워싱턴 공증인의 방탄 서랍 속에 들어 있거든. 나와 연락이 닿지 않는 순간 공증인이 그걸 펜타곤에 전달할 거야."

이 말은 통했다. 그리프치히가 모습을 드러냈으니까. 그는 비서 의자에 앉아 있었지. 가까이서 보니 아까보다 더 크고 더 육중해 보이더구나. 하지만 얼굴은 바뀌지 않았어. 그리고 그가 입을 열었어.

"재미있군!"

나는 허리를 굽혀 인사했다.

"바벤첼러 님, 뵙게 돼서 영광입니다!"

내 예상이 적중했단다.

"반갑네, 파흐로크!"

"제 발명품이 흥미로우신지요?"

"아니, 자네가 너무 당돌한 게 재미있어."

나는 바이에른 사투리에 익숙했기 때문에 그가 입을 열자마자 북바이에른 출신이란 것을 알 수 있었다.

그리고 슈나이데바인이 입을 열었는데, 그게 그의 두 번째 실수였지.

"바벤첼러 님, 허락하신다면 제가 이자를 제거하겠습니다."

"허락하지 않겠다. 내가 지금 그와 재미있게 놀고 있는 거 안 보이나?"

슈나이데바인은 당황한 듯 보였어.

"자네는 나를 '슐로스제크가 지어낸 인물'이라고 했던가? 아니면 그리프치히? 대관절 그리프치히가 누구지?"

슈나이데바인의 얼굴은 하얗게 질렸어. 그는 얼굴색을 자유자재로 바꿀 수 있었지. 나는 그가 잔기술을 쓰고 있다고 생각했어.

"저승사자의 옛날 이름입니다. 금방 떠오르는 이름이 그거라서, 저는 그저……."

슈나이데바인은 더듬거리며 말했지.

이젠 전혀 비밀스럽지 않은 그가 나를 향해 몸을 돌렸다.

"시작하기 전에 먼저, 그래, 슈나이데바인은 내 제자가 맞아. 그런데 왜 그가 '그저 그런 제자'라고 생각한 거지?"

"저는 그냥 저자를 화나게 만들려 했던 것뿐입니다. 당신 말고 슈나이데바인 말이에요. 그런데 '시작하다'니 뭘 말입니까? 우리가 뭘 시작한단 말씀인가요?"

내가 물었다.

그 순간 바벤첼러가 눈짓을 보내자 슈나이데바인이 나를 향해 몸을 날렸어. 왼손 스트레이트로 내 얼굴 정중앙을 가격하려 했지. 거대한 책상에서부터 늘어난 팔이 날아드는 것을 미리 알아챈 게 얼마나 다행이었는지. 가격하는 찰나에 몸을 가볍게 만든 나는 슈나이데바인이 휘두른 팔이 일으킨 바람에 솜털처럼 날아갔지.

"이게 무슨 짓이야? 유치원 때로 돌아가자는 거야?"

나는 여전히 뜬 채로 비아냥거렸어. 내가 원래의 체중으로 돌아가면 그는 한 번 더 공격할 게 뻔했지. 하지만 나는 그것까지 계산하고 있었다. 그의 주먹이 들어올 때 나는 이빨이 날카로운 호랑이로 변신해 그를 물어버렸어. 드레스덴 동물원에서 본 근엄한 맹수처럼 말이야. 동물원 구경을 갔을 때 호랑이의 모습을 마음 깊이 새겨두었지만 그렇게 훌륭하게 변신할 줄은 나도 몰랐단다.

슈나이데바인은 고통에 비명을 질렀어. 물론 나는 그의 팔을 심각하게 물 수는 없었지. 자칫 그의 생명이 위태로울 수도 있으니까. 나는 호랑이의 모습으로 책상 상판 위로 뛰어올라 그의 목덜

미를 덮쳤어. 그는 엉거주춤 공격을 피하다가 갑자기 총독의 사진이 벽에서 떨어지자 다시 한 번 움찔했어. 그런데 슈나이데바인이 팔 늘이기 말고 다른 기술을 쓰지 않는 것을 보니 20년이 넘도록 거의 아무것도 배우지 못한 걸까? 머릿속이 복잡해졌단다.

"좋아, 아주 잘했어!"

바벤첼러가 고개를 끄덕였어. 슈나이데바인을 칭찬한 거였는데, 그 순간 나는 이유를 깨달았지. 내가 서 있던 강철 상판이 몇 초 만에 녹을 듯이 뜨거워진 거야. 나는 으르렁거리며 정신없이 수직으로 뛰어올랐고, 고통을 참는 와중에도 침착하게 벽을 물렁물렁하게 만드는 마법의 연상법을 떠올렸지. 그러지 않았다면 천장에 부딪쳐서 큰 부상을 입었을지도 몰라. 천장에 심하게 부딪쳤다면 책상 상판에 도로 떨어졌을 것이고, 그럼 영락없이 달궈진 강철판에 온몸이 지져졌을 테니까. 하지만 나는 지붕 바로 밑 공간으로 사력을 다해 뛰어올라 네 발을 올린 다음 다시 파흐로크의 모습으로 돌아왔지. 슈나이데바인은 나를 따라오지 않았어. 그는 아직도 비행 기술을 익히지 못한 거지. 벽을 통과하는 마법도 아직 모르는 것 같았어. 그래서 나는 기와를 통과해 밖으로 사라진 다음 날아서 도망치려다가 바벤첼러에게 붙잡혔어.

"도망칠 생각이랑 말게. 먼저 자네가 뭘 배웠는지 한번 보자고!"

"무슨 말씀이시죠? 어차피 슈나이데바인은 불을 내는 것 말고 아무것도 못하잖아요."

"엄청난 착각이야, 파흐로크!"

바벤첼러와 슈나이데바인이 동시에 외쳤다.

그 순간 나는 멈칫할 수밖에 없었어. 슈나이데바인의 눈동자가 아주 잠깐 양쪽으로 흩어지는 것을 보았거든. 나는 짐짓 여유롭게 웃어 보이며 말했지.

"그런 것에 속지 않아!"

그리고 바벤첼러를 향해 외쳤어.

"당신처럼 위대한 능력자가 꼬마들 싸움에 끼어들다니 불공평합니다!"

이 말이 끝나기도 전에 내 몸은 엄청난 힘에 의해 다시 사무실 안으로 끌어당겨졌어. 거기에는 방금 전과 다름없이 슈나이데바인이 앉아 있었고, 바로 옆 의자에 바벤첼러도 앉아 있었어.

"바벤첼러 님, 부탁이 하나 있습니다!"

슈나이데바인은 아랑곳없이 드잡이를 계속하려고 자리에서 일어났는데, 그의 스승이 잠시 멈췄어.

"그게 뭔가?"

"혹시 실례가 안 된다면 다른 모습이 되실 수 없으신가요? 군복을 입고 계시니 제가 집중할 수가 없네요. 죄송합니다."

나는 처음으로 그가 히죽대며 웃는 것을 봤지.

"당돌한 자로군! 하지만 옷이야 어차피 갈아입으려고 했으니."

그는 갑자기 어두운 재킷에 회색 조끼, 은색 넥타이에 줄무늬 바지 차림의 정치인 슈트레제만으로 변신했어.

"그럼 이제 하던 걸 계속하지. 내 시간은 소중하니까."

슈나이데바인도 스승의 이런 행동에 놀란 것처럼 보였으나 나처럼 곱씹어 생각하지는 않았지. 대신 내가 잠시 딴생각에 빠진 틈을 타서 가죽 마법으로 나를 옭아맸어. 나는 그런 마법이 있다는 얘기만 들어봤단다. 갑자기 내 허리띠가 천천히, 하지만 강한 힘으로 죄어들기 시작했지. 버클을 풀어보려고 애썼지만 이미 불가능한 상태였어. 금방 숨이 차서 헐떡거렸지.

"아주 좋아! 아주 제대로 하는군!"

바벤첼러가 또 칭찬을 했어.

나는 금방이라도 항복을 선언해야 할 상황이었지. 내가 뭘 할 수 있었겠니? 몸을 가볍게 만들어서 날아오르는 건 아무 소용 없었어. 눈 깜짝할 새에 가늘어질 수 있다면 모를까. 기둥이나 지팡이로 변할 수 있었다면 더할 나위 없었겠지. 하지만 무생물이 되는 것은 고난이도 기술이라 그때까지 한 번도 성공한 적이 없었단다. 가늘어지기라……, 나는 머리가 깨지도록 고민했어. 그동안 허리띠는 점점 죄어들었지. 날씬해지기? 그리고 거기서 나를 구원해줄 아이디어가 떠올랐단다. 그래, 뱀이 되는 거야! 그건 가능했어. 나는 바닥에 엎드린 다음 뱀으로 변신했어. 거대한 책상 밑이 꽉 찰 만큼 큰 2미터짜리 이무기로. 이것 또한 드레스덴 동물원 구경을 갔던 그 위대한 날 덕분에 가능했지. 물론 더 작고 가는 뱀이면 더 좋았겠지만, 어찌 됐건 나는 점점 더 좁아지는 허리띠에서 억지로 몸을 빼내는 데 성공했단다.

그리고 아직 아무것도 눈치채지 못한 적의 다리를 휘감기 시작했어. 원을 그리듯 돌돌 감아 위로 올라갔어. 그런데 이번에는 무언가 '딱' 하고 부러지는 소리와 그의 비명 소리가 동시에 들리더니 어느새 내가 휘감고 있던 다리가 사라진 거야. 돌돌 말린 원 안에는 다리가 없었고, 슈나이데바인의 몸뚱이도 보이지 않았어. 나는 재빨리 파흐로크로 돌아와 그가 나타나기를 기다렸지. 투명인간이 된 걸까? 마법사인 내 눈에도 보이지 않게? 그건 불가능하잖아. 그렇다면 왜 내 눈에 안 보이는 걸까?

"그건 너무⋯⋯하군! 전에 내가 뭐라고 했던가?"

그때 바벤첼러가 야단치는 소리가 들렸어. 누가 봐도 제자에게 하는 소리였지. 하지만 이게 무슨 소리람? 너무 어떻다는 건가? 많다고? 작다고? 크다고? 그래 '너무 크다'는 소리 같았어. 책상 상판으로 눈을 돌렸을 때 나는 슈나이데바인이 그때까지 내가 할 수 없었던 한 가지 마법을 할 수 있다는 것을 알았단다. 그건 바로 작아지기였지. 아주 작은 생명체로 변신하는 기술 말이다. 그건 마법사를 상대로 쓰기에는 투명인간보다 훨씬 나은 변신술이었어. 투명인간은 일반인들의 눈에만 효과가 있으니까.

거기에는 메뚜기 한 마리가 앉아 있었어. 마이크와 물병, 컵 등에 반쯤 몸을 숨긴 채로 말이야. 그래, 그건 사막메뚜기였어. 완전히 몸을 숨기기에는 조금 컸지. 그래서 나는 그 곤충이 다른 모습으로 변신하기 전에 옆에 있던 컵을 엎어서 가둬버렸단다. 메뚜기는 뛰어서 도망치려고 했으나 그리 빠르지는 않았어. 다리 한두 개는 약간 저는 듯도 했고. 메뚜기는 호랑이나 이무기처럼 상황에 딱 어울리는 변신은 아니었던 거야. 평소 들판에서 잡은 곤충을 엽서로 조심스레 들어 올려 창밖으로 날려주던 습관이 없었다면 컵으로 메뚜기를 잡을 생각을 하지 못했을 거야.

그리고 비로소 내가 싸움에서 이겼다는 생각이 들었어. 포획된 메뚜기는 다시 슈나이데바인의 모습으로 돌아왔지만 크기는 메뚜기 그대로였지. 그는 메뚜기처럼 팔짝팔짝 뛰면서 컵을 손바닥으로 내리쳤어. 하지만 마법사는 강철도, 유리도 통과할 수 없어. 힘으로 컵을 들어 올리거나 유리를 깨려면 다시 커져야 해. 하지만 내가 뒷짐지고 있는 한 불가능했지. 슈나이데바인은 코끼리로 변신할 수도 있지만 그 상태에서는 아주 앙증맞은 코끼리가 되겠지.

"저런! 이 컵 속에서 역사의 동력이 다 무슨 소용이람."

내 상황도 여전히 위태로웠지만 그 정도 비아냥거릴 여유는 있었단다.

나는 스승이 제자의 패배를 설욕하려 들 거라고 예상했어. 그러기에 충분했으니까. 하지만 어떻게 할까? 그는 정말 마법으로 사람을 죽일 수 있을까? 소문으로는 그랬지. 하지만 그는 "내가 컵을 뒤집기 전에 얼른 사라지게!"라고 했어. 더 작은 목소리로 "국경으로 가게!"라고도 했지. 그 말은 두꺼운 컵 속에 있던 슈나이데바인의 귀에 들어가지 못했을 거야.

"그럼 나를 미행할 건가요?"

"그런 짓은 하지 않겠네. 슐로스제크 일은 정말……."

그는 컵 속에 있는 작은 남자에게 의미를 알 수 없는 눈빛을 주더니 말했어.

"나는 슐로스제크와 친하게 지내고 싶었다네."

"질문이 하나 있어요!"

"아니, 이제 그만 가게!"

나는 그의 말대로 했어. 6층 벽을 통과해 곧장 바깥으로 나간 다음 투명인간이 되어 하늘 높이 솟아올랐지. 거기서 남쪽이 어디인지 알려줄 만한 표지를 찾았어. 템펠호프 인쇄소의 둥근 시계탑을 찾아내고는 일단 따라오는 사람이 없는지 살폈단다. 이 지역을 잘 아는 사람들이 경치 구경 삼아 다니는 경로로 날아가면서 비로소 안정감을 느꼈지. 그날 하루 겪은 일 때문에 정신이 몽롱하긴 했지만 말이다. 결투 마법은 사람을 녹초로 만든단다. 모든 일들이 급작스럽게 벌어지거든. 나는 천천히 진행되는 마법이 좋아.

그래도 승리를 만끽했지. 위협적인 바벤첼러 앞에서 거둔 의심할 바 없는 승리. 마틸다, 기회가 어떻게 찾아오든 항상 모든 가능성을 계산해 두렴. 이길 가능성까지도 말이야. 필요할 때는 싸움으로 담판 지을 줄도 알아야 해. 물론 계략으로든 선의로든 빌미를 없애서 싸움을 미연에 피할 수 있다면 그보다 안전하고 복된 일이 없겠지. 그렇다면 그건 적과 싸워 이긴 것이 아니라 전쟁의 신과 싸워 이긴 셈이야. 하지만 싸워야 할 때가 오더라도 두려워하지 말거라. 침착함을 잃지 말고 가능한 것들을 기꺼이 선택하면 돼.

비행 내내 나는 슐로스제크 선생님의 최후를 생각했단다. 슈나이데바인이 어떻게 그를 죽일 수 있었을까. 시간이 흐른 후 블뤼트너 씨가 어디선가 들은 이야기를 해주었어. 선생님이 슈나이데바인에게 등을 보였던 모양이야. 완전히 무시한다는 것을 보여준 거겠지. 선생님은 경멸한다는 것을 표현하려고 종종 그렇게 위험한 행동을 하곤 했지. 선생님은 슈나이데바인을 자극하면서도 자신을 죽음으로 몰고 가리라고는 생각하지 않았을 거야. 아마 말은 한마디도 오가지 않았겠지. 선생님의 등이 슈나이데바인을 어떻게 생각하는지 이미 말하고 있었으니까. 그리고 그때 그 개 같은 놈이 일반 군용 권총으로 선생님의 등을 쐈다!

나는 바벤첼러에 관해서도 생각을 멈출 수 없었어.

그는 내게 수수께끼로 남았단다. 그 일이 있은 이후로 그에 관해 몇 가지 더 알아내긴 했지만, 그래도 그는 여전히 알 수 없는 인물이었어.

특히 내 청을 들어주는 척 군복에서 평상복으로 갈아입었던 것이 심상찮게 느껴졌어. 몇 초 만에 군인에서 민간인의 모습으로 변신했던 것은 일종의 신호가 아니었을까? 그건 마법이 아니라도 가능한 일이었지. 무엇보다 전쟁에서 패배한 이후로는 많은 사람들이 그렇게 변신했으니까. 하지만 나는 그가 조금 다른 메시지를 전달하려 했던 것이 아닐까 짐작한다. 자신은 슈나이데바인이 가담한 정권과 거리가 있다는 메시지 말이야. 그렇다면 대화를 하다 말고 끊어버린 것은 뭐지? 아마도 슈나이데바인에게 품었던 호의가 사라졌다고 해서 곧바로 그를 등질 수는 없었기 때문이겠지.

그럼 그는 왜 슈나이데바인의 사무실에 온 것일까? 그것도 전 세계를 오염시킨 장본인의 모습으로? 그는 왜 슈나이데바인과 나의 결투를 보려고 한 것일까?

당장 답할 수 있는 질문은 어째서 한 방에 있으면서도 그의 모습이 보이지 않았는가 하는 것이었다. 그는 눈에 띄지 않을 만큼 아주 작은 곤충으로 둔갑해 있었던 거야. 나중에 동프로이센에서 다시 만났을 때 나의 추측을 확인했지. 그는 개미가 되어 의자 등받이에 앉아 있었다더구나.

그래도 여전히 혼란스러웠어. 그는 내가 도망가도록 내버려두었는데 왜 그렇게 나쁜 평을 받는 걸까? 그는 그저 나쁜 평판이 좋았던 것일까? 혹은 딱 한 번 나쁜 짓을 했을 뿐인데 꼬리표가 붙은 것일까? 언젠가 그와 대화할 기회가 생긴다면 나에게도 무언가를 가르쳐줄까?(하다못해 나쁜 거라도?) 아니면 그 자신도 고통에 시달리고 있어서 나에게 모종의 해결책을 구한 것은 아닐까? 어쨌든 그가 나를 슈나이데바인에게서 보호해 준 거라고 믿기로 했단다. 누군가 신비로울수록 그가 누구이며 이 세상에서 뭘 하려는지에 관한 추측과 심증은 더 활발한 날갯짓으로 머릿속을 휘저어놓는 법이지.

나는 전쟁이 끝나고 바벤첼러를 다시 만났단다. 그는 자신이 했던 행동의 진의를 설명해 주었는데, 내가 미처 짐작하지도 못한 것이었지. 하지만 그는 내 발명품에 훨씬 더 많은 관심을 보였어. 사실 '전세를 완전히 뒤엎어버릴 끝내주는 발명'이란 사람들의 호기심을 자극하기에 충분했으니까. 심지어 마법사의 호기심까지도 말이다. 그는 무엇보다 내 당돌함에 감탄했지. 그는 그것을 '후츠파'(엉뚱하지만 놀라운 용기를 뜻하는 히브리어─옮긴이)라고 불렀어.

그는 슐로스제크 선생님에게 엄청난 경의를 표했단다. 비록 그를 이상주의자라고 생각했지만. 그는 또한 죽음과 폭력이 그다지 재미있는 일은 아니라고 했어. 그 점에서는 슐로스제크 선생님의 추측이 빗나갔지. 이후로도 나는 소위 악마라고 불리는 자가 인간의 생명을 구하는 것을 보았단다. 하지만 얘기는 차례대로 풀어나가는 것이 좋겠지. 이제 나는 다시 바서부르크로 돌아왔다.

내가 바서부르크 상공을 날고 있을 때는 이미 어두워진 뒤였어. 사실 발아래 펼쳐진 것은 도시가 아니라 달빛에 일렁이는 강물이었단다. 다른 도시들과 마찬가지로 공습의 위협을 피해 등화관제 중이었기 때문에 깜깜해서 아무것도 보이지 않았어. 나는 전파상 앞까지 투명인간으로 날아가서 조제프 그루버의 모습으로 집에 들어간 다음 파흐로크로 돌아왔단다. 아이들은 잠든 지 오래였어.

나는 한밤중이 되도록 엠마에게 베를린에서 있었던 일을 설명했어. 우리에게는 다시 희망이 생겼지만 나는 조제프 그루버의 역할을 계속할 수 없었어. 너무 오래 변신 상태를 유지하느라 건강에 이상 신호가 왔단다. 나는 다시 직업을 구해서 가능하면 빨리 국경 지역으로 가기로 결심했어. 마법사 난민에게 그만큼 안전한 곳은 없었지. 적군으로부터는 안전하지 못하겠지만 추적을 피하기에는 제격이었으니까.

출발 전 마침 딱 알맞은 시기에 세 가지 주요한 마법 능력이 생겼단다. 그 능력이 전쟁에서 내 생명을 지켜주었지. 첫째는 그나들에게 배운 기술인데, 휴대 식량 없이도 하루 종일 산을 탈 수 있는 능력이었어. 그는 그것을 '낙타 모드'라고 불렀단다. 낙타는 목을 축이거나 먹이를 먹지 않고도 사막을 가로지를 수 있잖니. 출발 전에 충분히 수분과 열량을 저장해 두고 메마른 지역을 통과하면 다시 저장고를 채우지. 그리고 이 점에서 우리의 마법은 낙타와 매우 비슷했어.

나는 종종 그나들이 한 번에 먹는 음식과 음료의 양에, 그리고 그것들을 모두 담을 수 있는 그의 위장에 놀라곤 했어. 그는 그 모든 것을 소화시켰어. 낙타 모드는 먹고 마시는 것을 즐기는, 그래서 가능한 자주 먹고 마시고 싶어 하는 미식가들을 위한 것이 아니야. 비상시나 전투에 나가기 전에 미리 배를 채워놓으려는 사람들을 위한 것이지. 하지만 보통은 저장고에 물리적 한계가 있게 마련이야. 그는 그 한계를 넓힐 줄 알았고, 나 역시 그 능력을 유용하게 활용했단다.

두 번째 생존 마법은 몇 초 동안 신체의 중요한 일부를 강철로 바꾸는 거야. 블뤼트너 씨는 이 어렵고 까다로운 마법을 배워놓으라고 권했지. 정작 본인은 그 기술에 능통하지 못하다면서 전문가를 소개해 줬어. 전문가는 바로 코네타블 레스디기에르. 우리의 요청에 따라 큰 손님이 바서부르크로 오셨단다. 그것도 본래의 자기 모습으로. 세인트 폴리카프에서 봤던 우아하게 차려입은 기사가 아니라 강제 노역에 동원된 프랑스 노인의 모습으로 말이야. 그는 마법사의 신분을 숨기기 위해 낮에는 군수기업에서 일했어. 밤이면 투명인간으로 판잣집을 빠져나온 다음 우리에게 날아와서 나를 훈련시켰지.

그의 교습은 강 안쪽 자갈밭에서 이뤄졌는데, 그러다 보니 마법이 여간 소란스러운 게 아니었어. 특히 강철이 된 상태에서 균형을 잃었을 때 그랬지.

부분적으로나마 무생물로 변신하는 데는 엄청난 집중력이 요구된단다. 게다가 강철 마법은 더하지. 외관은 옷장이나 대장간 모루로 바뀌어도 생명력을 유지할 수 있는 변신이 있어. 그것도 언젠가 배우게 될 거야. 적어도 혈액순환이나 호흡은 그대로지. 하지만 생명체라는 것은 비록 커다란 옷장처럼 보인다 해도 총을 쏘거나 때려서 상처를 입힐 수 있다는 뜻이야.

반면 강철 마법의 장점은 단 하나이지만 단점은 부지기수인 자기방어 기술이란다. 내가 팔 한쪽을, 상체 전부를, 아니면 머리를 강철 마법으로 보호한다고 하자. 그건 해당 신체 부위를 얇은 철판으로 덮는다는 의미가 아니야. 말 그대로 육중한 강철이 되는 거지. 바늘은 미끄러지고, 칼끝은 구부러지고, 총알로는 긁힌 상처도 나지 않고 오히려 튕겨나가 쏜 사람을 위협하지. 누군가 나에게 주먹을 날리면 그 사람은 외과수술실로 실려 간단다. 하지만 이 모든 것이 내가 공격을 당하는 바로 그 순간 강철이 될 때 가능한 얘기다. 너무 빠르지도, 너무 늦지도 않게 말이야. 누구도 강철 상태로 3~4초 이상을 버티지는 못해. 이 마법은 엄청난 통증을 동반하기 때문이야. 공격으로 입을 상처의 고통을 피하기 위해 강철이 되는 더 큰 고통을 참는 셈이지. 과연 이게 맞는 걸까 의문이 들기도 하지만 목숨을 구할 수 있다면 참을 만하지. 나는 이 상태로 팔다리를 이리저리 움직여봤는데 강철로 바뀌지 않은 부분만 내 마음대로 할 수 있더구나.

심장과 순환, 호흡과 뇌 그리고 감각까지, 무생물로 변한 신체 부위에서는 생명의 모든 기능이 멈춘단다. 이 마법에는 엄청난 집중력이 소모되지. 사람에 따라 조금씩 다르지만, 시각이 흐려지거나 청각이 둔해지기도 하며, 머릿속은 뿌예지고 마법을 부릴 수 없어. 그런 상태에서 벗어날 수 있는 방법은 원래의 신체로 돌아오는 것밖에 없지. 강철로 된 어떤 물체로 변신하는 것도 불가능하단다. 철도가 된다거나 소화전이 될 수 없다는 얘기야. 네 본래 형체를 유지한 상태에서 강철로 바뀌는 거야. 동시에 투명인간이 된다거나 몸을 가볍게 만들 수도 없어. 그러니 사랑하는 마틸다, 부탁이다. 제발 기우뚱한 간이의자나 썩어빠진 나무 선착장 위에서는 강철 마법을 시도하지 말거라. 특히 얼어붙은 개천 위에서 강철 마법을 써야 할 일이 없기를! 그럴 경우 어떤 일이 일어날지는 네 상상에 맡기겠다. 또한 노를 젓건, 돛을 달았건 보트 위에서는 절대 금지야.

마틸다, 네가 강철 마법을 배우겠다면 말리고 싶은 생각은 없단다. 하지만 네가 그걸 사용해야 할 일이 생기지 않기를 진심으로 바란다. 나는 강철 마법을 부지런히 연습했고, 나만의 방식으로 발전시켰어. 금속에는 전기가 통하지. 그래서 나는 작은 전구와 손전등용 건전지를 전선으로 연결한 다음 강철로 바뀐 내 신체 부위의 전도율을 시험해 본 적도 있단다.

레스디기에르는 제1차세계대전을 겪었어. 그는 엄폐물에서 뛰쳐나와 적진의 포화 속으로 들어가는 경험을 했지. 그리고 전쟁이 끝나자 국경에 숨어 살았단다. 그르노블의 자기 성에는 더 이상 머물 수가 없었던 그는 날아서 그곳을 빠져나왔지. 처음에는 국경 지역에 숨어 있다가 파리로 거처를 옮겨서 센 강의 풍경을 그리는 화가가 되었어. 그의 그림 솜씨는 그저 그랬기에 누구의 눈에도 띄지 않았고, 한동안 그의 존재는 있는 듯 없는 듯했지. 그러던 어느 날 그는 사람들이 자기 그림을 한번 보면 열광하게 만드는 환호의 마법을 부리기 시작했어. 사람들은 갑자기 그가 그린 모든 것에 빠져들었고, 점점 더 많은 돈을 내고 그림을 사갔지. 그렇게 부자가 된 그는 고향으로 돌아가 성주가 사라진 성의 부지를 사들였단다. 어느 순간 원래처럼 자기 성의 성주가 된 거야. 그가 원래 그 성의 주인이었으니 그 사실을 이상하게 여긴 사람은 아무도 없었어. 아마도 사람들은 무슨 일이 일어났는지도 몰랐을 거야. 하지만 그건 긴 호흡으로 만들어낸 장인의 업적이자 아름다운 쿠데타였어. 그 정도의 마법을 부리기 위해서는 그만큼 오랜 시간을 기다려야 한단다.

나는 레스디기에르에게도 바벤첼러를 아는지 물어보았어. 그는 험악한 명성이 의도적으로 만들어진 것이며 그가 그렇게 악하지는 않다고 말했지. 또한 그는 정말로 능력이 많다고도 했어. 마법사인 자신도 바벤첼러가 그 방에 있는지 없는지 확실히 알 수 없다고 말이다.

"그는 또한 완벽하게 다른 사람의 모습으로 나타날 수도 있어. 세인트 폴리카프에도 왔지."

"그럼 슈나이데바인에게도 폴리카프 회동을 말했을까요?"

"그러지는 않았을 거야. 바벤첼러는 입이 무거운 사람이거든."

"그래도 그는 슈나이데바인에게 축소 마법을 가르쳤어요. 몸의 크기를 개미만 하게 줄일 수 있는 기술 말이에요."

"그건 자네도 배울 수 있어. 축소 마법은 강철 마법이 소용없는 상황에서 효과적인 방어 수단이지."

"누구에게 배울 수 있죠?"

"나는 그 기술을 갖고 있지 않아. 나도 원했지만 축소 마법이 생기지 않더군. 매킨토시에게 연락해 봐. 그녀야말로 축소 마법의 고수지. 아니면 내가 그녀에게 연락해서 자네에게 그 기술을 전수하라고 할게. 그녀는 그렇지 않아도 한번 올 참이었어. 스코틀랜드 여성은 여행을 좋아하고 자주 다니니까."

"감사합니다, 선생님. 정말 친절하세요! 그건 그렇고 세인트 폴리카프에서 누가 바벤첼러였을까요?"

"크리네 프로푸소."

"말도 안 돼요. 췰피히에서 온 그 꼬마요?"

"맞아. 진짜 프로푸소는 1934년에 죽었다네. 하지만 그 사실은 나만 알고 있지. 우리 둘 다 메로베우스 왕조 혈통이거든. 나는 외가 쪽이지만."

"그 애가 나한테 얼마나 추파를 던졌는데! 그게 바벤첼러였다니!"

"바벤첼러의 성적 취향에 대해서는 아는 바가 없네. 자네야 어느 쪽이든 끄떡없겠지만."

바벤첼러에 관한 추측과 상상은 점점 더 커졌단다.

매킨토시는 독일 남부 출신 화가의 모습으로 나타났어. 손에는 제도용지 묶음을 들었고, 독일어는 믿기지 않을 만큼 유창했지. 사전은 너무 지루해서 괴테 전집을 독일어로 한 번, 영어로 한 번 읽었다고 했어. 그녀는 인근 마을 양조장에 살면서 화창한 날이면 바서부르크 여기저기를 다니며 아름다운 풍경을 스케치에 담았단다. 그리고 밤에는 우리 집 발코니로 들어와 침실에서 나와 엠마에게 축소 마법을 전수했지. 우리 둘 다 그 마법을 배울 만한 나이가 되었거든. 우리는 작아지는 데 필요한 생각을 배웠고, 그 생각에 집중하는 연습을 했어. 일단 한 번만 어떻게 하는지 알면 개미든 파리든 벼룩이든 이든 뭐든 문제없었지.

매킨토시는 아주 작은 생명체가 된 우리가 맞닥뜨리게 될 위험에 각별히 주의하라고 누누이 말했지. 별 생각 없이 우리를 밟고 지나가는 사람도 있고, 혹은 죽이려고 파리채를 휘두르는 사람도 있다고 말이야. 앙증맞은 생명체에 달려드는 적은 한둘이 아니란다. 두더지, 고슴도치, 불개미, 굶주린 조류, 끈적끈적한 혀를 가진 도마뱀, 그냥 뱀 등등.

매킨토시가 말했단다.

"가장 좋은 건 생물학 공부를 하는 거예요. 곤충마다 어떤 천적이 있는지 연구하세요. 그리고 그걸로 변신하기 전에 주위를 한번 둘러보는 거죠. 또 하나 기억해야 할 것은, 군인들의 숙소에서는 절대 이나 벼룩으로 변신해서는 안 돼요. DDT가 뿌려져 있거든요."

"뭐가 뿌려져 있다고요?"

"다이클로로다이페닐트라이클로로에테인."

"아, 네. 무슨 말인지 알았어요. 완전히 이해했어요."

"그리고 절대 그 상태로 잠들지 마세요. 작은 해충은 용의주도하게 움직이고 매사에 주의를 기울여야 합니다!"

나는 진심으로 그녀를 칭찬했어. 똑똑하고 멋진 매킨토시! 그녀가 손대면 안 되는 숙녀가 아니었다면, 게다가 여러 가지 접근 금지 마법으로 스스로를 방어하고 있지 않았다면 나는 그녀를 끌어안고 키스를 퍼부었을 거야.

다음으로 우리는 빈에서 온 아름다운 포스피스칠을 맞이했단다. 그녀는 부상당한 군인들을 위한 요양소에서 일하는 간호사로 위장했어. 그리고 밤이면 킴제에서 우리 집으로 날아와 엠마에게 모성 보호 마법을 가르쳤지. 그건 세인트 폴리카프를 비밀 장소로 유지하는 정보 누락 마법과 비슷했어. 누군가 나쁜 의도로 엠마와 아이들에게 접근하면 어느 순간 갑자기 집중력 장애가 생겨서 처리해야 할 다른 급한 일이 떠오르고, 원래 하려던 일은 잊어버리는 거지. 엠마는 때에 따라 치매 현상을 유발할 수도 있었어. 다가오는 사람이 진짜 적이라면 그녀는 보호를 받지만, 그녀의 착각이었을 때는 아무 일도 일어나지 않아. 오해로 인해 마법에 걸린 사람은 잠시 멍해지지만 곧 다시 본래 생각을 되찾지.

엠마는 빨리 배웠어. 집배원이나 가게 손님들이 연습 대상이었는데, 물론 한 사람에 한 번씩만 마법을 걸었단다. 자기 연습 때문에 다른 사람을 우울하게 만들고 싶지는 않았으니까. 곧 그녀는 기술을 완벽하게 익혔고, 포스피스칠과는 이별의 키스를 나눴어. 그녀는 금방 빈으로 돌아갈 수 있게 되어 기쁜 눈치였지만, '카르볼마우스'라는 이름으로 지낸 시간도 잊을 수 없을 거라고 했지. "오래전부터 군인의 병상을 지키는 간호사의 삶이 어떤 건지 궁금했거든요."

독재자는 이미 여러 나라에 진군해 그곳을 독일 영토로 만들었단다. 스피커를 통해 들리는 그의 사자후는 승리에 도취된 나머지 날이 갈수록 기세등등했어.

엠마가 말했지.

"그는 지구 전체를 점령할 생각인가 봐. 처음에는 북반구, 그다음에는 남반구. 다 점령하고 나면 무슨 재미로 살까."

나는 이렇게 말했어.

"신경 쓰지 마."

그런데 일곱 살짜리 티투스가 우리 얘기를 들었단다. 티투스가 다니는 학교에는 승마 바지를 입은, 겉으로만 민주주의자인 선생님이 있었지. 그는 아이들을 다그쳐서 집에서는 정권에 대해 어떻게 얘기하는지 알아내려 했어.

"최종 승리를 거둔다면 어떤어떤 지역이 독일제국의 영토가 될까?"

그는 아이들의 입에서 여러 대륙의 이름이 나오기를 기대했을 거야. 학생 몇몇이 손을 들었지.

"그래, 티투스가 말해 볼래?"

"남반구와 북반구, 두 지역입니다."

선생님은 곰곰이 생각하더니 성적표에 다음과 같이 썼단다.

"티투스, 구두시험 A."

전쟁의 혼란을 피해 숨어 있으려면 신속하게 움직여야 했어. 슈나이데바인은 다시 복수를 하려 들 것이 분명했지. 나는 그가 우리를 찾아낼지 모른다는 걱정에 매일 피가 말랐어. 당시에는 바벤첼러가 그를 도울지 아닐지도 확실하지 않고 말이야. 나는 밤을 틈타 바서부르크의 병역청과 뮌헨 지역 파견대 사무실을 들락날락하며 서류를 꾸몄고, 블뤼트너 씨가 나를 위해 베를린의 '군대 자동화 서류과'를 다녀왔단다. 나는 이미 그에게 홀러리스 카드 조작법을 가르쳐줬거든. 마법은 관청 업무를 재촉할 수도 있단다. 그렇게 조제프 그루버의 징집 명령일이 한 주 뒤로 잡혔어.

엠마와의 이별은 매우 고통스러웠지. 언제 돌아올지 알 수 없었으니까. 지난 전쟁에서 아버지가 군대로 떠나던 날의 기억이 생생하게 떠올라 나를 짓눌렀단다. 엠마는 만삭이었어. 이별의 슬픔은 매일 10만 배씩 커졌는데, 그건 분명 우리가 남들보다 10만 배는 더 사랑하기 때문이었을 거야. 나는 어서 빨리 이 전쟁이 패배로 끝나기를 바랐어. 그래야 슈나이데바인이 우리를 괴롭힐 수 없을 테니까. 더불어 새로 태어날 아이에게서 부디 마법사의 싹을 볼 수 있기를 바랐지.

아이들과 이별하는 것은 정말 힘든 일이었다. 이미 열 살이 된 펠릭스마저 울음을 터트렸지. 가장 슬펐던 건 아이들에게 아빠가 어디 있는지 모른다고 계속 잡아떼라고 당부할 때였어.

그나들은 집합장까지 함께 가주었다. 다리 한쪽이 불편한 그는 전쟁에 나가지 않아도 됐어. 사실 그의 다리는 멀쩡했지만 근육이 하나도 없는 것처럼 절룩거리고 다녔지. 징병을 위한 신체검사에서도 그는 부적격 판정을 받았어. 엑스레이를 찍을 때 다리를 잠시 구부려서 불구인 것처럼 보이게 만들었거든. 이 편지를 쓰고 있는 요즘 시대에는 현대 기술이 그나들이 썼던 마법을 따라 하는 것 같아. 시험장을 달리는 자동차와 일반 도로를 달리는 자동차가 내뿜는 배기가스 양이 전혀 다르다는 기사를 보고 하는 소리야.

나는 단기병사 교육을 받기 위해 괴를리츠 근교로 이송됐어. 내가 조작한 배치 명령서가 그렇게 돼 있었으니까. 괴를리츠는 바서부르크와 베를린에서 충분히 멀리 떨어진 도시였지. 바이에른 병영에서 진짜 조제프 그루버를 알아보는 사람을 만나면 들킬 수도 있으니 베를린 근처도 무조건 피해야 했지. 그곳은 적지나 다름없었으니까.

가정 때문에 뒤늦게 입대한 나이 든 남자들은 대부분 진격과 전투 훈련이 고문과 다름없었을 거야. 하지만 나는 달랐어. 날 수 있는 사람에게 진격은 그리 힘든 일이 아니니까. "지원자 앞으로!"라는 명령을 피하는 데는 잠시 잠깐 투명인간이 되는 것이 제격이었지.

훈련을 마친 다음 우리 부대는 동쪽 국경으로 향했다. 나는 새로 배운 마법과 원래의 마법이 나를 안전하게 지켜주리라 생각했지. 그리고 어쩌다 한 번씩은 휴가가 주어질 거라고 짐작했다. 그러면 나는 파흐로크의 외모를 유지하는 '국경의 그루버'가 아닌 바서부르크에 사는 '바이에른 그루버'의 모습으로 변신해야 했지. 그리고 정말 휴가를 얻어서 드디어 막내를 볼 수 있게 됐어.

바서부르크 사람들은 작은 카롤라를 조제프 그루버의 외동딸이라고 생각했단다. 엠마와 나는 그것이 마음 아팠어. 막내는 정말 귀여웠지만 팔 늘이기 능력은 보이지 않았단다. 그래서 우리는 아이들이 마법은 부리지 못하는 대신, 사람을 홀릴 줄은 안다는 사실에 만족하기로 했어. 그것만으로도 대단한 기술 아니니? 우리는 짧지만 완벽하게 행복한 나날을 누렸단다. 흉측한 현실을 간단히 덮어버리는 사랑의 능력에 감탄할 수밖에 없었어. 그리고 아이들 또한 조제프 아저씨의 휴가 중에 한두 번씩 얼굴을 비치는 아빠의 방문에 몹시 기뻐했어. 아빠는 항상 아저씨가 자리를 비운 사이에만 나타났단다. 아저씨와 아빠는 서로를 귀찮게 하고 싶지 않아서 서로가 없을 때만 찾아온다는 설명에 아이들도 익숙한 듯 보였어. 그리고 슬픈 날이 다시 돌아왔단다. 조제프 그루버는 다시 전선으로 가야 했고, 아빠도 다시 먼 길을 떠나야 했지. 차츰차츰 아이들도 그 둘의 연관관계를 알아채고 있었다. 아이들도 바보가 아니었으니.

이 지긋지긋한 전쟁은 어째서 패배의 기미조차 보이지 않는가? 어째서 이 정권이 끝장날 조짐이 없는가?

우리 부대가 스탈린그라드 앞에서 포위당할 위험에 처했을 때도 나는 평정심을 잃지 않았다. 나는 앞으로 펼쳐질 일을 몰랐던 거야. 마틸다, 나는 네게, 2030년에 이 편지를 읽는다면 꽃다운 열여덟 살일 네게, 국경에서 겪은 경험을 말해 줘야 할지 고민했단다. 내가 너만 할 때 누군가 나타나서 끔찍했던 전쟁 상황을 자세하게 들려줬다면, 그래서 밤마다 악몽에 시달리게 된다면 나는 그 사람에게 굉장히 화가 날 것 같거든.

일단 전쟁은 끔찍한 일이라는 것을 확인하는 것만으로 충분할 것 같아. 전쟁 중에는 자신의 도덕성을 배반할 가능성이 도처에 널려 있단다. 자만에 빠질 가능성도 크지. 전쟁 중에는 이성, 연민, 대화로 풀어가려는 의지, 평화에 대한 열망이 없는 것이나 마찬가지야. 위험하고도 터무니없는 소리로 취급되지. 저 너머에서 움직이는 것은 무엇이든 쏘지 않으면 우리 편이 죽을 가능성이 그만큼 커진다. 전쟁에서는 이게 논리이고, 그래서 쓸쓸하단다.

기회를 봐서 사라질 작정을 했어. 레스디기에르가 가르쳐준 기술 덕분에 빗발처럼 쏟아지는 총알을 맞을 가능성이 다른 사람보다 적었지만, 그렇다고 안전한 것은 아니었으니까. 전선으로 향하는 길에는 강철 마법을 단단히 믿었단다. 하지만 생각보다 쓸모가 없었어. 한번은 적군이 나를 향해 총을 쏘려다가 탄창이 빈 걸 확인하고 재장전하는 동안 내 몸 또한 피와 살을 가진 원래 몸으로 돌아와 버렸지. 죽지 않으려면 내 쪽에서 방아쇠를 당겨야 했어. 그건 절대 유쾌한 일이 아니었다. 아니, 정반대로 다시는 겪고 싶지 않은 흉한 일이었지. 구태여 언급하는 이유는 그 일을 통해 직접 겪지 않고서는 알 수 없는 것을 깨달았기 때문이야. 살아남기 위해서는 야비함이 필요하다는 것을 말이다. 하지만 야비한 짓을 저질렀을 때 찾아오는 자기혐오는 절대 사라지지 않는다.

내가 탈영한 것은 죽음의 공포 때문이 아니었어. 엠마와 아이들을 향한 그리움 때문만도 아니었지. 나는 더 이상 살인자로 살 수 없었고, 그렇게 살고 싶지 않았어. 나는 밤에 병영을 빠져나올 계획을 세웠다. 밤에는 총알 사이를 날아야 할 위험이 적을 거라고 생각했지. 하지만 날기에는 너무 추운 계절이었어. 당장 따뜻한 곳을 찾아야만 했지. 당시에는 아직 벽이나 금속 물체를 오븐처럼 데우는 능력이 없었거든. 슈나이데바인이 그 능력을 가지고 있다는 사실이 뼈아프게 다가오더구나. 러시아에서 나는 그를 부러워할 이유가 충분했단다.

나는 계속 날아보려고 애썼단다. 물론 투명인간으로 말이다. 하지만 몸통을 파고든 추위는 머릿속까지 얼려버릴 기세였고, 얼마 지나지 않아 더 이상 계속 날 수 없다는 판단이 들었다. 나는 소련군 사이에 내려앉아 그들 중 하나로 변신했어. 처음에는 투명인간 상태로 버텨보려고 했으나 마냥 그렇게 있을 수는 없었던 거야. 언어는 문제없었고, 그나들이 조제프 그루버에게 했던 대로 새로운 신분도 만들었어. 신분을 도용할 죽은 사람이야 넘쳐났으니 별문제가 아니었지. 그리고 민스크에서 온 말단 병사의 모습으로 변신해서 날이 따뜻해지길 기다렸어. 그리고 그때까지는 독일군을 향해 총을 쏴야 했단다. 나는 최선을 다해 형편없이 쏬어. 그래도 밤이면 내가 아는 사람이 내 총에 맞아 죽는 악몽에 시달렸다.

나는 연거푸 비행을 시도했으나 영하 30도가 넘는 혹한은 자꾸만 포위망 안으로 나를 끌어당겼지. 거기에는 그래도 온기가 남아 있었으니까. 소련군 신분으로 독일군을 향해 포화를 날리면서 나는 애초에 참전이 실수였다는 것을 깨달았단다. 총을 쏘면 누군가는 계속 고통받아야 했지. 집에서 슈나이데바인이 언제 복수를 하러 올지 전전긍긍하고 있는 것이 계속해서 사람을 죽이는 것보다 훨씬 낫다고 생각했어.

어느 날은 한 청년의 죽음을 눈앞에서 보기도 했단다. 나는 단박에 그 청년이 마법사라는 것을 알아봤지. 그의 이름은 티투스,

막내아들과 이름이 같았어. 재주 많고 사랑스럽고 음악성이 뛰어난 그 청년의 아버지는 오페라 작곡가라고 했지. 그는 30분 넘게 슈타른베르크 호수에 있는 자신의 요트와 경주용 작은 배에 관한 얘기를 들려주며 언제 한번 자기가 사는 작은 성에 놀러 오라고 초대했어. 그는 무풍 상태를 만들지는 못하지만 작은 바람 정도는 마법으로 만들어낼 수 있다고 했지. 하지만 정정당당하게 승부해야 한다는 의식 때문에 사상 초유의 요트 경주 챔피언이 되는 길을 포기했다고 자랑스럽게 말했어. 그리고 그 말을 하던 순간 어떤 저격수가 겨눈 총에 맞아 내 품에서 죽음을 맞이했단다.

죽음을 되돌리는 마법이 허락되지 않는다는 것이 그처럼 원망스러울 수가 없었다. 우리가 할 수 있는 최선은 일정 정도 죽음을 방해하는 것뿐이지. 하지만 그러기에는 총알이 너무 빠르단다. 일단 총알이 발사되면 보호 마법을 쓰기에 이미 늦지. 총알은 결국 목표물을 뚫고 말아.

다시 원래 얘기로 돌아가야겠구나. 나는 따뜻한 물주머니를 두 개나 차고, 믿을 수 없을 만큼 많은 옷을 껴입은 다음 다시 비행을 시도했단다. 한밤중에 포위망을 벗어나 국경을 향해 날아갔지. 마침내 자유로워졌을 때 느낀 그 벅찬 기분을 말로 다 설명하기가 어렵구나. 어느 날은 농가 판잣집을 대피소 삼아 머물렀지. 판잣집 주인은 소위 게릴라 작전 대원으로 기차 운행을 방해하는 사보타주에 참여 중이었어. 하지만 나까지 거기에 동참해 총을 쏠 필요는 없을 것 같았다.

날이 따뜻해지자 나는 다시 창공으로 날아올랐고 가능하면 쉬지 않고 바이에른까지, 엠마와 아이들이 머무는 곳까지 단번에 가길 바랐어. 그러나 내 운항 시스템은 지리를 잘 몰랐단다. 나는 그저 해가 뜨는 방향을 보고 대강 서쪽을 짐작했을 뿐이야. 대지는 대부분 인적이 드물었고, 우연히 인구가 밀집한 주거지를 찾으면 거기서 잠을 자고 밥을 먹고 잠시 몸을 푼 다음 다시 날았지. 어쩌다 달리는 기차를 만나면 그 기차를 따라 도시를 찾아가기도 했어. 하지만 그 결과가 항상 흡족하지는 않았다.

한번은 기차가 수용소 앞에서 멈췄어. 화물칸이 열리자 궁한 기색이 줄줄 흐르는 남자와 여자, 그리고 아이들이 내렸고, 몇 안 되는 막사와 가건물로 나뉘어 들어갔지. 그들 중 대다수는 곧장 가스실로 보내져 고통스러운 죽음을 맞이했단다. 나는 그 장면을 목격했어. 투명인간으로 죽음의 방 벽을 통과해 들어갔지. 그리고 온몸에 흐르는 전율을 주체하지 못한 채 다시 그 방을 나왔단다. 거기서는 그것밖에 할 수 있는 것이 없었어. 나는 거기를 떠났고 숨쉴 때 조금 흡입한 독소 때문에 속이 좀 울렁거린 것 말고는 다행히 별 이상 없었다. 사실 코로 들어간 독소보다 눈으로 들어간 충격적인 장면들이 문제였지.

사랑하는 마틸다, 우리 모두는 삶에 머물고 싶어 하게 마련이야. 그래서 재앙이나 사고에서 살아남거나 대량 학살에 희생되지 않은 것을 기쁘게 여긴단다. 적어도 누군가 물어보면 우리는 살아

남아 기쁘다고 대답하지. 명쾌하게 말하는 속마음에는 우리가 침착하게 그런 말을 할 수 있도록 내버려둔 신에 대한 감사와 더불어 앞으로도 우리의 삶을 훼손하지 말아주길 바라는 기대가 섞여 있어. 말로 하긴 힘들지만, 이 지점에서 우리 삶에 얽혀 있는 절대 답할 수 없는 두 가지 사악한 질문을 짚고 넘어가야겠다. 하나는 도대체 어째서 그런 참사가 일어나는가 하는 것이고, 다른 하나는 어째서 누군가는 하필이면 그 일에 휘말려 죽음을 맞고 무슨 이유로 나는 죽지 않았는가 하는 것이다. 그 질문에 대한 답을 찾으면서 '기쁨'을 말할 수는 없지. 그 단어는 부적절해.

아직 세 살도 되지 않은 너에게 이런 얘기를 하다니. 이 작고 어리벙벙한 아기가 생각 많은 어른이 되면 진실을 듣고 싶어 할 거라는 확신이 없다면 감히 이런 말을 꺼낼 수 없었을 거야.

내 몸은 점점 더 수척해지고 약해졌단다. 게다가 날은 점점 더 추워졌지. 나는 마지막 힘을 짜내 할 수 있는 한 멀리 서쪽으로 날아갔어. 하지만 그동안 마법사에게만 찾아오는 불행을 겪게 되었단다. 나는 2년이란 시간을 뛰어넘었고, 그 시간은 나 없이 흘러가 버렸어.

처음에는 잠에서 깨고 나서도 무슨 일이 일어났는지 이해하지 못했어. 기차를 따라가고 있었다는 것 외에는 생각나지 않았지. 잠에서 깼을 때는 바닥이었는데 착륙한 기억도 없었단다. 그리고 창에 비친 내 모습에 깜짝 놀라고 말았어. 삐쩍 곯은 몸 위에 누더기를 걸치고 있었는데, 다 해진 옷을 얼기설기 기운 흔적이 보이더구나. 내가 언제 옷 수선을 했더라? 그리고 윗옷 왼쪽 가슴에 별 모양 천 조각이 바느질로 붙어 있었지. 이건 또 뭐지? 내가 쳐다본 것은 어느 집 창문이었고, 그 집은 어떤 공장으로 들어가는 입구 바로 옆에 있었지. 나는 공중에서 그런 공장을 본 기억이 없었어. 마당으로 나가자 누군가 어디서 왔는지 내게 물었단다. 나는 위에서 기차로 떨어진 것 외에 아무것도 기억나지 않는다고 답했어. 내가 누구인지도 모르겠다고 했지. 하지만 그건 거짓말이었어. 내가 파흐로크라는 것은 알고 있었으니까.

"위에서 기차로 떨어졌다고요?"

그가 물었지.

"네, 웃기죠? 그런데 오늘이 며칠이죠?"

남자가 날짜를 말하자 그제야 나는 슐로스제크 선생님이 말한 '하이스터바흐 효과', 즉 타임슬립이 일어났음을 깨달았어. 2년이 그냥 사라진 거야! 하이스터바흐 수도원의 수도사처럼 3백 년을 뛰어넘지 않은 것이 다행이었지. 차츰 가스실에서 서쪽으로 날아가던 길이었다는 기억이 떠올랐다. 그리고 엠마와 세 아이, 아니 네 아이가 2년간 나를 기다렸으리라는 사실도 함께 떠올랐지. 그동안 막내는 두 살 6개월이나 되었겠다 싶었어.

"아직도 전쟁 중인가요?"

내가 물었어.

"떨어지면서 충격을 받았나 봐."

그는 곁에 있던 다른 사람과 이런 말을 나누더니 내게 말했어.

"전쟁 중이오. 그건 그렇고 이쪽으로 따라오시오!"

그렇게 나는 몇 주 동안 작은 군수회사의 노동자로 일했다. 매우 드물게도, 혹은 유일하게도 유대인에게 그런 대로 좋은 대우를 하는 곳이었어. 음식과 난방, 그리고 공정한 처우가 있었지. 지옥불 한가운데 떠 있는 작은 섬처럼.

비행 마법의 어떤 요소가 타임슬립을 유발하는지를 연구한 마법사는 아직까지 없단다. 내 경우 처음에는 추위가 '필름 끊김 현상'을 일으킨 것이 아닐까 생각했지만, 나중에는 내가 수용소에서 본 참혹한 장면들이 일종의 기억력 감퇴를 불러온 것이 아닐까 추정했어. 이를테면 시간제 죽음을 경험한 거지. 나는 한창 날던 중 돌처럼 땅으로 떨어져 2년간을 그냥 누워서 보냈던 걸까? 분명 아닐 거야. 내가 움직여서 옷을 닳게 만들지 않았다면 내 옷이 그렇게 너덜너덜 해지지 않았을 테니까. 그렇다면 가슴에 달린 노란 별은 어디서 온 거지? 나는 기억을 이 잡듯 뒤졌어. 하지만 2년 동안의 기억이라기보다 엠마와 아이들에게 닥칠 일, 그것도 끔찍한 사고에 관한 꿈의 집합이라고 보는 편이 맞을 거야. 그래서 하이스터바흐 효과는 영혼의 공포와 절망과 관련 있다고 확신하게 됐지. 그 외에 알려진 것은 거의 없어. 그러니 이참에 네게 꼭 당부한다. 사랑하는 마틸다, 어떤 일에 충격을 받았거나 얼이 빠진 상태에서는 날지 말거라! 심하게 우울할 때는 절대 비행하면 안 된다!

군수회사에는 독가스 수용소로 이송될 위기에서 구해야 할 이름이 적힌 길고 긴 명부가 있었어. 용감한 사장은 그들을 구해 내려고 살인자들에게 엄청난 뇌물을 줬지. 그렇게 그가 보호한 유대인들은 서쪽의 다른 회사로 옮겨지기도 했어. 그 명부에 이름을 올린 사람은 모두 유대인이었다. 회사 노동자들도 모두 유대인이었지. 나는 그 명부에 이름을 올리고 싶지 않았고, 내 일은 내가 알아서 하겠다고 말했어. 사장은 내 말을 이해하지 못했지. 어떻게 이해하겠니?

그의 사려 깊은 질문들을 요리조리 피해 가면서 나는 밤에 비행을 시작해 서쪽으로 6시간을 날아가기로 결심했어. 그런데 공기가 너무 나빴지. 불타는 대도시에서 솟아오른 매캐한 연기는 눈뿐 아니라 코도 가려서 숲이나 들판 주변으로 나가야 사물을 분간할 수 있었어. 냄새도 지독했지. 폭격을 맞은 도시에 일어난 불은 재질 좋은 목재만 태우는 것이 아니었으니까. 그건 플라스틱, 페인트, 기름, 고무 그리고 세세히 말하고 싶지 않은 온갖 것을 불태웠어. 이 공격적인 냄새는 내 영혼까지 파고들었다. 나는 그 냄새를 결코 잊지 못했고, 언제라도 그 냄새를 맡으면 참혹한 기억이 함께 고개를 들었지. 코는 무자비하게 기억을 불러온단다.

나처럼 살면서 전 세계를 두루두루 다닌 사람은 그렇게 습득한 지리적 정보를 돈벌이에 활용할 수도 있겠지. 모든 것을 유심히 잘 살펴봤다면 말이다. 애석하게도 나는 몇 가지를 빼먹었어. 매캐한 연기와 폭격을 퍼붓는 기지를 피해 다니느라 북쪽으로 너무 멀리 날아갔고, 결국 동프로이센까지 갔지. 나는 동프로이센인 줄도 몰랐고 한참 후에 표지판을 보고서야 내가 날고 있는 곳이 어디인지 깨달았단다. 거기에는 호수가 많고 작은 마을과 농가도 많았어. 모두 평화로워 보였지. 하지만 사람들이 띄엄띄엄 살거나 주민이 많지 않아서 그렇게 보이는 것뿐이었다. 넘어가기 쉬운 눈속임이었지.

나는 도로를 걸어가는 사람들의 긴 행렬을 여러 번 봤어. 그들은 마차나 유모차를 끌고 서쪽으로 가는 중이었지. 나는 공중에서 내려와 주민으로 변신한 다음 위에서 보았던 것을 직접 경험했단다. 그들은 이미 국경에 근접해 온 적군을 피해 도망치고 있었어. 어떤 행렬에서는 말이나 달구지는 보이지 않고 허름한 옷을 입은 피로에 지치고 병든 사람들만 남아 있기도 했다. 그들은 자유롭게 살다가 어디론가 옮겨 가는 게 아니었어. 총을 메고 군복을 입은 자들이 앞뒤로 붙어 걷는 탓에 서로 대화를 나누지도 못했다. 그랬다간 총에 맞았으니까. 누군가 다치면 그냥 눕혀놓고 떠났고, 그러면 그 자리에서 죽었지.

그들은 수용소에서 죽음을 기다리던 유대인들이었어. 전선이 무너져 자꾸만 적군이 밀고 들어오자 수용소를 해체하고 수용자들을 서쪽으로 옮기던 거였다. 별다른 목적 없이 그렇게 차근차근 모두를 죽여나갈 셈이었어. 살인자들은 분명 소련군들이 여기저기서 하나씩 시체를 발견하기를 바랐던 것 같아. 살해당한 시신 1만 구가 한꺼번에 발견되기를 원치는 않았던 거지.

나는 가능한 정확하게 서쪽으로 날아가기 위해 함부르크까지 이르는 해안선을 따라가기로 했어. 함부르크에서 파사우까지 어

223

떤 이정표를 따라가야 하는지는 알고 있었고, 파사우에서 바서부르크까지는 단숨에 갈 수 있었어. 일단은 바다까지 가야 했지. 참으로 혹독했던 겨울 바다의 가장자리는 아직 얼어 있었어. 그리고 나는 거기서 다시 한 번 죽음의 행렬을 보았어. 수십 명의 사람들이, 대부분 여자들이, 무장한 자들에 의해 해체된 수용소에서 끌려나와 얼어붙은 해안을 걷고 있었어. 처음에 나는 그들이 길을 가로지르기 위해 꽁꽁 언 항구를 따라 걷고 있다고 짐작했지. 하지만 그 자리에서 무자비한 총질이 시작됐다. 그것 역시 승전국에게 대량 살상의 증거를 남기지 않고자 벌인 짓거리였어. 시체들은 빙판 위로 떨어져 바다로 가라앉았어. 군복을 입은 자들은 수용자들에서 20미터가량 떨어져 총질을 해댔다.

나는 밀려오는 분노를 참지 못하고 커다란 맹금류로 변신했어. 몇 년 전 책에서 한 번 본 적 있는 독수리의 모습이었지. 총질에 여념이 없는 놈을 하나 골라 발톱으로 얼굴을 긁은 다음 내 본래 모습으로 돌아가 기관총을 빼앗았어. 자다가도 쏠 수 있을 만큼 손에 익은 모델이었지. 나는 장전하고 앞잡이 무리들을 향해 방아쇠를 당겼어. 하지만 '딸깍' 소리만 나더구나. 흥분한 나머지 마법으로는 사람을 죽일 수 없다는 것을 잊고 있었던 거야. 너무 놀라서 다시 독수리로 변신할까 생각했지만 그건 안 될 말이었어. 이젠 죽었구나 싶었지. 다른 군복 입은 자들이 내가 동료가 아니라는 것을 눈치챈 것 같았거든.

그 순간 어딘가 가까운 곳에서 목소리가 들려왔다.

"내가 하겠다! 제군들은 물러서게!"

나는 목소리의 주인공을 보지 않았어. 하지만 그가 나에게 다가오고 있다는 것은 알 수 있었지. 그 순간 엄청난 회오리가 몰아치더니 총을 든 군인들을 휘감았어. 비명 소리만 남기고 가라앉은 그들 위로 얼음이 녹아내렸다. 그들은 물에 빠진 채로 더 이상 총을 쏠 수 없었지. 그렇게 차가운 물에서는 아무것도 못해. 회오리는 순식간에 물러났고 눈앞에는 군인 대신 커다란 얼음 구멍만 덩그러니 놓여 있었다. 나는 그 구멍으로 총을 던지고 얼음이 깨지기 전에 몸을 허공으로 띄웠어.

총잡이들이 얼음물에 빠지는 동안 수용자들은 다시 물 밖으로 떠올랐다. 누군가는 항구로, 또 다른 누군가는 해안으로 헤엄쳐 올라오고 있었지. 하지만 그들 모두 심각한 총상을 입었고, 나는 여성 한 명만을 도와주었단다. 나는 그녀를 업고 걸어갔어. 매우 오랫동안 굶주려 마른 상태였지만 그래도 함께 날기에는 무거웠으니까.

얼어붙은 해안가에서 살아남은 사람을 구하려고 동네 사람들이 나와 있었지. 그들은 총소리를 듣고 포기할 참이었는데 어디선가 낯선 사람이 나타나 빙판에서 무슨 일이 일어났는지를 알려줬다고 했어. 그들은 서른 명을 뭍으로 건져냈는데, 그중 열다섯 명이 목숨을 건졌단다. 폭력적인 국가가 오랫동안 권력을 휘두른 결과 사람들은 영혼을 잃어갔지만 그래도 일말의 연민은 남아 있었던 거야. 사람들은 지난 몇 년간 처벌을 받을까 두려워서 하지 못했던 일들을 마침내 행동으로 옮겼단다.

그리고 나에게는 정말로 휴식이 필요했어. 정확히 말해 침대가 필요했지. 가능하면 난로 바로 옆자리로. 산허리에서 집을 발견하고 문을 두드리자 코가 큰 나이 든 남자가 침대를 가리켰어. 불이 활활 타오르는 타일 난로와 차곡차곡 쌓인 장작 더미 바로 옆에 놓인 침대를. 남자는 나를 향해 몸을 돌리더니 말했어.

"전쟁은 곧 끝날 걸세. 하루이틀 더 남았을 뿐이야."

그제야 나는 그를 알아보았다. 그래, 다름 아닌 바벤첼러였단다!

"이거 정말 멋지군요!"

나는 환호성을 올렸다.

"그만 자게, 파흐로크! 얘기는 내일 하세."

나는 침대로 쓰러져 잠들었어. 아니, 순서가 바뀌었던 것 같다. 잠이 들고 침대로 쓰러졌지. 물론 마법은 아니었어.

여덟 번째 편지 **생각 읽기**

2014년 3월

눈을 뜨니 창가에 놓인 면도칼과 비누 한 장이 보였어. 면도칼을 힘겹게 밀어 수염을 자르는 동안 창밖으로 보이는 바닷가에서는 여전히 사람들이 익사한 총잡이들을 찾아 얼음 구멍을 뒤지고 있었지. 하지만 총과 탄환, 철모가 합쳐진 엄청난 무게 때문에 그들은 바다 깊이 가라앉고 말았어.

바벤첼러는 주전자와 컵을 들고 나타났어.

"원두커피 마법이란 것이 있으면 좋으련만. 안타깝게도 그런 기술이 없군."

어쨌건 따뜻한 음료라서 좋았어. 그는 검은 정장에 흰 셔츠와 넥타이, 광이 나는 구두 차림이었단다. 그에게 조력자가 있는 걸까? 이 전쟁 중에?

"당신은 정말 수수께끼예요."

내가 말했지.

"자네도 수수께끼인 것은 마찬가지일세. 자네는 2년이나 시간의 틈 사이로 빠져서 찾을 수가 없었어. 나는 누구든 찾아낼 수 있는데, 자네는 도리가 없었지."

"제 가족들도 찾아내셨나요?"

"물론이지."

"그리고 슈나이데바인에게 얘기하셨나요?"

"아닐세. 그냥 나만 알고 있었어."

"그럼 왜 저를 찾아다니신 거죠?"

"자네 부인이 부탁했지. 어떤 남자도 그녀의 부탁을 거절할 수 없을 거야."

"그녀는 어떻게 지내나요?"

"형편없이 지내지. 아버지는 수감된 다음 처형됐어. 소위 음모에 가담했다는 이유로. 어머니는 폭격으로 돌아가셨지. 그리고 친절한 그루버 씨는 실종되었고."

"당신이 저를 찾았다는 것을 엠마도 알고 있나요?"

"어젯밤에 알게 됐지."

"전보를 치신 거예요?"

"나만의 방법이 있지."

그는 마법사가 무슨 수로 전선이나 전파 없이 도청에 걸리지 않고 안전하게 전화를 걸 수 있는지에 관해 더 이상 설명하지 않았다. 아직까지도 나는 그 비법을 모른단다. 바벤첼러가 기술에 엄청난 흥미를 갖고 지식을 익혀왔다는 것밖에는. 나는 전쟁을 겪는 동안 기술에 대한 사랑이 많이 식었다고 말했지. 너무 많은 무기를 경험했고 그 결과를 목격했으니까.

"그래도 자네는 발명을 하지 않았던가. 전세를 완전히 뒤엎어버릴 끝내주는 발명품이라고 했지. 비상시를 대비해 워싱턴 금고에 숨겨두었다던……."

그는 아직까지도 그게 뭔지 알고 싶어 했어. 나는 그에게 위성과 우주에서 보내는 고화질의 사진에 관해, 그리고 그 기술이 평화를 지키는 도구로 쓰일 가능성에 관해 설명했지. 워싱턴 금고 또한 내 머릿속에만 있는 창의적인 발명품이라는 것도.

바벤첼러는 어딘가 모르게 실망한 듯했어.

"좋아, 앞으로 있을 전쟁에는 결정적인 역할을 할 수도 있겠군. 아니면 아예 전쟁을 막을 수도 있겠지. 하지만 그 안테나를 작고 가볍게 만들어서 로켓으로 우주에 보낼 수 있을 때 가능한 거 아닌가. 하지만 그게 어떻게 가능하겠나? 진공관 들어갈 자리가 있어야 하는데. 파흐로크, 길을 잘못 찾은 것 같네."

나도 그 점이 걱정되긴 했지만 그래도 기적적인 해결책을 찾을 수 있기를 바랐단다. 나는 주제를 바꿔서 바벤첼러에 대해 좀더 알아보기로 했지. 놀랍게도 그는 진솔한 대답을 할 준비가 돼 있었어. 오히려 어리고 영리한 마법사 동료가 자신에게 속마음을 털어놓는 게 반가운 눈치였지.

"세인트 폴리카프에 오셨던 게 맞나요?"

"그렇다네. 블뤼트너는 알고 있었다지. 코네타블도 알고 있었고. 나하고 알고 지낸 지 몇십 년이 넘었으니 나를 어떻게 다뤄야 하는지도 누구보다 잘 알지. 심지어 그는 내가 나쁜 평판을 관리하는 데 도움을 주기도 했다네."

"뭐하러 오셨던 거죠?"

"어떤 계획이 있나 엿듣고 평가하려고. 알아야 몰래라도 도움을 주지."

"그럼 이 질문을 할 수밖에 없네요. 바벤첼러 님, 제가 당신을 처음 봤을 때 군복 입은 자들 중에서도 가장 혐오스러운 모습이었어요. 이 국가에 대한 당신의 입장이 뭔가요?"

"국가의 역사는 한마디로 성공한 사기꾼들의 역사야. 그들은 앞으로도 사라지지 않아. 애석하게도 국가 역시 사라지지 않아. 하지만 그런 상황을 수수방관해서도 안 되네. 국가가 무슨 짓을 저지르는지 자네도 똑똑히 보았으니 잘 알겠군! 국가는 사람들을 원래와 다르게 만들려고 해. 의견이나 태도를 바꾸도록 교육하지. 그 점에서는 민주주의 국가가 가장 부지런하지. 국가는 누군가의 마음속에 국가보다 더 높은 신이 있는 것을 바라지 않아. 우리는 국가의 이런 점을 인식하고 잘 감시해야 하지. 지금 여기 있는 국가를 경험한 사람은 다른 나라 권력자를 친구로 사귀려고 갖은 애를 쓰겠지."

"하지만 당신은 마법으로 사람을 죽일 수 있잖아요. 미쳐 날뛰는 자들이 더 이상 악행을 저지르지 못하도록 할 수는 없나요?"

"그건 안 돼. 인간사의 흐름에 마법사가 개입해서는 안 되지. 죽음의 마법은 그냥 헛소문이야. 세인트 폴리카프에서 블뤼트너와 레스디기에르가 한 얘기는 내가 노력 정도는 해보기를 바라는 마음에서 나온 거지."

"그럼, 노력은 해보신 건가요?"

"그렇다네."

"검은 군복을 입고서요?"

"그것도 노력의 일부였지."

"그렇다면 당신은 악당 편이 아니군요. 보기에는 그랬는데."

"그런 소리까지 기꺼이 받아들였지."

"당신에 대한 소문이 그리 좋지 않아요."

"나는 그걸 매우 기쁘게 생각해. 나는 나쁜 광대 역할을 맡은 유령 같은 존재야. 공포를 유발하지. 그 공포는 약이 되거든."

"그런가요? 저는 다른 사람들에게 언제까지나 다정한 존재로 남기를 바라는데요. 가능하다면 말이죠."

"그럴 수 있다면 그건 자네 복이지! 나도 때로는 다정할 때가 있어. 자네도 눈치챘을 텐데. 하지만 우리에게는 악당 역할도 필요하지. 연극처럼 말이야. 그리고 무대 밖에서도 악당이 필요할 때가 있어. 그렇지 않으면 따분하니까. 지루함이 엄습한 곳에는 정말로 살인적인 악당이 깨어날 수도 있어. 무슨 말인지 알겠나?"

"아니요."

231

"괜찮네."

그 대화를 나눈 뒤부터 나는 그를 좀더 이해할 수 있게 됐단다. 이를테면 그는 반대파였던 거야. 상대를 도발해 스스로 척지게 된 거지. 그는 특히 독단적인 이상주의자와 위선적인 권력자, 그리고 오만한 도덕주의자들을 도발했어. 정치체제를 가리지는 않았지만 민주주의의 반대편에 서는 것을 좋아했단다. 하지만 어떤 신념을 가졌든 진실한 사람 앞에서는 그의 마음이 흔들렸어. 그는 진실하고 용기 있는 사람들을 사랑했지. 기술자들과 말할 때면 마치 친구와 얘기를 나누는 것처럼 친절했고, 특히 전기기술자에게는 흉금을 터놓았단다. 그가 말하기를 전기기술자는 태생적으로 나쁜 짓을 할 수가 없대.

나는 베를린에서 품었던 의문을 비로소 풀어놨다.

"베를린에서 슈나이데바인이 이겼을 때 왜 저를 내보내주셨죠?"

"나는 자네를 보호하려고 했어. 자네가 끝장나는 것을 보고 싶지 않았거든. 그렇다고 자네를 제자로 받아들이겠다는 말은 아니야. 나는 좋은 선생과는 정반대의 사람이니까. 좋은 선생의 자질은 타고나는 것 같아. 노새처럼 인내심도 있어야 하고."

그래도 나는 새로운 기술 하나만이라도 전수해 달라고 청했지. 말하자면 기념품으로, 가능한 가까운 시일 내에 유용하게 써먹을 만한 무언가를 말이야. 나는 가족들을 먹여 살려야 한다는 생각을 잊은 적이 없었으니까. 그는 잠시 생각하더니 "생각 읽기!"라고 말했어.

"그 기술은 당장이라도 활용할 데가 많을 걸세. 무엇보다 생필품 부족이 가장 큰 문제가 될 거야. 그럴 때 이 기술을 사용하면 짧은 시간 안에 굉장히 많은 먹거리를 구할 수 있어."

나는 그 기술을 매우 조심스럽게 사용하겠다고 말하기는 했지만 무척 기뻤단다. 그 자리에서 수업을 받았지. 하지만 완전히 파악하기까지는 다른 마법 기술보다 훨씬 오래 걸렸어. 바벤첼러는 인내심이 부족한 선생님이었지만 그건 문제가 아니었어. 생각 읽기 자체가 아주 어려운 기술이었으니까. 사람들은 제각각 아주 다른 방식으로 생각한단다. 어떤 이는 단어나 문장으로, 또 어떤 이는 그림으로 생각하지. 어떤 이는 직접적으로 생각하고, 또 어떤 이는 빙빙 돌려 생각하기도 해. 십자나 가로로 생각하는 이들도 있지. 게다가 어떨 땐 이렇게, 또 다른 때는 저렇게 생각하지. 사람의 생각은 정말 놀라우리만치 뒤죽박죽이야.

지금부터 이 편지의 주제가 된 마법을 본격적으로 설명하겠다. 화자의 생각, 특히 문학이나 철학 속 화자의 생각은 비교적 쉽게 읽힌단다. 말하는 사람이 적절한 단어를 정확하게 선택해서 사용하기 때문이지(말하고 싶지 않은 것도 확실하지). 그보다 더 쉬운 것은 단순한 희망 사항이야. 이를테면 '맥주', '소시지', '담배' 등 단어가 당장 그림으로 표시되는 것들 말이다. 하지만 머릿속 문장이 중첩 복문일 때, 거기에 가정법이 더해지면 읽기가 힘들단다. 그림으로 표현되는 생각의 알맹이 없이 모든 것이 개념과 문법에 머물러 있거든. 뭐니 뭐니 해도 생각 읽기 마법은 삶 전체를 아우르는 지적 영역이야. 끝없는 단어의 연속을 따라가다 보면 어떨 때는 마침표 없이 끝나 버리기도 하고, 또 다른 때는 종속문이 앞서 나온 주문을 역행할 때도 있단다.

머릿속이 이미지로 가득한 사람, 예컨대 화가들의 생각 속에는 대부분 키워드가 없게 마련이야. 하지만 그들의 마음속 화면에는 단어 대신 선명한 윤곽이나 색깔이 나타나지. 소시지나 맥주가 그대로 그려지는 거야. 하지만 내면의 그림이 가지런히 정렬되어 드러나는 것은 아니란다. 정신은 밖으로 드러나는 눈동자뿐만 아니라 마음속 눈동자의 움직임까지 쫓아다니다 보니 마음속 그림들은 번갯불이 번쩍이듯 여기저기서 나타났다 사라지지. 그 생각을 읽는 것은 마치 정신없이 내달리는 영화를 보는 기분이야.

가장 고통스러운 것은 한참을 기다려야 할 때란다. 아주 오랫동안 아무 생각도 떠오르지 않을 때가 종종 있지. 똑똑한 사람들에게도 그럴 때가 있단다. 우유부단한 사람, 당황한 사람, 혹은 여기저기에 마음을 뺏긴 사람들 곁에서는 몇 시간을 기다려도, 심지어 온종일 기다려도 그저 혼동뿐이란다. 그럴 때는 무질서가 정상이라는 것을 미리 알고 있는 게 도움이 되지. 공개적으로 말해서 성공하는 데 안달이 난 사람이라고 해서 더 나을 것도 없어. 그런 사람들의 머릿속을 들여다보는 것은 그치지 않는 눈보라 속에서 사물을 바라보는 것과 같아. 언뜻 차곡차곡 잘 짜인 생각처럼 보이지만, 자세히 들여다보면 몇 가지 미사여구가 반복될 뿐이라는 것을 알 수 있지.

바벤첼러는 내게 생각 읽기 마법에서 너무 많은 것을 기대하지 말라고 충고했어. 하지만 뻔뻔한 거짓말쟁이를 상대할 때는 쓸모가 많고, 거짓말할 때일수록 머릿속은 비켜 나갈 길을 찾느라 오히려 더 진실에 집중한다고 말이야. 그러니 생각을 읽기에 딱 좋단다. 또한 이 기술을 통해 진실한 동료와 훌륭한 조력자를 찾아낼 수 있다고 했어. 그런 사람의 생각은 또렷하게 읽히거든. 하지만 살다 보면 속을 알 수 없는 까다로운 동지도 그의 지적 능력 때문에 필요할 때가 있단다. 그러니 여러모로 신중하게 계산해야 해.

"그런데 어째 좀 무서운 기술이네요."

내가 무슨 말을 하는지 그는 곧장 알아들었어. 내 생각을 읽을 수 있으니 놀랄 일도 아니었지.

"파흐로크, 자네 생각을 다른 마법사들이 읽을 수 있다는 사실이 싫은 게지? 멀리 갈 것도 없이 나부터?"

"그렇다고 할 수 있죠."

"생각 읽히기에 맞서려면 상대의 생각을 읽으면 돼. 간단하지! 자네가 이 기술을 나에게 적용하는 순간, 나는 더 이상 자네의 머릿속에 들어갈 수가 없네. 자네 또한 내 머릿속에 들어올 수 없고."

"당신으로부터 나를 보호할 방법을 가르쳐주시는 거로군요?"

"그렇다네. 그 방법은 혼자서 좀더 익히면 될 거야."

"슈나이데바인에게도 이 기술을 전수해 주셨나요?"

"아니, 나는 가르친 적이 없지만, 다른 데서 배웠을지도 모르지.

그걸 알아볼 생각도 없고."

"질문이 하나 더 있어요. 슈나이데바인이 폴리카프 회동에서 나온 암살 얘기를 알고 있던데 누구에게 들었을까요? 누가 그에게 말한 걸까요?"

"그런 말은 아무도 하지 않았네! 사실 독재자들은 암살 같은 것을 별로 무서워하지도 않아. 그러면서도 애먼 사람들에게 그런 계획을 세웠다고 죄를 뒤집어씌우지. 슈나이데바인은 세인트 폴리카프가 있는 줄도 몰라. 나 또한 계획하고 있는 것을 말한 적도 없고."

나는 잠시 동네를 산책하며 새로 익힌 마법을 시험해 보았어. 그리고 아직은 그 마법을 부릴 수 없다는 것을 깨달았단다. 동네 주민들의 머릿속은 여전히 불투명했으니까. 아직 한참 더 연습해야 했지. 그리고 이 마법을 쓰는 내 마음이 편하지 않았어. 지금 당장 그 기술을 배우지 않아도 되겠다 싶었지. 생각 읽기는 굉장히 무례한 기술이었기 때문이야. 비상 상황에서나 쓸 만한 기술로 보였지. 생각 읽기가 도움이 될 때도 있을 거야. 대화 중에 문득 하려던 말을 까먹었을 때, 이미 생각을 읽은 마법사가 그게 뭔지 깨우쳐줄 수도 있으니까. 하지만 기본적으로는 낯선 사람의 머릿속으로 쳐들어가기가 꺼려졌단다.

나는 속마음을 바벤첼러에게 털어놨어.

그는 어깨를 으쓱하며 말했지.

"물론 누구에게나 자기 카드를 보여주지 않을 권리가 있지. 또한 생각을 다른 사람에게 숨길 수 있을 때 완벽하게 자유로운 법이고. 하지만 나는 당당해. 할 수 있으니 하는 것뿐이야. 악한 의도가 없다면 겁낼 것도 없지. 그건 그렇고 자네가 그렇게 무례한 것을 싫어한다면 투명인간이 되거나 벽을 통과하는 것도 해서는 안 되는 것 아닌가? 자네는 이미 벽을 뚫고 들어가 다른 사람을 엿볼 수 있지 않은가?"

그래도 나는 거절했어. 그는 원하면 다음에 다시 가르쳐주겠다고 했단다. 그는 떠날 채비를 하느라 옷을 두껍게 차려입었어. 그 때까지도 추위가 풀리지 않았거든. 그는 내가 길을 잃지 않고 바다 위를 날아갈 수 있도록 나침반을 선물해 주었어.

이별해야 할 때가 되자 그의 외사시가 유독 심하게 느껴졌다.

"그런 눈으로 잘 날아갈 수 있겠어요?"

"물론이지. 내 눈은 아무 문제가 되지 않는다네. 혹여 아무것도 보이지 않으면 그 자리에 멈춰버리면 되니까. 내 눈이 부담스러울 때는 한방에 여러 사람과 함께 있을 때뿐이야. 한 사람한테 물어봤는데 거기 있던 모든 사람들이 자기를 보고 말한 줄 알고 동시에 대답하거든."

"하나만 더 여쭤볼게요. 어디 사세요?"

"비밀이야, 동료들에게도. 애써 알려고 하지 말게. 내가 아내나 아이가 있는지 같은 것도."

그가 웃으며 답했지.

나는 내 볼이 붉어지는 걸 느꼈어. 그걸 물어보려고 했거든.

"다음에 우연히라도 다시 만나세!"

"그동안 감사했습니다!"

"고마워할 것 없어. 나도 재미있었으니까."

그는 보통 사람들의 눈에는 보이지 않게 투명인간으로 변신했단다. 지루해서 하늘을 쳐다보던 총잡이의 과녁이 되면 안 되니까. 내 눈에는 그가 하늘로 날아오르는 모습이 보였지. 나는 한동안 그가 날아간 방향을 눈으로 좇았지만, 그가 햇살 사이로 파고들자 더 이상 보이지 않았어.

나는 내가 물으로 건져낸 여성을 찾아갔단다. 그녀는 몹시 쇠약했지만 의식만은 또렷했어. 학살 중에 다친 데도 없었지. 누군가의 시신이 그녀를 덮으면서 총알을 피할 수 있었던 거야. 그는 내 이름을 알고 싶어 했고, 나는 생각나는 대로 "피차트제크"라고 했다. 그건 야콥이 살던 아인트라흐트 슈트라세의 공동주택에 있던 승강기 상표였어. 내게 고마워하는 여성에게 누군가 찾아와 은인의 이름을 물어볼지도 모른다는 걱정 때문에 거짓말을 할 수밖에 없었단다. 슈나이데바인이 아직도 어디선가 매복하고 있을지도 모르니 복수를 향한 그의 갈증을 쉽게 채워줄 수야 없었지.

같은 이유에서 바벤첼러는 내게 제국의 패배가 최종적으로 확정되고, 다른 편 군대가 독일을 점령하기 전까지는 바서부르크로 돌아가지 말라고 신신당부했어. 나는 그 말을 따를 생각이었다.

하지만 거기도 오래 머무를 곳은 아니었지. 나는 옷을 따뜻하게 챙겨 입고 창공으로 날아오른 다음 해안선을 따라 남쪽으로 날아갔어. 그것 또한 바벤첼러의 충고를 곱씹다 보니 떠오른 계획이야. 물 위를 따라 날다 보면 이미 미국이나 영국군 수하에 들어간 지역에 다다르겠지. 그럼 그들이 바서부르크를 점령할 때까지 함께 다니면 될 터였어.

하지만 그게 쉽지는 않았다. 앞으로 날아가려면 눈으로 방향을 맞춰야 하는데 바다 위에서는 쉽지 않았거든. 수평선밖에 없으니 어디 한 군데 시선을 고정할 수가 없었고, 계속해서 시선을 옮기다 보면 금방 피로해졌지. 가끔 오가는 선박의 도움을 받은 적도 있어. 소련군을 피해 도망친 피난민들을 구하기 위해 프로이센 항구에서 선박 여러 채가 오가고 있었거든. 그중 한 채에 착륙해 보기도 했지만 이미 수용 인원을 초과한 상태라 잠시 한숨 돌리고는 다시 하늘로 날아올랐지. 그때 나는 앞으로는 비상 상황이 아니면 바다를 건너는 비행은 하지 않기로 마음먹었단다. 장거리 여행은 비행기를 타는 편이 훨씬 좋아.

어느 날은 눈의 통증이 심해져서 독일군이 주둔하고 있는 제법 큰 덴마크령 섬에 착륙했지. 그런데 독일군이 계속해서 항복하지 않자 소련이 폭격을 시작한 거야. 나는 재빨리 다시 날아올라 막 깔리기 시작한 어둠 속에서 서쪽에서 날아오는 위협적인 전투기를 피해 남서쪽으로 향했지. 나는 화염으로 불타오르는 도시와 상대 공군의 레이더망을 교란하기 위해 이리저리 날아다니는 비행기가 만들어낸 수백만 개의 비행운을 보았단다.

우여곡절 끝에 마침내 나는 함부르크에 도착했어. 내가 알던 그

도시는 엄청나게 아름다웠건만, 전쟁으로 형편없이 망가졌고 공격은 여전히 계속되고 있었지. 나는 허기와 갈증이 심한 데다 잠시 휴식을 취하기 위해 임시 착륙을 시도했어. 아직은 영국군이 점령하기 전이었지만 이미 엄청난 위세로 주변을 포위하고 있었지.

사랑하는 마틸다, 어떤 멍청이가 일단 적대 행위를 시작하면, 그걸 끝내기 위해 그보다 훨씬 더 많은 노력을 들여야만 한단다. 그때 내 앞에 나타난 광경이 그것을 증명해 주었지. 독일인 세 명이, 정확히 말하자면 군인 두 명과 민간인 한 명이, 백기를 들고 영국군 쪽으로 걸어가는 모습이 보였어. 그들은 어떤 공장에 대한 폭격을 막고자 책임자를 찾았지. 그 공장은 육군 병원으로 사용되고 있었는데, 포로로 잡힌 영국군도 몇 명 누워 있었단다. 하지만 하필이면 얼마 전 독일군이 영국군의 동태를 염탐할 목적으로 백기를 악용한 적이 있었던지라 그들은 모두 총에 맞고 말았어. 그래도 목숨은 건져서 포로가 되었단다. 나는 투명인간이 되어 그들의 말과 생각을 엿들었어.

그들에게 악한 의도는 전혀 없었고, 실제로 육군 병원만은 쏘지 말아달라고 간청하기 위해 함부르크 주둔 사령관으로부터 전권을 위임받은 자들이었어. 그들은 이런 사정을 털어놓았지만 젊은 영국 장교는 이들의 말을 믿지 않았지. 나는 장교의 머릿속도 읽을 수 있었다. 하지만 쉽지는 않았어. 그가 언어로 생각하는 것은 절반밖에 읽지 못했으니까. 하지만 이 젊은이의 머릿속에는 아주 선

명한 장면이 들어 있었단다. 그는 이해력이 빨랐고 솔직하고 총명
하면서도 매우 신중했어. 베를린에서는 이런 사람을 '똘똘하다'고
하지.

처음에 그의 뇌는 이 사건을 어떻게 해결할 수 있을까에 대한
정보로 가득했어. 적진에서 넘어온 세 사람을 믿을 만한 근거는
전혀 없었단다. 하지만 그는 사람을 기꺼이 믿어줄 줄 아는 사람
이었고, 내 눈에도 그렇게 보였어. 그는 자신의 상관이 이미 공중
폭격으로 함부르크를 궤멸할 준비를 하고 있음을 알고 있었지. 사
령관은 마지막까지 남아 있는 미치광이들을 상대로 시가전을 벌
이느라 영국군을 잃고 싶지 않았던 거야. 나는 장교 옆에 바짝 붙
어 그의 목소리로 말했어.

"용기를 내! 민간인을 믿어보자. 그는 신뢰할 수 있잖아."

그의 눈에는 아무도 보이지 않았기에 그는 자기 내면의 목소리
라고 생각했지. 살다 보니 이렇게 신기한 일도 있구나 싶었던 거
야. 그렇게 나는 함부르크 구출 작전에 힘을 보탰단다. 장교는 독
일인 민간인을 불러 영국군 사령관의 서신을 함부르크 전투 사령
관에게 전하라고 했어. 서신에는 전투 없이 그 도시를 점령할 수
있도록 공정한 협상을 진행하자는 내용이 담겨 있었지. 이런 메시
지를 전달하는 것은 목숨을 담보로 해야 하는 일이었다.

그 민간인, 즉 나이 지긋한 한자동맹의 상인은 아직도 독일 정
권에 미련을 버리지 못한 미치광이들에게 이 서신이 발각되면 그
자리에서 목이 달아난다는 것을 잘 알고 있었지. 하지만 그에게는

용기와 책략이 있었고, 흰 깃발을 몸에 두른 채 방어선을 뚫고 들어갔다. 서신을 받은 독일군 사령관은 이성적인 사람이었다. 그는 제안을 받아들여 항복했지. 결국 함부르크의 교통경찰들이 영국군 탱크가 시청까지 들어갈 수 있도록 길을 안내했단다.

그 두 사람, 똘똘한 영국인과 나이 든 함부르크 시민의 공을 기리기 위해 동상을 세운 것은 당연한 일이었어. 정치인들은 그 동상을 보는 모든 사람들이 그들의 이야기를 알게 되기를 바랐지. 하지만 그 일이 어떻게 가능했는지를 제대로 아는 사람은 아무도 없었어. 우연히 그 일에 마법사가 끼어들었다고 생각한 사람도 없었다. 우리가 그런 일에 개입하는 경우가 흔한 일은 아니니까.

몇 년 뒤 나는 그 장교를 다시 만났어. 그는 당시에 누군가 말하는 소리를 들었다고 했지. "용기를 내!"라는 소리를 들었는데, 아마도 스코틀랜드 출신 할아버지의 목소리였던 것 같다고 했어. 그제야 나는 내 영어 발음에 스코틀랜드 억양이 섞여 있다는 걸 깨달았다. 당연했지. 나는 영어를 매킨토시에게 배웠고, 그녀는 스코틀랜드 사람이니까.

함부르크에서 전투가 멈추자 나는 이제 위험 없이 날아갈 수 있겠구나 짐작했다. 독재자가 마지막 광란의 발작을 일으킨 후 자살을 했다는 소문이 공공연하게 퍼졌거든. 그래서 나는 더 이상 바벤첼러의 충고를 따르지 않고 곧장 남쪽으로 직행해서 마침내 엠마가 있는 곳으로 향할 수 있었지. 도중에 단 이틀 만에 절반이 날아간 어느 대도시에 도착했단다. 폭탄이 휩쓸고 간 자리는 쳐다보기 힘들 만큼 흉측한 모습이었지. 많은 사람들이 병들고 쇠약했기 때문에 체류하거나 일자리를 구하는 데 공식 서류 같은 것은 필요 없었어. 많은 사람들이 절실한 마음으로 암시장에서 서로에게 필요한 것을 구했지. 때로는 좀더 좋은 흥정이 이뤄지기도 했고, 때로는 더 무자비한 대우를 받기도 했지.

폭격이 끝난 뒤에도 엄습한 위기감과 절망감은 사그라질 줄을 몰랐다. 많은 이들이 스스로 목숨을 끊었어. 대개는 범인들이었지만, 간혹 특별한 악의 없이 악인들을 도왔던 사람들도 있었어. 마틸다, 너도 알 거야(아니, 모르기를 바란다)! 네 주위에서 수천 명이 죽어나간다면 너 또한 삶의 의욕을 잃고 만다는 것을.

나는 투명인간으로 변신하지 않는 대신 까마귀 크기로 몸집을 줄였지. 그래도 위험한 여정이었다. 여전히 총알이 빗발칠 때가 많았거든. 바벤첼러의 충고가 옳았던 거지. 저공형 비행기들이 돌아다니면서 탑재된 무기로 사람들을 하나씩 사냥했지. 한번은 땔감을 모아 자전거에 싣고 집으로 돌아가던 작은 남자아이에게 총을 쏘더구나. 내가 그를 구하러 내려갔을 때는 이미 손쓸 도리가 없었어. 그의 마지막 생각을 읽은 것이 내가 할 수 있었던 최선이었지. 아이는 어른이 되어 무시무시한 사람이 되고 싶어 했어. 그래서 자신을 쏜 비행사를 찾아내기를 바랐단다.

나는 더 이상 지체할 수 없어서 다시 비행을 계속했다. 한번은 교회 종탑 위에서, 또 한 번은 나뭇가지 위에서 휴식을 취한 것 외에는 계속 날았지. 추위도 배고픔도 피로도 개의치 않고 날다 보니 저녁 무렵 바서부르크에 도착했단다. 그리고 깜짝 놀랐다. 그 도시 위로 엄청나게 많은 비행기들이 윙윙대며 날아다니고 있었던 거야. 귓전에는 경보 사이렌이 쩌렁쩌렁 울렸다. 공중폭격 예보인가? 나는 절망에 빠져 서둘러 가족들을 찾았어. 죽더라도 가족과 함께 죽고 싶었으니까. 하지만 폭탄은 하나도 떨어지지 않았어! 엠마를 보호해 주던 마법이 폭탄을 떨어뜨리는 것까지 막아낸 걸까? 아니, 그때는 몰랐지만 사실은 그 무렵 매일 비행기가 만곡을 그리며 하늘을 날았어. 영국으로 귀향하려고 모인 비행기들이었지. 비행기에 실려 있던 폭탄은 오래전에 모두 독재자가 절벽에 요새를 지어놓은 잘츠부르크 북부에 쏟아부었단다. 그는 거기서 간신히 살아남아 다른 식으로 죽어버렸지. 하지만 아마도 비행사들에게는 그 소식이 전해지지 않았던 것 같았어.

우리 집 현관 앞까지 날아갔을 때, 비행기들은 이미 자취를 감춘 뒤였어. 나는 파흐로크의 모습으로 돌아와 문을 두드렸지. 자정이 지난 시각이었단다. 내 심장은 미친 듯이 뛰었어. 사랑이 심장을 펌프질하고 있었어. 어떻게 해도 진정되지 않았단다.

엠마는 그렇게 많이 놀라지 않았어. 내가 돌아오고 있다는 소식을 이미 바벤첼러에게 들었기 때문이지. 하지만 재회의 기쁨만으로도 우리는 다리에 힘이 풀려버렸어. 우리가 함께 누울 수 있다는 것이 좋았어. 나는 꽁꽁 언 몸이 따뜻해질 때까지 엠마를 힘껏 껴안고 있었지. 그리고 몸이 풀리자 억누르고 있었던 피로가 엄습했다.

곯아떨어진 나는 다음 날 오후까지 잠을 잤단다. 아빠가 돌아왔다는 소식을 들은 아이들은 넷이서 침대를 둘러싸고 나를 지켜보았어. 내 외모가 조금 달라 보이기는 했겠지만 그래도 아이들은 내가 그들을 사랑한다는 것을 분명히 알고 있었지. 엠마가 커피를 들고 들어왔어. 나는 그녀에게 혹시 커피 원두를 만들어내는 마법을 배웠냐고 물었다. 엠마는 그런 마법은 없다고 답했지. 그녀는 정당의 지역 사무실을 찾아가 네 아이의 엄마 자격으로 그 도시를 연합군에 순순히 넘겨줄 것을 요청하려고 했대. 마법의 보호하에 그렇게 할 수 있었지. 하지만 막상 사무실에는 아무도 없었고 커피만 남아 있더라는 거야.

"아이젠하우아가 와쪄!"

꼬마 카롤라가 외쳤지. 실제로 용감한 장군이 이끄는 부대가 바서부르크 가까이 와 있었지만 그는 아이젠하워가 아니라 패튼이었다. 그러고는 꼬마가 물었어.

"오늘부터 우리 다시 슈니트비츠가 되는 거야? 아님 계속해서 파흐로크야?"

"물론 파흐로크지. 우리는 이제 평화롭게 지낼 수 있단다."

나는 확신했단다.

오전에 그나들이 무언가를 부탁하러 나를 찾아왔어. 그는 내가 바서부르크에 온 것을 이미 알고 있었지. 그런데 엠마가 나를 깨우지 못하게 말렸대. 마치 빙하가 녹은 뒤 가라앉은 퇴적층처럼 뻗었다고. 그나들은 교량 안에 설치된 폭약의 뇌관을 제거할 방법을 물어보러 온 거였어. 최후 승리에 미친 광신자들이 공중전을 벌일 수 없게 되자 말썽을 부릴 다른 방법을 찾아낸 거야. 그들은 며칠 전에도 시내 교량에 폭약을 설치했는데 어떤 용감한 시민이 밤중에 그걸 훔쳐다가 자기 집 마당에 묻어버렸대. 하지만 광신자들은 폭약만큼이나 힘이 남아돌았는지, 또다시 다리에 지뢰를 설치했어.

엠마는 나를 깨우는 대신 그나들에게 공구함을 들려 보냈단다 (그리고 그건 돌려받지 못했지). 하지만 결국 그 오래된 다리에는 폭발의 흔적이 남게 됐어. 남쪽 끄트머리에 달려 있던 폭약 하나를 잊고 제거하지 못한 거지. 제정신이 아닌 자들의 작당으로 다리는 파괴되었고 패튼 장군의 병사들은 그 다리를 건너려 하지 않았어. 그때 그나들이 나를 좀더 열심히 흔들어 깨웠어야 했어. 나는 마법으로 도관을 최대 100미터 간격으로 끊을 수 있었는데 말이야. 물론 겉으로 드러나는 흔적 없이 할 수 있지.

거실 테이블과 의자는 온통 특이한 지도로 덮여 있었어. 하지만 자세히 보니 나라와 도시는 없고 가로세로로 그어진 선들뿐이었어. 처음에는 항로를 표시한 지도인가 싶었지. 폭격을 피해 배를 타고 도망려고 한 건가? 아니면 마법으로? 하지만 그건 이웃 여자들이 주문한 옷본이었어. 재단은 엠마의 주요 소득원이었단다. 그녀는 옷본을 잠시 들여다보고는 바로 가위질과 바느질에 들어갔지. 옷본을 두 번 볼 필요가 없었단다.

미국인들은 북서쪽 곶으로 상륙해 눈 깜짝할 사이에 우리가 살고 있던 유서 깊은 도시의 시내까지 밀고 들어왔어. 광신자들은 마지막 순간에 항전을 포기하고 줄행랑을 쳤지. 그들은 민간인들에게 구걸해서 얻은 옷을 입고 보트를 훔쳐 강을 건넌 다음 숲속으로 숨어들었지.

그동안 마을에는 소문이 퍼졌어. 죽은 줄 알았던 엠마의 남편이 나타났는데 알고 보니 그 또한 조제프 그루버처럼 직업훈련을 받은 전기기술자더라는 소문 말이야. 그리고 조제프 그루버는 안됐지만 죽었거나 소련 감옥에 갇힌 것 같다고 말했어. 나는 온종일 바서부르크와 인근 도시에서 갖고 오는 라디오를 고쳤단다. 대부분 깨지거나 오래된 보급형 라디오였지. 맞는 부품이 없어서 마법으로 고쳐야 하는 것들도 적지 않았어. 빨리 고쳐달라고 안달하는 통에 그렇게라도 하는 수밖에 없었지. 모두 휴전협정에 서명되었다는 소식이 들리기를 기다리며 뉴스 하나하나에 귀를 기울였다.

그동안 나는 엠마가 어떻게 지냈는지 들었어. 내 소식이 끊긴 2년 동안 그녀는 무엇보다 내가 죽었을까 봐 무서웠다고 했어. 나는 그녀에게 삶이 잠시 중단되는 이른바 '하이스터바흐 현상'에 대해 설명했어. 어떤 충격적인 일을 겪은 다음 바로 비행을 하면 모종의 심적 부담감이 그런 현상을 일으키는 것 같다고 말이다. 엠마는 아이들과 함께 헤쳐나가야 했던 세월들을 이야기했지. 모성 보호 마법은 슈나이데바인과 여타의 위험으로부터 엠마와 아이들을 보호함과 동시에 바서부르크를 벗어나지 못하도록 막았다. 바서부르크를 나서는 순간 모성 보호 마법은 해제되고 말지.

뿐만 아니라 엠마에게는 이 보호 마법이 불편했어. 그녀 말대로 그건 '특별 대우'니까. 엠마다운 생각이었지. 엠마는 보호받지 못하는, 그래서 온갖 두려움에 시달려야 하는 다른 엄마들을 생각한 거야. 그리고 그녀는 혼자만의 노력과 기술로 고군분투하여 이룬 것들, 이를테면 전기기술자 자격증 같은 것을 자랑스럽게 생각했지. 필요한 전문 지식을 습득하는 데는 학습 마법이, 수공업자 회의소로부터 친절한 대우를 받는 데는 미용 마법을 동원했다더구나.

그녀에게 듣기로는 그나들이 진짜 삼촌처럼 아이들을 잘 보살폈대. 펠릭스와 축구를 어찌나 열심히 했던지 신체장애가 연극이 아니냐는 의심까지 샀다는구나.

나는 엠마 곁에 다시 머물 수 있어서 한없이 행복했단다. 그것도 파흐로크의 신분과 모습으로 말이야. 다른 사람들처럼 저공비행기와 총소리가 사라진 자리를 채운 기적 같은 고요함을 만끽했지. 나는 블뤼트너 씨에게 연락을 취해 모성 보호 마법을 풀어달라고 요청했어. 이제부터 내가 가족들을 보호하겠다고 했지. 그리고 얼마 후 마침내 독일제국은 항복했단다.

항복했다고 해서 자유가 도래한 것 같지는 않았어. 많은 사람들이 그건 '붕괴'에 가깝다고 말했지. 마치 지진에 건물이 무너진 것처럼. 혹은 '패배'라고도 했어. 하지만 그 어떤 말로도 지옥의 나락으로 추락한 그때의 상황을 제대로 표현할 수는 없었어.

엠마는 바벤첼러에 관한 얘기도 들려줬어. 처음에는 그가 너무 무서워서 왜 모성 보호 마법이 그에게는 작동하지 않는지 자문해 보았다더구나. 하지만 언젠가부터 그녀는 그가 나의 친구이며, 우리를 돕고 싶을 뿐이라는 말을 믿게 됐다고 했지.

나는 그 말을 듣고 깜짝 놀랐어. 바벤첼러가 나를 친구라고 불렀다고? 나는 그에게 감사하긴 했지만 그래도 친구라고 생각해 본 적은 없었거든. 기껏해야 친구처럼 행동한다고 생각한 정도였지. 사랑하는 마틸다, 때론 그저 받아들여야 하는 일들이 있단다. 일일이 그 이유를 댈 수 없다 하더라도 그저 수용할 수밖에 없는 것. 가끔 친구 관계가 그렇단다. 그런 일들 중에 가장 소중한 일이지.

"바벤첼러가 당신을 어떻게 도와줬어?"

나는 엠마에게 물었어.

"그 사람이 당신을 수소문했고, 결국 찾아내서 나에게 알려줬잖아! 그리고 마법으로 배급표도 만들어줬지. 뭐, 쓸 일은 거의 없었지만."

"또 다른 건?"

"다른 거, 뭐? 제발 내 생각을 읽을 생각이랑 말아줘! 바벤첼러가 나에게도 생각 읽기 마법을 가르쳐줬거든? 보호 마법에 보태라고. 그런데 이제 그 마법을 당신을 상대로 쓰게 생겼네? 당신이 내 머릿속을 속속들이 알아야겠다고 마음먹은 것 같으니까 말이야."

그녀는 울음을 터뜨리기 직전이었어. 적어도 내가 눈치채기로는. 나는 그녀를 안고 입을 맞추며 용서를 구했지. 전쟁은 불행과 죽음을 퍼뜨렸을 뿐 아니라 불신과 어리석음도 만연하게 했지. 전쟁은 또한 사랑의 마법을 망가뜨렸어. 마법사 사이에서도, 보통 사람들 사이에서도. 다시 돌아온 이후 서로를 믿는 가운데 말하지 않아도 정서적 일치를 이루었던 우리의 관계에 일종의 접촉 불량이 생겼다. 하지만 얼마 지나지 않아 관계는 다시 정상으로 돌아왔지. 나는 오직 엠마의 눈을 통해서만 그녀의 생각을 읽었고, 그녀에게도 비밀을 가질 자유를 주었어. 비밀이라고 해봤자 사소한 것에 지나지 않을 거라고 생각했지. 나는 마법의 도움 없이 소중한 것을 깨달았고, 우리 사이도 원래의 무조건적인 사랑을 되찾았어. 전쟁이 끝난 뒤 모든 연인들에게 찾아온 선물이었지.

엠마는 바느질로 가족의 생계를 책임졌다. 전파상을 운영할 수 없게 된 나는 벌이가 없었어. 엠마는 방수포, 커튼, 낙하산 천, 이불보, 군용 모포 등 온갖 것을 자르고 꿰매서 속옷부터 드레스, 겨울 코트를 만들어냈지. 하지만 문제는 낡아빠진 기계식 재봉틀이었다는 거야. 나는 전자식 재봉틀을 만들었지만 하루에 몇 시간씩 단전되는 상황에서는 별 쓸모가 없었지. 엠마는 전쟁 중에 포스피스칠의 도움을 받아 할 수 있는 모든 마법 능력을 계발했어. 아이 넷을 먹여 살려야 하는 싱글맘이었으니까. 그리고 그 능력들은 전쟁 전보다 후에 더 쓸모가 많았지.

엠마는 보이지 않는 부엉이로 변신한 다음 도시 이곳저곳을 날아다니며 대화를 엿들었다. 어디에 뭐가 있는지 알아낸 것이지. 매가 되어 드넓은 대지를 가로지르기도 하고, 영국 사냥개가 되어 구석구석 냄새를 맡고 다니기도 했대. 그녀는 바서부르크에서 산딸기나 버섯이 나는 장소, 아직 쓸 만한 전선이 남아 있는 폐차, 자연산 명이나물밭 등을 빠짐없이 찾아다녔지. 전리품도 그녀의 눈을 피할 수는 없었지. 모포로 덮어놓은 트럭 짐칸에서 감자와 아스피린을, 숲 속 야전 취사장에서 수프 재료가 담긴 커다란 양동이를 발견했어. 우리는 커다란 자루에 그것들을 담아 와서 암시장에 내다팔았지. 나는 엠마가 그런 일을 나보다 훨씬 더 잘해 내는 것을 보고 놀랐단다.

'생계형 범죄', 우리가 한 일을 설명하기에 너무 각박한 표현이구나. 나는 그것을 '생계 마법'이라고 불렀단다.

봄날 어느 일요일, 꽃밭을 산책하던 나는 미군 두 명에게 붙잡혀 사령부로 끌려갔어. 정당 당원으로 활동했거나 그보다 더 나쁜 짓을 했을지도 모른다는 혐의를 받았지. 내가 전쟁 중에 어디에 있었으며 전쟁 막바지에 어디에서 나타났는지 아무도 몰랐으니까. 심문을 받았지만 진실을 얘기할 수는 없었기에 저항군으로 활동하다가 추적을 피해 도망쳤다고 설명했지. 그들은 내가 언급한 겝하르트 숲과 슈니트비츠라는 이름이 실제로 있는지 확인했어. 나는 가족을 바서부르크로 옮겨 놓고 나 자신은 불법적으로 살면서 목숨을 부지했다고 말했지. 이름을 댈 수 없는 '선한 사람들'이 나를 숨겨줬다고 말이야. 내 답변은 반박당했고, 심문자는 만족스럽지 못한 표정이었어.

그때 어디선가 상급자가 나타났지. 뿔테 안경을 끼고 새치가 성성한 거구의 남자였어. 그가 웃으며 "이자는 내가 데려가지"라고 말했어. 아인트라흐트 슈트라세에 살던 '꼬마 야콥'이었지! 적당한 시점에 미국으로 건너간 그는 미군 장교가 되어 독일로 돌아온 거야. 그는 독일인들의 심중을 떠보라는 임무를 맡았지. 그는 내이야기를 모두 믿었고 슈나이데바인에 관해 물었어. 나는 그가 어디에 숨었는지 전혀 알지 못했어. 다른 모습으로 변신해 추적을 피했을 거라는 심증은 있었지만, 마법사가 아닌 야콥에게 말할 수는 없었지. 무엇보다 슈나이데바인의 도피가 오래가지 못하리라는 것을 잘 알고 있었어. 그의 국가가 사라진 마당에 슈나이데바인이 본래 모습으로 이 땅에서 살아가는 건 불가능에 가까웠으니까. 어쩌면 쥐로 변신한 다음 남미로 향하는 배에 올라타 이민을 시도할 수도 있다고 생각했어. 다른 사람에게 빼앗거나 훔친 돈을 싸들고 가서 대농장을 사들일 수도 있겠지. 그런 짓을 하고도 남을 인간이었으니까. 다만 그의 대농장이 번창할 수는 없겠지만.

야콥은 이제 제임스가 되었어. 하지만 나에게는 야콥으로 불리기를 원했지. 엠마가 나를 만나러 왔을 때 그는 진심으로 기뻐하면서 커피를 가져다주고 이것저것 질문을 던졌어.

한동안 우리는 '독일인들'을 주어로 대화를 나눴어. 그러던 중 대량 학살에 책임을 느끼는 사람이 많은 것 같으냐는 야콥의 질문에 우리는 결국 '독일인들'에 관해 이야기하는 것을 그만두기로 했지. 엠마는 다음과 같이 대답했어.

"제가 아는 사람들 중에는 거의 없어요. 거의 모든 사람들이 아무것도 몰랐다거나, 명령을 무조건 따라야 했고, 모든 상황을 받아

들여야만 했다고 말했죠. 그러지 않으면 자기 가족들이 위험해지니 어쩔 수 없었다고 말이에요."

"정말 그렇게 위험했나요?"

"공포심을 자극하기에는 충분했죠. 하지만 더 나쁜 것은 그렇게 많은 사람들이 그 일에 진심으로 동의했다는 사실이에요. 물론 그 엄청난 일을 전부 알고 있었던 것은 소수였어요. 하지만 많은 사람들이 어느 정도는 보고 들었고, 그것만으로도 무슨 일이 벌어지고 있는지 확실하게 알 수 있었어요."

"누군가는 자신에게 책임이 있다고 느끼나요?"

"몇몇은 남몰래 혼자 그러리라고 믿어요. 하지만 전쟁으로 폐허가 되고 곤궁해지면서 사람들 대부분이 그것만으로도 충분히 벌을 받았다고 생각하죠. 그들은 이제 과거는 접고 앞으로 나아갈 때라고 말한답니다."

야콥은 살인범과 부역자들을 붙잡아 벌을 줘야 한다고 굳게 믿고 있었단다. 또한 독재자가 발작을 일으키듯 죽어버렸는데도 아직까지 암암리에 그를 추종하는 사람들을 속속들이 찾아내고자 했어.

"우리가 물어보면 다들 순박하게 대답해. 마치 민주주의자와 박애주의자만 살아남은 것 같더군. 사람의 생각을 읽을 수만 있다면……."

야콥이 혼잣말을 하듯 하자 나와 엠마는 미소 띤 얼굴로 서로를 바라봤지.

내가 물었어.

"그럴 수 있다면 어떻게 하고 싶은가? 여전히 유대인 박해와 독재가 옳다고 생각하는 자들을 알아낼 수 있다면 말이야."

"생각을 읽은들 법정에서 증거로 채택될 수 없어. 그건 나도 잘 알아. 하지만 그렇게 생각하는 사람을 집중적으로 감시할 수는 있겠지. 그리고 비상 상황에서는 그가 요직에 앉지 못하도록 훼방을 놓아야지. 자네라면 어떻게 하겠나?"

"사람은 교육할 수 있다네. 그리고 교육은 그런 사람들도 바꿀 수 있지. 나라면 좋은 학교를 세우고 좋은 신문사를 만들겠네. 영양 공급도 충분히 해야겠지. 배가 고프면 공부가 안 되니까."

"좋은 생각이군. 구체적으로 그런 사업을 해볼 수도 있겠군."

하지만 나는 그가 예의상 하는 말이라고 생각했어. 건강한 이성을 가진 사람이라면 누구나 그 정도는 생각할 수 있고, 당시 미국에는 건강한 이성을 가진 사람들이 많았으니까.

야콥은 빠른 시일 내에 내가 자유의 몸이 되어 다시 일을 할 수 있도록 신경 써줬지. 그리고 바로 그해 뮌헨에서 독일인들을 위한 아주 진지하고 좋은 신문이 미국인들에 의해 창간되었어. 발기인 명단에는 야콥의 이름도 들어 있었지. 나는 여러 번 신문사를 찾아갔고, 그때마다 그는 내게 담배 한 가치를 건넸어. 그때는 담배가 돈보다 귀했단다.

나는 기계를 고쳐주고 수리비로 돈보다 먹을 것이나 담배를 받았어. 나는 담배를 피우지 않는데도 말이야. 한번은 제과점에서 아이스크림 기계를 고쳐준 적이 있다. 주인이 수리비를 낼 돈이 없다기에 나는 온 가족이 30분간 아이스크림을 먹게 해달라고 했지. 그는 나의 제안을 받아들였고 나는 그가 완전히 낚였다고 확신했다. 아이들은 숟가락을 바닥에 내려놓지 않고 줄기차게 아이스크림을 먹어댔으니까. 그중 티투스가 유독 많이 먹었어. 그리고 집으로 돌아오는 길에 티투스가 물었지.

"모두 먹고 싶은 만큼 실컷 먹은 거지?"

아이들은 온종일 놀았단다. 모든 학교가 몇 달째 휴교 중이었거든. 그래서 우리는 펠릭스, 펠리시타, 티투스를 직접 가르치기로 결심했어. 나는 '아빠 수업'을, 엠마는 '엄마 수업'을 했지. 우리 둘 다 교사 체질이라는 것을 깨달았단다. 이후로 나는 가르치는 기쁨을 절대 잊지 않았고, 점점 더 많은 사람들을 가르쳤어. 성인들에게도 무언가를 전수했지.

그 무렵 열 살이 된 티투스는 어디선가 총알을 주워 왔는데, 우리는 걱정하지 않을 수 없었어. 티투스는 독일군이 총알을 어디에 버리고 갔는지 정확하게 알고 있었지. 얕은 강가였기 때문에 어린 아이도 쉽게 주울 수 있었어. 열다섯 살인 펠릭스가 총알 속에 들어 있는 가루로 '불꽃놀이'를 하지 못하도록 티투스를 말렸기에 망정이지. 우리가 아무리 엄격하게 말해 봤자 제대로 먹히지 않았어. 그래서 나는 화기 기술에 관한 지식을 가능한 많이 모아서 펠릭스와 티투스에게 총알을 금지하는 중요한 이유에 대해 강의했지. 단, 수업 시간에는 불꽃놀이를 허락했단다.

그 수업에서 얻은 감동을 오랫동안 마음에 품고 살았던 것은 의외로 열네 살이던 펠리시타였단다. 그 아이는 나중에 불꽃놀이 개발자이자 폭약 전문가가 되었고, 현직에서 물러난 이후에는 법원에서 감정사로 일했어. 그게 다 아빠 수업 덕분 아니었겠니. 네가 그 아이를 보지 못한 것이 정말 아쉽구나. 생기 넘치고 몸과 마음이 모두 강건한 아이였는데, 벌써 세상을 뜬 지 3년이 되었구나. 나는 그 아이가 자주 생각난단다.

교량에 설치된 다이너마이트를 훔쳤던 남자는 그걸 조금씩 뜯어 난로 불쏘시개로 썼어. 5월인데도 좀처럼 날이 풀리지 않았거든. 그는 백과사전에서 그렇게 해도 된다고 읽었다나 봐. 다이너마이트 조각은 녹아서 검은 죽이 되었고, 커다란 장작에 불이 붙을 때까지 불길을 살렸지. 하지만 그 연기에는 심각한 유독 성분이 포함돼 있다는 사실은 몰랐던 거야. 나는 백과사전에서 그 정보를 읽고 그에게 찾아가 알려줬지. 내 순발력이 한 가족의 건강을 지켰다고 확신한단다.

그리고 한여름이 되었다. 그 여름에는 아이들이 배불리 먹을 수 있을 줄 알았어. 굶주림은 사라질 줄 알았지. 하지만 계속해서 배급표를 받아야 식료품을 살 수 있었고, 그것마저 양이 충분하지 않았다. 우리는 각자 일주일치 빵을 배급받으면 가급적 쥐에게 뺏기지 않을 안전한 장소에 보관했어. 빵 바구니 앞에는 이름 머리 글자를 적어두었지. 그 때문에 카롤라는 아주 오랫동안 쥐들이 알파벳을 읽을 수 있다고 믿었어. 나는 바구니에 알파벳 표시를 하는 대신, 서랍장 맨 꼭대기에 올려놓고 쥐들을 피했단다.

늦가을 무렵에는 어떤 사람들과 함께 살게 됐단다. 뮌헨의 집이 폭격을 맞아 오갈 데 없는 이들이었어. 겸손하고 친절한 사람들이었지. 그들 중 몇몇과는 헤어진 후에도 편지를 주고받았단다. 하지만 애로사항도 없지 않았다. 우리는 그들에게 농촌 생활에 관한 규칙과 지식을 가르쳐주어야 했어. 도시 사람들은 여름에 집을 어떻게 시원하게 만들고, 겨울에는 어떻게 따뜻하게 덥히는지 몰랐으니까. 갈탄 난로 피우는 일을 해본 후에야 그들은 창문을 열어야 할 때와 닫아야 할 때가 있다는 것을 깨달았을 정도야.

우리는 대도시에 살지 않는 것을 다행으로 여겼다. 도시에는 친절한 농부들도, 따도 따도 계속 자라는 야생 버섯밭도 없을 테니까. 1945년 여름에는 버섯이 정말 잘 자랐단다. 버려진 총기와 지뢰 사이로 버섯이 머리를 내밀었지. 자연은 금세 폭력과 전쟁을 극복했어. 가히 밀어내기의 장인 수준이었지. 사람들은 온 힘을 다해 자연을 모방하려 애썼다.

엠마가 나 대신 가게 책상에 앉아 간간이 들어오는 전자 제품 관련 업무를 맡아준 덕분에 나는 그나들과 함께 산에 갈 수 있었어. 그사이 그는 교통경찰 일을 그만두고 개인 운전기사로 변신했단다. 신랑 신부를 교회에 실어다 주고, 임산부를 병원에 데려다주고, 관을 묘지로 옮기는 일을 했지. 문제는 휘발유를 구할 수 없다는 거였어. 그래서 그는 나무 가스로 갈 수 있도록 자신의 고급 승용차를 개조했지. 차 후미에 키 큰 난로가 달렸고, 그 안에서 커다란 장작, 보통은 너도밤나무가 사용되었다. 장작을 때서 자동차를 움직였다는 뜻이 아니야. 장작이 그 아래 있는 숯가마를 데우면 거기서 계속 유독가스가 나와서 내연기관을 작동한 거지. 자동차는 빨리 달리는 자전거를 간신히 따라잡을 정도의 속도를 냈어. 하지만 그마저도 경사로가 길게 이어지면 사람이 차에서 내려 짐칸에 실린 나뭇조각을 추가로 넣어야 했지.

그런데도 우리는 차를 슐레힝 산까지 끌고 가서 아헨 골짜기 아래 세워놨다. 우리의 산행이 끝나는 지점이었어. 그리고 절벽 사이에서 우리는 아주 중요한 일을 했단다. 바로 야생동물을 사냥하는 일이었지. 총기는 항상 차고 넘쳤어. 미군도 숨겨놓은 것을 다 찾아낼 수는 없었으니까. 게다가 그들은 처자식을 먹여 살리겠다고 높은 산까지 타는 불쌍한 사람들까지 추적하지는 않았거든. 노르망디부터 바이에른까지 육로로 걸어서 이동하는 데 질려버린 미군은 이제 지프를 타는 것을 훨씬 좋아했어. 그런데 한번은 산림감시원에게 걸린 적이 있단다. 그나들은 즉시 총기와 사냥감을 든 채 투명인간으로 변신했어. 내가 한 짓보다 훨씬 상식적인 행동이었지. 나는 총을 놓아두고는 까마귀로 변신했거든. 그나들은 감시원이 총을 조사해 보고 나를 찾아낼 수도 있었다고 꾸지람을 했지. 그리고 새로 변하려거든 이왕이면 천연기념물로 변신하라고 부탁했어.

나는 사냥을 그리 좋아하지는 않았단다. 생명을 죽이는 것은 내

성향과 맞지 않았지. 내가 전선에서 도망친 것도 그 때문이었어. 거기서는 무조건 사람을 죽여야 했으니까. 그래, 사람과 동물은 다르다고 말할 수도 있어. 이런 생각이 사상의 역사에서 주축이 되곤 하지. 비록 말은 못하지만 많은 동물들이 호모사피엔스와 몇 가지 공통점이 있단다. 그러니 나는 동물을 죽이는 일이 내키지 않았고, 결코 사냥에서 즐거움을 느낄 수 없었어. 내가 죽인 동물이 수사슴이나 영양, 노루로 변신한 마법사일 수도 있다는 생각은 차치하고서라도 말이야. 완벽하게 어깨뼈를 관통하고 보니 동료를 살해한 거였다면! 상상만 해도 끔찍하구나.

그나들은 내 거부감을 없애주려고 노력했어. 그는 재산과 국가 개념이 생기기 전부터 존재했던 평범한 사람들의 살 권리까지 들먹이며 나를 설득했지. 그럴 때 그는 경찰이 아니라 바이에른 상남자였단다. 그는 그 일의 사회적 측면을 강조했어. 예로부터 존경받는 무법자들은 사냥감의 일부를 굶주리고 가난한 사람들에게 나눠 줬다고 말이야. 미풍양속의 하나라고도 말했어. 불법이긴 하지만 범죄는 아니고, 높은 차원에서 보자면 오히려 합법이라고.

그 일이 범죄가 될 수도 있다는 것은 아무 문제도 되지 않았다. 가족을 배불리 먹일 수만 있다면 말이야. 그리고 나는 기꺼이 사냥감을 다른 사람과 나눠 먹었어. 하지만 사지를 뻗은 채 죽어 있는 영양이나 노루를 보면서 낭만 따위를 느낄 수는 없었지. 내가 사냥에 나선 것은 그게 필요했기 때문이야. 그리고 얼마 지나지 않아 그 일을 그만둘 수 있게 되어 정말 기뻤단다.

죽은 조제프 그루버의 창고에서 정말 기묘하게 생긴 통을 발견했거든. 통 안에는 호스와 나선형 유리관이 들어 있었어. 그리고 책장에 꽂힌 성경책 바로 옆에서 증류법을 자세히 적어놓은 문서도 찾았단다. 그루버는 증류주 만드는 방법을 알고 있었던 거야. 나는 거기에 적힌 모든 것을 배웠지. 아빠 수업에서 가르칠 만한 주제는 절대 아니었지만, 내가 만든 과일주는 당장 필요한 모든 물건들과 교환할 수 있었어. 물론 사슴 다리와도 교환했지. 이후로는 아내와 아이들을 모두 데리고 산에 갔단다. 불온한 산행은 그렇게 끝이 났어. 하지만 불온의 기운이 아예 사라진 것은 아니었지. 정상에서 땀을 식히던 중 느닷없이 티투스가 크면 밀렵꾼이 되겠다고 말한 거야. 산림감시원은 어떠냐고 했더니, 그건 절대 안 한다더구나.

1945년부터 1946년 사이의 겨울은 혹독하고 끔찍했단다. 많은 사람들이, 심지어 미군 점령지에 살던 사람들도 굶어 죽었지. 영양 보급 프로그램이 제대로 작동하지 않았거든. 그다음 겨울이 되어서야 미국에서 온 식료품 소포가 풀렸고, 1947년이 되어서야 학교 급식이 제대로 공급됐다. 굶어 죽을 뿐 아니라 얼어 죽기도 했지. 우리에게는 뒷마당에 쌓아놓은 장작더미가 남아 있었지만 누군가 매일같이 훔쳐갔어. 석탄은 거의 없었다. 엠마가 포스피스칠에게 불을 지피지 않고도 금속판 달구는 방법을 배워놓은 게 얼마나 다행이던지. 몇 년 전에 슈나이데바인이 나를 위기로 몰아넣었던 바로 그 마법이었어. 그리고 몇 년이 지나 우리에게 아주 유용한 능력이 되었지.

그 무렵 처음으로 나일론 스타킹을 신어본 엠마는 그 물건에 푹 빠져버렸단다. 솔기 접힌 부분이 없는 스타킹은 그녀의 쭉 뻗은 다리를 더욱 돋보이게 했어. 그 모습을 바라보는 것은 내게도 즐거움이었지. 하지만 나일론은 미군에게 직접 구하거나 아니면 암시장에서만 살 수 있었다. 나는 나일론이 너무 비싼 값에 팔리는 데 항상 불만이었어. 스타킹 한 장에 담배를 몇 개비나 내다 바쳐야 했단다.

그래도 엠마에게 올 풀린 스타킹을 손으로 당겨 넣는 기술이 있어서 얼마나 다행이었는지 몰라. 그녀는 스타킹의 올이 풀려서 당황하는 일이 없도록 친구들의 것까지 손봐 주기도 했단다. 시간이 지난 후에는 스타킹을 향한 열정이 하이힐로 옮겨 갔지. 그때 엠마는 이미 아무것도 없는 상태에서 물건을 만들어내거나, 이미 존재하는 물건을 다른 물건으로 바꾸는 마법까지 능통한 상태였어. 그래서 심지어 걸어가면서 신발을 이리저리 바꿔 신기까지 했단다. 나는 그러다 남의 눈에 띄고 말 거라고 경고했지.

1948년 카롤라가 학교에 들어갔다. 펠릭스는 고등학교 졸업시험을 앞두고 있었고, 티투스는 난생처음 사랑에 빠졌지. 그 애는 첫사랑에 대해 한마디도 하지 않으려 했어. 심지어 그 상대에게조차. 하지만 가끔 귀가 빨개진다는 것과 머릿속에 대수학이 들어갈 틈이 없다는 것만으로도 그 애가 사랑에 빠졌다는 것을 눈치챌 수 있었단다. 어느 날 나는 티투스를 가르치고 있었는데, 그 애는 아빠의 과외가 끝나면 마음에 둔 소녀에게 말을 걸어볼까 저울질하던 참이었어. 내가 수학 문제를 푸느라 열을 올리는 내내 티투스는 다른 나라에 가 있었지.

티투스가 초등학교에 들어가서도 '0'의 개념을 이해하지 못하는 것을 보고 오히려 대단한 과학자가 되지 않을까 하는 희망을 품었으나, 그게 천재성의 표시가 아니었다는 것을 스스로 증명하고 있었지. 아버지이자 기술자로서 왠지 모를 배신감을 느끼기도 했지만 나 자신을 달랬단다. 그 아이는 그저 사냥꾼이 되고 싶다고 했고, 언젠가 한번은 고산지대의 목동이 되겠다고 한 적도 있어. 아들들은 제 인생을 스스로 정하도록 내버려둬야 하는 법이야. 딸들도 마찬가지지. 어차피 결국 제 맘대로 하게 돼 있으니까.

그 시절 사람들은 누가 독재자의 추종자였는지 따지는 데 큰 관심을 보이지 않았다. 대신 다른 데 정신이 팔려 있었지. 밀가루 한 포대, 석탄 한 양동이, 그리고 혹시 구할 수 있을지 모를 햄 덩어리 등등. 무엇보다 사람들은 다시는 전쟁을 겪고 싶지 않았고, 군인 따위는 절대 되지 않겠다고 마음먹었어. 정치에도 관여하지 않으려고 했지. 누구보다 젊은이들이 정치는 거짓말로 지은 성에 지나지 않는다는 사실을 몸으로 느낀 직후였으니까. 사람들은 다른 꿈에 매달렸다. 마당이 딸린 집을 갖는 소소한 행복 말이다.

현실은 정말 우울했어. 고향으로 돌아온 가장 중 다수가 부상을 입은 상태였고, 의욕이 소진되었으며, 자율성을 상실한 상태였지. 종종 과장된 의욕으로 잃어버린 것들을 되찾으려 애쓰는 사람들도 있었단다. 어찌 됐든 그들은 전선에서 익힌 습관대로 하나같이 담배를 피워댔어. 담배는 유일한 지불수단이었지. 가족이 굶주리고 추위에 시달리는 동안에도 남자들은 돈에 불을 붙여 연기로 날려 보냈단다. 어떤 사람들은 술독에 빠져 살기도 했어.

그동안 나라는 두 개로 나뉘었어. 바서부르크는 서쪽에 속했지. 우리는 옛날 친구들과 연락을 취할 수가 없었단다. 철조망이나 감시탑이 아무런 문제가 되지 않는 마법사들에게도 마찬가지였지. 우리가 가진 모든 능력에도 불구하고 가정이나 직장에서 오랫동안 외톨이로 살 수는 없단다. 그런 이유에서 동쪽의 마법사들은 당장 공산주의를 확산하고자 열심히 노력했고, 서쪽에 살던 우리는 견고하고 사회적인 자유주의 편에 섰지.

나는 작센 지방에 살던 블뤼트너 씨와 연락하는 데 성공했어. 나는 옛날 친구들을 다시 불러 모을 작정이었지. 그러려면 먼저 살아남은 유럽의 마법사들 명단이 필요했어. 그나들이 갑자기 찾아와 산에 같이 가자고 했을 때 나는 'K' 색인을 열어 카루프너, 카루쉐, 카루차까지 써넣던 참이었어. 내가 주저하자 그동안 명단에 써넣은 모든 이름이 사라졌지. 훼방 마법의 하나였고, 나에게는 그것을 이길 능력이 없었단다. 그나들은 내가 뭘 하는지는 몰랐지만, 그래도 동서의 마법사들을 하나로 모으겠다는 생각은 포기하라고 충고했지. 마법사들도 결국 개인에 불과하다면서 말이야. 하지만 나는 설득당하지 않았단다.

세인트 폴리카프에서 만났던 동료들 중 몇몇은 그사이 세상을 떠나고 없었어. 알루츠와 매킨토시 등 몇몇은 미국으로 이민을 갔지. 그들은 가끔 여러 겹으로 포장된 식료품 상자를 보내왔는데 그 겉면에는 'CARE'라는 글자가 쓰여 있었다. 그 상자들은 세간으로도 유용하게 쓰였지. 나는 지금까지도 그보다 더 튼튼한 상자를 보지 못했어.

세인트 폴리카프 자체도 더 이상 존재하지 않았단다. 블뤼트너 씨가 전한 바에 따르면, 그 비밀의 회합 장소는 정권 편에 선 마법사들에 의해 밀고당했고, 그 도시를 보호하던 보호 마법도 깨졌다는 거야. 특히 공산주의는 마법사들을 심하게 배척했어. 애석하게도 일부 공산주의자 마법사들은 자신들이 그 체제에 적응해야 한다고 생각했지. 수도원 도서관은 부분적이나마 보존되었지만 남은 장서들이 어디에 보관돼 있는지 아는 사람은 없었단다. 블뤼트너 씨는 계속 동쪽에 머물겠다고 했어. 서쪽에 사는 우리끼리는 아주 작은 모임밖에 꾸릴 수 없어서 시절이 좀 나아지기를 기다렸지. 팡코의 슐로스제크 선생님 댁에서 기념 현판을 가져오려던 계획도 좌절됐단다. 팡코는 베를린에서도 소련 점령지에 속했기 때문이야. 아마도 현판은 제거됐을 가능성이 높았지. 일단은 이 계획도 시절이 나아지기를 기다리기로 했단다.

시절은 암담했지만 희망마저 사라진 것은 아니었어. 그리고 더 나은 세상을 꿈꾸게 하는 특별한 사건이 벌어졌지. 사람들이 폭탄을 실어 나르던 수많은 비행기로 밀가루나 석탄, 고기를 운송할 수도 있다는 사실을 발견한 거야. 덕분에 서베를린의 출구를 차단해 저항 세력의 힘을 빼고 도시 전체를 전쟁 배상금으로 받으려던 소련의 시도는 좌절됐지. 서구가 점령하던 지역에 새로운 화폐가 도입된 지 하루이틀 뒤였어. 물론 베를린을 배상금으로 넘겨주지 않겠다는 것은 서구 세력의 이해관계에서 나온 결론이었지. 하지만 그 때문에 실시된 공중 보급은 역대급 스케일을 자랑했단다. 내 생각에는 적어도 10년에 한 번쯤은 세상 어딘가에서 그런 일을 벌일 필요가 있는 것 같아. 그러지 않으면 정부도 그런 대단한 일을 벌일 수 있다는 것을 잊어버리고 마니까.

폐가는 다시 영화관으로 단장됐고, 파괴된 도시에서도 다시 영화가 촬영됐다. 우리는 할 수 있는 한 자주 영화관에 갔어. 가끔은 위의 세 아이를 데리고 뮌헨까지 가기도 했지. 한번은 프랑스 영화 〈천국의 아이들〉의 야간 상영 시간을 맞추느라 뮌헨의 슈바빙 지구까지 날아간 적도 있다. 우리는 대부분 미국이나 이탈리아, 프랑스 영화를 봤단다. 좋은 독일 영화가 나오면 그것도 봤지.

혼란스럽고 추악하고 폭력적인 시간은 영화에 직접적인 영감을 제공한단다. 그걸 본 사람들은 그 상황에 대해 얘기하면서 자신을 재발견하지. 내가 살면서 세 번이나 경험한 일이야. 전쟁 후 엄혹했던 몇 년간은 분노로 가득했지. 하지만 인내심과 친절함은 죽지 않았단다. 전쟁 직후 제작된 영화들은 주로 그런 현실을 보

265

여줬어. 그러면서도 살인자들이 여전히 우리와 함께 살고 있는 현실을 미화하지는 않았지. 많은 사람들이 이미 늙거나 병들거나, 홀로 되거나 혹은 정신이 훼손되어 지나간 시간을 제대로 처리할 능력이 없다는 것도.

오늘은 영화 이야기를 좀 자세히 해볼까 해. 어제 이리스와 슈테판의 결혼식을 기념하여 20년 전에 그들과 레일란더, 너희 아빠가 다 함께 스코틀랜드에서 찍은 영화를 다시 한 번 봤단다. 나는 언제나처럼 자랑스러운 마음으로 보았지만 너희 아빠를 '존 패록'이라고 부르는 것은 마뜩지 않았어. 하지만 괜찮아. 영화배우들은 자기 이름을 가볍게 여겨야 한다는 것을 이미 오래전에 깨달았으니까. 특히 미국 사람들은 모든 사람들의 이름을 자기 식대로 부른단다. 영화는 훌륭했어. 너무 시끄럽지도, 너무 정신없지도 않으면서도 성격 묘사를 훌륭하게 해낸 점이 특히 마음에 들었다.

영화가 끝난 후에는 동이 틀 때까지 파티가 계속됐어. 내 나이의 절반쯤 먹은 사람들이 지쳐서 침실로 들어가는데도 나는 계속해서 흥겹게 놀았지. 레일란더를 이끌면서 계속 춤도 췄단다. 요즘에는 정말 소수의 사람들만 춤을 추지. 아마도 네가 사는 시대에는 또 달라졌을지도 모르겠구나. 대부분 죽치고 앉아서 먹고, 마시고, 입씨름만 하지. 내 생각에 레일란더는 저녁 내내 주철 의자에 앉아 고작, "오, 당신 영화는 정말 멋져요!"라는 얘기를 듣느니 차라리 108세 노인과 춤추는 편이 훨씬 낫다는 것을 보여주기로 작정한 것 같았어. "멋져요!"라는 말이야 이미 오래전부터 들을 만큼 들었고, 그녀 또한 나처럼 탱고를 사랑했거든.

늦은 밤에는 토론도 했어. 이리스가 영화는 마법 같다고 말했기 때문이야. 진짜 마법사들에게 도전장을 내미는 것과 마찬가지였어. 레일란더와 나는 서로를 바라보며 싱긋 웃었지. 이건 여담이지만 레일란더도 생각을 읽을 줄 안단다. 그걸 알아챈 나는 조심스럽게 저항 마법을 가동했지. 그래서 그녀는 내가 자기를 어떻게 생각하는지 속속들이 정확하게 알지는 못했어. 그래도 짐작은 했겠지.

마지막에는 몇 명만 남아 얘기를 나눴다. 분장과 음향을 담당했던 이리스와 슈테판, 그리고 각본을 쓴 발데마르 3세가 남았지. 그는 1972년부터 1983년까지 나의 충직한 조력자였단다. 너도 그를 만나봤겠지. 그는 카롤라 고모와 나이가 엇비슷하단다. 내 아들은 이미 자러 들어가 버렸지만, 내 곁에는 현재의 조력자 발데마르 4세가 남아 있었다. 나를 집까지 데려다줘야 했던 그는 술을 한 잔도 마시지 못했지만 토론에는 열정적으로 참여했어. 그는 영화를 사랑했고 굉장히 많은 영화를 알고 있었어. 우리는 종종 함께 영화를 보러 가기도 했지. 그는 역대 조력자들 중 최고란다. 그렇다고 충성스러운 조력자이자 겝하르트 숲의 친구였던 발데마르 1세를 잊을 수는 없단다.

영화가 마법이라고? 물론 결론을 낼 수는 없었지. 새벽 4시가 분석하기에 좋은 시간은 아니니까. 슈테판은 좋은 영화는 관객들의 생각과 꿈을 읽을 수 있다고 말했어. 이리스를 제외한 모두가 그건 난센스라고 생각했지. 그건 아마도 텔레비전 방송국의 꿈일 거라고 발데마르가 말했어. 영화는 그 자체로 꿈을 꾸고 소신을 지키면 그걸로 족하다고, 슈테판이 말하는 '그런' 관객은 존재하지 않는다고 말이야.

"꿈이 그렇게 뒤죽박죽이 아니라면, 그리고 그걸 머릿속에서 바로 촬영할 수만 있다면 그거야말로 이상적인 작가 영화라고 할 수 있겠죠. 다만…… 그걸 각본으로 쓰는 동안 그 어떤 방해도 없어야 해요."

레일란더가 발데마르 3세를 바라보며 말했지.

어릴 때 나는 전투와 계략, 위기와 영웅으로 가득한 〈삼총사〉와 프랑스혁명이 뒤섞인 꿈을 꾼 적이 있어. 그런데 자명종이 울려 깨고 말았지. 아침을 먹고 학교에 갔다가 돌아와서, 점심을 먹고 다시 침대에 누워 기도했단다. "사랑하는 하느님, 제발 그 프랑스인들이 한 번만 더 꿈에 나타나게 해주세요!" 애석하게도 그런 일은 일어나지 않았고, 나는 온갖 잡다한 학교생활로 가득한 꿈을 꿨지. 그래, 재미있는 꿈을 계속해서 꾸는 마법이 있다면 얼마나 좋을까. 지금이라도 간절히 노력하면 방법이 있을지도 모르지.

전후 시대가 언제 끝이 났다고 딱 잘라서 말하기는 어려워. 논리적으로 따지자면 끝이 없었지. 그저 전쟁 중이나 전쟁 전과 비교했을 때 느끼는 기분의 문제이니까. 하지만 직접적으로 전후 시대가 종결된 날짜가 있기는 하단다. 1948년 독일 마르크화가 도입되던 날이었지. 그건 사람들의 인생을 완전히 뒤바꿔놨어. 그 얘기는 돈 만드는 마법을 설명할 때 같이 하기로 하자.

하지만 그전에도 차츰차츰 복구 작업은 이뤄지고 있었단다. 일단 대규모의 철거와 제거 작업이 필요했지. 그 일을 하는 사람들이 한때 군복을 입은 자인지 아닌지는 누구도 관심을 갖지 않았어.

여기서 '함함함'들이 어떻게 됐는지 짚고 넘어가야겠구나. 주군이 스스로 목숨을 끊은 후 그들은 새로운 이름을 만들었어. 각각 클라인, 쿠어츠, 비셔만이 되었지. 비셔만은 혼자서 어떤 구멍을 찾아 사라져버렸어. 그리고 클라인과 쿠어츠는 '클라인 앤 쿠어츠 주식회사'라는 철거 회사를 만들어 돈을 많이 벌었단다.

'함함함'의 직속 상관이었던 슈나이데바인은 남미로 가서 농장주가 된 것이 아니었어. 나중에 들었는데, 그는 가짜 이름으로 철의 장막 아래서 활약하고 있었단다.

바벤첼러는 자신이 어디에 사는지 말해 주지 않았어. 하지만 1948년 봄, 그가 우리 집을 방문했고 산책을 하면서 별 뜻 없이 나눈 학교 급식 얘기에서 나는 실마리를 찾았지.

"우리 트라운슈타인에서는 벌써 급식이 재개됐다네."

'바서부르크와 그렇게 가까이 살면서 이제껏 꽁꽁 숨기다니!' 나는 혼자 생각했지. 내 생각을 읽은 그가 키득거렸어.

"좋아, 언제 한번 우리 집으로 오게나. 그런데 오전은 안 돼. 수업이 있으니까."

고등학교 선생님인가? 솟구치는 궁금증을 억누를 수가 없었어.

"과목이 뭐죠? 고대언어인가요, 아니면 체육?"

"우리 집에 오면 말해 주겠네."

과목을 말해 주는 게 그렇게 힘든 일인가? 혹시 미술 선생님, 아니면 독일어인가? 아니면……. 내가 머리를 굴리는 사이 그는 주제를 바꿔 머잖아 있을 화폐개혁에 대해 이야기했어. 그는 곧 물건을 구매할 수 있는 화폐가 등장할 거라고 했지. 그러면서 내게 돈 만드는 기술이 생길 나이가 되었으니 그것도 가르쳐주겠다고 했어.

나한테는 그 조짐이 보였는데, 엠마는 아직 아니었지. 종이에 손을 대면 자꾸만 이상한 일이 생기는 것이 돈 만들기 마법의 조짐이란다. 특히 고요한 장소에서 그런 현상이 나타나지. 내 경우에는 두루마리 휴지에서는 아무 일도 일어나지 않았고, 손끝으로 잡아끌다가 찢어진 신문지 조각에서 이상한 일이 벌어졌어. 신문을 읽으려고 했는데, 기사가 사라져 있더구나. 내가 읽으려던 영화 평론이 갑자기 지폐 한 장으로 바뀌어 있었어. 나는 영문을 몰라 그 종이를 오랫동안 뚫어져라 쳐다봤단다.

바벤첼러에게 그 얘기를 했더니 그는 만족스러운 듯 고개를 끄덕였어.

"이미 잠재력이 있을 줄 알았지. 그래, 해보겠나?"

그리고 하루 사이에 그는 내게 돈 만드는 법을 전수해 주었어. 진짜 돈이었단다. 나이가 어느 정도 되어야 이 능력이 생기는 이유는, 자신을 바꾸기는 쉽지만 어떤 사물을 다른 것으로 바꾸기는 좀더 어려운 일이기 때문이야.

예를 들어볼게. 네가 스물다섯 살쯤 되어 변신과 축소를 배웠다면 네가 지폐로 변신할 수도 있을 거야. 지폐가 되어 식당 테이블 위에 누워 있으면 종업원은 네가 이미 가고 없다고 생각하겠지. 그리고 지폐가 된 너를 자기 손지갑에 끼워 넣는 거야. 그러면 다시 아무도 보지 않을 때 손지갑에서 빠져나와야 하는데 이건 매우 귀찮은 일이야. 최악의 경우에는 몇 시간이고 납작해진 채로 지갑에 끼어 있거나 좁은 금고 속에 갇힐 수도 있지. 게다가 이 방식은 정의롭지도 않아. 그래, '페어니스'. 계산이 맞지 않으면 열심히 일하는 종업원이 손해를 입게 되지. 나는 딱 한 번, 1946년 뮌헨에서 그런 짓을 해봤단다. 영화를 보고 나온 직후였어. 배불리 먹긴 했지만 두고두고 부끄러웠지.

네가 어떤 물건을 비슷한 크기의 다른 물건으로 변신시킬 수 있다면 돈도 만들어낼 수 있단다. 물론 이 능력의 장점은 네가 그걸로 무언가를 살 수 있다는 사실이지. 독일제국 화폐는 그 어떤 상인도 액면가로 받아주지 않았어. 그래서 나의 새로운 기술은 당장 써먹을 데가 없었지. 사람들은 암시장에서 거래했단다. 엠마의 재봉과 재단 마법, 나의 밀주 기술, 가끔씩 라디오나 비상 발전기를 고쳐서 얻은 수익으로 그럭저럭 입에 풀칠하고 살았어. 하지만 암시장에서는 엄청난 인내심과 조심성이 필요했지. 자칫하면 거래하다 체포될 수도 있었으니까.

화폐개혁으로 모든 서독 주민에게 1인당 40마르크가 지급되자 나는 지폐와 동전을 자세히 연구했단다. 그리고 브로크하우스 대백과사전의 색도를 찢어서 작은 재산으로 변신시키는 데 성공했어. 소매업자로서는 조약돌 한 주먹만 있으면 언제라도 잔돈을 만들어낼 수 있다는 점도 매우 유용했지. 국가에 손해를 끼친다는 양심의 가책 따위는 없었다. 어차피 그 시절에 국가는 존재하지도 않았으니까. 무엇보다 나는 다른 마법사들도 나와 똑같이 하고 있을 거라고 확신했어. 나는 부유한 마법사를 몇몇 알고 있었지만 그들 중 백만장자는 거의 없었단다. 억대의 부자도 들어본 적이 없어. 대부호가 되는 과정은 끔찍할 정도로 지루하기 때문에 우리는 원칙적으로 그렇게 많은 재산을 모으지 않아. 그렇지 않아도 인생은 마법으로 가득하고 돈만 만들기에도 너무 짧단다. 그래, 109세에게도 그렇단다. 일주일에 11시간 이상을 돈 만드는 일에 쓰는 것은 시간 낭비이자 인생 낭비야.

첫 번째 전후 시기에도 사람들은 어떻게든 돈을 마련하려고 했어. 그 노력이 모두 수포로 돌아간 것은 아니었지. 많은 이들이 복권을 긁거나 축구 시합에 돈을 걸었단다. 경험 많은 마법사라면 축구 경기 결과에 영향을 줄 수도 있었을 거라고 짐작해. 하지만 나는 그럴 생각이 아예 없었지. 나는 그 스포츠를 무척 사랑했으니까. 그리고 복권에 관해서는 막연한 믿음이 있었어. 숫자가 적힌 공이 정해진 순서대로 나오도록 마법을 부리는 것은 물론 가능했지. 내가 찍은 숫자와 딱 맞는 공을 맨 앞줄에 놓는 거야. 하지만 그렇게 해서 1등에 당첨되려면 나를 위해 준비된 행운 중 상당 부분을 소진해야 해. 일반인들과 마찬가지로 마법사도 일정량의 행운을 비축하고 있어야 하지. 그래서 원했든 원하지 않았든 한번 복권 1등에 당첨되고 나면 몇 년간은 계속 불운만 겪게 될 수도 있어.

그러니 마법으로 복권에 당첨되는 꿈은 꾸지 말거라! 대신 보통 사람과 똑같은 조건에서 당첨되는 것은 아무 문제가 되지 않는단다. 하지만 그런 경우에도 마법으로 만든 돈으로 복권을 사서는 안 된다. 내가 몇 번 해봤는데 아무 성과가 없었어. 심지어 진짜 돈으로 샀을 때조차 말이다. 그렇다고 마법으로 만든 돈이 가짜 돈이라는 것은 아니지만.

그건 그렇고 이쯤에서 짚고 넘어가야 할 것이 있구나. 우리가 제작한 돈이 영원히 유지되지는 않는다는 것을 기억하렴. 나도 오랫동안 그 사실을 알지 못하고 살았지. 이 문제는 나중에 다시 얘기하도록 하자. 각별히 주의해야 하는 부분이니까.

마르크화는 생활을 급격하게 바꾸어놓았다. 비단 마법사에게만 해당되는 것이 아니었어. 갑자기 모든 것을 다시 돈으로 살 수 있게 되었지. 지금까지 창고나 뒷방에 잠들어 있던 물건들까지 모두 다. 전파상 운영도 훨씬 나아져서 우리의 곤궁한 생활도 마침내 끝이 났단다. 1년이 지나 서구 점령 지역에 자유선거로 선출된 정식 정부가 들어서게 됐지만 사람들 대부분은 그보다 자유경제에 훨씬 관심이 많았어. 그러나 나는 정부에 관심이 많았지. 슐로스제크 선생님은 분명 국가에 선한 것을 기대할 수 없다고 말씀하셨어. 제국의 전쟁 깃발이 휘날리는 게양대 아래서 반감 어린 말씀을 하셨던 것을 똑똑히 기억하고 있단다. 하지만 그래도 그는 비극적인 애국자였고, 독일제국의 불운한 연인이었어.

나는 선생님과는 달랐다. 나는 기술자니까. 나는 국가가 이성적으로 구성되고 각 기관이 마찰 손실과 과열을 막는 데 충분한 역할을 한다면 신뢰할 만한 조직이라고 생각해. 그런 점에서 나는 헌법애국주의자라고 할 수 있지. 말인즉슨, 나는 오늘날까지도 헌법을 개정하겠다고 나서는 정치인들은 일단 불신하고 본다는 뜻이야.

엠마와 나는 이제 우리 자신과 아이들을 돌볼 시간이 많아졌다. 그래서 나는 더 큰 목표를 가져보기로 했지. 마침내 발명품에 대한 특허 신청을 내기로 한 거야. 독일 특허청이 다시 들어섰거든. 그것도 바서부르크와 멀지 않은 뮌헨에 말이다. 더불어 나는 마법사 협회를 만드는 일도 다시 추진하기로 했어. 바벤첼러를 대표로 삼을 생각이었지. 우리 마법사들도 이제 막 시작하는 민주주의를 지원할 방법을 함께 모색해야 한다고 생각했거든.

나는 바벤첼러를 찾아가려고 그가 적어준 트라운슈타인 주소를 들여다보고 또 들여다봤는데 쪽지에 적힌 글씨가 보이지 않더구나. 그가 여전히 내 방문을 꺼린다는 뜻이었지. 내가 아는 마법사 중에 그처럼 외톨이로 지내면서 누구도 곁에 두지 않으려는 사람도 없었단다. 그리고 바로 그 점 때문에 그를 둘러싼 나쁜 소문이 퍼진 것 같았지. 다른 이들과 함께 어울리지 않으려는 사람은 적대시되기 십상이고 모든 탓을 뒤집어쓰게 마련이니까. 소문과 관련해서 내가 확인한 것은, 바벤첼러는 굉장한 능력자이지만 악당이 아니라는 것이었어. 나는 몇몇 다른 동료들에게도 그 점을 이해시켰단다.

나는 폭설에 파묻힌 들판 위를 날아 트라운슈타인으로 갔다. 생각했던 것보다 그를 찾기가 어렵지 않았어. 고등학교가 몇 개 있었지만 그 선생님을 찾는 것은 간단했지. 외사시를 가진 선생님은 전교생 누구나 아는 법이니까. 그의 집 현관 앞에 섰을 때 나는 그가 매정하게 굴지나 않을까 걱정했어. 하지만 다행히 그는 나를 반갑게 맞아주었단다. 우리는 이른 오후의 햇살을 받으며 발코니에 앉아 있었어. 거기서는 그 작은 도시를 오가는 모든 기차가 보였는데, 지붕마다 모자를 쓴 것처럼 눈을 얹은 모습이 앙증맞아 보였지.

"저 건너로 식사하러 갈 수도 있네. 저기, 테라스가 있는 곳 말이야."

바벤첼러가 말했어.

"하지만 지금은 눈 때문에 테라스에 앉아 먹을 수는 없을 거야. 트라운슈타인은 말 그대로 눈구덩이지. 산맥에 걸쳐 있어서 경치는 장관이야. 그런데 폭설로 휴교령이 잦다는 게 문제야. 외곽에 사는 학생들은 휴교령이 풀려도 오지 못하거든. 겨울이면 버스가 들어가지 못하는 동네가 많으니까."

하지만 그리 아쉬운 표정은 아니었어.

나는 그가 무슨 과목을 가르치는지 점점 더 궁금했고, 다시 한

번 물어볼 기회를 찾고 있었지. 하지만 그는 거듭 내 말문을 막아 버렸어. 내가 알게 되는 것을 정말로 원치 않는 것 같았지. 그뿐만 아니라 마법사 연합에도 동참하려 하지 않았어.

"싫다네. 마법사와 정치인은 분명히 구분돼야 해! 정치인은 마법을 부릴 수 없고, 마법사는 정치를 해서는 안 돼. 대중들 앞에 서서 '우리가 정권을 잡으면 세금을 내지 않아도 됩니다. 돈은 우리가 직접 만들지요'라고 할 수는 없는 노릇 아닌가."

"하지만 자유의 적들이 다른 사람의 목숨을 쉽게 빼앗지 못하게 하자는 결의 정도는 할 수 있잖아요."

"그건 각자 알아서 할 일이야. 그걸 하자고 회의에 선거까지 해서 연합을 만들 필요는 없지."

"그래도 대화는 필요해요. 우리가 발전에 대해 어떤 입장을 취할 건지, 특히 기술적 발전에 어떻게 대처할 건지 얘기를 나눠야죠. 기술적 발전은 통제해야 해요. 그러지 않으면 머잖아 기술이 마법을 모방하거나 대체해 버릴 테니까요. 생각 읽기 같은 마법은 금방 따라잡히고 말걸요?"

"그럼, 그대로 좋은 일이군. 나는 그저 나 자신을 위해 살 뿐이고, 내가 죽은 다음 세상에 별 관심이 없네."

"아이가 없나요?"

"없어."

나는 더 이상 말하지 않기로 마음먹었다. 우리는 시내로 나가서 식사를 하며 슈나이데바인에 관해 얘기를 나눴지. 그는 철의 장막

편에서 첩보 업무를 맡고 있는데 정치적으로 꽤나 신뢰를 받고 있다고 했어. 종전 2주일 전에 휴전을 주장하다가 독일제국의 배신자로 감옥에 갇혔던 덕분이었지. 그러고는 반정부 투사 행세를 하며 관직으로 돌아왔다는 거야.

"그는 벌써 재기할 때가 됐다고 생각하고 발동을 거는 것 같더군. 한번 국가의 품에 몸을 맡긴 마법사들은 협박하기가 쉬워. 그는 아직 깨닫지 못한 것 같지만."

바벤첼러가 말했어.

"아니면 모르는 척하는 거 아닐까요?"

"겉보기에는 순조로운 것 같아도 시체 위를 걸어가는 셈이지."

우리는 슈나이데바인을 계속 붙들고 있어준다면 철의 장막이 무조건 나쁘지만은 않겠다는 데 의견을 같이했단다. 그리고 마지막으로 나는 아주 중요한 사실을 알게 됐어. 바벤첼러가 전쟁이 끝난 직후 화물차를 구해서 세인트 폴리카프 도서관에 있던 요리책 서가를 모두 오스트리아로 옮겨두었다는 거야. 정확히 티롤 지역 렝베르크의 숲이 우거진 언덕배기에 폐가가 된 어떤 성의 창고로 말이야. 독일과 오스트리아 국경 도시인 쿠프슈타인 바로 뒤에 있어. 그가 말하기를, 책들은 모두 책장에 정돈돼 있고 독서용 테이블도 있지만 세인트 폴리카프처럼 서가 전체가 마법의 보호를 받고 있지는 않다는 거야. 그는 자신이 다른 마법사들을 설득해서 함께 보호 마법을 구사하는 일이 여의치 않으니 내가 도서관을 돌보는 게 좋겠다고 말했어. 나는 그렇게 하겠다고 약속했다.

나는 심란한 기분을 안고 집으로 날아왔어. 그는 누가 뭐래도 위대한 마법사란다. 산전수전 다 겪었고 마법사의 기본 규칙 중 일부는 그를 바탕으로 만들어진 거야. 그런 그가 환갑이 되어서 내린 결론이 "내가 죽은 다음 세상에 아무 관심 없다"라니.

마틸다, 우리는 나이 든 사람들의 나태함을 방임해서는 안 된다. 우리는 나이 든 사람들이 나잇값을 하지 않으면 미래에 희망이 없다는 교훈을 비싼 값을 치르고 배우지 않았니.

그때 바벤첼러의 어깨를 쥐고 흔들며 더 강하게 설득해야 했는지도 모르지. 하지만 그러면 그는 변신 마법으로 그 자리를 모면했을지도 모르고. 어쨌든 나는 포기해야만 했을 거야. 무소나 코끼리를 아무리 흔든들 무슨 소용이 있겠니. 나는 바벤첼러 없이 마법사 연합을 추진하기로 결심했단다. 그럼 혹시 그가 한 번쯤 들러서 회의가 얼마나 재미있는지 보러 왔다고 하지 않을까? 그럼 그를 회장으로 선출해서 명예를 회복할 기회를 줄 수도 있을 거야.

나는 딱 한 번 젭하르트 숲이 어떻게 되었는지 살펴보려고 서쪽 경계를 넘어 날아간 적 있단다. 슈나벨 목사님은 돌아가셨어. '팔을 높이 쳐드는 사람들'이 끝장나기 며칠 전에 교수형을 당했지. 그들의 수색견이 목사님이 숨겨놓은 사람들을 킁킁거리며 찾아냈거든. 내 후임이었던 교회 관리인은 여전히 남아 있었지만 그의 신분은 이제 관리인이 아니라 해당 지구당의 기록담당관이었어. 그게 공산당이 기독교인을 관리하는 방식이었다. 나는 오르간 연주를 한번 해도 되겠냐고 그에게 청했다가 단칼에 거절당했지. 적어도 야생 버섯밭을 찾으면 우울한 기분이 나아질 것 같아 들판으로 나가봤다. 그래, 발데마르 1세가 붙잡히던 날 아무것도 모르고 정신없이 버섯을 땄던 그곳 말이야. 그 야산이 점령군의 훈련장이 되었더구나. 이제 버섯은 없었어. 돌아오는 길에 베를린을 거쳐서 쿠젠베르크를 찾아보려고 했지만 함부르크에 산다는 소식만 듣고 돌아와야 했다.

이사를 생각하지 않은 건 아니야. 서베를린이나 미국으로 가는 것은 어떨까? 아니면 나이가 들 때까지 바서부르크에 눌러살아야 할까? 엠마와도 이야기를 해봤지. 우리에게 바서부르크는 그저 임시 주거지에 불과했으니 떠나고 싶으면 언제든지 떠날 수 있었으니까.

하지만 아이들이 학교를 다니고 있었고, 그 친구들이 모두 바서부르크에 살고 있어서 쉽사리 떠날 수 없었어. 그렇게 이사에 관한 고민을 매듭짓고 나자 새로운 발명 아이디어가 샘솟기 시작했지. 여러 개의 각도 신호를 동일하게 조작할 수 있는 싱크로와 위성을 통한 지구 감시 아이디어에 몇 가지가 더 추가되었어. 전쟁 중에 생각한 것인데, 비행기나 선박의 위치가 너무 쉽게 노출되는 점이 문제인 것 같았지. 송신 주파수가 너무 오랫동안 하나로 고정돼 있었거든. 물론 송신자와 수신자가 새로운 주파수에 합의하면 쉽게 해결될 문제이지. 하지만 적이 이미 알고 있는 주파수라면 적 또한 바로 스위치를 돌려버리면 문제가 반복돼. 그래서 내 아이디어는 이거야. 송신자와 수신자에게 똑같은 시계가 배달되는 거지. 100분의 1초까지 똑같은 시계 말이야. 그리고 거기에는 펀치로 구멍을 뚫은 종이테이프가 장착돼 있어서 매 초마다 공통의 주파수를 새로 알려주는 거야. 누구도 그걸 수동으로 조작할 수는 없어. 그건 바로 도청 방지 기술의 시초였단다. 암호화로 기능이 향상되었지. 도청한 사람이 언젠가 그 암호를 풀 수는 있겠지만 암호가 기능하는 바로 그 순간은 아니었지.

나는 일주일간 설명을 쓰고 도안을 그린 다음 뮌헨의 독일 박물관으로 보냈어. 당시에는 특허청이 거기 있었거든. 거기서 한참을 검토한 다음 마침내 면담 약속이 잡혔단다. 특허청 직원은 동정심 많은 우울증 환자였어. 그는 내 꿈을 짓밟아버리기가 너무 힘들다는 얼굴로 먼저 담배 한 대를 태우더니 말했어.

"선생님, 전쟁은 벌써 5년 전에 끝났습니다. 최후 승리를 꿈꾸는 가엾은 사람들이 아직 남아 있다는 얘기는 저도 들었습니다만, 이걸 하려면 1944년에 하셨어야……."

그 말에 내 안색이 눈에 띄게 바뀌었나 봐. 그걸 눈치챈 그 사람의 얼굴 역시 붉게 변하더구나.

"오해 없으시길 바랍니다!"

나는 그 말에 그리 마음 쓰지 않았어. 무슨 말을 해놓고 나서 곧바로 절대 오해하지 말라고 하는 사람들은 널렸으니까. 나는 발명품을 독재자의 손에 쥐어줄 의도도, 그럴 가능성도 없었다고 말했어. 그리고 전쟁 직후에는 독일의 특허권이 연합군 수중에 있었으니 기다릴 수밖에 없었다고. 또한 내 발명품은 군사용일 뿐 아니라 평상시에도 쓸모가 있다고 주장했지. 나는 잠시 열변을 토하는 나 자신에게 놀라 멈칫했다가 다시금 목소리를 높였어. 요즘 들어 내가 새로이 알게 된 사실은, 그때 내 발명품의 기초가 된 발상이 없었다면 무선 전화망도 작동할 수 없었고, 하물며 디지털 세상조차 존재하지 않았으리라는 거야. 물론 펀치로 구멍을 뚫은 종이테이프 따위는 쓸모없겠지만!

나는 특허청이야말로 가장 흥미로운 인생사가 펼쳐지는 무대라고 생각한단다. 거기다 마이크와 녹화 카메라만 설치하면 신뢰와 불신 간의 대결을 그린 기념비적 교훈극 한 편을 찍을 수도 있을 거야. 그 특허청 직원은 운이 좋은 편이었지. 우울증 환자는 죽이지 않는다는 내 지론 덕분에 목숨을 구했으니까. 그건 한때 내가 그보다 더 심한 우울증을 겪던 시절에 결심한 거란다. 그는 모든 것, 그러니까 내가 땀 흘려 개발한 모든 것을 다른 사람이 이미 발명했고 등록까지 마쳤다고 설명했어. 내가 특허청을 찾아가기 불과 얼마 전이었지. 펀칭 카드로 조작되는 주파수 변경 기술은 오스트리아계 미국 여성의 이름으로 등록되었는데, 그녀는 무선으로 조종되는 어뢰까지 고안했더구나. 적이 주파수를 파고들면 쉽게 경로를 변경할 수 있는 어뢰였어. 하나의 주파수로 교신하는 방법 대신 서로 호응하며 주파수를 바꾸는 '주파수 도약 방식'을 고안한 덕분에 어뢰는 파괴되지 않고 원래의 경로를 따라 목적지에 닿을 수 있었지. 특허청 직원이 말하기를, 그녀는 할리우드 스타일 뿐 아니라 세계에서 가장 아름다운 여성으로 평가받는다더구나. 하지만 그 순간에는 그 말이 아무런 위로가 되지 않았단다.

그래서 나는 자존심 상한 턱을 높이 쳐들며 말했지.

"돈 필요하세요? 저는 돈 만드는 기술도 발명했어요. 그 과정은 당신이 이해하지 못할 게 뻔하니까 굳이 설명하진 않겠지만."

우울증 환자의 손이 다시 담뱃갑으로 향하는 것을 보고 나는 고개를 숙이고 방을 나와버렸다.

얼마 후 다른 자리에서 내 미래를 시작할 기회가 찾아왔어. 야콥이 어떤 신사와 함께 바서부르크를 방문한 거야. 절대 선글라스를 벗지 않던 그 신사의 이름은 슈나이더 박사였어. 박사가 타고 온 차는 엄청나게 커서 우리 집 앞 골목에는 들어오지도 못할 정도였지. 슈나이더 박사는 우리가 내놓은 케이크를 혼자 다 먹어치우고 원두커피도 믿을 수 없을 만큼 많이 마셨어.

야콥은 좀 자제하는 듯했지만 그래도 둘이서 담배를 얼마나 피워댔는지 방 안에 연기가 자욱해서 환기를 시켜야 하는데 창문을 찾을 수도 없을 정도였단다. 하지만 선글라스 신사가 하는 말은 분명 내 귀에 꿀처럼 달콤했지. 그는 마치 내가 만들어낸 발명품 중 하나인 것처럼 나하고 생각이 똑같았어. 나는 반가운 마음을 감출 수 없었지. 그중 나를 만족시킨 것은 그가 인사할 때부터 나를 '기계학 석사님'이라고 부른 거야.

슈나이더 박사는 이제 막 태동하기 시작한 민주주의와 이를 향해 으르렁대는 동쪽의 위협에 관심이 많았어. 야콥 또한 고개를 끄덕이며 말했지.

"우리는 이제부터 이 위협에 대항하기 위해 협력해야 해."

슈나이더 박사는 내 발명이 특허를 얻고 상업화될 수 있는 경로가 막힌 것은 매우 유감이지만 좀더 멀리 내다보자고 말했어. 그는 내 특허신청서보다 나라는 인간 자체에 더 관심이 많다고 했지. 그러면서 그가 새로 창설한 기구의 기술혁신 부서를 맡아줄 수 있겠냐고 묻더구나. 그가 날씨 좋고 전망 좋은 북바이에른에 새로 설립한 기구의 이름은 A.A.O라면서⋯⋯.

"그런데 슈나이데바인 박사님, A.A.O가 무슨 뜻이죠?"

나는 그의 이름을 잘못 부른 것을 깨닫고 아랫입술을 꽉 깨물었다.

"슈나이더라네. 슈나이더 박사."

그는 몇 초간 멈칫하다 말을 이었어.

"A.A.O는 동독 방위청(Abwehramt Ost)의 약자라네. 하지만 과도기적 기구야. 우리는 동독 정부와 일하는 동시에 미국과도 일하거든."

야콥이 곁에서 신중하게 고개를 끄덕였지.

"저는 민주주의 신봉자입니다. 당신들을 돕는 일은 나에게도 영광이겠죠. 무엇보다 아직까지 남아 있는 광신도들을 척결하는 데 힘을 보탤 수 있다면 그보다 더한 영예는 없을 겁니다."

내 말에 슈나이더 박사는 천천히, 그리고 진지하게 고개를 끄덕였지.

"물론일세. 우리는 그들을 예의 주시하고 있어. 세계 최강의 방어체계를 갖출 수만 있다면 그들이 어디 숨어서 또 다른 계략을 꾸미는지 금방 알아낼 수 있겠지. 여기, 서명하기 전에 꼼꼼히 읽어보게. 시간은 충분히 줄 테니.”

바로 그때 위층에서 무언가 떨어지는 둔탁한 소리가 들리더니 곧이어 같은 소리가 한 번 더 들렸어. 엠마가 후다닥 뛰어갔고 몇 분 뒤에 다시 내려왔는데 그 둔탁한 소음은 계속됐지. 엠마가 다급하게 말했어.

“여보, 빨리 와봐. 티투스가 계속 바닥으로 떨어지는데 눈도 이상하게 돌아갔어. 머리를 어디 세게 부딪쳤나 봐!”

“티투스는 학교에서 등산 간 거 아니었어?”

“그런 줄 알았는데 아니었어!”

나는 두 신사에게 양해를 구하고 엠마와 함께 위층으로 올라갔지. 티투스는 유도의 전방회전 기술을 연습하는 중이었어. 눈이 양쪽으로 심하게 몰린 외사시였고, 한 번도 보지 못한 코르덴 바지를 입고 있었어. 이상한 낌새를 느끼며 엠마를 돌아보자 웃음을 억지로 참고 있는 게 보였지. 티투스는 그 와중에도 숨을 헐떡이며 설명을 계속했어.

“이건, 측방 낙법.”

쿵!

“이건 전방 낙법. 그러니까 이렇게!”

쿵!

“그리고 후방 낙법.”

"너무 시끄럽지 않나요? 좀더 조용하고 우아한 방식도 있었을 텐데요, 바벤첼러 님!"

대가는 본래 모습으로 돌아왔단다. 나는 내 아들이 외사시인 것도, 코르덴 바지를 입는 것도 마음에 들지 않았으니, 일단은 진짜 내 아들이 아닌 것에 감사했지.

"한때는 검은 띠였는데, 너무 오래 연습을 안 했더니 녹슬었어."

"체육 선생님이세요?"

"그렇게 연결할 것까지는 없네. 그래도 1934년에는 드레스덴에서 열린 유럽 선수권 대회에도 참가했다네."

"그런데 하필이면 왜 지금 여기, 우리 집에서 그것도 티투스로 변신해서 연습하신 거죠?"

"최악의 상황을 막으려고 왔지. 파흐로크, A.A.O에 들어가서는 안 돼! 서명하지 말게. 슈나이더란 작자를 어떻게든 잘 달래서 돌려보내게. 단칼에 거절하지는 말고. 그냥 아무것도 모르는 척 잘 둘러대게."

"왜 그래야 하죠, 전지전능한 선생님?"

"거기서는 자네의 인생이 행복해질 수 없네. 거기 가면 자네가 민주주의를 수호하기 위해 맞서려 했던 바로 그자들과 협력해야 해. 그리고 슈나이더는 자네가 마법사라는 것을 알고 있네. 그는 자네의 기술에는 관심이 없다네. 자네를 데려가서 자기를 위해 마법을 부리고 사람들을 감시하라고 압박할 거야. 발명을 할 시간이 없을 걸세."

"하지만 그가 그걸 어떻게⋯⋯."

"슈나이데바인! 정보기관은 모두 한통속이야. 적대적 권력에 속해 있어도 마찬가지지. 그 둘은 대독일국 시절부터 알던 사이라네."

"어쩐지⋯⋯ 아까 실수로 슈나이데바인 박사라고 불렀거든요."

"움찔하지 않던가?"

"네, 그러더라고요."

"내려가서 자네 아들이 실연을 당해서 계속 바닥에 머리를 찧고 있다고 말하게. 얘기는 다음에 하자고 하고, 정중하게 배웅해 드려. 내가 시키는 대로 하게. 그게 최선이야!"

나는 바벤첼러를 믿었단다. 두 신사는 이해한다면서 돌아갔지. 그러고 나자 바벤첼러와 나란히 앉아 있을 틈이 생겼어. 우리는 부엌으로 자리를 옮겼어. 거실은 환기시켜야 했으니까.

"자네는 도대체 왜 저들에게 협력하려고 한 건가?"

그가 물었어.

"국가의 절대 권력에 대항하기 위해서라면 국가를 위해 봉사할 수도 있다고 생각했어요."

"그렇지 않아. 그건 이상주의에 불과해. 아니 그보다 더 형편없지. 논리에 맞지 않거든."

우리는 대화의 방향을 기술 쪽으로 돌렸어. 우리를 확실하게 하나로 묶어주는 주제였지. 우리 둘 다 자동차를 사랑했단다. 폭격을 견뎌낸 구형 자동차를 임시변통으로 개조해서 타고 다니는 사람들이 아직 있었지. 독재자가 국민 자동차로 보급하려고 했던 소형

287

승용차가 신형으로 출시되었어. 연합군은 그 차가 생산되도록 그냥 내버려뒀지. 기술적으로 어린애 장난에 지나지 않는 차였기 때문이야. 거기에 미국 자동차가 합류했고, '보그바르트 한자' 같은 독일 명차도 한두 가지 있었어. 자동차는 이미 오래전부터 모든 꿈을 장악했단다. 바벤첼러의 꿈도, 나의 꿈도. 우리는 그 이유가 뭔지 곰곰이 따져봤어.

자동차는 조종 핸들 앞에 앉은 오직 한 사람이 모든 지휘권을 장악하는 시스템이야. 동승자들은 모두 한 방향을 바라봐야 하지. 앞에 앉은 부모가 말을 하면, 뒤에 앉은 아이들은 대답을 해. 이탈리아에 있는 가르다 호수로 소풍을 한번 다녀오면 그동안 나눠야 할 모든 대화 주제를 섭렵할 수 있지. 무엇을 더 바라겠니? 자동차는 소가족에게 완벽한 좌석 구조이자 생활 구조를 선사했단다. 그 안에서 세계의 질서를 유지하는 동시에 빠르게 이동할 수도 있지. 그때나 지금이나 자동차만 한 게 없는 것 같아. 그래서 자동차는 모두의 꿈이 되었고, 거리를 달리는 자동차 수도 급격히 늘어났지.

"하지만 사고도 난다네! 아직 술에 취한 운전자를 경험한 적이 없어서 모두 가로수를 쳐내고 도로를 뚫지 못해 그렇게들 안달인 거야."

바벤첼러가 말했어.

"탑승자 모두의 몸을 벨트로 안전하게 묶으면 돼요. 몸을 움직일 수 있으면서도 확실히 고정하면 자동차가 장애물에 부딪쳐도 안전할 거예요."

내가 대답했지.

"특허 한번 내보게!"

바벤첼러의 말을 듣고 나는 시도해 봤다. 하지만 결과는, 예상했다시피, 우울했어.

대신 우리는 아이들에게서 기쁨을 얻었단다. 그리고 아이들이 더 이상 아이라고 부를 수 없을 만큼 성장한 후에도 그들은 우리의 기쁨이었다. 펠릭스는 고등학교 졸업시험을 마치고 뮌헨에서 고대언어와 고대사를 전공했단다. 나는 그 애가 발명가가 될 줄 알았는데 말이야. 펠릭스는 '기술의 역사' 같은 것도 있을지 모르니 그쪽으로 좀더 알아보겠다고 했어. 나는 그런 분야를 새로 개척해 보는 것도 좋겠다고 충고했지. 하지만 그 애는 새로운 가정을 개척하는 데 더 큰 열의를 보이더구나.

펠릭스가 우리에게 귀여운 동급생을 소개해 줬을 때, 그 여학생은 이미 임신 중이었지. 우리 마음에 쏙 드는 아이였어. 하지만 여전히 황폐한 도시에서 아이를 길러야 하는 학생 부부의 생활은 녹록지 않았단다. 그 애들은 정말 애면글면 살아야 했어. 나는 양심의 가책을 느끼면서도 필요한 돈을 마법으로 만들어냈단다. 금광을 찾아낸 네바다주의 인디언 삼촌이 유산을 조금 남겼다고 지어냈지. 그 애들은 전설적인 봄맞이 축제가 열리는 뮌헨 슈바벤 지구에 작은 아파트를 얻었어. 우리는 분가를 말릴 이유가 전혀 없었고, 오히려 펠릭스 가족이 나가자 엠마와 나는 손을 맞잡고 춤을 추었다.

펠리시타는 사랑의 열병에 약했어. 정확히 말하면 그녀에게 그 열병을 안겨주는 남자들에게 약했어. 그건 화학적 현상이라서 우리도 별수 없었지. 혹시 그 애가 화학을 전공해서 그랬던 걸까. 엠마는 그 애에게 전공 분야 말고 다른 쪽으로 눈을 좀 돌리라고 충고했어.

티투스는 모든 환경이 갖춰졌는데도 학교생활을 힘들어했어. 한두 가지가 넘치도록 갖춰졌기 때문이었는지도 모르지. 그 아이는 자존심이 강했고 정의에 민감했어. 당시 순종을 강요당하며 학창 시절을 보낸 일부 선생님들은 학생들의 자만심을 어느 정도 꺾을 필요가 있다고 굳게 믿고 있었단다. 또한 티투스는 동급생들이 성질을 건드리면 언제라도 싸움꾼으로 변할 소지가 있었는데도, 교사들은 손을 쓰지 않았어. 잘못된 선생 두셋만 있으면 학교는 금방 싫어지게 마련이지. 티투스는 가만히 있는데 폭군들이 그 애를 내버려두지 않았단다.

나는 이런저런 마법적 해결책을 강구해 보다가 결국 이 문제를 확실하게 끝낼 수 있는 길을 찾아냈어. 나는 다시 유산을 만들어내서 티투스를 알프스에 있는 기숙학교에 맡겼다. 그 애는 등산이나 스키를 숙제보다 더 좋아했지만, 그래도 낙제하지 않고 마침내 고등학교 졸업시험까지 무사히 치렀지.

그리고 카롤라는? 예쁘고 총명한 편집자가 되었어. 이 편지를 읽을 즈음에는 네가 그 아이와 얘기를 나눌 수 없을 것 같아 아쉽구나. 얼마 전부터 중병을 앓고 있으니 오래 살지는 못할 거야.

1953년 연말 무렵, 코가 유난히 큰 나이 많은 남자 하나가 우리 집 문을 두드렸다. 코네타블이었어! 그래, 레스디기에르 말이야. 백발에, 수척하고, 많이 늙었더구나. 아흔이 훌쩍 넘었으니까. 우리는 그를 반갑게 맞았고 엠마는 그에게 키스까지 해서 나는 깜짝 놀랐단다. 아이들도 금방 그를 좋아하게 되었어. 그는 마치 '사랑의 신' 같았지. 그는 우리에게 혹시 재정적으로 문제가 있는지 물었어. 그렇다면 그나들과 우리에게 화폐 만드는 법을 알려주겠다고 말이야. 우리는 이미 그걸 할 수 있고 그 덕을 많이 봤다고 말했지. 하지만 그래도 우리는 그나들까지 초대해서 즐거운 오후 한때를 보냈단다.

코네타블은 커피를 마시지 않기 때문에 우리는 사모바르에 물을 데워서 차를 끓였지. 차를 들면서 백발 노인은 전쟁 동안 어떻게 지냈는지 얘기했어. 그건 마치 알렉상드르 뒤마의 신작 모험 소설 같더구나. 독일군의 프랑스 점령지에 웃음이 흘러나온다면 거기에는 어김없이 레스디기에르가 있었지. 수많은 레지스탕스 영웅이 있지만 그중 마법의 대가는 단 한 명이었다. 전쟁 동안 독일어를 열심히 공부한 그는 적군 본부를 탐색하고, 포로들을 구출하고, 무기를 공급했어. 파리 주둔 독일군 사령부에 투명인간으로 들락날락하면서 그들이 도시를 불태우는 작전을 포기할 때까지 귓가에 묘령의 목소리로 설득한 것도 그였어. 그리고 때로는 마법을 내팽개치고 일반적인 기사의 모습으로 격렬하게 전투에 임하

291

기도 했단다.

그는 원래 귀족 태생은 아니었다. 그는 레스디기에르 공작 프랑수아 드 본, 즉 프랑스의 마지막 군 총사령관과는 그 어떤 관계로도 얽힌 적이 없었어. 그와 사랑을 나누었던 농가 처녀는 처음부터 존재하지도 않았지. 그는 그저 1626년까지만 사용되던 그 이름과 호칭이 어떤 식으로든 다시 사랑받아야만 하고 그렇지 않으면 아쉽겠다는 생각에 자기 이름을 바꿨다고 했어.

그가 사모바르에 관해 좀더 알고 싶어 했기에 우리는 세르게이 이야기를 들려줬어. 우리가 언젠가는 이 오래된 유산을 그에게 돌려줘야 한다는 얘기도 했지. 오직 그 이유 때문에 우리는 그때까지 그걸 갖고 있었던 거니까. 그렇지 않았다면 오래전에 빵과 버터, 밀가루와 햄 등과 바꿨을 거야. 우리는 세르게이가 프랑스 어딘가에 살고 있을 거라고 짐작했고, 코네타블은 기꺼이 그를 찾아보겠다고 했다.

그리고 그가 떠난 지 일주일 만에 편지가 왔어. 세르게이가 파리에 살면서 오페라를 작곡하고 있다는 소식이었지. 우리는 곧장 길을 떠났단다. 완벽한 여행이자, 우리가 함께한 마지막 해외여행이었지. 엠마와 나, 그리고 사모바르는 하루를 꼬박 기차에서 보냈다. 그 무거운 물건을 들고 날 수는 없었으니까. 세르게이는 사모바르와 우리를 다시 보게 되어 무척 기뻐했지. 우리는 곧장 자리에 앉아서 사모바르에 차를 끓여 마신 다음 레드 와인을 땄어. 그는 우리에게 자신이 작곡한 오페라 전곡을 피아노 반주로 불러줬지. 피아노 연주는 훌륭했지만 노래는 형편없었어. 작곡가들의 노래 실력은 언제나 형편없지.

우리는 시간이 갈수록 점점 더 흥이 올라 팡코 시민공원에서 함께했던 사람들을 하나하나 떠올리며 이야기를 나눴어. 야콥과 알리사, 그리고 자정이 넘어가자 드디어 슈나이데바인까지 호명됐지. 시민공원에서 우리가 만난 지도 벌써 스무 해가 지났어. 세르게이는 우리 사랑의 시작을 회상하며 이렇게 말하더구나. "나는 너희 둘의 마음속에 같은 음악이 흐른다는 것을 금방 알아챘어." 그는 우리에게 그동안 수집한 엄청난 레코드판을 보여줬고, 새벽 2시에 그중 하나를 들으며 다 같이 노래를 부르기도 했단다.

그날 레스디기에르도 함께하기로 했는데, 노래하고 떠들다 보니 그가 오지 않았다는 사실조차 잊고 있었어. 그리고 다음 날 그날 밤에 그가 세상을 떠났다는 소식을 듣게 됐지.

레스디기에르의 장례는 그의 고향인 그르노블에서 치러졌단다. 소설가 슈탕달의 고향이자 지난 몇 세기 동안 가장 품질 좋은 호두가 생산된 곳이기도 하지. 우리는 파리에서 기차를 타고 갔어. 그르노블에 이르는 여정 또한 장례식의 일부처럼 여겨졌지. 교회에서 공동묘지까지 가는 길에 늘어선 추모 행렬은 시간이 갈수록 점점 더 길어졌단다. 어디에선가 홀연히 나타난 사람들이 자꾸만 행렬에 합류했거든.

그 사람들은 모두 투명인간이나 새가 되어 근처까지 도착한 마법사들이었어. 그들은 수풀이나 비석 뒤에서 검은 옷차림으로 변신했지. 짐작건대 네가 사는 시대에도 여전히 마법사들은 교회 문턱을 넘는 것을 꺼림칙하게 생각할 거야. 그건 아마 영원토록 변치 않을 습성이겠지. 마법사들은 보통 성상을 마주하거나 긴 설교는 일단 피하려고 하고, 오르간 소리로부터도 멀찌감치 떨어져 있으려 하지.

장례식은 훌륭했어. 레지스탕스 시절을 함께 보낸 동료 전사들이 많이 왔지만 그들은 그가 마법사라는 사실은 전혀 알지 못하는 것 같았어. 오늘날 그르노블에는 미술관 외에도 레지스탕스 박물관이 따로 있는데, 거기에는 진짜 코네타블의 초상화가 걸려 있단다. 16세기 말 무렵 그려진 거야. 군장을 모두 갖춘 그의 옆에는 꼬마 아들이 아버지의 거대한 철제 장갑을 갖고 장난을 치고 있는 그림이지. 그런데 초상화 속 코네타블의 얼굴이 사실은 그의 이름으로 활동한 20세기 후계자라는 것을 눈치챈 사람은 아무도 없을 거야. 우리의 친구가 마법을 좀 부렸지! 그가 스스로 실토하지 않았더라면 우리도 모를 정도로 감쪽같았어.

나는 종종 어떤 사람의 죽음이 가장 많은 애도를 받을까 생각하곤 한다. 내 생각으로는, 진실한 사람 혹은 아주 많은 사람들에게 진실하다고 인정받은 사람이 죽으면 모두가 슬퍼하는 것 같아. 그가 거짓말을 했는지, 혹은 얼마나 자주 거짓말을 했는지는 크게 중요하지 않지. 사람들 혹은 사람들의 명예를 위한 거짓말은 널리 용납되니까. 레스디기에르는 평생을, 전쟁이 없을 때조차 행동파이자 전략가로 살았어. 단 한 번도 비열한 행동은 하지 않았지.

그 누구도 슈나이데바인이 나타나지 않았다고 놀라지는 않았어. 슐로스제크 선생님을 포함해 여러 사람을 죽인 마법사이니 공공연한 모욕은 물론 핏빛 복수가 두려웠겠지. 게다가 문자 그대로 눈빛으로 레이저를 쏘아댈 그의 예전 스승 바벤첼러가 참석하는 자리에 올 수는 없었을 거야. 놀랍게도 바벤첼러는 목사 옷을 입고 나타났다가 장례식이 끝나자마자 사라졌단다. 헨리 그룬트와 포스피스칠, 블뤼트너 씨도 보였고, 무엇보다 코네타블이 우리에게 완전히 숨겨왔던 인물이 모습을 드러냈단다. 그에게 부인이 있었던 거야! 검은 베일을 얼굴에 드리우고 있어도 그녀의 아름다움은 가려지지 않았어. 그녀의 고운 손을 보니 30대 중반쯤인 것 같았어. 당시에는 여든이 넘은 노인이 마지막 순간까지 사랑을 멈추지 않았다는 사실을 이해하기 어려웠단다. 109세가 되어보니 생각이 좀 달라졌지만. 어떻게 달라졌는지를 묻는다면 그저 웃지요.

무덤에 삽으로 흙을 퍼 넣는 엠마의 눈에서 눈물이 멈추지 않았다. 나는 그녀의 생각을 읽을 필요도 없었어. 나는 그녀가 어떤 예감에 시달리고 있다는 것을 알았지. 그녀는 사랑해 마지않던 늙은 레지스탕스뿐 아니라 그르노블과 파리, 유럽 그리고 마법의 세계와도 알 수 없는 이유로 이별할 때가 올 것임을 느끼고 있었단다. 지평선까지 웅장한 설산이 펼쳐진 그르노블은 그런 상념에 잠기기에 더없이 좋은 장소였어. 이별에 대한 그녀의 예감은 조금

빨리 찾아온 감이 있었단다. 그때 우리 앞에는 아주 길고 아름다운 한 해가 남아 있었으니까. 하지만 삶이 곧 끝나리라는 생각은 그 순간부터 우리의 인생에 끼어들기 시작했다. 그녀는 결코 허상에 빠진 게 아니었지.

엠마는 임신 중이었어. 당시에는 그녀 말고 아무도 몰랐지만.

그렇게 많은 마법사들이 한날한시에 그르노블을 찾은 것은 전무후무한 일이었단다. 우리는 새로운 사람들을 많이 알게 되었단다. 그중 우리와 같은 지방에서 온 어린 커플도 있었어. '치즈'라고 불리는 백인 동료와 그의 여자 친구 아우로라 레흐빙켈은 둘 다 유명한 마법사였지. 아우로라는 필리핀 여행을 다녀온 이후부터 주로 호저라는 가시투성이 큰 쥐로 변신해 돌아다녔는데, 북바이에른에 호저가 나타났다는 사실에 사람들이 열광했지. 그건 사실 보지 않았다면 믿기 어려운 일이니까. 하지만 나는 여전히 그런 일도 가능하다는 것을 믿는단다.

사랑하는 마틸다, 여기까지 읽는 동안 네 머릿속에는 타락한 세상에 대한 정보가 수북이 쌓이고 말았겠구나. 그건 내가 1955년에 무슨 일이 있었는지를 알려줬기 때문이기도 하지만, 2015년에 그 일을 설명하는 편지를 썼기 때문이기도 하지. 2015년이든 1955년이든 너에게는 아주 먼 옛날이긴 마찬가지겠지만. 지금 이 순간 내 눈앞에서 폴짝폴짝 뛰는 세 살배기 너는, 내게 글 쓰는 것을 멈추고 새로운 이야기를 들려달라고 조르고 있단다. 아침이면 너는 네 엄마 손에 붙들려 어린이집에 가야 하지만, 지금은 오후이니 나와 함께 놀거나 그림책을 볼 수 있거든. 나는 네게 그림 옆에 적힌 짧은 이야기를 읽어준단다. 나쁜 마법사가 나오는 동화는 모두 치워버렸지.

네가 팔을 길게 늘여서 내 안경을 잡아챈 이후로도, 나는 잠시나마 네 옆에 살아 있었단다. 네게도 할아버지에 대한 기억이 남아 있도록. 하지만 그 순간에도 나는 머지않아 이별의 순간이 찾아오리라는 것을 잘 알고 있었어.

오늘은 2015년 1월 7일이다. 어제는 레일란더와 함께 세 명의 마법사 축일을 기념했지. 사람들은 그들을 동방박사 혹은 왕이라고 부르지만, 그건 그저 웃어넘기면 돼. 이날을 여자 마법사와 함께 축하한 것은 1955년 이후 처음이구나. 그때는 엠마와 함께였고 그 이후로는 마법을 부리는 여성과 사귀지 않았지. 그러다 지난 석 달을 꼬박 레일란더와 함께했어. 그녀는 스웨덴에 집이 있고 베를린에 아파트 한 채가 더 있는데, 나는 거기에 상주하다시피 했단다. 스웨덴 집은 세를 놨다더군.

지난밤에는 친구 셋을 초대했어. 이리스와 슈테판, 그리고 발데마르 3세였단다. 발데마르 3세는 우리에게 자신의 최신작을 읽어줬지. 발데마르 4세는 요리를 했고, 레일란더는 동방박사 축일을 위한 특별한 케이크를 구웠지. 우리는 그 케이크를 순식간에 먹어치웠어. 케이크 속에는 작은 인형이 함께 구워졌는데 그 부분을 자기 접시에서 발견하는 사람이 그날의 '왕'이 되었거든. '왕' 혹은 '여왕'으로 뽑힌 사람은 다음번 축일에 다른 사람들을 초대해야 한다는 것이 그 게임의 룰이었지.

나는 일생 동안 내가 마법사라는 사실을 비밀로 품고 살았어. 그 사실을 아는 사람은 동료 마법사와 조력자들뿐이었지. 조력자들에게는 모든 사실을 털어놓아야만 해. 마법을 부리지 못하는 사람과 마법에 관해 이야기할 필요가 있거든. 일반인과 대화하지 않는다면 우리는 오만한 사무라이가 될 위험이 높단다. 슐로스제크 선생님은 그 점을 잘 알고 계셨어. 하지만 조력자들을 '일반인'이라고 불러도 되는지 모르겠구나. 그들은 마법을 부리지는 못하지만, 자신들이 할 수 없는 일에 경탄하고 비밀을 지키는 데는 매우 특별한 능력을 갖고 있거든.

어젯밤에 레일란더와 나는 이리스와 슈테판에게 마법 이야기를 털어놓기로 결심했어. 그들은 처음에는 믿지 못했고 다음에는 놀라다가 곧이어 흥분하고 열광했지. 유쾌하고 다정한 대화가 이어졌단다. 나는 모든 사람들이 우리의 존재를 안다면 세상이 좀더 나아지지 않을까 자문해 보았단다. 우리를 인간 영역의 확장으로 받아들여준다면 말이다. 우리를 미워하거나 불신하거나 두려워하지 않고 그저 다름을 존중해 준다면 말이지. 장애인들에게 하는 거짓말이 우리에게도 가능하지 않을까. 미국에서는 장애인들을 '다른 능력을 가진 사람'이라고 부른다더구나. 정확한 표현이지. 이 세상 모두에게는 저마다 배울 점이 있으니 장애인들이 가진 특별한 상황에서도 배울 점이 있을 거야. '다른 능력을 가진' 것은 우리 마법사들도 마찬가지지.

발데마르 3세가 읽어준 책은 벌써 3년 전에 나온 것이었어(이제 새 책이 나올 때도 됐는데 말이지). 유배당하듯 숨어 살아야 했던 유년기를 다룬 소설이었어. 하지만 정작 1958년에 그는 트라운슈타인에서 오전에는 학교에 가고 오후에는 요트를 탔다고 했지. 발데마르 3세는 네 고모 카롤라와 나이가 비슷하단다. 나는 그에게 혹시 1955년 이전에 바서부르크에 온 적이 있는지 물어보았지. 나는 엠마를 기억하는 사람과 얘기하는 것이 진심으로 즐거웠어. 지금은 '목장 삼촌'이 된 티투스를 제외하고 그녀 얘기를 할 사람이 없으니까. 네 아빠는 엠마가 세상을 떠났을 때 젖먹이였으니 엄마에 대한 기억이 없단다.

얼마 전까지만 해도 나는 그 어떤 여자도 엠마처럼 사랑할 수 없을 거라고 믿었어. 그녀가 죽은 뒤 나 역시 죽음이 머지않은 것처럼 느껴졌지. 하지만 인생은 길더구나. 인생이 짧다고, 이것저것 하기에는 너무 짧다고 얘기한다. 맞는 말이야. 하지만 우리에게는 믿을 수 없을 만큼 많은 시간이 남아 있기도 해. 그것을 아는 사람은 드물지. 시간은 모든 것을 바꿔놓을 수도 있고, 상처를 치유하기도 하지. 그걸 깨닫기 위해 군이 109세까지 살지 않아도 된단다.

그날의 케이크 인형은 이리스에게 돌아갔어. 내년에는 이리스와 슈테판의 집에서 다시 모이기로 했지. 그들은 우리의 베스트 프렌드가 되었고, 그들과 있으면 지루할 틈이 없었다. 이리스는 특출한 시각적 이해력을 지녔어. 그녀는 마법사를 제외하고 내가 아는 보통 사람들 중에서 가장 뛰어난 관찰자였어. 얼굴만 보고 모든 것을 알아냈지. 슈테판은 청각이 뛰어났어. 모든 것을 들을 수 있고 한번 들은 것은 절대 잊어버리지 않지. 누군가의 목소리에 잠시 스치듯 지나가는 떨림도 놓치지 않아. 다른 사람들의 몇 배로 세상을 경험하는 사람을 친구로 둔다는 것은 정말 굉장한 선물이란다.

이제 이 편지를 끝마치려고 한다. 돈이란 주제를 가장 중요하게 다루다 보니, 나와 엠마가 어떻게 지냈는지는 다음 편지에서 설명해야겠구나. 레일란더가 옷을 갈아입고 나오면 저녁을 먹고 영화를 보러 나가야겠다. 편지를 매듭짓기에 이보다 더 좋은 핑계가 어디 있겠니. 우리는 사랑스러운 노인이 치매에 걸려 점점 기억을 잃어가는 영화를 보기로 했어. 레일란더는 크리스마스 직전에 이 영화를 봤는데도 나하고 같이 한 번 더 보고 싶다더구나. 제발 울지 말아야 할 텐데! 나는 눈물이 날 때마다 당황스러워 죽을 것 같단다. '인디언 남자는 울지 않는다'는 금기가 아직 내 마음속에 남아 있기 때문이야. 혹시 울음을 참는 마법이 있을지는 모르겠지만 이제 와서 그걸 배울 것까지는 없겠지.

추신 : 마법으로 만든 돈의 효력에 대해 좀더 설명해야겠구나. 일단 마법사가 죽고 나면 그 돈은 원재료로 돌아간단다. 지폐는 신문 문화면이나 떡갈나무 잎사귀가 되고, 동전은 자갈이나 조약

돌, 혹은 석탄 덩이가 되지.

내가 죽은 다음에는 어떻게 되냐고? 나는 마르크화만 만들었기 때문에 내가 죽고 난 뒤에도 화폐 체계에는 어떤 손실도 없을 거야. 마르크화는 나와 상관없이 사라졌고, 다음으로 그보다 더 조야한 통화가 사용되었으니까. 그다음에 유로가 생겼지. 유로가 도입된 이후로는 지폐 한 장, 동전 하나도 자체 생산하지 않았어. 좀 위험하지만 주식 투자를 택했지. 그러니 돈과 관련해서 나는 그 어떤 책임도 없단다.

파흐로크 씨의 마지막 재정장관 레일란더가 덧붙이는 말: 파흐로크는 투기꾼을 자처하길 좋아했지만 실제로는 절대 투기꾼이 아니었어. 일흔까지는 그저 은행에 차곡차곡 저금하는 것밖에 몰랐단다. 쓰고 남은 연금은 매달 자녀들을 위한 주식형 펀드에 넣었지. 손실위험은 없었지만 투자는 꽤 성공적이었단다.

사랑하는 마틸다,

2년이나 쉬었다가 다시 쓰는구나. 그래, 나는 2015년 동방박사 축일 이후 단 한 줄도 쓰지 못했다. 하지만 이 편지는 하나의 묶음으로 전달될 테니, 내가 말하지 않으면 너는 이토록 방학이 길었다는 것을 미처 알지 못하겠지.

네가 아기였을 때는 아가씨가 될 것을 염두에 두고 편지를 쓰는 것이 하나도 이상하지 않았단다. 하지만 긴 방학을 보내고 나니 너는 어느새 내 책상 밑 바닥에 앉아 색연필을 들고 산이나 썰매 따위를 그릴 정도로 커버렸구나. 게다가 네가 말을 하다 보니 아이인 너와 얘기를 나누면서 동시에 성인이 된 너에게 편지를 쓴다는 것이 조금 우스꽝스럽기도 했지. 하지만 이건 우스꽝스러운 게 아니라 지극히 당연한 거라고 마음을 다잡는 중이란다. 지금 너는 의자 위로 타고 올라와서 내 책상을 둘러보고 있어. 나는 편지를 치우려다가 마음을 바꿔서 계속 쓰기로 했단다. 네가 물었지.

"할아버지, 뭘 쓰시는 거예요?"

"편지란다. 편지를 쓰면 내가 더 이상 여기에 없을 때도 누군가 는 내가 남긴 말을 볼 수 있거든."

그리고 나는 이 질문이 나오길 기다렸지. "그 누군가가 누군데 요?" 하지만 나는 내 교육론을 과신했던 모양이야. 너는 그게 편지 라는 것을 아는 순간 금세 흥미를 잃고 지구본 쪽으로 몸을 돌렸 다. 지구본을 돌리는 것이 여기 없는 사람이 다른 사람에게 말을 남기는 게 어떻게 가능한지보다 훨씬 더 재미있는 모양이야. 너는 고사리 손으로 점점 더 빨리 지구본을 돌렸지만 지구본은 아무 말 도 없었지.

지난 주말에는 모두 차를 타고 켐니츠로 떠났다. 너희 부모와 레일란더, 나 그리고 물론 너도 함께. 박물관에 갔다가 아우구스투 스부르크 성으로 가서 썰매를 탔지. 네가 썰매를 탈 때는 항상 어 른 하나가 너를 안고 탔단다. 그래야 발로 제동을 걸어 썰매를 멈 춘 다음, 썰매를 다시 메고 언덕 위로 올라올 수 있으니까. 그런데 네가 갑자기 혼자 타겠다고 떼를 쓰지 않겠니. 우리는 하는 수 없 이 허락했지. 그리고 혼자 썰매를 타고 내려간 네가 우리를 부르 는 소리가 들렸다. "누가 내려와서 썰매 좀 끌어주세요." 우리 모 두 침묵하자 너는 눈밭에 썰매를 버려두고 그 옆에서 아주 큰 소리로 외쳤지. "나는 지금 꽁꽁 얼어붙고 있다고요!" 이제 우리 중 누가 내려가서 너를 구해 주길 바라는지 물어볼 차례였어. 너의 대답은 물론 "할아버지!"였지. 지팡이를 짚더라도 할아버지가 와야 한다는 거야. 나는 네가 나를 그렇게나 친근하게 생각한다는 데 감동받았단다. 그렇지 않았다면 나는 다른 사람을 내려보냈을 거야. 요즘 들어 재미있는 일이 아니면 조력자에게 맡기는 버릇이 생겼거든. 너에게도 언젠가는 훌륭한 여성 조력자가 생기기를 바란다. 레일란더의 조력자 이름은 플램쉔인데, 발데마르 4세보다 요리 실력이 훨씬 좋단다.

네가 지금 스케치북에 그리고 있는 썰매가 바로 주말에 탔던 그 썰매야. 미끄럼 나무가 뿔 모양으로 크게 돌출돼 있고 그 위에 앉은 사람들은 모두 머리에 모자를 쓴 채 하늘을 날고 있지. 이제 다른 것을 그리는구나. 목이 긴 공룡이네.

"내 생각에는 얘도 손녀가 있을 거 같아요. 손녀도 그려야지."

아마 너와 함께 썰매를 탔던 것이 내가 게으름을 극복하고 편지를 다시 쓸 수 있도록 용기를 북돋운 것 같아. 나는 아주 오랫동안 편지를 중단했단다. 레일란더는 내가 엠마의 죽음과 그 이후 힘든 시간에 대해 설명하고 싶지 않아서 그런 거라고 생각했지. 하지만 내 해석은 달랐어. 글쓰기는 정말 유익한 일이란다.

엠마가 세상을 뜬 이후로 오지 않을 줄 알았던 두 번째 사랑, 레일란더와 함께 지내면서 힘든 것도 많이 사라졌지. 나는 레일란더의 여행길에 동행하고 시나리오 작업에도 함께한단다. 게스트하우스 주인장 역할은 그만뒀다. 마지막까지 즐거웠지만 그래도 팡코 게스트하우스의 시대는 막을 내렸지. 집은 그대로 갖고 있지만.

레일란더와 나는 동물 관찰하는 것을 좋아하고 동물로 변신하는 것도 좋아한단다. 우리는 필수적인 동물 세계의 언어 몇 가지를 알고 있지. 새의 언어는 물론 뱀의 언어도 안단다. 지난여름에는 사슴이 되어 숲과 들을 뛰어다녔어. 나는 눈에 띄게 활기찬 수사슴으로, 레일란더는 화려한 암사슴으로 변신했지. 이런 식으로 이동하는 게 하늘을 나는 것보다 더 좋았어. 다만 변신하기 전에 먼저 까마귀가 되어 그 구역에 사냥꾼이 없는지 확인해야 해. 이튿날 고급 식당 테이블에 요리로 올라가고 싶지 않다면 말이야.

가을에는 우리가 함께 날 수 있는 방법을 찾아냈단다. 철새 무리에 끼면 둘이 나란히 날 수 있다는 사실을 알아냈지. 마법사들은 서로 나란히 날 수 없다고 했지. 마법사들은 공중에서 다른 경로로 날아야 해. 하지만 찌르레기나 제비 떼에 껴서 수천 아니 수만 마리와 함께 난다면 같은 경로로 날 수 있어. 새무리처럼 아프리카까지 날아갈 수는 없지만 무리가 한곳에 모여 편대비행을 연습하는 시간을 활용하면 된단다.

나는 이 방식으로 레일란더와 함께 장거리 여행을 가고자 했어 (이렇게 아프리카를 가는 게 십자군 원정보다 훨씬 좋을 거라고 했지). 하지만 그녀는 새 영화를 촬영해야 한다며 내켜하지 않았지. 그녀가 레스디기에르의 분신술을 익힌 지는 이미 오래되었으니 제비가 되어 지중해 한가운데서 아래를 내려다보는 동시에 베를린에서 인간의 모습으로 다른 일을 하는 게 불가능하지는 않았어. 하지만 이 마법으로도 완전히 정확한 분신을 만들어내지는 못한단다. 둘 중 하나는 존재감이 약하지. 그러니 레일란더가 비행을 즐기느라 제비의 모습에 좀더 많은 비중을 둔다면, 베를린 세트장에 앉아 있는 그녀의 분신은 어딘가 모르게 맥이 풀린 것 같은 인상을 풍기게 될 거야.

나는 그녀에게 분신을 곱절로 만들어내는 기술을 전수했어. 예컨대 철새 무리 전체를 분신술로 만들어낼 정도로 말이야. 그렇게 분신들이 떼를 이루면 우리도 각각 찌르레기로 변신한 다음 함께 날아올라 나란히 비행하는 즐거움을 느낄 수 있지.

레일란더는 이제 다시 편지를 써야 한다고 재촉했지. 그녀는 백 살이 넘은 마법사가 중요한 과제를 붙들고만 있으면 안 된다고 했어. 자칫하면 그 과제는 영영 미완성으로 남게 된다면서 말이다. 그래, 그녀 말이 옳아. 하지만 이제부터는 마법 기술 하나하나를 주제로 쓰는 것은 그만하련다. 그러기에는 마법의 종류가 너무 많고, 그중 몇 가지는 네가 아예 구경조차 못할 수도 있으니 말이야. 이제 내게 더 중요한 것은, 어떤 식으로든 내 인생의 후반부를 너에게 전하는 거야. 내 삶에서 늘 마법이 함께했지만 그건 부차적인 요소였어. 인생의 어느 시점부터는 우리가 무엇을 할 수 있고 무엇을 할 수 있었는지, 또 크고 작은 어떤 일들을 도모하고 실행해 왔는지 더 이상 중요하지 않은 때가 온단다. 그때부터 우리 인생은 부지런히 떨어지고 새로 돋아나지만, 전체 잎사귀의 숫자는 한결같은 나무 한 그루처럼 서 있는 자리를 무던하게 지키지.

나의 놀랍고 위대한 엠마는 1955년 세상을 떠났단다. 네 아빠가 태어난 지 몇 달이 채 지나지 않았을 때였지. 그녀는 말 그대로 죽음의 나락으로 떨어졌어. 그녀 자신에게는 비교적 편안한 마지막이었지만, 그녀를 사랑했던 사람들에게는 엄청난 충격과 좌절을 안겨준 임종이었단다. 죽기 직전 엠마는 막내아들 요한이 마법사라는 확신을 주고 떠났지. 요람에 누워 있던 아기가 팔을 뻗어 벽에 걸린 사진들을 붙들었거든. 실제로 그건 요한이 한 일이었고, 내 눈으로 그걸 보았지만 엠마가 도와주고 있다는 것은 눈치채지 못했다. 마법이 어느 정도 경지에 오르면 당연히 다른 사람의 팔도 길게 늘일 수 있는 법이거늘, 나는 엠마에게 그런 대담한 짓을 할 배짱이 있으리라고는 상상하지 못했지.

엠마는 홀쩍 이 세상을 떠났어. 하지만 그녀는 자신이 먼저 가게 되리라고 오래전부터 예감하고 있었지. 그래서 죽으면 베를린에 묻어달라고 부탁하곤 했단다. 나는 그녀가 왜 그런 부탁을 하는지 이해할 수 있었다. 바서부르크에서 그녀는 오랫동안 혼자였고, 무엇보다 그녀는 자신을 베를린 사람이라고 생각했으니까.

그녀가 죽고 나자 처음에는 삶의 의미가 사라진 것 같았다. 마법에도 아무런 의욕이 없었어. 그때부터 시작되는 모든 일이 전도서의 한 구절처럼 '모두 다 헛되어 바람을 잡으려는 것'이라고 확신했지. 다만 성경 구절이 과거를 회상하는 가운데 나온 말이라면,

나는 미래를 두고 하는 말이라는 점이 달랐어. 슬픔이 너무 커서 얼른 죽고 싶은 마음뿐이었단다. 그리고 이미 그 길에 들어선 것처럼 보였지. 날이 갈수록 병약해졌으니까. 나는 자살을 기도할 필요도 없을 거라고 확신했단다. 굳이 애쓰지 않아도 상실감이 최고 속력으로 나를 종점까지 끌고 갈 거라고 생각했어.

하지만 마지막은 오지 않았다. 그때 아들에게 썼던 유언장은 책상 비밀 서랍에 넣어뒀는데, 지금은 어디 있는지조차 잊어버렸지.

그리고 그즈음 내 마법 능력은 최대치로 성장했다. 얼마 전부터 사물을 똑같은 양의 다른 사물로 변신시킬 수 있게 됐어. 돈을 만드는 능력과 비슷한 거지. 돌멩이와 나뭇잎으로 동전과 지폐를 만들 수 있는 사람은, 오래된 믹서 날을 날카롭게 벼를 수도 있고, 혹은 그걸 아예 타자기로 만들 수도 있단다. 또한 사물을 밀어내거나 사라지게 만드는 데도 성공했어. 그리고 마침내 원재료 없이도 일상에 필요한 물건들을 만들어내는 경지에까지 이르렀지. 슐로스제크 선생님부터 매킨토시, 바벤첼러, 레스디기에르에 이르기까지, 대가들의 꾸준한 지도 편달 덕분에 사람을 동물이나 다른 사람으로 변신시키는 데도 성공했다. 물론 이 마법은 마법사가 아닌 보통 사람에게만 효력이 있단다.

나는 이제 거의 모든 것을 할 수 있게 됐지만 그 모든 것에 아무 관심이 없었어. 이런 걸 운명의 장난이라고 하겠지. 내 세계가 무너졌다는 것을 실감했단다. 이런 형편과 여타 마법에 대해 의논할 사람이 없지는 않았어. 예를 들어 그나들이 있었지. 하지만 그나들과 사냥을 하면서 동물을 다루는 방식을 두고 한 차례 다툼을 벌인 이후로 다른 것을 두고도 하나둘 의견 차이가 드러나더구나. 시간이 갈수록 그와의 관계에서 어렴풋한 균열이 느껴졌어. 좁고 꼬불꼬불한 도시의 골목 사이로 서늘한 바람이 불 때쯤 불화의 기운은 순식간에 퍼졌단다. 강하게 결속됐던 우리의 관계는 느슨하게 해체되었어. 바서부르크처럼 작은 도시에 마법사 둘은 너무 많았지. 우리는 계속 웃으며 인사하고 아이들끼리 어울려 놀게 했지만 더 이상 예전 같은 친구로 지내지는 못했다.

바벤첼러를 다시 본 것도 딱 한 번뿐이었어. 그는 알프스 중턱 국도변 주차장에서 죽었단다. 데카베에서 생산한 마이스터클라세의 핸드브레이크를 완전히 조이지 않아 사고가 났다고 했어. 바츠만 산의 설경에 감탄해 차에서 내렸는데 평소 '내 파트너 하인리히'라고 부르며 아꼈던 애마가 그의 뒤를 덮쳐 깔아뭉개버렸다는 거야. 그렇게 그는 어이없는 죽음을 맞았다.

그 일로 인해 나는 자동차에 이름을 붙이지 않는 게 좋겠다는 결론을 내렸어. '빵빵이'라든지, '검둥이' 같은 별명도 붙이지 않는 게 좋아. 이름을 붙이면 마치 자동차가 생명을 가진 것처럼 오해하기 쉽거든. 바벤첼러의 죽음으로 나는 더 우울해졌지만 그래도 견딜 만했다. 그는 모두의 친구라기보다 나만의 친구에 가까웠으니까. 그리고 그의 눈에 다른 사람들은 모두 조금씩 모자란 인간이었을 테니. 그는 마지막 길에서조차 다른 이들을 경악하게 만들었어. 마법의 근본이 된 지식과 자신만의 세계관을 가진 대가가,

능력자로 추앙받던 마법사가 바보 같은 자동차 사고로 이해할 수 없는 죽음을 맞이하다니! 아니, 과연 운명조차 빈정댔던 최고의 냉소주의자에 걸맞은 죽음이라고 해야 할까.

야콥과 유년 시절의 우정을 회복할 수는 없었냐고? 그는 어쩔 수 없이 미국으로 돌아가는 길을 택했단다. 신문 발행 부수가 점점 더 줄어들었거든. 예전처럼 좋은 기사를 생산해 내는데도 수입은 점점 줄어들었지. 야콥에게는 먹여 살려야 할 대식구가 있었고, 나는 미국에서 행운이 따르기를 기원하며 그를 배웅했다.

내가 외톨이가 됐다는 것은 부인할 수 없는 현실이었어. 나 역시 다른 누구를 만나려 하지 않았지. 그 어느 것에도 흥미가 생기지 않고, 하물며 새로운 기술에도 관심이 없었다. 당시에는 완전한 미국계 회사가 된 전 직장이 '홀러리스 주식회사'로 간판을 바꿔 달고 뵈블링엔에서 일반인을 위한 최초의 컴퓨터를 생산해 냈을 때야. 이름은 '라막(RAMAC)'이었는데 하드웨어가 불과 1톤밖에 나가지 않아 그 정도면 달로 쏘아 올릴 만했지. 하지만 내 마음이 동하지 않았다. 더 이상 달에서 뭔가를 하고 싶은 마음도 없었어. 모든 사람이 자동차에 열광하는데도 운전하고 싶은 생각도 없었어. 그러다 기분 전환 삼아 자동차 두 대를 한꺼번에 운전해 본 적이 있었지. 파흐로크를 두 명으로 만든 다음, 최고급 승용차인 보그바르트 이사벨라 운전석에 하나씩 앉힌 거야. 자동차 살 돈이야 자면서도 만들어낼 수 있으니 보그바르트를 샀다고 놀라지는 말거라. 하지만 그건 정말 어이없는 시도였단다. 그런 장난은 영화에서 거대한 충돌 장면을 연출할 때나 적합하다는 것을 뒤늦게 깨달았지. 하지만 나는 일부러 사고를 낼 의도가 없었고, 결과는 도플갱어의 죽음이었단다. 내가 자살을 계획한 것이 아니었기에 일어날 수 있었던 사고였어. 죽을 생각으로 시작했다면 마법이 먹히지 않았겠지.

그래, 나는 더 이상 죽으려고 하지 않았다. 그런데도 가끔은 내 등 뒤에 몰래 숨어서 혹시 죽을 수 있는 방법이 없을까 골똘히 생각하는 나 자신을 발견하곤 했지.

설계, 공작, 아니면 새로운 발명을 해보지는 않았냐고? 새로운 마법 기술을 배우지는 않았냐고? 하지만 그걸 어디에 쓰겠니? 그걸 한다고 함께 기뻐할 사람이 있겠니? 슐로스제크 선생님이 살아 계셨다면 새로운 조력자가 필요한 때라고 말씀하셨겠지. 하지만 현재 내 상태는 그 누구도 견뎌내지 못할 거라고 확신했단다.

술이 조금은 도움이 됐지. 잠시 잠깐이긴 했지만. 마법사들은 술이 세단다. 그래서 마시기 시작하면 돈이 많이 들어. 하지만 돈 때문에 술을 줄인 것은 아니야. 그 정도 돈이야 항상 있었으니까. 그건 그렇고 술에 취한 상태로 변신하는 것은 정말 위험하다. 술기운에 원상태로 돌아오지 못하고 곰이나 멧돼지의 모습으로 깨어날 수도 있거든. 그보다 더 작은 생물로 변신하는 것은 더 위험하단다. 천적에게 잡아먹힐 위험이 크잖니. 거미는 괜찮다. 거미를 잡아먹는 동물은 많지 않으니까. 부끄러움을 무릅쓰고 고백하자면, 언젠가 한번은 술에 취해 잠들어 한밤중에 깨어보니 거미로 변신한 내가 벽 틈에 웅크리고 앉아 별을 쳐다보고 있더구나.

많은 마법사가 인생의 여정을 제대로 완주하지 못하고 도중에 쓰러지고 만단다. 당시 나는 그 길에 들어서는 중이었지. 그러던 어느 날 시청 뒤에 앉아 맥주를 마시는데 어디선가 나타난 여인이 폴란드 억양이 강한 말투로 이렇게 묻는 게 아니겠니.

"혹시 피차트제크 선생님 아니신가요? 맞지요?"

그녀는 동프로이센 대학살 때 내가 빙판에서 구해 준 바로 그 여인이었단다. 바벤첼러와 내가 그 시간에 나서지 않았다면 목숨을 구하지 못했을 몇 안 되는 생존자 중 하나였지. 당시 나는 몸조심을 하느라 그녀에게 피차트제크라는 가짜 이름을 알려줬어. 그녀의 이름은 에바였고, 빨개진 얼굴로 다시 한 번 감사하다고 하더구나. 지금은 직장도 있고 결혼도 했으며 머지않아 팔레스타인으로 이민을 갈 거라고 했어. 그리고 행복한 얼굴로 나는 어떻게 지내냐고 물었단다. 나는 고맙다며 잘 지낸다고, 승강기 회사를 운영하며 자녀를 많이 낳았고 벌써 손주도 있다고 답했지. 기뻐하는 그녀의 모습은 다시 내 마음을 밝혀주었어. 아주 잠깐이었지만 내게 어떤 영감을 불어넣기에 충분했지.

다른 사람을 도와주고 상대가 감사하는 모습에서 인생의 즐거움을 얻을 수 있겠다는 생각을 하게 된 거야. 혹시 내가 아주 많은 사람을 도울 수 있다면, 그로 인해 침몰 중인 내 인생의 배도 다시금 떠오를 수 있지 않을까? 간호사인 에바가 근무 시간이라며 자리를 뜨자마자 라디오에서 뉴스가 들려왔단다. 헝가리에서 소련

정권에 항거하던 민중들이 봉기를 일으켰지만 유혈 진압을 당했다는, 그리고 그 난리를 피해 수만 명이 오스트리아로 피난을 갔지만 그들을 위한 거처가 부족해 독일에 도움을 요청했다는 소식이 내 귓가를 울렸지. 뉴스의 마지막은 지원자 없이는 지원이 있을 수 없다는 호소였다. 나는 엠마가 이 소식을 들었다면 만사 제쳐두고 거기 가서 힘을 보탤 거라는 생각을 했어. 내가 어떻게 해야 할지도 떠올랐지. 다른 것은 아무래도 상관없었다.

독일 난민 캠프 중 하나가 바이에른 라이헨할 근처 피딩이란 작은 도시에 세워졌어. 일단 나는 곧장 시립도서관으로 가서 손가락 두 개를 이용해 헝가리어를 배웠단다. 그리고 라이헨할로 날아가 구호 기관 카리타스 소속 구호 인력으로 등록했어. 물론 마법으로 위조한 서류였지. 나는 헝가리어를 할 줄 알기 때문에 쓸모가 있을 거라고 덧붙였지. 그곳에는 대략 5천 명의 헝가리인이 집결해 있었단다. 다수가 탱크에 맞서 싸웠던 남자들이었지만 가족이 전부 피난을 온 경우도 있었고, 비참한 행색의 노인과 울고 있는 아이도 있었지. 나는 그들의 난민 캠프 등록을 돕고, 식사와 기증받은 옷가지를 나눠주고, 아이들에게는 곰 인형을 안겨줬어. 그리고 이 모든 일을 하면서 헝가리어로 대화를 나눴단다.

그들은 모국어로 말할 수 있다는 것을 기뻐하면서도 내 헝가리어에 조금씩 이상한 점을 느끼는 낌새였어. 아마 급하게 문법을 배울 때는 손가락 세 개를 써야 했던 것 같아. 하지만 그곳에서는 말을 잘하는 게 중요하지 않다는 것을 금방 깨달았다. 중요한 것은 잘 듣는 것이었지. 불쌍히 여기는 마음이 아니라, 진정 듣고자 하는 마음만이 상대를 위로할 수 있단다. 나는 가끔씩 모습을 감춰야 했어. 다른 지역으로 날아가서 물품을 조달해야 했으니까. 담요, 이불, 외투, 욕조, 젖병, 전기레인지까지. 돈을 만들어내는 능력이 다시금 의미를 되찾았다. 누군가 내게 무슨 권한으로 난민 캠프에 그런 물품을 보내냐고 물으면, 나는 그 동네 대표 레스토랑인 '추어 포스트'의 메뉴판을 내밀었지. 물론 이미 두 개의 서명과 세 개의 도장이 확실하게 찍혀 있는 북바이에른 주 정부의 전권위임장으로 위조한 다음에 말이다.

나는 라디오도 수리했다. 그들에게는 헝가리 뉴스를 듣는 것이 무엇보다 중요했으니까. 한번은 이 세상 기술로는 고칠 수 없는 전기레인지 수리를 부탁해서 마법으로 불을 붙이기도 했지.

난민 캠프에는 구호 인력만 오는 게 아니었어. 노동자를 구하러 오는 신사들도 있었단다. 독일 경제는 활황을 이루었고 일꾼이 필요했으니까. 나는 그들 중 믿을 만한 사람들을 가려내고 대화를 많이 나눈 다음, 이리저리 협상을 해서 임금을 끌어올렸지. 굉장히 동정심이 많은 척하며 내게 접근한 다음 유흥업소에서 일할 '화끈한 헝가리 무용수'를 찾는 사람도 있었다. 나는 사람의 눈빛뿐 아니라 생각도 읽을 수 있었기 때문에 그 포주놈은 빈손으로 돌아가야 했단다.

한번은 낯선 지역에서 일꾼을 구하러 온 사람과 실랑이를 벌인 적도 있단다. 그는 빨리 계약서에 서명을 받아가는 데 안달이 나 있었어. 나는 그에게 원하는 것을 좀더 정확하게 설명하라고 강요했어. 그가 내민 조건은 '근무지 알제리, 생존 가능성 낮음'뿐이었으니까. 그는 내 프랑스어를 알아듣지 못했는지, 아니면 대화를 나누기에는 너무 소란스럽다고 생각했는지 나더러 밖으로 나가서 얘기하자고 청하더구나. 그러고는 갑자기 내 얼굴을 향해 주먹을 날렸어. 다행히 즉시 몸을 가볍고 부드럽게 만든 덕분에 그의 타격은 아무 위력도 발휘하지 못했지. 그러자 그는 다시 팔을 휘둘러 내 따귀를 때리려고 했어. 하지만 그 순간 나는 강철이 되었단다. 그는 나를 때렸던 오른손을 왼손으로 부여잡고 한동안 춤을 추듯 제자리에서 방방 뛰었지. 그러고는 더 이상 안으로 따라 들어오지 않고 곧장 고향으로 돌아갔어.

나는 대부분의 헝가리인이 새로운 거처를 찾을 때까지 3주일간 그곳에 머물렀다. 그리고 바서부르크로 돌아와 가게 문을 다시 열고 그네들에게 맡겼던 카롤라와 요한을 데려왔어. 나는 다시 기분이 좋아졌다. 엠마를 위해, 그리고 엠마와 함께 무언가를 했으니까. 슬픔은 여전했지만 좀더 역동적인 모습으로 변해 있었지.

남을 돕는 일이 마법의 진의에 포함되는지는 잘 모르겠구나. 하지만 삶의 진의에는 일부분이나마 포함되는 것 같다. 다른 사람을 돌볼 수 있다는 것은 그 사람이 정상에 가깝다는 증거가 아니겠니. 가끔은 의지할 곳을 잃어버릴 위기에 처한 사람이 다른 사람들을 돕는 일을 통해 자기 삶을 회복하기도 한단다. 그런 일이

나에게 일어났지. 나는 다시금 인생에서 무언가를 도모할 수 있게 되었단다.

하지만 내가 간과한 게 있었으니 바로 A.A.O와 슈나이더 박사의 정보 수집 능력이었어. 예전에 황급히 내 집을 떠나야 했던 그가 오랜만에 전화를 걸어 왔어. 그는 나의 애국심을 자극하고 민주주의를 위해 함께 힘써 보자고 설득했지. 하지만 나는 바벤첼러의 말을 떠올리고는 아내의 죽음 이후 종교에 귀의했으며 곧 수도원에 들어갈 거라고 대답했어. 그는 그만 입을 다물더군.

바벤첼러는 또한 내게 마법 도서관이 어디에 있고 거기에 어떻게 들어갈 수 있는지 알려주었단다. 다른 사람에게는 말하지 않았어. 먼저 장서를 정리한 다음 동료들이 이용할 수 있도록 공개하는 임무를 내게 맡겼지. 나는 화창한 어느 날 라인강을 따라 날아갔어. 쿠프슈타인이 보이고 서쪽으로 렝베르크가 펼쳐지는 지점에 숲이 무성한 언덕 위로 무너진 성터가 보였지. 움푹 팬 분지 하부에 무너진 성벽이 보였고, 그 한가운데 바벤첼러가 일러준 작은 성이 있었어.

성에는 구리 뚜껑을 덮은 둥근 탑이 두 개 서 있었고 카이저 산이 보이는 발코니가 여러 개 달려 있었단다. 그리고 그 옆에 달린 귀여운 부속 건물 아래 도서관이 있었지. 나는 집중력을 동원해서 숲 속의 비밀 문을 여는 마법의 주문을 기억해 냈어. 그러자 어둠 속에서 끝이 보이지 않는 나선형 계단이 나타났단다. 계단을 따라 내려가자 한참 후에 발이 바닥에 닿았어. 나는 조명 마법으로 주위를 대낮처럼 환하게 밝힌 다음, 일단 책 위에 걸터앉았지. 지하 창고가 너무 추워서 외투부터 챙겨 입고, 마법으로 공기를 데웠어.

나는 마법사 대부분이 공동으로 마법 능력을 발휘할 방법을 찾아야겠다고 결심했어. 세인트 폴리카프를 보호했던 마법이나 엠마를 지켜줬던 모성 보호 마법과 비슷한 방식을 취해 렝베르크의 비밀 도서관을 정상으로 돌려놓는 것이 내 임무였지. 그런데 여러 마법사가 이 공동 임무를 위해 협력할 수 있다면, 연합이나 동맹을 결성하는 것 또한 가능하지 않을까? 그동안 우리는 무시무시한 정권에 대항해 아무것도 하지 못했고, 새로운 독재가 싹을 틔우는 것을 막는 데도 아무 도움이 못 됐지. 일반 사람들이 유럽 전체를 아우르는 정치적 연합체를 논하는 마당에, 나는 마법사들도 뭉칠 수 있겠다는 생각을 했단다.

오늘은 2017년 3월 3일이다. 문득 사람의 생각은 얼마나 많은 장소와 얼마나 많은 시간을 동시에 떠올릴 수 있는지 놀라게 되는구나. 1957년 은밀한 도서관에 앉아 유럽을 생각하던 나는 다시 서재로 돌아와 신문 1면에 실린 미국의 신임 대통령의 잊을 수 없는 얼굴을 보며 네가 이 편지를 읽을 2030년쯤이면 이 얼굴 또한 잊혀질 거라는 생각을 한단다. 또 모르지. 그의 행동으로 인해 유럽 민중이 처음으로 확실하게 정치적으로 결속한다면, 그 얼굴이 역사에 길이 남게 될지도.

사람들은 요즘 난민과 난민으로 위장한 채 유럽으로 숨어들지도 모를 테러리스트 때문에 두려움에 떨고 있단다. 난민 모두가, 심지어 어린아이조차 테러리스트라고 주장하는 사람들도 있어. 이성이 있는 사람이라면 그 말을 진지하게 받아들이지 않지만, 그들의 주장은 원조를 거부하거나 우리의 인색함과 무정함을 감추는 데 도움이 되지. 무엇보다 많은 유럽인들의 머릿속에 '난민 문제'란 단어가 들어차서 난민들을 향한 연민을 밀어내 버린 것이 요즘 현실이란다.

사랑하는 마틸다, 바라건대 네가 이 편지를 읽을 때는 이런 얘기들이 시시하게 들리길. 지금은 도망쳐 나와야 하는 모든 나라들이 머지않아 평화를 되찾아서 너의 시대에는 사람들이 안정적으로 일하고 여유롭게 생활할 수 있을 거라고 믿는다. 그래서 피난길에 올랐던 사람들 모두 고향으로 돌아갈 수 있게 될 거라고 말이야.

1957년에는 '건강 악화로 휴무'라는 팻말을 전파상 창문에 걸어두는 날이 많았다. 아프지 않았는데도 말이야. 그동안 두 번째 직업 삼아 전파상을 운영했다면, 그때부터는 열 번째 직업 정도로 비중을 줄였지. 그 정도면 신분 위장이라는 목적은 충분히 달성했으니까. 처음엔 쿠젠베르크가 살고 있는 함부르크로 이사할까 고민했지만 오래지 않아 접었단다. 엠마의 무덤이 베를린에 있는 데다 한자동맹으로 상업이 발달한 함부르크에서는 조력자를 구하기가 쉽지 않거든. 아이들도 나와 함께 엄마의 무덤을 찾아가고 싶다고 해서 베를린으로 돌아가기로 했지. 하지만 일단은 카롤라가 고등학교 졸업시험을 마치고 집을 좋은 사람에게 넘길 수 있을 때까지는 바서부르크에 머무르기로 했어.

티투스는 로젠하임에서 대학을 다녔다. 목재업 석사 과정이었는데 숲을 소유한 사람들의 자녀들이나 배우는 과목이었어.

"숲을 키울 거니?"

내가 티투스에게 물었지.

"아뇨. 다 베어버리고 거기다 대마를 심을 거예요."

그 애는 쌀쌀맞게 대답했어.

티투스는 질문을 받기 싫다는 표현을 확실하게 했단다. 모든 질문에, 그 어떤 질문에도 공격적으로 반응했어. 나는 걱정스러웠지만 질풍노도의 시기가 지나갈 때까지 지켜보는 수밖에 없었지. 알고 보니 그 아이는 2천 미터 고산지대에서 외로이 목장을 지키는 일에 더없는 적임자였고, 그 일을 잘해 냈단다. 직업적으로 가장 높은 곳에 오른 자녀가 누구냐고 묻는다면 나는 티투스라고 답하지. 그 이유를 들으면 코웃음을 치지만. 사실 가장 높은 지위에 오른 것은 펠리시타란다. 그 애는 자연과학 박사인데 엄청난 지력의 소유자들만이 딸 수 있는 학위란다.

카롤라는 졸업시험에 합격했고, 뮌헨에서 독일어를 전공하겠다고 했어. 일단은 큰오빠인 펠릭스네 집에서 지내면 됐어. 나는 드디어 비정상적인 방법으로 양도받은 바서부르크의 집을 팔았단다. 그리고 그중 상징적인 금액을 산림감시원에게 기부했어. 묵묵

319

히 산행을 즐겼던 조제프 그루버의 유산을 받기에 적합한 사람이었으니까. 그리고 무엇보다 그루버가 묻힌 '호흐플라테'가 그 사람의 관할 구역이었거든.

요한은 이제 다섯 살 6개월이 되었다. 그 아이는 바서부르크의 소꿉친구들과 작별하며 울음을 터뜨렸지. 다른 아이들도 슬퍼했어. 항상 요한과 즐겁게 놀았으니까. 그 애는 어른들을 똑같이 따라 하곤 했는데 특히 우울해하거나 걱정할 때 그랬단다. 나는 아이 앞에서 그런 모습을 보이지 않으려고 노력했는데도 말이야.

베를린은 동서 간의 권력 대결이 특히 더 생생하게 느껴지는 현장이었다. 도시 한가운데를 가로지르는 장벽까지 세워져 아무도 동쪽 지구에서 나와 서쪽 지구로 들어갈 수 없게 됐지. 많은 사람들이 머지않아 서베를린이 동독에 먹히지 않을까 걱정한 나머지 줄줄이 헤센이나 바이에른으로 이사를 갔단다. 그 덕에 베를린에는 입지 좋고 시설도 화려한 집들이 이전에는 상상도 못 할 저렴한 가격에 나와 있었지.

우리는 서베를린 번화가에서 가장 아름다운 집을 골라 세를 얻었어. 집 안을 무엇으로 다 채울까 즐거운 고민을 해야 할 만큼 큰 집이었지. 2017년 현재 그 집이 다섯 명의 변호사가 함께 일하는 사무실이 되었는데, 보통은 다섯 명 모두 동시에 업무를 진행할 만큼 공간이 넉넉하단다. 이사를 한 다음에는 조력자를 위한 방을 화려하게 꾸미는 게 급선무였어. 적임자가 나타나기를 고대하던 참이었으니까. 하지만 그보다 중요한 것은 직업을 찾는 일이었단다. 전파상보다는 시간적으로 좀더 여유로운 자리가 필요했지.

그리고 나는 지적이면서도 충분히 위험한 임무를 찾아냈어. 그건 바로 동베를린 주민의 서독 망명을 돕는 일이었지.

기술자에게 국가 기관을 계략으로 속이고 사람들을 밀입국시키는 것보다 더 적당한 임무가 있을까? 나는 커다란 서독 자동차를 준비한 다음, 감쪽같이 트렁크를 축소하고 남은 공간에 고객들을 숨겼어. 터널 공사 기술을 독학으로 익히고 엔진을 장착한 글라이더와 열기구의 점화구도 만들었지. 내가 만든 여권과 입국 허가 도장은 그 어떤 심사도 거뜬히 통과했지만, 그래도 서류 위조 능력은 가급적 쓰지 않으려 애썼어. 실수 없이 망명을 돕는 마법사가 있다는 소문이 돌면 안 되니까. 그런 소문은 나 자신을 위험에 빠뜨릴 수 있었지. 아무것도 나를 막을 수 없다는 것은 장벽마저 아는 듯했어. 투명인간이나 비둘기로 변신해 현실 사회주의가 만들어낸 최근 성과물을 가로질렀지. 한 번도 그 벽을 그냥 뚫고 지나간 적은 없었어. 그 위를 날아다녔고, 때로는 장벽을 따라 날아가는 대장정을 감행하기도 했지. 전체 구간을 연구하면서 혹시라도 마법사가 아닌 사람도 빠져나올 만한 틈새나 구멍이 있는지 살폈단다.

나는 발각될 것을 두려워하지 않고 망명 희망자들의 집을 직접 찾아다니며 상담했어. 물론 내 뒤를 밟는 사람이 있었지. 하지만 내가 투명인간으로 가택 방문을 하는 동안 레스토랑에 앉아 샴페인을 홀짝이는 분신 덕분에 미행을 따돌릴 수 있었어.

눈에만 보이는 분신을 두는 것은 그리 어려운 일이 아니야. 진짜 분신술에는 그보다 더 많은 기술이 추가되지. 예컨대 합체할 때는 두 개의 뇌가 경험한 내용까지 함께 처리해야 하고, 분신이 이상한 소리를 지껄이거나 눈동자의 초점을 잃지 않도록 통제해야 해. 사랑하는 마틸다, 네가 이 모든 기술을 완벽하게 익히기 전까지는 경험 많은 동반자가 있을 때만 분신술을 쓰도록 하렴. 이 마법을 잘못 쓰다가 불운을 맞게 된 마법사들이 있지만 구구절절 끄집어내서 불필요한 두려움을 심어주고 싶지는 않구나. 잔소리는 이 정도로 충분하리라 믿는다.

그동안 나는 렝베르크 도서관에서 필요한 책을 읽고 드레스덴의 블뤼트너 씨와 빈의 포스피스칠을 몇 번이고 찾아간 덕분에 다양한 마법을 자유자재로 구사할 수 있게 됐단다. 그리고 그 일에 조금 들떠 있었어. 환갑이 돼서는 좀더 강력한 분신술을 배웠지. 한 명의 파흐로크가 열 명의 파흐로크로, 혹은 백 마리 지빠귀로, 또는 개미 수천 마리로 변신해 개밋둑을 이룰 수도 있었어. 하지만 나는 그 마법을 레일란더와 함께하기 전까지는 거의 쓰지 않았지. 그러다 요즘 들어 일주일에 몇 번씩 철새 떼로 날아다니는 즐거움을 만끽하고 있단다.

사실 그때는 내 앞에 얼마나 큰 위험이 도사리고 있는지 알지 못했다. 그래, 슈나이데바인, 또 그 슈나이데바인이 문제였어! 그는 폴란드 접경 도시 아이젠휘텐슈타트에 살면서 늘 하던 짓을 계속하고 있었지. 바로 그 짓, 다른 사람을 해치는 짓 말이다.

    망명을 돕는 대가로 나는 돈을 받았어. 순전히 안전상의 이유였
지. 도움을 받는 사람들은 아무 대가 없이 도와주는 것을 오히려
수상쩍게 생각하거든. 내가 돈을 받아야 나를 믿었단다. 웃기는 상
황이지만 현실이 그랬어. 나는 그들이 준 돈이나 귀중품을 눈에
띄지 않게 되돌려주기 위해 공을 많이 들였단다. 직업을 주선하기
도 했고, '행복한 우연'을 만들어내기도 했지. 그러느라 온갖 수단
을 동원했고, 독일 서쪽까지 그들을 데려다주는 경우도 적지 않았
어. 사실 망명을 돕는 일 자체보다 그게 더 힘들었단다.
    그리고 마침내 우리 집에 함께 살면서 요한을 돌봐줄 사람을 찾
았다. 마흔다섯 살쯤 된 남자였는데 내 도움을 받아 서독으로 망
명한 사람이었어. 그는 말 그대로 적임자였지. 아마추어 요리사에
아마추어 축구 선수였고, 계산에 능하고, 신중하게 운전을 했어.
게다가 겸손하고 다정한 사람이었지. 아이를 학교에 데려다주는
일도 그가 맡았어. 요한은 이제 1학년이 됐단다. 어쩌다 보니 그는
내가 진짜 마법사라는 것을 알게 됐고, 나 또한 그가 안다는 것을
알아챘지. 나는 그가 조력자에 적합하다고 생각했단다. 무엇보다
요한이 그를 좋아했거든.
    그는 젊은 시절 독재자의 헌신적인 지지자였고 군복을 입은 적
도 있었어. 하지만 나는 생각 읽기 마법으로 그가 그 시절을 부끄
러워하고 있으며 스스로 지위가 낮은 직업을 택하려고 마음먹었

다는 것을 알아냈지. 경력을 드러내면 그 시절의 과거가 들통날 테니 아예 상관없는 일을 하려고 한 거야. 나는 그가 사람을 죽인 적이 없다는 것도 확인했어. 그는 기회주의자가 아니라 확신범으로 그 일에 동참한 거야. 그리고 이제는 그때 가졌던 확신을 완전히 버렸지. 한때 그의 삶을 엄청난 파국으로 몰고 갔던 일에도 긍정적인 면은 있었다. 그는 이제 그런 일이 얼마나 쉽게 일어나는지 알게 됐으니까. 스스로 엄청난 착각에 빠져본 적이 있는 사람은 다른 사람의 실수를 함부로 경멸하지 않는 법이야.

나는 그를 불러 모든 얘기를 들은 다음, 답례로 나의 특별한 점에 대해 이야기했단다. 그리고 우리는 합의를 봤지. 1963년부터 그는 내 조력자가 되었다. 나는 그를 발데마르 3세라고 불렀고, 사례도 넉넉히 했단다. 내가 어두운 비밀을 볼모로 그를 착취한다는 인상을 주고 싶지는 않았으니까. 서류보관소에 가서 그의 기록과 색인 카드를 찾아 과거를 지워줄까 잠시 고민도 했지만 그러지 않기로 했다. 그는 악당이 아니었고, 그를 위해서라도 과거는 그대로 두는 게 맞는 듯했어. 말이 나온 김에, 발데마르 2세 얘기도 하자면, 그는 충성스럽고 신중한 조력자였고, 관청에 아무런 마법을 쓰지 않았는데도 아무 방해 없이 나와 지낼 수 있었지. 하지만 아쉽게도 그는 1971년에 세상을 떠났단다. 그 조용한 사내를 나는 전적으로 신뢰했는데, 그가 간염을 숨기고 있는 줄은 몰랐어.

마법사 연합을 부활시키는 일은 큰 진척이 없었다. 그나들은 한 번도 찾아오지 않았고, 블뤼트너 씨는 헨리 그룬트 때문에 몸을 사렸지. 그룬트는 사회주의 신봉자가 되어 나와 블뤼트너 씨 같은 동료들과 접촉하는 것을 피했어. 그동안 이름만 들었던 다른 마법사들을 알게 됐어. 스위스 티치노에 사는 아름다운 카라치올라와 나폴리에 사는 데 크레센초였어. 크레센초는 재기 어린 기술자로 나중에 위대한 철학자를 발명해 철학사에 끼워 넣기도 했지. 게다가 내 전 직장이었던 천공카드 회사에 다녔어. 회사 이름이 바뀐 지 오래였지만 그래도 반가웠지. 우리는 한밤중까지 전문적인 주제로 수다를 떨곤 했단다.

우리 집에서 모임을 열면서 낯선 얼굴들이 찾아왔단다. 얼굴은 새로웠지만 그들의 회의와 저항은 낯설지 않았지. 사람들은 사사건건 근본적인 의견 차이를 드러냈다. 마법의 의미와 신의 존재, 사회주의와 독일 통일의 가능성, 독일 재무장 여부와 핵폭탄, 심지어 유럽의 앞날까지 저마다 의견이 달랐어. 누군가는 유럽연합으로 평화와 우호 관계를 기대했지. 하지만 다른 누군가는 가난한 나라에서 싼값에 원자재를 사올 수 있도록 힘의 카르텔을 유지해야 한다고 주장했어. 그 와중에 수수한 차림의 남자 하나가 이미 죽은 누군가의 평범한 이름으로 신분을 위장하고 나타나 낮은 목소리로 이렇게 말했다. "사건! 유럽은 매력적인 사건이 연쇄적으로 일어날 것이오. 그렇지 않으면 거대한 보험회사가 되고 말 거외다." 지금 생각해 보니 그 말은 당시에 들었을 때보다 훨씬 더 현명한 말이더군. 하지만 당시에는 아무도 그의 말에 귀를 기울이지 않았고, 나 역시 그랬단다. 나는 그저 그의 얼굴을 기억해 두었지. 그리고 시간이 지나서야 그가 예언자였다는 것을 알게 됐어.

모두 할 말을 다 한 듯한 분위기가 되었을 때, 내가 입을 열어 오랫동안 작심했던 말을 시작했어. 마법사들 사이에서는 단 한 번도 거론된 적이 없지만, 내겐 무척 중요했던 주제의 문을 연 거야. 내가 말을 시작하자 모두 입을 다물었다. 처음 듣는 얘기이기도 했지만 또한 오래된 문제이기도 했으니까.

"우리는 변신할 수 있습니다."

내 첫마디는 이거였어.

"그리고 우리는 자주 동물로 변신하죠. 우리는 각자 속속들이 알고 있는 동물이 하나씩 있고, 그 동물의 모습으로 즐겨 변신합니다. 내 경우에는 악어예요."

마법사들의 얼굴에 웃음이 번졌다. 블뤼트너 씨는 인정한다는 듯 고개를 끄덕이며 말했지. "슐로스제크를 위하여!"

다른 쪽에서 누군가 크게 외쳤다.

"지금 보여줄 수 있나요?"

"그럼요, 하지만 조금 있다가요. 파충류는 말을 잘 못하는데 나는 아직 할 말이 남았거든요."

뒤이어 나는 우리 마법사들이 이해할 수 있는 동물들의 언어에 대해, 우리가 공감하는 그들의 고통에 대해, 그리고 동물들이 없다면 끔찍하게 변해 갈 세상에 대해 계속 말을 이어갔다. 이 세상에 사람만 남는다면 그건 지옥이 될 거라고 했어. 그리고 동물을 경험할 수 없다면 아이들의 정서는 또 어떻게 되겠냐고. 우리 마법사들뿐 아니라 전 인류가 동물에게 감사해야 할 이유가 있다고 했지. 하지만 우리에게는 동물을 도울 능력이 있으니 그건 우리의 숙제라고, 이 별에서 동물들과 함께 살아가려면 무절제한 방식과 기술에 맞서 싸워야 한다고 주장했단다.

"그래서 어떻게 하자는 건가? 동물보호 단체라도 가입하자고? 아니면 우리가 하나 만들자는 건가?"

헨리 그룬트가 물었지.

"그 '어떻게'에 대해 함께 이야기해 봐야죠. 내가 생각해 본 바로는, 우리가 동물의 모습으로 변신해서 사람들에게 존경심을 촉구할 만한 행동을 할 수 있을 것 같아요. 도살당하는 가축이 되어 혁명을 모의하거나 멸종된 어종으로 변신해 원양어업자들을 놀라게 할 수도 있겠죠. 가끔은 기적을 경험하는 것이 사람들에게도 좋아요. 동물을 도울 수 있다면 그게 기적 아니겠어요?"

"음메, 음메! 어디서 소 우는 소리 안 들리는가? 내 귀에만 들리는 건가?"

나는 비아냥거리는 그놈의 목을 졸라 죽여버리고 싶었단다. 그리고 아직 내 편은 아무도 없다는 것을 깨달았어. 몇몇 사람들은 내 주장에 대해 생각해 보았지만, 전반적으로 마법사들은 아직 이 계획에 공감할 만큼 성숙하지 못한 것 같았어. 보통 인간 사회도 아직 미성숙하긴 마찬가지였지.

나는 들끓는 속을 드러내지 않은 채 모두에게 커피와 케이크를 대접한 다음, 유람선을 타는 시티투어와 인근 공원에서의 저녁 식사까지, 계획대로 풀코스를 진행했어. 렝베르크의 도서관 출입에 관한 비밀은 엉뚱한 사람의 귀에 들어가지 않도록 방법을 모색한 다음에 공개하기로 했어. 렝베르크에서만큼은 슈나이데바인과 마주치고 싶지 않았으니까.

그리고 마침내 내가 깨달은 것은 큰 집이 있다고 해서 자연스럽게 모임이 결성되지는 않는다는 사실이었지.

그로부터 며칠간은 우울하게 보냈단다. 요한이 어떤 범죄 영화의 어린이 조연으로 뽑혔다는 소식을 듣고서도 마음이 밝아지지 않았어. 오히려 나는 그 일을 반대했지. 어릴 때는 아무래도 학업에 집중해야 한다고 생각했으니까. 안 그래도 그 애는 성적이 나쁜 편이었으니 말이야. 하지만 요한은 영화 출연을 몹시 기대하고 있었어. 출연료로 자전거를 살 수 있는 데다 연기를 좋아했거든. 나는 그 애에게 영화 출연은 안 되고 사진 촬영 정도는 허락할 수 있다고 했지. 하지만 요한은 자기 뜻을 굽히지 않았고 어쩔 수 없이 나는 허락하고 말았단다. 하지만 그 영화 제목부터 마음에 들지 않았어. 〈마녀의 기별〉이라니.

나는 또다시 무언가를 도모하기 시작했지. 사람들을 돌보고 망명을 도우면서 구호자의 자질을 발견했단다. 그리고 거기에는 확장의 여지가 있다는 것을 깨달았지. 나는 사람들을 번창하게 만드는 재주가 있었어. 행복하게 만들어주는 재주 말이다. 엠마와 아이

들과 함께 있을 때부터—적어도 내가 그들 곁에 머무는 동안에
는—나는 어딜 가든 자리를 잘 잡았고, 다른 사람들과 나 자신을
행복하게 만들었지.

그런데 행복으로 인도할 불행아를 어디서 찾을까? 그런 사람
없이는 시작조차 할 수 없는 일이었지. 하지만 알다시피 거의 누
구나 불행아가 될 소지가 있으니 단지 행복하지만 않으면 되는 거
였다. 이 프로젝트의 가장 큰 문제는 그다음 대목이었어. 바로 그
불행아를 어떻게 내 집으로 끌어들이는가 하는 것이었지. 행복 세
미나로는 부족했어. 그것보다는 불행아들 스스로 행복해지려면
어떤 부분을 채워야 한다고 생각하는지를 파악하고 그걸 주겠다
고 약속해야 할 것 같았지. 그 어떤 부분은 바로 성공이었다. 그리
고 당시에는 모두 성공으로 가는 열쇠가 '리더십'에 달렸다고 생
각했어. 비록 바로 얼마 전의 사건으로 나 자신의 리더십은 형편
없다는 것이 판명되긴 했지만. 그래도 다른 사람을 이끄는 기술에
는 나도 관심이 있었으니까 그걸 가르치기로 결심했지.

천부적 소질이 없는 사람이야말로 다른 사람을 가르치기에 제
격이야. 자신은 할 수 없지만 가르치기만 하면 되니까. 좋은 트레
이너가 되기 위해서는 불능의 경험도 반드시 필요하니까. 나는 리
더십만큼은 어떤 사람보다 실패의 경험이 많다고 자부할 수 있었
지. 1965년 즈음에는 나름의 방법으로 다른 사람들을 리드하려는
젊은이들이 넘쳐났어. 그들은 저마다 '맡은 바 소임을 다하는' 중

요한 인물이 되고자 했어. 대부분 자기 부모에게 깊은 인상을 남기고 싶어 하거나, 어떤 의미와 목적을 성취해야 한다는 나름의 부담감에 이리저리 휘둘리는 사람들이었지. 나는 신문 이름에는 '밤'이 들어가지만 정작 오후에 배달되는 석간에 광고를 하나 냈단다.

"리더십 강화로 성공을! 지금 신청하라, 이건 명령이다."

그 뒤에 전화번호를 남겼어. 그리고 현관에도 작은 간판을 하나 달았지.

베를린 리더십 아카데미
4층 오른편 파흐로크의 초인종을 누르시오.

오늘날까지도 내 '리더십 세미나'가 나쁘지 않았다고 자부한다. 훈련을 통해 젊은이들은 집중력과 양심적인 행동을 배우고 조력자와 구호자가 어떤 것인지 경험했지. 내가 세계적 기업을 이끈 것이 아니라 바서부르크에서 전파상을 운영했다는 과거를 비밀에 부친 것이긴 했지만.

나는 연습 문제를 내고 규칙을 정하고 잔기술을 가르쳤어. 몇 가지는 정확했지만 오류도 없진 않았지. 예를 들어 나는 협상에서 결정을 내려야 할 때는 두려움을 드러내서는 안 된다고 가르쳤어. 결정은 항상 어떤 두려움을 동반하게 마련이라고, 결정을 한다는 것은 익숙한 것의 장점을 내어주고 달라진 것의 장점을 받아들이는 일종의 교환이므로 항상 위험이 따르기 때문에 걱정하기 십상이라고 말이야. 그리고 그 지점에서 침착하게 반응하고 가능한 말을 적게 하는 것이 리더에게 적합한 자세라고 가르쳤지. 말을 많이 하는 것은 두려움의 표현이라고도 했단다. (하지만 이건 모두 헛소리였어. 사람들이 협상에서 말을 많이 하는 것은 더 많은 것을 얻을 수 있기 때문이라는 사실을 나중에야 깨달았지.)

우리는 리더십이라는 주제와 연관된 이야기를 한 가지씩 하는 것으로 모임을 시작했어. 대학생 하나가 먼저 자기 꿈 얘기를 꺼냈지. 그는 베를린 이층버스의 2층 앞자리에 앉아 있었고 손에는 장난감 핸들을 잡고 있었어. 그 자리에서는 차창 밖이 제대로 보이지 않아서 혼잡한 교통 상황을 어떻게 헤쳐나가는지 알 길이 없었지. 그러다 문득 버스를 운전하는 게 자기 자신이라는 생각이 든 거야. 행인을 치든, 옆 차선의 자동차를 폐차장으로 보내든 모든 것이 자기 책임이라는 생각 말이야. 그는 버스 2층에 혼자 앉아 장난감 핸들을 붙들고 있을 뿐이었는데 말이야. 설명을 마치면서 그 학생은 그런 상황에서는 침착함을 유지하는 게 아무 소용 없지 않겠냐고 말했어. 그럴 때는 큰 소리로 도움을 청하며 이렇게 소리를 질러야 하는 것 아니냐고. "나는 못하겠어요!"

"아니에요. 그럴 때는 조용히 지켜봐야 합니다."

내가 말했단다.

우리는 그 꿈을 두고 계속 대화를 나눴어. 나는 과대망상에 가까운 꿈이라고 진단했지. 하지만 다른 누군가는 책임감을 느끼고 전체를 돌보려는 민주주의자의 꿈이라고 반박했다. 그러자 다른 숙녀가 그 말에 다시 반기를 들었어. 그녀는 그 꿈을 민주주의에 갖다 붙이는 엉터리 해석이야말로 악몽 같다고 했지.

세미나에 참석한 학생들 중 몇몇은 후에—아주 오랜 후에—높은 지위에 올랐단다. 일단은 학생운동 대열에 들어갔지. 그중 한 명은 특별히 기억에 남는데, 그는 세미나가 추구해야 할 학습 목표를 단 한마디로 정리할 줄 아는 학생이었어. "사람이 그 어떤 회의도 품지 않게 될 때 지도자가 됩니다." 이듬해 그는 탈권위주의 운동계의 대스타가 되었고, 다른 이들과 함께 코뮌을 결성했어. 그리고 3년 전에 우연히 그를 보았는데, 한 대기업의 회장 자리를 후계자에게 내주고 리더십 강의를 하고 있더구나.

1966년 말부터 나는 점점 더 많은 미래의 지도자들이 미용실에 가지 않는다는 사실에 어리둥절했단다. 어깨까지 덥수룩하게 기른 머리카락은 그 사람이 진지한 구직 활동에는 뜻이 없다는 것을 보여주었지. 그리고 어느 날 학생들이 모두 세미나에 결석했고, 더 이상 수업에 나타나지 않았어. 나는 버스 꿈을 둘러싼 의견 충돌에 놀란 탓이라고, 불행의 직격탄을 맞은 것은 그 버스가 아니라 내 수업이었다고 생각했지. 하지만 알고 보니 원인은 전혀 다른 데 있었단다.

하룻밤 새 '리더'가 부정적인 의미가 돼버린 거야. 학생들은 '리더'를 '후견인'쯤으로 해석했지. 바야흐로 모두 함께 토론하고 공동으로 결정하는 시대가 열렸단다. 어떤 행동에 대한 판단은 모두,

적어도 참석자 모두의 올바른 역사의식에 입각해 내려졌어. 결정을 내리는 것은 더 이상 리더의 몫이 아니었어. '민초'들이 결정을 내렸지. 물론 그렇게 내려진 결정을 의욕적으로 알리는 사람이 리더와 비슷한 역할을 하긴 했다. 하지만 그렇다고 스스로 리더 행세를 할 수는 없었단다. 엄격한 탈권위주의 시대가 도래했으니까. 창문이 깨지거나 자동차가 뒤집어져도 책임을 물을 사람이 없었어. 자신이 어떤 회사의 대표라고 등록하는 사람조차 없었거든. 나이 든 우리에게는 온 세상이 철저히 무너져 내리는 소리로 들렸지.

청소년들 사이에서는 성적 매력을 발산하려는 움직임이 거셌다. 그들의 자유로운 파티나 옷차림은 다음 세대에게는 전설이 되었을 정도야. 그런 것들이 나이 든 사람들에게는 여간 거슬리는 게 아니었어. 적어도 나이 든 마법사들은 심기가 불편했지. 젊은 사람들은 그들이 원하는 대로 언제든지, 누구하고든 사랑을 나눴다. 하지만 그러다 보면 의도치 않은 결과가 생길 수 있었고, 피임약이 보급되지 않았다면 그렇게까지는 못했을 거야. 그들은 옷도 제 맘대로 입기 시작했고 그동안의 관례는 깡그리 무시했어. 아무도 넥타이를 매지 않았고, 거리에서 양복 입은 신사들이 사라졌지. 치마는 점점 짧아졌고 밖으로 나온 다리는 점점 더 길어지고 헐벗었어. 나도 가끔 시위에 나가기는 했지만, 대부분 그저 보도에 서서 지켜보는 데 만족했단다. 수많은 시위 부대가 집 앞 거리를 지나갈 때도 나는 현관 앞을 지키고 서 있었지.

사람들은 해시시를 피웠어. 마음을 편안하게 풀어주는 마약이었지. 나도 한번 피워보긴 했지만 약효가 지속되는 동안은 마법 능력이 형편없이 떨어졌단다. 해시시는 통제되지 않는 그림과 생각이 연속적으로 떠오르도록 만든단다. 나도 모르게 변신하고 자꾸 다른 대상으로 모습이 바뀌는데 정작 내가 변신하고 싶은 대로 바뀌지는 않았어. 아무튼 내가 기억하는 바로는 그랬다.

사회 시스템은 그런 젊은이들을 민주주의자가 아니라 자본주의자라고 단정하고, 약탈적이며, 심하게는 전쟁을 등에 업고 설치는 자들로 간주했어. 미국이 베트남전쟁을 일으키지 않았다면 전 세계적으로 학생운동이 일어날 수 없었다는 사실을 역설적으로 비판한 거지. 독일 청년들의 저항운동에는 독재자에게 환호하고 그 뒤를 졸졸 따라다녔던 부모 세대를 향한 비판이 추가되었단다. 나이 든 사람들은 그런 비판이 부당하다고, 혹은 예의 없다고 생각했고, 저돌적인 학생들은 부모 세대의 그런 태도를 경멸했지. 하지만 그들 중 다수는 자신들이 생각했던 것보다 오래 견디지 못했어. 모두 혁명의 기운을 만끽할 때는 다 같이 어울렸지. 하지만 어느새 해시시를 너무 많이 피운다는 것이, 말을 너무 많이 한다는 것이, 그러면서도 다른 사람의 말을 듣지 않는다는 것이 문제가 되었지. 몇 달 새 모임 내에 다툼이 늘어났어. 그 모임에서 싸우고 뛰쳐나간 사람들은 점점 더 작은 정치적 그룹을 만들어가면서 서로 최고의 급진주의자가 되려고 안달했지.

새로운 자유의 물결에 맨 먼저 열광하며 몸을 담갔던 많은 이들은 불과 1년 만에 짱돌을 던지고 가게에 불을 질러도 행복은 오지 않는다는 것을 깨달았어. 프라하에서 일어난 사건에 대한 회의가 한몫했지. 급진적 사회주의자들이 소련의 발길에 짓밟히는 순간 서유럽의 좌파 운동도 함께 밟히고 만 셈이야.

그래서 어떻게 되었냐고? 다수가 제자리로 돌아가 아무도 관심 없는 박사 논문을 끝도 없이 써대거나, 인도식 명상에 탐닉하거나, 자진하여 알코올중독자가 되었어. 그리고 모두 하나같이 점점 더 자주 극장을 찾기 시작했어. 영화는 인생을, 오류를, 그리고 오류 또한 인생의 일부분임을 보여줬고, 그게 영화가 존재하는 의미처럼 보였다. 영화는 각자 자신의 오류를 고백하고 그것을 웃어넘기라고 독려했어. 때로는 사람에게는 나쁜 시간이 영화에서는 최고의 시간이 된단다.

그리고 많은 사람들이 심리치료를 받기 시작했어. 새 출발의 꿈이 산산조각 난 것에 대한 비애감에서 벗어나려는 나름의 시도였지. 그들은 공부를 계속하지 못하고 치료비를 벌기 위해 가구 공장에 들어가거나 택시를 몰았어. 나는 다시 한 번 기회가 찾아왔음을 직감했지. 사람들을 번창하게 만들겠다는 내 꿈에는 변함이 없었어. 나는 살던 집을 속속들이 손본 다음 밝은 전구로 바꿔 달고, 가장 큰 방 벽에 마법으로 위조한 학위와 증명서를 내걸었다. 그리고 현관 간판도 새로 달았어.

의학 박사 파흐로크
분석적 사건 치료

1969년에는 중요한 사건이 세 가지나 있었단다. 어떤 미국인이 달 표면에서 춤을 춘 것과, 독일연방공화국에서 처음으로 사회민주주의자 총리가 선출된 것, 그리고 내가 심리치료계의 혁신을 이룰 파흐로크 주식회사를 창립한 것.

나는 금세 큰 성공을 거두며 유명해졌지. 물론 돈도 받았어. 그것도 치료의 일환이었지. 사람들은 돈을 지불하고 얻은 충고를 더 소중하게 여기거든. 하지만 다른 치료사들보다는 적게 받았단다. 그래서 학생들이 많이 찾아왔지. 나는 병원 실습 경험도 없고, 의학 박사도 아니었으며, 의학계에 아는 사람 하나 없었지만 아무 문제가 되지 않았어. 일주일 동안 손가락 두 개로 책 수천 권을 읽으면서 전문용어를 모조리 섭렵했으니까. 내 실습 경험을 증명해 줄 방법도 찾았단다. 어떤 교수에게 마법을 걸어 학위증에 서명을 하게 만들었지. 그리고 문의가 있을 때마다 나를 기억해 내고 심지어 내 논문 제목까지 기억나게 해두었어. 나는 〈눈과 사건, 주의력 치료를 위한 새로운 연구〉로 박사 학위를 받은 것으로 되어 있었지. 실습 경험이 부족하긴 했지만, 그래도 나는 스스로를 고등 사기꾼이 아니라 준고등학력자쯤으로 생각했단다.

'사건 치료'라는 분야는 오후 한나절에 뚝딱 만들어낸 개념이란다. 얼마나 재미있던지 심지어 천공카드로 제어되는 주파수 변경법을 발명할 때보다 더 열중했어. 방식은 리더십 세미나 때와 비슷했지. 꿈 얘기는 제외했지만. 주로 환자와 함께 산책을 하거나 자전거를 탔어. 산책하는 시간은 비용에서 제외하고 대화 시간만 계산해서 비용을 받았단다. 대화 시간에는 직전에 움직이면서 경험했던 모든 사건을 요약해서 말해 보도록 했어. 일주일 동안 다른 사람들을 관찰하는 데 정신이 팔려 있던 환자들은 어느새 사람들과 어울려 살아도 괜찮겠다는 생각을 하게 됐지.

내 응접실에는 포스터가 하나 걸려 있었단다. "인간이여, 인간다운 인간이 되자!" 그 밑에 쾰른에서 온 학생 하나가 연필로 낙서를 했어. "……아니면 라인강 라인을 타자!" 나는 그 말장난을 지우지 않고 그대로 뒀단다.

정말 심각한 병을 앓고 있는 환자들은 동료 의사에게 보냈어. 하지만 정상적인 불행아들은 내 방식만으로도 충분했지. 나는 그 누구도 고칠 수는 없지만 많은 사람들의 눈을 열어줄 수는 있다고 생각했어. 공명심에 골몰하는 대신 두 발로 걷고 코로 호흡하며 자신의 경험 중 감사할 만한 것을 찾아내는 법을 가르쳤지. 그들은 감사할 것이 얼마나 많은지를 깨닫고 놀라워했단다.

이런 과정에서 종종 아주 명석한 젊은이들을 발견하는 것도 큰 기쁨이었지만, 애도 기간 동안 늘어난 뱃살이 운동으로 사라지는 것 또한 즐거웠단다.

환자들은 굳이 행복이란 말을 입에 올리지 않고서도 점점 더 행복해졌단다. 나 또한 절대 성공이란 단어를 내뱉지 않았고, 발전했다고 칭찬하는 법도 없었지. 마법 사용도 극도로 자제했다. 가끔 안정 마법이나 환희 마법으로 그 사람의 기분을 끌어올리거나 고통을 완화해 주었지만 몇 분밖에 하지 않았어. 영문을 알 수 없는 약간의 호전은 치료되고 있다는 믿음을 갖게 했고 그건 도움이 되었으니까.

무엇보다 나는 표정으로 말하지 않으려고 노력했어. 포커페이스를 유지했지. 그렇다고 구루가 될 생각은 없었단다. 신봉자나 제자에게 둘러싸이지 않았어. 물론 팬들이 없지는 않았지만 내 종파를 만들려는 시도는 단 한 번도 하지 않았지. 아직까지도 그 점을 정말 자랑스럽게 생각한단다.

여러 해가 지났을 때도 나는 예전 환자에게 감사의 편지를 받았어. 그중에는 정부 수반도 두 명이나 있었지. 예술계의 대가가 된 어떤 이는 내가 고통을 열정으로 승화시킬 수 있도록 도움을 주었다고 밝히기도 했단다. 이런 편지들은 내가 이사한 지 사반세기가 지난 후 옛날 주소로 도착하기도 했지만 50년 약정으로 우편물 추송 마법을 걸어놓은 덕에 빠짐없이 받아볼 수 있었어. 너도 이 기술이 필요하다면 레일란더에게 배우렴.

그건 그렇고 이런 말이 내키지는 않지만 레일란더가 하는 것을 무조건 다 따라 해서는 안 된다. 예컨대 명품 핸드백을 좋아하는 취향은 본받지 말길. 문제를 일으킬 정도가 아니라면 여자들이 핸드백을 좋아하는 것은 지극히 정상이지. 하지만 그녀가 교체 마법을 완벽히 구사하게 된 이후로는 잔소리를 하지 않을 수 없단다. 한번 쇼핑을 나가면 많게는 스무 번씩이나 핸드백을 바꾸더란 말이다. 쇼윈도를 보다가 마음에 드는 게 있으면 즉시 똑같은 가방을 팔에 들어야 직성이 풀리지. 물론 내용물은 그대로 유지하면서.

그러고는 흐뭇하게 거울을 쳐다보다가 몇 분 후에 또 다른 신상에 꽂히지. 그러다 우연히 다른 사람의 관심을 끌지도 모른다는 걱정 따위는 하지 않는 모양인데, 언제 어디서라도 마법사 사냥꾼을 마주칠 수 있으니 항상 조심해야 해.

1973년은 내게 특별히 기억에 남는 해란다. 요한은 연기학교에 들어가서 처음으로 정식 배역을 맡았어. 그 녀석은 내가 뭘 해주지 않아도 알아서 번창했단다. 그리고 여러 환자를 치료하는 중에 훗날 발데마르 3세가 된 인물도 만났어. 바이에른에서 자란 그는 트라운슈타인에서 학교를 다녔는데 심한 외사시인 선생님에게 종교 과목을 배웠다고 했어. 학생운동이 요란하게 진행되는 동안 그는 오히려 침체에 빠졌고, 나는 그의 우울증을 서서히 호전시켜 놓았지. 언젠가 면담 중에 그가 스스로를 '이상적인 이인자'라고 칭했단다. 나는 그 말에 관심을 보이면서도 일인자든, 이인자든, 삼인자든 상관없이 '이상적인'이란 표현이 왠지 과대망상적으로 들린다고 했지. 실제로 그는 이상적인 조력자와는 거리가 멀었단다. 사람을 짜증나게 하는 회의주의자였으니까. 하지만 회의주의자라서 모든 일에 정확했지.

다른 일도 있었다. 그해 나는 경찰에 체포되어 재판을 받고 2년간 징역을 살았어. 박사 학위 위조와 실습 경험 허위 기재 등 완벽한 위장에도 모든 것이 만천하에 드러나고 말았지. 의사도 아니면서 치료비를 받아 챙긴 것은 부인할 수 없는 범죄였다. 하지만 다른 마법사의 악한 의도가 없었다면 절대 발각되지 않았을 일이야. 그 마법사가 누구일지는 너도 이미 짐작하고 있겠지.

법대로 하자면 나는 벌을 받아 마땅한 죄를 지은 셈이었어. 그래서 피할 수 있는 수백 가지 방법을 알고 있는데도 그 벌을 달게 받기로 했지. 하지만 당시는 물론 오늘날까지도 후회는 없었다. 나는 그때 겪은 불운으로 더 겸손해졌고, 아마도 좀더 지혜로워졌을 거야. 그거면 충분하지.

마틸다, 이제 이 편지를 마무리해야겠다. 이미 충분히 길게 쓴 데다 내일 아침 병원에 가봐야 하거든. 나는 어째 병원 가는 것이 신경 쓰이는구나. 모든 일이 잘 풀리면 레일란더가 너를 데리고 병문안을 오기로 했어. 하지만 그보다 금방 집으로 돌아올 수 있기를 바란단다. 불과 몇 주 전에 나는 연방 대통령 선출 현장을 의회 관람석에 앉아서 보는 영광을 누렸어. 그 자리에 나만큼 나이 많은 사람은 없더구나. 하지만 111세가 되면 자동으로 날아오는 초대장은 아닌 것 같았어. 내 생각에는 레일란더가 연방의회에 청을 넣은 것 같은데, 그녀는 아무것도 모른다고 우기더구나.

올해 가을에 너는 초등학생이 된단다. 학교에 가게 되어서 매우 기쁜 기색이었지. 어제는 내가 물어봤어.

"너는 커서 뭐가 되고 싶으냐?"

"해적, 인디언 추장, 그리고 고생물학자요!"

"한꺼번에 세 가지를 다 하겠다고? 그중에 뭐가 제일 좋으냐?"

나는 다시 물었지.

"전부 다요! 나는 전부 다 좋아요."

"그럼 고생물학자가 되면 뭘 발굴하고 싶니?"

"파키케팔로사우루스요."

나는 존을 키우면서 이미 알고 있단다. 다섯 살 6개월에 그런 이름을 정확하게 발음할 수 있는 아이는 언젠가 무대에 서게 된다는 것을 말이다.

"두개골이 딱딱한 공룡이지?"

대화 상대가 된다는 것을 보여주려고 그렇게 말했어.

"음, 그렇죠. 그러니까 다른 공룡을 만나면 이렇게 해요!"

너는 마치 작은 머리로 내 두개골을 때려 박는 시늉을 했다. 공룡 대 공룡으로.

병원에서 돌아오면 곧장 다음 편지를 시작할게. 앞으로 몇 통이나 더 쓸 수 있을지 한번 보자꾸나. 나이가 들면 중요한 것은 이미 다 말했다는 것을 정작 본인만 모르고 했던 말을 계속 반복하는 법이지.

마틸다, 우리가 마법의 힘으로 단번에 좋은 사람이 될 수 있다면 얼마나 좋을까! 진실하고 믿음직한 사람, 다른 사람을 도울 일만 기다리는 사람, 그리고 언제까지나 이기적인 일은 도모하지 않을 사람 말이야. 선한 마음을 마법으로 만들어낼 수 있다면 어떨까? 그럼 우리는 천사가 될 거야. 그런데 천사로 살면 행복할까? 그건 회의적이구나. 아마도 그리 좋지만은 않을 것 같아.

그렇게 되면 마법사의 삶이 소름끼치게 지루할 것 같다. 우리 모두 자동으로 착해진다면, 크든 작든 그 어떤 노력도 필요 없을 테니까. 하지만 노력은 우리 인생의 맛을 돋우는 양념과 같단다. 노력을 해서 만족을 얻고, 그 만족감에 안주하지 않고 계속 노력하면서 흠잡을 데 없는 완벽에 이르게 되지. 그러니 자기 개량의

342

마법 따위는 없어도 된단다. 자신에게는 더 이상 놀랄 것이 없다고 말하는 인생은 이미 무덤에 들어간 것이나 진배없어.

지혜도 비슷하지. 지혜에 이르는 마법은 없어. 하지만 그게 아쉽지도 않단다. 비록 이만큼 나이를 먹어도 지혜롭지 못하다는 생각을 할 때가 한두 번이 아니지만. 그래도 괜찮아! 어차피 그런 지혜는 예전부터 있어왔던 보수적인 일에만 먹힐 테니까. 그리고 지혜로워지지는 못했지만 통찰은 몇 가지 얻었으니, 110여 년의 인생 여정이 헛된 것만은 아니지.

그런 통찰은 대부분 성공보다 좌절과 함께 온단다. 적어도 내게는 그랬어. 그러니 착륙이 순조롭지 못해도 두려워하지 말거라. 불시착 없이는 아무것도 배우지 못하는 법이지. 어떤 통찰에 이르는 과정은 언제나 고통스럽게 마련이야. 고통 없이는 무분별함이 선물한 안락함에서 헤어날 수 없단다.

1973년 말 나는 체포되면서 내 생애 가장 큰 좌절을 맛보았단다. 한창 심리치료 사업이 잘되어 가던 차에 중단하게 되어서 마음이 몹시 상했지. 일단 나를 밀고한 사람을 찾아 책임을 물으려 했다. 다른 사람에게 책임을 물으면, 고통스러운 자기 인식은 쉽게 억누를 수 있기 때문이지. 그리고 나는 범인을 찾았어. 동독 정보기관 사람에게 들은 바에 따르면, 슈나이데바인이 순전히 악의적으로 의사협회와 검찰을 쑤시고 다니며 전기기술자이자 교회 관리인이었던 내 전적을 알렸다더구나. 혹은 그가 직접 하지 않았을 수도 있어. 그의 서독 파트너인 슈나이더 박사가 대신했을지도 모르지. 그 역시 내가 수도원에 가겠다며 그의 제안을 뿌리친 데 앙심을 품고 있었으니까. 음모를 꾸민 자가 누구인지 알게 되자 내 머릿속에는 그 살인범 녀석이 벌인 짓 때문에 겪어야 했던 인생의 좌절과 실패의 기억이 쓰나미처럼 밀어닥쳤다. 나는 분노에 휩싸여 몇 날 며칠을 아무 일도 하지 못했어.

그는 분명 내가 동독인들의 망명을 도울 때부터 알았을 것이고, 나를 동독의 철근 콘크리트 감옥에 처넣으려 했겠지. 내가 그런 위험을 인지하지 못하면서도 피할 수 있었던 것은 엄청난 행운이었지. 이번에 그는 나를 아예 이 나라 밖으로 쫓아낸 다음, 신분을 다시 한 번 바꾸게 만들 작정이었을 거야. 하지만 나는 원래 내 신분을 유지하기로 결심했어. 나는 내 아이들을 사랑하고, 아이들도 나를 사랑하니까. 그리고 한 가지 이유가 더 있었지. 나는 복수를 계획하고 있었고, 그 목적을 위해서라도 파흐로크로 남아 있어야 했다.

그래서 벌을 받기로 했어. 감옥살이는 겁날 게 없었단다. 모든 마법에 능통한 마법사는 교도소에 갇힌다고 해서 능력에 제약을 받지 않아. 집행유예 없는 징역 2년? 좋아, 집행유예는 나 스스로 만들면 되니까. 그 2년간 오히려 세상 활동이 더 자유로워질 거라고 생각했지. 사람들은 모두 내가 철창 뒤에 있는 줄 알 테니, 징역보다 더 확실한 알리바이가 어디 있겠니. 특히 누군가를 죽이려고 마음먹었다면 말이야. 그리고 그게 바로 내가 하려는 일이었단다. 마법의 도움 없이 슈나이데바인을 찾아서 죽이고야 말겠다는 결심은 내 영혼을 흔들었어. 나는 밤낮으로 시시각각 그 궁리에 골몰했지. 그 악당은 죽여 마땅하다고 확신했어. 그리고 내가 그 일을 처리할 만큼 똑똑하길 바랐다.

나는 어제 퇴원했단다. 병원을 나올 때는 건강을 완전히 회복할 수 있을 것처럼 보였어. 몇 년 더 살면서 네 라틴어 숙제를 도와줄 수 있기를 간절히 바라고 있다. 고등학교 졸업시험까지 살 수 있을지는 의문이지만.

내일 레일란더와 나는 렘베르크로 갈 거야. 친애하는 뚱보 조상님인 위대한 바흐슈텔츠의 작품을 함께 보려고 말이다. 언젠가는 레일란더가 너를 데리고 그곳으로 날아갈 날도 있겠지. 거기에는 훌륭한 산책로가 있단다. 아주 가까운 곳에 굉장히 멋진 민박집도 하나 있지.

내가 감옥살이를 했던 때가 벌써 40년 전이구나. 공공시설에 머무는 동안 나는 징역형의 의미를 제대로 이해하지 못했다. 오히려 바보짓 같았지. 많은 수감자들이 자기는 죄가 없다고 말했어. 그들 중 몇몇은 정말 죄가 없었지. 나는 많은 수감자들의 생각을 읽었고 금세 판별할 수 있었단다. 많은 이들이 거기 가서야 처음으로 자신이 범법자라는 사실을 알게 되었지. 그래도 독재자 시절 이후로 교화 프로그램도 발전했단다. 수형자들 중 위험하지 않은 사람들은 종종 교도소 밖 안전장치가 확보된 곳에서 아이들을 만나거나 교육을 받을 수 있었지. 그리고 많은 이들이 교도소에 들어와서야 처음으로 책 한 권을 끝까지 읽었다. 나 역시 다른 때보다 시간이 많아서 두 개의 다른 크기로 현실을 살았지. 감옥 안에서는 작고 단단하게, 담 너머에서는 크고 부드럽게. 그 두 개를 왔다 갔다 하는 재미도 나쁘지는 않았단다.

일단 적응된 다음부터는 감옥에 머문 시간이 그리 많지 않았지. 분신을 철창 안에 남겨두고 진짜 나는 밖에서 볼일을 보거나 종종 몸을 빌려주는 여인을 찾아갔어. 누구나 가끔은 다정한 이성의 몸이 그리운 법이야. 사람이 항상 추억으로만 살 수는 없으니까. 그 외에도 중요한 일들을 마무리지었어. 예컨대 트라운슈타인에서 온 예전 환자에게 조력자의 임무를 맡겼어. 그는 그렇게 발데마르 3세가 되었단다. 그는 정식 정신분석가에게 상담을 받는 중이었고, 그 비용을 벌기 위해 밤에 택시를 몰았어. 나는 종종 그 택시 손님이 되었어. 큰 지폐 한두 장을 마법으로 만들어 아주 멀리 떨어진 목적지를 부르는 거지. 그동안 우리는 대화를 나누었다. 그는 절대 미터기를 끄지 않으려 했어. 택시회사 주인인 에비라와 클라우스에게 폐를 끼치고 싶지 않다면서 말이야. 그런 모습을 보고 그는 지극히 정상이며 더 이상 정신분석가에게 갈 필요가 없겠다고 진단했지. 그는 나를 믿었고, 정신과 치료를 중단했으며, 정말 치료 없이도 괜찮았다. 그는 교사가 되었어. 고된 직업이었지만 그때까지는 나를 위해 해줄 일이 크게 없었으므로 그 또한 괜찮았지. 나는 감옥에 있었지만 무엇 하나 아쉬울 게 없었다.

나는 함부르크로 가서 쿠젠베르크를 방문하기도 했어. 그는 나를 기억하고 있었단다. 물론 엠마 때문이지. 그는 그녀가 어떻게 지냈는지 알고 싶어 했고, 그녀가 20년 전에 죽었다는 얘기를 듣고 슬퍼했다. 그때 깜박하고 그에게 기별하지 못했단다. 그때는 모든 것을 잊고 살았지.

그의 환상적인 이야기는 그동안 여러 권의 책으로 출간됐더구나. 나는 그중 한 권만 들고 왔지. 나머지는 베를린에 가서 발데마르에게 구해 달라고 하면 되니까.

때로는 요한을 보러 가기도 했단다. 그동안 그 아이는 쿠르퓌르스텐담 지역에 있는 한 극장에서 청소년 역할을 맡아 공연을 하고 있었지. 나는 잘 알려진 테러리스트의 모습으로 변신해서 맨 첫줄에 앉아 자랑스러운 눈으로 아들의 연기를 지켜봤단다. 물론 그런 모습이다 보니 공연 전에 아이를 찾아가 축하해 줄 수는 없었지. 밖에서 경찰이 테러리스트를 잡으려고 기다리고 있었단다. 나는 화장실에서 투명인간으로 변신한 다음, 이 일이 내일 신문 1면을 장식하게 될 거라고 확신했어.

교도소의 일도 잘해 냈단다. 나는 재봉실로 출역을 나갔고, 외국어를 배웠으며, '민주주의적 사건의 유럽'에 관한 아이디어를 발전시켰지. 유럽연합이 발전할수록 사람들은 다른 유럽 언어를 배워야 할 것이라고, 아니, 배우고 싶어 할 것이라고 생각했어. 동시에 카드놀이에 재미를 붙였고, 오래도록 들키지 않을 속임수도 개발했어. 하물며 체스를 두면서도 속임수를 썼는데, 검은 말을 흰말로 바꿀 수 있다 보니 어려운 일도 아니더군.

나는 징역 제도에 개선의 여지가 많다고 생각했고, 실제로 내가 수감돼 있는 동안 개선하기도 했단다. 오늘날까지도 징역형은 우리의 생활을 정말 위험한 사람에게서 보호하는 목적으로만 유효하다고 생각해. 그렇지 않은 사람들은 굳이 가두지 않아도 참회하고 변화하게 할 수 있지. 그래도 나는 교도소에서 보낸 시간을 후회하지 않는단다. 그것 또한 내 생애에서 중요한 일부분이니까. 그 시간 동안 나는 좀더 지혜로워졌고, 스스로를 더 이상 위대한 치유자나 행복 전도사로 생각하지 않게 되었어. 대신 출소 이후에는 그저 즐겁게 살기로 계획했단다. 다른 사람을 돕는 일을 외면하지는 않는다 해도, 그걸 직업으로 삼지는 않기로 한 거야. 어차피 심리치료사를 계속할 수도 없었어. 감시인이 나를 예의 주시할 테니.

수형 기간 동안 내게 일어난 또 한 가지 중요한 변화가 있단다. 그건 바로 내가 복수심의 마수에서 해방되었다는 거야.

그곳에는 10년 전 복수심에 불타 참혹한 살인을 저지르고 징역을 사는 수형자가 있었어. 나는 그의 생각을 읽고 많은 시간 대화를 나눴다. 한때 폭력을 휘둘렀던 젊은 청년은 그 모습에서 완전히 벗어난 상태였지. 이제는 신중하고 교양 있는 사람이 되었단다. 그런데도 자신이 저질렀던 행동에서 벗어나지 못했고, 출소 후에도 벗어나지 못하리라는 것을 잘 알고 있었어. 그의 손에 죽은 사람이 계속 꿈에 나타났단다. 한번 상처 입은 양심은 시간이 지나도 회복되지 않았지. 그런 대화를 나누고 나서 깨달음을 얻었단다. 살인의 기억은 언제까지나, 아주 오랜 시간이 지난 후에도 그 사람 마음속에 남아 있다는 것을. 그리고 살인자 슈나이데바인 또한 다르지 않으리라고 생각했다. 자기가 한 짓이 자신의 행복을 망가뜨렸다는 자각은 단언컨대 오래전부터 그의 인생에 영향을 미쳤을 거야. 아마 앞으로도 계속 그러겠지. 그러니 나는 더 이상 그를 신경 쓰지 않기로 했단다.

나는 1년 6개월 만에 석방됐다. 내 분신과 내가 잘해 낸 덕분이자, 특히 분신이 교화가 잘된 것처럼 보인 덕분이었지. 나는 자유의 몸으로 새 직업을 찾았단다. 치료와 연관된 직종에서는 일을 할 수 없었어. 그렇다고 놀 수도 없었지. 내가 돈으로부터 완전히 자유롭다는 사실 또한 사람들이 눈치채서는 안 되니까. 내가 자동차와 집을 소유하고 있다는 사실에 의문을 품지 않도록 뭐라도 해야만 했지.

고민하던 중에 요한이 처음으로 영화에서 작은 배역을 맡게 되었어. 그 아이가 감독에게 얘기해서 내게도 단역 자리를 하나 주었단다. 나이 많은 가장 역할이었지. 소련의 붉은 군대가 탱크를 앞세워 이미 붕괴된 베를린을 치고 들어올 때, 어린 학생이나 노인들과 함께 총알받이가 됐던 이른바 '국민돌격대'의 일원이었어. 1970년대 중반에는 특히 독일의 역사를 소재로 한 영화가 많이 나왔지. 그중 대부분은 제1·2차 세계대전을 무대로 삼았다. 그 말인즉, 촬영팀에도 화기를 다루는 기술자의 역할이 매우 중요했다는 뜻이야. 나는 그 일을 하기로 마음먹었고, 보이지 않는 팔을 길게 늘어 폭파 장치 연결선을 뽑은 다음 소리쳤지. "잠깐, 이게 작동되지 않는 것 같군요!" 그리고 기술자가 깜짝 놀라 허둥지둥하는 사이 선을 다시 연결해서 촬영팀의 구세주가 되었지. "저는 총이나 폭발에 대해 잘 아는 편이에요." 짧았지만 매우 성공적인 자기소개였어.

영화판에서는 배워서 하는 일이 없었어. 본래 할 수 있는 일이 있어야 했지. 그런 점에서 마법사들에게 매우 적합한 자리였지. 촬영장의 응급 상황을 해결하는 소방관이었던 내 입지는 확고했다. 나는 낡은 기관총을 작동하고, 정확한 시점에 폭발을 일으키고, 독일의 과거사가 신빙성 있게 재현되도록 고증을 도왔지. 2년 만에 나는 '붐붐 삼촌'이라면 모르는 이가 없는 영화판의 유명 인사가 되었어. 다행히 내 과거사를 아는 사람은 아무도 없었지. 영화계 사람들은 그들끼리만 알고 지내면서 다른 세상은 없는 것처럼 살거든.

그동안 소품 담당자들과 같이 일할 기회가 많았지. 영화의 시대적 배경에 맞는 가구와 전자제품 등을 공수하는 사람들이란다. 나는 기회가 있을 때마다 옛날 기계를 다룰 줄 알고 집에는 수집물이 몇 가지 있다고 넌지시 알렸어. 얼마 후 나는 '붐붐 삼촌'의 시대를 뒤로하고 특수 소품 담당자로 변신했다. 벌이도 좋았지. 대부분의 소품들은 사람들이 보지 않는 틈을 타서 마법으로 만들어냈단다. 그러고는 천연덕스럽게 "다행히 창고에 하나 남아 있네요" 하며 내놓는 거야. 전신국, 컨베이어벨트, 장거리 항해용 요트의 기계실까지, 내게 재현하지 못할 공간은 없었지.

그중 최고의 작품은 1920년대 증기기관을 동력으로 사용한 대형 사무실을 재현한 거야. 아직 전동 타자기가 발명되지 않았을 때지만, 외부 엔진을 연동 벨트로 연결한 타자기는 있었지. 증기기관과 연결해 사용해야 했으므로 건물 꼭대기 층에서만 사용할 수 있었다. 나는 이 과도기적 기계를 딱 한 번 본 적이 있어. 비서들은 마치 증기기관차 안에서 일하는 사람처럼 귀마개를 한 채 타자를 쳤지. 감독이 무조건 그 공간을 원했으므로 나는 제작사에 문의할 것도 없이 세트를 만들었단다. 감독은 완성된 세트에 감동한 나머지 영화 제목을 '연동 벨트'로 하겠다고 우길 정도였지. 하지만 그 모든 것은 음향감독과 제작사 검토 단계에서 물거품이 되고 말았어. 너무 시끄러워서 신경이 손상된다나. 전설적인 영화가 될 수도 있었는데 아쉬운 일이었지. 내 조력자 말로는 책에나 나올 법한 아이디어를 실현한 내가 문제였다는구나.

발데마르 3세는 고등학교에서 아이들을 가르쳤어. 하지만 오전 수업이 끝나면 작업실이나 촬영장으로 와서 나를 도와주었지. 나는 고마움의 표시로 몇 분 정도 시간을 내서 학생들의 에세이를 첨삭해 줬단다. 교정 마법이 생기고 나서는 원고를 직접 펼쳐볼 필요도 없었단다. 단, 문제는 빨간 펜이었어. 원래 그 마법에는 완성된 원고에 잉크로 의견을 첨가할 수 있는 기능은 없었거든. 하지만 그것도 몇 번 연습하니 되더구나.

발데마르 3세도 나만큼이나 영화를 사랑했다. 세상에는 두 가지 종류의 사람이 있지. 첫째는 촬영장에서 일어나는 모든 일을 그저 지켜보면서 아무것도 하지 않는 사람이지. 그들은 금방 지루함을 느낀다. 하지만 반대로 그 긴장감에 매료돼 머릿속에서 함께 촬영하는 걸로도 모자라 상상력과 창의력으로 작업을 발전시키는 사람이 있어. 그런 사람들은 지루할 새가 없단다.

발데마르 3세와 나는 영화계 사람들을 사랑했어. 그들은 책임감이 매우 강했는데, 그래야만 그 일을 할 수 있었지. 그들은 무엇은 가능하고 무엇은 가능하지 않다는 것을 신중하게 말해야 했다. 그렇지 않으면 비싼 값을 치러야 했고, 더 이상 일을 맡지 못했거든. 하지만 오직 감독만은 자신이 뭘 할 수 없는지 알 필요가 없었어. 그들은 모두 천재였고, 어차피 모든 것을 할 수 있었기 때문이란다. 예외 없이 모두 다.

1981년 나에게는 세 가지 중요한 변화가 일어났단다. 발데마르 3세가 책을 쓰겠다며 내 집에서 나갔고, 요한도 처음으로 주연을 맡아 이름을 존 패록으로 바꾸고 제 집을 사서 나갔다. 그리고 나는 영화 일을 그만두고 '언젠가 한 번쯤은 게으르게 살아보자'는 철학을 따르기로 했어. 방 여덟 개 중 네 개를 월세로 내놓고, 책을 읽고 산책을 하고 매일 밤 영화관에 가면서 시간을 보냈지. 지인들은 내가 지루할 거라고 생각했다. 그들은 내게 십자말풀이 책과 큐브, 퍼즐 등을 선물했는데, 모두 자기들이 해보다가 머리가 터질 것 같아 포기한 것들이었어. (하지만 내 경우는 달랐지. 나는 32초 만에 정확하게 큐브를 맞혔으니까.)

정작 나는 하나도 지루하지 않았고, 매일 평화로이 신문을 탐독했단다. 5년간 과거를 다루는 영화에 몰두했으니, 현재 일어나는 일들을 읽는 시간이 즐거울 따름이었어. 이른 아침 신문이 배달될 때쯤 세입자들의 하루도 시작됐단다. 그들은 욕실 두 개를 모두 차지하고 영원히 나오지 않을 기세로 버텼지. 그럼 나는 "욕실 비었어요"라는 말이 들릴 때까지 앉아 신문을 읽었어. 신문 기사를 하나도 놓치지 않을 만큼 긴 시간이었지. 그렇게 몇 년간 나는 서베를린에서 가장 정보에 민감한 연금생활자로 살았단다. 아니, 베를린 전체라고 해두자. 어차피 제도가 정보를 통제한 동독에서 나만한 사람은 없었을 테니.

그렇게 나의 1980대가 지나가고 있었다.

미국에서는 전직 영화배우가 대통령이 되어 중성자탄을 생산하려 했다. 자신들이 확실하게 이길 수 있는 군비 경쟁으로 소련을 끌어들일 속셈이었지.

유럽에 엄청난 로케트가 배치될 거라는 소식에 베를린에서는 매일같이 시위가 벌어졌단다.

어떤 신문사가 거금을 주고 소위 '역사상 가장 위대한 최고 지휘관'의 가짜 일기를 사들인 다음 연재하려 했던 일도 있었어. 하마터면 독일 역사가 다르게 쓰일 뻔했지. 다행히 며칠의 소동으로 끝났단다.

모스크바에서는 통찰력이 뛰어난 사람이 혜성처럼 등장해 최고의 권력자가 되었다. 그쪽 동네에서 흔한 일이 아니야. 그리고 소비에트연방을 유지하고자 하는 사람들 입장에서는 잘못된 선택이었지. 그는 뚝심 있게 진실을 말하는 사람이었어.

그리고 그와 멀지 않은 곳에서 원자력발전소가 폭발했어. 방사능 피폭 위험 때문에 수년 동안 유럽 지역 절반에서 자란 야생 버섯을 먹지 못했단다.

1987년에는 방송사가 독일 총리의 신년 인사를 중계하면서 작년 화면을 내보내는 실수를 했지 뭐냐. 하지만 아무도 1년 동안 그 정치인의 외모가, 심지어 넥타이 색깔까지 달라진 게 없다는 것을 눈치채지 못했단다.

나는 방송 실수를 정말 좋아해! 그래서 가끔은 내가 그런 상황을 만들어내기도 하지. 초집중 상태인 뉴스 앵커가 가끔 맥을 놓치게 만드는 건 내가 가장 좋아하는 원격 마법 중 하나란다.

하지만 그보다 더 좋아하는 것은 동료들이 LA에서 열리는 아카데미상 시상식에서 상을 받을 수 있도록 최고 영화상 명단을 바꾸는 마법이란다. 화면 속 사람들에게 먹히는 원격 마법이 있다면 그것도 배우고 싶구나. 대통령 한두 명의 연설문을 바꿀 수 있다면 전 세계를 깜짝 놀라게 할 수 있을 텐데. 그걸 위해 외국어를 좀 더 배울 용의도 있단다.

베를린 장벽이 고초를 당하고 있다는 소식도 들려왔어. 동쪽에 점점 더 많은 사람들이 모여 "우리가 바로 그 인민이다!"라고 외쳤지. 그 외침은 그 나라의 주인이 인민이 아니라는 것을 확실히 증명했어. 또 다른 무리의 사람들은 우회로를 통해 장벽에 가로막힌 나라를 벗어나려고 했단다. 그 옛날 골드러시 시대의 캘리포니아를 떠올리게 하는 일이 벌어진 거다. 그 또한 더 이상 참을 수 없었던 사내들이 삽과 곡괭이를 들고 거리로 나오면서 생긴 일이었으니까.

내게는 여러 가지 흥미로운 만남을 선사했고, 돈도 벌게 해주었던 그 건축물은, 몇십 년의 위세를 뒤로하고 결국 무너졌단다. 1989년 어느 날 사람들이 돌연 망치와 끌을 들고 콘크리트 벽을 내리치기 시작하더니 벽돌 몇 장만 남을 때쯤 멈췄어. 잘라낸 벽 조각을 좋은 가격에 팔 수 있었기 때문이야. 장벽을 세운 사람들은 모든 것을 계산했겠지만, 자기 작품에 들어간 원자재 가격까지 계산하지는 못했겠지. 그리고 이 사건은 엄청난 결과를 낳았단다. 독일이 다시 하나의 나라가 된 거야. 불현듯 찾아온 행운에 사람들은 어리둥절했어. 이 혼란을 기회로 포착한 자들만은 예외였지만.

동독 주민들은 국가의 의심과 통제, 조종에는 익숙했지만 일부 회사나 인간들이 사기를 치려고 달려드는 상황에는 낯설어했다. 게다가 환희에 찬 서독 사람들이 그들을 붙잡고 가르치려 드는 것도 골치였지. 서독 사람들은 신입들에게 강압적으로 자신의 지상 낙원을 설명하는 데서 엄청난 자기만족을 느끼는 것처럼 보였다. 그리고 동독 사람들은 명백한 행복감 앞에 자신을 던졌어. 여태껏 완전히 다른 시스템을 경험하며 살았다는 사실에 통일의 기쁨을 의심할 수 없었지. 그들 앞에는 자유롭다 못해 미쳐 날뛰는 시장이 예고된 복음처럼 펼쳐졌단다. 하지만 그들이 완벽한 자본주의 사회의 울타리 안으로 들어왔다는 것이 곧 잘살 거라는 뜻은 아니었어. 꿈이 현실이 되었다는 것 자체가 좋을 때는 그런 생각을 거의 하지 않는 법이지.

동독 사람들은 평화 혁명을 성공으로 이끌었고, 자유를 느끼는 방법을 너무나 잘 알고 있었어. 자유가 없을 때도 그랬지만, 하루아침에 자유가 생겼을 때도 마찬가지였지. 그들 앞에 남은 것은 단 한 가지, 서독 사람들이 이해하는 자유의 개념을 배우는 일이었다. 그건 특히 채용 면접에서 중요했단다.

자유를 어떻게 느끼고, 어떻게 말하는가는 사람마다 다르단다. 사람들의 머릿속을 들여다볼 수 있는 누군가에게는 새로운 시스템에 적응하는 시간이 흥미로우면서도 동시에 매우 힘들게 느껴졌어. 생각 읽기 마법은 굉장한 식욕을 동반하기 때문에 '격변의 시기'에 나는 체중이 많이 늘었단다. 빅 사이즈 옷을 구하러 다녀야 했지.

나는 쿠젠베르크에게 연락해서 자유를 주제로 이야기를 하나 써보라고 권유할 참이었어. 하지만 그는 애석하게도 1983년에 죽었다더군. 나는 매우 슬펐단다. 그의 죽음뿐 아니라 아름다운 친구를 까맣게 잊고 산 나 자신 때문에도 슬펐지.

독일이 엄청나게 많은 일로 정신없이 돌아가는 동안 나는 바깥 세계를 여행해 보기로 결심했어. 이제껏 영화나 텔레비전으로만 보던 곳을 직접 가보기로 한 거야. 나는 세입자들을 내보내고 가구를 팔고 큰 집도 처분했어. 혹시 세상 어딘가에서 너무 아름다운 곳을 발견하면 다시는 베를린으로 돌아오고 싶지 않을 수도 있으니까. 그때 번화가에 있는 집 한 채 때문에 억지로 돌아와야 하는 상황을 만들고 싶지 않았단다.

나는 두려움을 이기고 배로 여행을 다닐 참이었어. 그전까지는 대양을 날아서 건널 때 중간 기착지 정도로만 배를 이용했단다. 여섯 살 때 누군가에게 타이타닉의 침몰에 관한 얘기를 들은 이후, 나는 한동안 악몽에 시달렸어. 큰 배 선실에서 잠이 들었는데 배가 수면 아래로 가라앉았다는 것을 알아챘을 때는 이미 늦었더라는 식이었지.

최초의 항해는 1990년 여름 함부르크에서 출발하는 독일 화물선과 함께였어. 천 개의 컨테이너가 차곡차곡 실린 거대한 상자 모양의 배였지. 카이저 선장과 승무원들은 독일인이었지만, 나머지 인부들은 모두 루손섬에서 온 필리핀 사람들이었어. 독일식 대화가 식상해질 경우를 대비해 그들의 모국어인 타갈로그어도 미리 익혔지.

화물선 여행의 장점 중 하나는, 언제라도 선장에게 기술과 항해에 관한 질문을 할 수 있다는 거였어. 그리고 그 배에는 수영장, 영화관, 요리사 등 모든 것이 있었지. 그 화물선에 탄 유일한 승객이었던 나는 객실 하나를 독차지할 수 있었다. 방은 클 뿐만 아니라 사치스럽기까지 했어. 로코코 양식의 탁자, 컴퓨터, 라디오 그리고 아브라함의 품처럼 안락한 침대도 있었지.

문자 그대로 세계 일주 여행이었단다. 우리는 대기 시간과 적재 시간을 포함해 총 여섯 달을 항해했어. 단 한순간도 지루하지 않았지. 틈이 나면 아이들에게 장문의 편지를 전례가 없을 정도로 많이 썼단다. 아니면 책을 읽고, 신작 영화를 전부 보고, 배 구석구석을 샅샅이 돌아다녔어. 컨테이너 안으로 들어갈 수는 없었어. 철벽이 가로막고 있었으니까. 하지만 철판 사이가 벌어진 틈으로 그 안에 무엇이 들어 있는지 엿보았지. 여러 개의 컨테이너에서 사람들이 보였어. 음식과 물을 충분히 비축한 '보이지 않는 승객'들이었어. 심지어는 침대와 건전지 램프, 화학 제품으로 냄새를 지우는 간이용 화장실까지 구비된 컨테이너도 있었지. 하지만 나는 발견한 것을 선장에게 알리지 않았다. 조용히 동승한 사람들에게 누를 끼치고 싶지 않았고, 그들 중 하나라도 쫓겨나는 것을 원치 않았으니까. 내가 뭐라고 그들이 계획한 인생에 끼어들겠니?

선상 생활에 나는 만족했어. 가끔은 내가 항해를 위해 태어난 게 아닐까 하는 생각마저 들었단다. 거기서 내가 발견한 새로운 것들 중 가장 중요한 것은 이야기였어. 나는 최고의 청중을 두었고, 그들 하나하나가 내 이야기를 들으며 각자의 상념에 잠겼지. 선장, 항해사, 엔지니어, 승무원, 그리고 독일 요리사까지, 모두 나를 둘러싸고 앉아 내 이야기에 귀를 기울였어. 위험으로 가득한 생활이 길어지다 보면 누구에게나 아주 소중한 특기가 생기는데, 그건 바로 다른 사람의 이야기를 이해하는 능력이라는 것을 깨달았단다. 이야기는 바다 위에서 처음으로 발명된 건지도 모르겠다.

바다에서는 주의를 돌릴 다른 곳이 없으니까. 배와 날씨, 그리고 극소수의 사람들과 관계를 맺는 것 외에는. 그러니 이야기의 아주 작은 부분과 책의 모든 문장에 집중할 수 있단다. 나는 살아온 세월에 관한 이야기를 차츰차츰 해나갔어. 하지만 마법과 관련된 부분은 피하려고 조금씩 각색을 했고, 결국 많은 부분을 사실과 다르게 이야기했다. 그동안 내 인생에서 이야기란 목적지를 새롭게 발견했지. 그건 고난이도의 지적 활동이었단다. 바다 사람들은 아주 작은 모순도 용납하지 않았어. 그들은 주의를 돌릴 만한 다른 일이 없었기 때문에 신경을 극도로 곤두세우고 이야기를 들었다.

침몰에 관한 원초적 두려움은 극복하기 위한 몇 가지 시도에도 불구하고 여전히 남아 있었어. 예를 들어 수영장 수조에서 오랫동안 물고기로 변신하는 훈련까지 해봤단다. 그때까지 나는 물고기로 변신해서 헤엄치는 데까지는 성공했지만, 신체기관을 바꿔서 아가미 호흡까지 하는 데는 어려움이 있었어. 그러니 얼마 지나지 않아 다른 모습으로 변신해야만 했지. 지금은 아가미 호흡도 할 수 있단다.

하지만 그걸 익히기 전에 당황스러운 상황에 빠진 적이 있단다. 수조를 관리하던 사람이 별 생각 없이 물을 빼기 시작한 거야. 물고기로 변신해서 수조 안을 오가던 나는 그 사람이 보는 앞에서 승객 파흐로크의 모습으로 돌아올 수 없었어. 그래서 갈매기로 변신해 날아올랐지. 그리고 컨테이너 위에서 다시 사람으로 돌아와 점심을 먹으러 갔단다. 이미 사람들은 어떻게 태평양 한가운데 갈

매기가 있으며, 그것도 수영장에서 튀어나올 수 있는지, 게다가 잠시 동안 물고기로 보일 수 있는지를 두고 열띤 토론을 하더구나. 나는 그 갈매기가 수영장을 너무 사랑한 나머지 함부르크에서 배에 탔을 수도 있다고 주장했지.

1991년에는 월스트리트도 구경했다. 내 선실에서 정면으로 보였는데 마치 세계 자본이 내 눈높이에 있는 것처럼 느껴지더구나. 나 역시 언제라도 돈을 만들 수 있었으니 그곳 미다스의 손들이 부럽지는 않았어.

배에서는 세상의 많은 것들을 선장의 눈으로 보는 법을 배웠어. 선상에서 언제나 환영받는 손님이었던 나는 선장과 이야기할 기회가 많았지. 어느 날 밤 우리는 중국의 양쯔강을 거슬러 올라가고 있었는데, 강물이 마치 거대한 갈색 수프처럼 뿌옇더구나. 그때 카이저 선장이 고기잡이 배가 모인 것을 보고 욕을 하기 시작한 거야. 화물선이 지나가는 길을 이리저리 막고 있던 작은 배들은 종종 촛불 하나만 켜놓고 조업을 하기도 했지. 경적을 울려본들 소용없었어. 우리의 육중한 배가 고깃배와 충돌 직전까지 다가가서야 어부들은 모터를 켜고 길을 비켰단다.

그게 아니라도 카이저 선장은 욕을 자주 했다. 혹은 욕을 좋아하는 것처럼 보이기도 했지.

사우디아라비아의 제다항에 정박했을 때의 일이야. 선장이 보기에는 새 컨테이너를 싣는 데 시간이 너무 오래 걸렸어. 그곳 사람들이 너무 자주 그리고 너무 오래 기도하러 가야 했기 때문이지. 그는 세계 어딘가 로봇이 사람의 일을 전부 맡아서 해야만 하는 곳이 있다면, 그건 무슬림들의 나라일 거라고 했어. 로봇은 기도를 하지 않을 테니까.

카이저가 가장 욕을 많이 했던 대상은 돈 많고 나이도 많은 사람들을 태우고 바다를 항해하는 요트였어. 대양 한가운데 속도를 늦추고 한자리에서 둥둥 떠다니는 요트를 보고 그는 냅다 소리부터 질렀지.

"어이, 당신, 너무 위험하잖아!"

요트 주인은 잠들어 있었어.

"늙으면 무서운 게 없나 봐. 하지만 저러다 무슨 일이 일어나면 우리까지 번거로워진다고. 종종 해적의 사냥감이 돼서 몽땅 털리거나, 폭풍우에 휘말려 배가 망가지기도 하지. 그럼 그제야 '이럴 수가!' 하는 거야. 완전 죽고 싶어 안달이 난 거지. 그런데 정작 본인들은 모른다니까."

그가 씩씩대며 말했어. 그 말을 들었을 때 내게 좋은 생각이 떠올랐다.

"요트를 만들 때 잠이 들거나, 폭풍이 오거나, 해적이 오면 수면 아래로 가라앉는 기능을 달면 어떨까요?"

"요트에 잠수함을 달자고요?"

카이저는 코웃음을 쳤어.

"안 될 게 뭡니까?"

361

"너무 무거워요! 그걸 움직이려면 마스트 다섯 개와 그걸 지지하는 로프트를 달아야 할 테니까. 그렇다 해도 당신이 피우는 담배를 실을 여유도 없을 겁니다. 그건 그렇고 잠수를 한 다음에는 뭘 할 수 있을 거라고 생각하는 겁니까?"

"식량을 구하는 거죠. 물고기! 해산물!"

내 대답에 그는 웃고 또 웃었지. 바로 이런 재미 때문에 나 같은 육지 사람을 기꺼이 태워준 거였으니까. 그런 생각을 떠올린다는 것 자체가 그들에게는 상상할 수 없는 일이잖니.

비웃음에도 불구하고 나는 발명을 진행해서 특허 등록을 하려 했어.

"잠수 요트, 파흐로크 시스템."

"돈이 썩어나는 백만장자들을 위하여!"

카이저가 말했어. 그리고 웃느라 흐른 눈물을 닦으며 덧붙였지.

"전함 한 척보다 비싸겠군!"

그렇다고 당장 계획을 포기하지는 않았어. 된다고 믿고 있는 한 아이디어의 수명은 영원하니까.

바다에서 해적의 위협은 현실이란다. 인도네시아 인근이나 다른 곳에서도 해적이 출몰했어. 그들은 인도양이나 태평양에서 쾌속 보트를 타고 갑자기 나타났지. 나는 해적에 대비한 훈련에도 모두 참석했단다. 내리닫이 격자문이나 소화기로 만든 대포는 방어용이었어. 그게 아무 소용 없을 때는 안에서 문을 잠글 수 있는 방에 들어가서 그들이 너무 빨리 우리를 찾아내지 못하도록 숨어야 했어. 안전성을 높이기 위해 나도 선원 중 하나인 것처럼 위장했는데, 나를 돈 많은 승객이라 여기고 납치해서 더 많은 협상금을 요구하지 못하게 하기 위해서였지. 게다가 몇몇 나라에서는 돈을 낼 만한 승객이 타고 있으면 항만 공무원들이 더 많은 뇌물을 요구하게 마련이었어. 이래저래 선원으로 위장하는 것이 좋았지.

해적의 위험 때문에 난파선의 조난 신호가 들려와도 응답하지 못했던 것은 슬픈 일이었어. 해적이 그걸 악용하기도 했으니까.

육지에 잠시 내렸을 때도 위험하기는 마찬가지였다. 세상에 강도당할 위험이 전혀 없는 곳은 어디에도 없겠지만, 항구 몇 곳은 내리자마자 신고식을 치르는 것이 통과의례였지. 하지만 나를 덮친 강도들은 아무 재미를 보지 못했어. 오히려 나는 강도가 다가오기를 기다렸단다. 내 돈은 눈 깜짝할 새 종이나 조약돌로 바뀌었지. 게다가 나를 때려눕힐 수도 없었어. 가끔은 분신술로 둘이 되어, 하나는 무하마드 알리처럼 양쪽으로 펀치를 날리고 또 하나는 전갈처럼 아래에서 발차기를 해서 혼쭐내기도 했지.

하지만 다른 사람들은 위험을 무릅쓰고 살아야 했어. 우리 요리사는 조깅을 좋아했어. 음식을 맛보느라 붙은 살을 빼기 위해서라도 꼭 필요한 일이었어. 우리가 오스트레일리아 브리즈번 인근에 정박했을 때, 그는 고무보트를 타고 뭍으로 가서 해안을 달리다가 굶주린 바다악어와 딱 마주치고 말았단다.

"그래서요?"

내가 물었지.

"죽을힘을 다해 달렸어요. 지그재그로. 악어는 방향 전환을 빨리 못하거든요."

"잘했네요. 그런데 그 녀석 얼마나 크던가요?"

"최소 2미터쯤."

"수놈이군. 그냥 주둥이를 벌려버리지 그랬어요. 다물지 못하게 위아래로 쭉! 악어를 물리치기에 좋은 방법이죠. 주둥이를 여닫는 근육조직은 물어뜯을 때 쓰는 근육보다 훨씬 약하거든요."

"그런 건 어떻게 아는 거예요?"

"경험이죠."

내가 직접 악어가 되었던 경험까지 말할 수 없어서 대강 둘러대고 말았지.

"그 짐승이 몸부림치다가 나를 던져버리지 않을까요?"

"아니, 입이 다물어지지 않는 것에 너무 놀란 나머지 그럴 수 없을 거예요."

"그런 다음에는요?"

"입을 묶어버리는 거죠. 허리 벨트로 하는 게 제일 좋아요. 완전 앞쪽을 묶는 거예요. 거기가 딱 좋은 포인트니까."

"그런 다음에는요?"

"악어 스테이크를 만들어 먹죠. 볶은 채소와 구운 감자, 레드 와인을 곁들여서."

타히티의 수도 파페에테에 닿았을 때는 배에 큰불이 났지. 기온이 40도를 넘자 어떤 액체를 실은 컨테이너에서 자연발화가 일어난 거야. 하지만 배에 불이 붙을 때까지 아무도 눈치채지 못했단 다. 다친 사람은 없었지만 항해를 계속할 수 없었지. 나는 마다가 스카르로 데려다줄 프랑스의 소형 화물 운반선으로 옮겨 탔단다. 거기서부터 대양을 건너는 여정이 다시 시작됐지. 배를 옮겨 타다 가 다시 컨테이너선을 만나 개인 객실을 받았어. 유럽 바다로 돌 아오는 배였지. 스페인 비스케만에서 다른 배를 갈아타고 선장실 로 갔다. 선장은 자신을 로버트라고 소개하며 서로 말을 놓자고 했지. 간단한 대화를 나누던 우리 앞에 단단히 무장한 회색 호위 함이 나타났어.

"바이에른에서 왔군. 방금 배치된 녀석이야."

로버트가 말했어.

"힘이 저렇게 세니 어쩐지 좋아 보이는데. 바서부르크에 살 때 저 배 이름을 들은 적이 있는 거 같군. 그래도 나는 독일 재무장에 는 반대야."

내가 대꾸했지.

"하지만 호위함에 반대할 수는 없어! 호위함은 적들 때문이 아 니라 해적들을 물리치기 위해 꼭 필요해. 우리는 바다 위에 있다 는 것을 잊지 말라고. 화물선이 있는 곳에는 호위함도 있어야 해."

왠지 그의 말이 "잘 모르면 입 닥쳐!"라는 말로 끝난 것 같은 느 낌이었어. 실제로 그 말을 듣지는 않았지만 기분이 그렇더구나.

앞에서 말했듯이 우리는 서로 말을 놓았지만 그렇다고 마음놓 고 상대를 반박할 사이는 아니었어. 그래서 그냥 아무 말도 하지 않기로 했단다.

나는 화물선을 바꿔가며 2년 동안 여행을 다녔어. 부족한 게 없었단다. 돈이야 말할 것도 없었지. 항해를 시작할 때마다 신문과 잡지 한 뭉치와 알록달록한 돌멩이 몇 개를 들고 타면 그걸로 충분했으니.

유럽에서는 굉장히 중요한 소식들이 전해졌지만 베를린에 있을 때만큼 그렇게 중요하게 여겨지지 않더구나. 소비에트연방은 사라졌고, 유럽연합은 형태를 갖추기 시작했지. 하지만 아직까지는 기반이 약했어. 유럽연합 의회 선거가 크게 주목받지 못했거든. 독일에서는 난민 캠프가 불에 타서 모두를 경악케 했단다. 내가 홍콩의 한 상인에게 그 얘기를 했더니 퍽이나 냉소적으로 대답하더구나. "그게 우리와 무슨 상관이오? 베를린에서 쌀자루 하나 넘어졌다는 소리처럼 들리는구려."

나는 온갖 세상을 구경했지. 이젠 정말 지리에 자신 있단다. 나는 오대양 육대주를 모두 가보았어. 남극만 못 가봤지. 거기까지는 컨테이너선이 가지 않더구나. 북서항로도 타보고 싶었는데 그것까지는 못했다.

시간이 갈수록 어딘가에 좀더 길게 머물고 싶은 욕망이 강해졌기 때문이야. 항구에 정박하는 것이 아니라 정착을 원했지. 하루는 뉴질랜드 더니든 인근 백사장에서 일광욕을 하다가 불현듯 베를린으로 돌아가야겠다는 생각이 들더구나. 이제껏 그런 생각은 거의 하지 않았는데 말이야. 하지만 자기 나라를 떠난 세월이 길어질수록 돌아가고 싶은 마음이 간절해지나 봐. 특히 자기가 나고 자란 곳이 그리워지지. 그래, 나는 향수병에 걸렸단다. 그 사실을 깨닫자마자 곧장 백사장 위로 날아올라 가마우지의 모습으로 오클랜드까지 날아간 다음, 짐 없는 여행자가 되어 비행기에 올라탔지. 그렇게 LA를 거쳐 유럽으로 돌아왔단다.

베를린에 도착하자마자 곧장 팡코로 갔어. 그리고 내가 유년기를 보낸 방 다섯 개짜리 집을 찾아 세를 얻었지. 혼자 살기에는 조금 컸지만, 그 집을 그렇게 내버려둘 수 없었다. 지금까지 나는 그 집에서 편안하게 살고 있어. 처음 내가 이사 올 때는 폐가나 다름없었지. 하지만 서베를린에서 온 거물 투자가라는 어떤 노인이 훌륭하게 손본 다음 심지어 승강기까지 들여놓았단다. 내 집의 가장 좋은 점은 창문으로 사랑하는 스승님의 집이 보인다는 거야. 그 집은 80년 전과 똑같단다. 지붕 깃대도, 박공벽과 문패도 그대로였어. 사람들은 '슐로스제크의 집'이 그 옆에 있는 니더쇤하우젠 성과 연관이 있을 거라고 생각해서 문패를 떼지 않았어. 독재자 시절에도 사람들의 이런 착각 덕을 본 것 같아. 그렇지 않았다면 슐로스제크 선생님의 이름은 30년 전에 사라지고 말았을 거야.

아마 나는 기술자이기 전에 낭만주의자인 것 같아. 그렇지 않고서는 그 폐가에 들어갈 마음을 먹을 리가 없지. 사실 전쟁 직후부터 폐허에 마음이 끌렸단다. 그 위에 다시 풀이 자라고 버들개지가 피어나는 것을 좋아했고, 특히 잡초가 무성한 포츠담 광장을 사랑했지. 그때까지는 그 주변에 집도 몇 채 없었고 광장 위에는 토끼들이 떼를 지어 뛰어놀았어. 난민 구호자로 일할 때는 지하철 타는 것을 좋아했지. 지하철역에는 기차가 다니지 않는 녹슨 플랫폼이 여러 개 있었는데 그 철로 위로 온갖 식물이 자라났지. 동독 지역 어디서나 그 비슷한 매력을 찾을 수 있었어. 하지만 이런 것을 좋아하는 사람은 낭만주의자뿐이란다. 자본주의자들은 불도저처럼 낭만이 없어. 내가 다시 이사를 온 후부터 팡코는 쉴 새 없이 서구화되었고, 그래서 좋은 점은 무채색에서 벗어났다는 것, 딱 하나였지.

새로운 거주지의 장점이 하나 더 있다. 아무도 나를 알아보지 못한다는 것이었어. 번화가에 살 때는 이전부터 알던 사람들과 끊임없이 마주쳤지. 학생들, 환자들, 그리고 내가 장벽을 넘도록 도와준 사람들까지. 심지어 내게 징역을 선고한 판사와 마주친 적도 있단다. 팡코에서는 나를 알은척하는 사람이 아무도 없었지. 덕분에 거리낄 것 없이 살았어.

그리고 선생님의 기념비를 세우는 일에 팔을 걷어붙이고 나섰다. 관리 사무실과 지역 관청을 찾아가 유명한 철학자였던 슐로스제크를 소개하는 서류들을 제출했지. 선생님의 이력이 실린 백과사전 사본도 첨부했어. 모두 현장에서 마법으로 만들어낸 거야. 이미 기념비 모양도 스케치해 뒀고 비용도 내가 부담하겠다고 했지. 하지만 그들은 내 청을 기각했다.

그래서 수법을 바꿨단다. 이른바 타이머 마법을 쓴 거야. 내 신청서가 결정권자의 머릿속에 20분마다 한 번씩 떠오르도록 타이머를 맞춰놓는 거지. 하지만 일주일 내내 타이머를 맞춰놓아도 소득이 없었어. 장벽이 무너진 다음에도 동독에서는 마법이 제대로 먹히지 않았어. 그렇다고 물러설 파흐로크가 아니지. 나는 관리 사무실 방향을 표시한 현관 앞 간판에 똑똑한 사람들 눈에만 다르게 보이는 마법을 걸었다.

1906년부터 1934년까지,
철학자이자 격언가 V. U. 슐로스제크 이곳에 살다.

'V. U.'의 뜻은 사람들이 마음대로 상상하도록 내버려뒀어. 마법사들만이 위대한 동료를 지칭하는 용어라는 것을 눈치챌 수 있지. 'V. U.'는 '이름이 알려지지 않은(Vorname Unbekannt)'의 약자란다.

나는 진정한 팡코 주민으로 인정받기 위해(나는 진짜 팡코 태생이었는데도!) 트라반트를 샀어. 그걸 살 때 나이가 88세였지만 운전 실력은 늙지 않았단다. 베스트 드라이버만이 트라반트를 몰 수 있지. 그렇지 않고서는 힘이 없어 가속이 안 되는 구닥다리 작은 차를 몰 수 없을 테니까. 한번은 꼬불꼬불한 국도를 넘어가다가 1946년 그나들이 몰던 장작 엔진 트랙터가 떠오르더구나. 그때 실컷 고생한 후로는 국도로 나가지 않는다. 하지만 트라반트와 함께 시내를 달리는 것은 정말 재미있었어. 오래된 자동차와 그걸 모는 백발 노인은 얕보이기 십상이지. 하지만 그 도시를 꿰뚫고 있었던 나는 스포츠카도 앞지를 수 있었어. 허세를 떨던 운전자들은 내가 마치 마법사라도 되는 것처럼 쳐다보더구나.

그리고 1년 후 나는 애마를 '상징적인 가격'만 받고 팡코의 어느 가족에게 넘기기로 했어. 그들은 자동차를 기꺼이 가져갔지만 돈 주는 것은 잊어버리더구나. 나는 그냥 두고봤지. 상징이 가치를 잃어버린 동쪽에서 '상징적인 가격'은 곧 무료란 뜻이었나 봐.

나는 종종 연주회장에 가서 지휘자나 솔리스트로 변신하곤 했단다. 물론 연주는 하지 않고 그냥 앉아 있었지. 예컨대 다니엘 바렌보임의 모습으로 객석에 앉아 있는 거야. 그걸 눈치챈 사람은 거의 없었어. 그런 일이 가능하다고는 상상조차 못 했으니까. 그런데 딱 한 번, 누군가 조용히 물어왔지. "당신이 여기 앉아 계시면 저 위에서 지휘하는 사람은 누구죠?" 나는 아이처럼 웃으며 그의 쌍둥이 형이라고 말했어. 하지만 제발 신문에는 나지 않기를 바라며 속으로 전전긍긍했지.

그러던 어느 날 렝베르크 도서관에서 변신에 관해 읽은 내용이 떠올랐어. 거기에는 변신한 대상의 예술적 능력도 전수받을 수 있다고 적혀 있었지. 그것보다 더 고난이도 기술은 모습은 변하지 않은 채 그 사람의 예술적 능력만 베껴 오는 거야. 나는 다시 한 번 렝베르크로 가서 그 책을 펴고 열심히 연습했어. 그리고 성공했지. 몇 분 만에 유명한 솔리스트처럼 연주할 수 있게 된 거야. 변신하는 동안 악보까지 머릿속에 들어왔고, 손은 마치 근육이 없는 것처럼 정확하게 움직였다. 내 평생토록 간절히 열망해 온 박수갈채를 받을 확실한 기회가 찾아왔지. 나는 그동안 충분히 박수를 받지 못했다는 사실을 깨달았다. 기교 몇 가지에 평생 받은 박수가 한 번에 쏟아지더군. 집에 그랜드 피아노도 들였단다. 손님들이 아침을 먹는 동안 연주를 하려고 말이야.

하지만 솔리스트는 엄청나게 힘들단다. 몇 초만 지나면 땀이 비오듯 쏟아지지. 현실세계에서 마법으로 피아니스트가 된 경우가 거의 없는 것은 바로 그 때문인 것 같아. 텔레비전으로는 그들이 땀 흘리는 것을 무감각하게 보게 되거든. 하지만 그렇게 오랫동안 연주하는 것 자체가 정말 놀라운 일이야. 나는 쇼팽이나 스크랴빈의 가장 짧은 작품만 할 수 있어. 그것 말고는 '꼬마 한스'를 치지. 아이러니한 자기부정이 담긴 이 동요를 나는 사랑한단다. 레퍼토리가 이리도 빈약하니 콘서트는 무리지.

우리 집 위층에 사는 남자 아이는 타악기를 연습하는데, 보통 학교 가기 전 이른 아침에 연주를 하지. 혹시 방해가 되지 않느냐고 아이가 물었을 때, 나는 이웃의 고통 부담 없이 대가가 되는 연주자는 없다고 호기롭게 답했다. 그러니 편히 연습하라고, 나는 네 편이라고도 했지. 그런데 그 아이는 정말로 대가가 될 모양이었어. 항상 밤늦도록 연습을 하더구나. 그것 때문에 다시 한 번 세계 일주를 떠나고 싶을 정도였지. 이번에는 정식 여객선을 타고 말이야. 왜냐하면 여객선에는 무조건 피아노가 있으니까.

나는 먼저 호호할아버지가 된 블뤼트너 씨를 만나러 작센으로 날아갔어. 함께 여행하자고 청할 셈이었지. 그런데 어렵게 됐단다. 블뤼트너 씨는 기억을 지우는 마법을 썼는데, 다시 과거 기억을 되찾는 법도 잊어버린 거야. 그는 나를 알아보지 못했지만 자신이 알던 사람이라는 것은 알고 있었어. 그래서 침착하고 정확하게 같은 말을 되뇌더구나. "나는 돌아올 거야. 내일이면 금방 돌아올 걸세." 나는 슬퍼하며 그의 집을 나와 그나들에게 갔지. 그에게 함께 여행을 떠나자고 말할 수 있을 것 같았어. 하지만 진즉에 백 살을 넘긴 그 노인에게 연락이 닿지 않았다. 누군가 내게 말하길, 그는 아무도 모르는 곳으로 이사를 갔는데 종종 등산하는 모습은 보인다더구나. 일주일에 두 번은 암벽 등반을 한다고. 하지만 하루 종일 산 입구에서 기다렸는데도 만나지 못했어.

그래서 나는 혼자 여행을 떠났다. 1999년 12월 노르웨이 크루즈선 위에서 고요한 바다를 내려다보았지. 갑판에서 일흔쯤 된 사람들이 시끄럽게 떠들고 있었어. 말을 섞기에 적당한 상대들은 아니었다. 전쟁 전의 얘기를 하기에는 너무 어린 데다 몇몇은 너무 늙어서 잘 듣지 못했지.

그리고 연말 파티가 시작됐다. 그동안 나는 꽤 괜찮은 이야기꾼으로 소문이 난 덕분에 선장의 초대를 받았지. 내가 그 자리에 들어섰을 때, 마침 선장이 승객 중 최연장자를 소개하던 참이었다. "97세로 연대장 출신 슈나이데바인 씨." 그래, 바로 그 이름을 거기서 듣게 될 줄이야. 그쪽으로 고개를 돌렸을 때, 뒷모습이라 윤

곽만 보이는데도, 성마르고 침울하고 겁 많고 혼란스러운 모습이 딱 그라는 것을 알아볼 수 있었어. 선장이 내 눈빛을 읽고 물었다.

"두 분 서로 아는 사이인가요?"

나는 마음을 가라앉히고 대답했지.

"네, 언젠가 잠시 잠깐."

나는 그에게 인사도 하지 않고 계속 쳐다만 보았어. 연민이 조금 생기기는 했지만 그렇다고 선뜻 손을 내밀 정도는 아니었으니까. 그는 "잠깐 객실에 좀⋯⋯"이라고 웅얼거리면서 양해를 구하더니 자리에서 일어나더구나. 그리고 난간을 훌쩍 넘어버렸지. 선원 하나가 따라가며 이름을 불렀지만 그는 한 치의 망설임도 없이 그렇게 뛰어넘었다.

물론 우리가 서로 얘기를 나눴다면 상황이 달라졌을지도 모르지. 상대를 용서하지 못한다 해도 대화 정도는 할 수 있으니까. 하지만 내 생각은 이렇단다. 우리가 한 테이블에 마주 보고 앉았다면 나는 그에게 한마디도 하지 않았을 수도, 혹은 화해를 시도했을 수도 있어. 내 안부를 전하고 상대 안부를 물었을지도 모르지. 하지만 그 남자는 내가 3년 동안이나 엠마와 아이들과 떨어져 지내도록 만들었어. 슐로스제크 선생님을 죽였다는 사실만으로도 죽여 마땅한 놈이야. 하지만 그의 죽음을 연말 파티에서 보게 될 줄이야.

우리는 근본적으로 닮아 있었다. 그는 나의 어떤 점을 용서하지 않았고, 나 역시 그를 용서하지 않았으니, 우리는 서로 꼬여 있었던 셈이야. 차이가 있다면 나는 군인이었을 때를 제외하고는 아무도 죽이지 않았어. 요즘에도 종종 그 모든 일이 생각나곤 하는데, 그때로 돌아간다 해도 내 손으로 슈나이데바인을 죽이지는 않았을 거야. 어쨌든 그는 스스로 생을 마감했다.

선장은 선원들에게 수색을 명령했어. 그 큰 배가 큰 원을 그리면서 한자리를 맴돌았고, 백여 개의 카메라가 물속을 뒤졌지. 하지만 이미 해가 저문 뒤여서 별 소득은 없었다. 사람들은 내게 그 승객에 관해 뭔가 알고 있는지 물었어. 나는 그의 일생을 설명하며, 내 친구들 말고도 수많은 사람들이 그의 손에 살해당했다고 말했지. 아마도 그가 나를 보았을 때 그 모든 살인의 기억들이 한꺼번에 떠올랐을 것이고, 내가 그를 절대 용서하지 않으리라는 것을 확실히 알았을 거라고 했어. 선장은 슈나이데바인이 이미 오래전부터 새로 시작되는 천 년에는 살아 있지 않기로 결심한 것 같다고 추측했다. 뛰어내리기 좋은 포인트를 이미 점찍어 놓은 것 같다고 말이야. 충동적으로 그 자리를 찾아서 뛰어내릴 수는 없다고.

사망 사건 때문에 연말 파티는 공식적으로 취소되었어. 악단도 자리에서 물러났지. 하지만 모두 테이블을 지키고 앉아 샴페인을 주문했고, 나는 피아노로 다가가 연주를 했다. 시작은 스콧 조플린의 래그타임이었어. 1960년대 블뤼트너 씨가 엠마와 나를 위해 연주했던 곡이지. 아니, 그보다는 슐로스제크 선생님을 그리워하며 연주했던 곡이라고 하는 것이 정확하겠구나.

이 곡에 관한 얘기는 벌써 한 번 쓴 것 같기도 한데, 이제 와서 다시 편지를 뒤적여보지는 않으련다. 아주 유명한 곡이지. 사기꾼 한 쌍이 마음에 안 드는 마피아 보스를 골탕 먹이는 1920년대 코미디 영화의 주제음악으로 쓰이면서 유명세를 탔단다. 청중들은 내 연주에 감동했고, 나는 밤 1시가 다 될 때까지 "한 곡만 더요, 파흐로크!"라는 외침을 들어야 했다. 물론 기대에 찬 박수와 함께. 나는 결국 자리에서 일어나 말했지. "고마워요. 하지만 3천 년대에 연주할 것도 남겨놔야 해서요." 그리고 마지막 곡으로 바흐를 연주했다. 대부분 자리를 지켰고, 한둘은 바흐를 좀더 듣고자 했어. 바흐와 함께 새로운 천 년을 진지하게 시작하기를 바라는 사람들이었지.

슈나이데바인이 자살했다는 소식은 금방 퍼져나갔다. 그렇게 그는 공식적인 죽음을 맞이했고, 월요일 신문에도 실렸지. 그의 수치스런 행적이 만천하에 알려졌고, 그의 삶에도 완전한 마침표가 찍혔어. 그가 물고기나 새로 변신해서 육지로 다시 올라왔을 수도 있어. 하지만 자신의 신분으로 돌아올 수는 없게 되었단다. 그리고 그는 공식적으로뿐만 아니라 진짜 죽었단다. 그렇게 확신하는 이유는 그가 장거리 비행이나 지느러미 호흡을 하지 못한다고 믿기 때문이야. 이미 말했듯이 그는 위대한 마법사가 못 되었으니까.

이 사건 이후 나는 크루즈 여행을 그만뒀고, 더 이상 화물선 여행도 하지 않았어. 1998년부터 내 집에서 게스트하우스를 운영하면서 민박 주인장으로서 즐거움을 만끽하고 있지. 손님들이 밀어

닥칠 일은 없었단다. 외국에서는 팡코가 베를린이 아니라고 생각하기 때문인 것 같아. 여행객들은 베를린 중심가에 머물기를 바라지. 그래도 젊은 사람들과 아침 식사를 하면서 유익한 대화를 나눌 수 있고, 아이들과 손주들이 찾아오면 내 집에 머물 수 있으니 그걸로 족하단다. 그때마다 팡코를 제대로 보여주면 모두 관심을 보이더구나. 2002년부터는 새로운 조력자를 구했어. 발데마르 4세는 너도 만나게 될 거란다. 내가 죽은 다음 레일란더와 함께 그가 유언을 집행할 테니까. 그는 훌륭한 요리사이자 엄청난 영화 애호가이고, 내가 만나본 중에 가장 믿음직한 사람이야. 마법사들이 무조건 조력자를 둬야 하는 건 아니야. 하지만 우리가 늙어갈수록 좀더 신의를 사랑하게 되고, 믿을 수 있는 사람들이 주변에 많았으면 하지.

지난주 나는 책에서 개구리들이 어둠 속에서도 색깔을 분간한다는 이야기를 읽었어. 그래서 직접 동물원을 찾아 살아 있는 개구리 하나를 마음속에 새겼지. 그러고는 한밤중에 개구리로 변신해서 우리 집 그림들을 감상했어. 과연 그렇더구나! 특히 칸딘스키가 좋았고, 아우구스트 마케가 그린 인디언 그림도 훌륭했지. 잠에서 깬 레일란더는 불을 켜서 개구리를 보고는 몹시 즐거워했단다. "정말 반들반들하네요." 그녀가 감탄했지. "이제 내게 키스해야 해요." 내가 개굴개굴 외쳤다. 그리고 그녀가 키스하는 순간, 그림에서 본 왕자의 모습으로 변신해 그녀를 따라 침대로 들어갔지.

사랑하는 마틸다, 내가 지혜로워졌다고는 생각하지 않는다. 내가 정말 지혜로워졌다면 그때 슈나이데바인과 대화를 했겠지.

위대한 지혜의 마법이란 것도 존재하지 않는단다. 사람에게 꼭 필요한 특정 순간에만 쓸 수 있는 마법도 없어. 어떻게 지혜를 얻는지, 그리고 그걸 어떻게 실감하는지는 지혜를 가진 사람만이 알 수 있겠지. 나는 그저 짐작만 할 뿐이야.

하지만 나는 사는 동안 행복할 때가 많았어. 엠마와 아주 오랫동안 행복했고, 지금은 레일란더와 다시 행복을 찾았지. 내가 자유인일 때도, 죄인일 때도 혹은 자유에 가까울 때도 죄에 가까울 때도 행복은 나를 계속해서 찾아왔단다.

그러니 무엇이 행복인지에 관해서라면, 나도 한마디쯤은 할 자격이 있다고 생각한다. 내 생각에 행복이란 인생이라는 큰 그림의 윤곽이 손에 잡힐 때, 그 윤곽과 내가 일치되었거나 곧 일치될 것 같다고 느낄 때 찾아오는 기분이야. 이런 기분을 매일 느낄 필요는 없어. 일주일에 일곱 번이면 충분하단다. 그 이상은 과욕이야.

사랑하는 마틸다,

그제 네가 네 부모와 함께 병원으로 병문안을 왔었단다. 어제는 레일란더가 왔지. 그리고 오늘은 네게 새로운 편지를 시작했어. 이 건 그냥 편지야. 마법에 관한 건 이미 다 써두었지.

어제는 방에 나 혼자 있었던 터라―옆 침상의 환자가 산책을 오래 하더구나―레일란더와 함께 잠시 눈물을 흘렸단다. 우리는 서로가 울고 싶은 기분이란 걸 알아챘거든. 그건 함께하면 좋은 효과가 더 강해진단다. 울음은 안경에 찬 습기처럼 금방 날아가지. 눈물이 마를 때 사람들이 미처 알아보지 못한 영혼의 가루도 함께 날아간단다. 그러고 나면 다시 모든 게 반짝거리고 한결 다정해 보이지. 나에게도 그랬단다. 울고 난 저녁에 이리스와 슈테판이 병문안을 왔을 때는 계속해서 웃을 수 있었어. 그들이 영화판에서 일어난 미친 얘기들을 잔뜩 풀어놓은 덕도 있지. 게다가 레드 와인 한 병도 들고 왔어. 간호사가 병실에 들어왔을 때는, 우리 모두 만취한 다음이었다.

너하고 나눈 대화를 다음날 다시 떠올리는 것은 항상 즐거운 일이란다.

"할아버지, 죽으면 어디로 갈 거예요?"

"나도 잘 모르겠구나. 아직 안 죽어봤거든. 하지만 어딘가 위로 올라가지 않을까?"

"그럼 비가 올 때 같이 떨어져요?"

"그럴 수도 있지."

"그리고 무성한 잡초로 자라는 거죠?"

"맞아."

"나 언제 한번 잔디 깎는 기계 운전해 보고 싶어요. 아빠는 만날 안 된다고만 해요."

아들과 나는 눈빛을 교환했다. 아직은 허락해선 안 된다는 메시지를 주고받았지.

존과 아델은 의사와 면담하러 자리를 떴단다. 나는 열린 창문 밖을 바라보며 물었지.

"마틸다, 나무에 달린 나뭇잎 하나 떼어줄 수 있겠니? 창문 바로 앞에 있는 거 말이야. 우리 바로 옆에 이렇게 예쁜 톱니 모양 나뭇잎이 달려 있었네."

"할아버지, 그러다 떨어지면 어떡해요!"

너는 반쯤 꾸며낸 듯 새된 소리로 말했지.

"아니, 넌 안 떨어질걸?"

너는 나를 빤히 쳐다봤고, 나는 고개를 끄덕였다.

"여기서 다시 해봐. 팔이 안 닿으면 우리 식으로 해보자꾸나. 그래, 마틸다, 나는 알고 있어. 하지만 우리 다른 사람에겐 말하지 말자. 이건 우리 둘만의 비밀이야!"

사실 너는 의자에서 일어날 필요도 없었지. 한 번 만에 창밖의 단풍나무 잎사귀를 내 손에 쥐어줬어. 너는 이제 준비가 된 거야. 마법사가 될 준비가! 앞으로 몇 년을 흘려보내기만 하면 되지.

"고맙다. 정말 예쁜 나뭇잎이구나."

나는 이렇게 말하며 기쁨의 눈물을 애써 참았다.

나의 미래는 걱정이 없단다. 사실 여태껏 걱정해 본 적도 없어. 이젠 내 삶의 모든 것이 간결하게 정리되는 기분이야.

하지만 지구의 미래는 여전히 걱정스러워. 예를 들어 기술의 발전 같은 것들 말이다.

내가 미처 생각지 못했던 신기술 중 기쁘게 생각하는 것들도 있다. 예컨대 손을 잃은 사람을 위한 생체공학적 의수는 기계적인 손이지만 마음대로 손가락을 움직일 수 있다는구나. 이젠 의수를 단 사람도 손가락 끝으로 무언가를 느끼거나 물건을 두드릴 수 있다고 해.

뇌 작용의 화학적, 전기적 기제에 관한 비밀도 많이 풀렸지. 생각 읽기 마법이 기술로 가능해진 거야. 지금 당장은 그런 기계가 머릿속을 뒤진다 해도 인간들이 숨겨놓은 비밀까지 까발릴 수는 없어. 하지만 인간들은 점점 기계로부터 비밀을 숨길 방도를 연구해야 할 거야.

내가 듣기로는 사람이 잠자는 동안 정해진 그림을 꿈속에 집어넣는 방법도 개발됐다고 하더구나. 그렇게 꿈속을 침투하게 될 그림은 아무래도 광고이겠지. 꿈속에 나타나는 광고판이라니, 정말 비참한 바보짓 아니니. 우리의 꿈이 그런 용도로 쓰여선 안 되지.

집 밖을 나가면 점점 더 많은 카메라들이 우리의 얼굴을 찍고 움직임을 훑는단다. 카메라가 정확히 어디에 있는지를 안다면 마법사에게 문제될 것이 없지. 하지만 그건 가정법 안에서만 가능한 얘기란다. 아무리 마법사라도 모든 감시카메라를 정확하게 파악하기란 불가능하니까. 이젠 카를 마르크스나 카를 마이, 혹은 버버리 코트를 입은 고릴라맨으로 변신하고 싶다면 순식간에 모습을 바꿔야 해.

내가 처음으로 정보처리에 열광하기 시작했을 때는, 그 기술의 용처가 불확실하다는 생각을 한 번도 하지 않았어. 하지만 그 기술이 독재자와 살인범들이 저지르는 나쁜 짓에 기여했다는 것을 알게 된 순간, 내 열정에 금이 가는 소리를 들었지. 편지를 쓰고 있는 바로 이 순간에도 수평선 너머 저기압 지대에는 독재자들이 판을 치고 있어. 특히 곤궁에 허덕이는 곳일수록 독재가 횡행하게 마련이야. 곤궁은 독재자를 낳고, 독재자는 더 큰 곤궁을 낳지.

나는 그런 상황을 볼 때마다 슬픔이 앞선단다. 70년 혹은 80년 전 아직 젊은 기술자이자 발명가였을 때 그곳으로 가서 뭐라도 해야 했을지 몰라. 하지만 어떻게 그럴 수 있었겠니? 전쟁이 일어났고, 내겐 가족이 있었고, 무엇보다 엠마가 있었는데 말이다.

나는 항상 변신을 거듭하며 살았다. 마법 기술이 아니라 인간적인 변신 말이야. 그럴 수 있을 만큼 내 인생은 충분히 길었어. 하지만 전반적으로는 어느 정도 믿음을 유지하며 살았지. 많은 사람들이 믿음을 갖고 산단다. 믿음이 없으면 길을 잃기 쉬워. 죄악으로 가득한 세상을 살다 보면 긴 세월이 위험하게만 여겨질 때도 있어. 하지만 또한 그 세월 속에서 믿음이란 개념이 재발견되는 순간도 적지 않단다.

배가 잠시 이스라엘의 아슈도드에 정박해 있는 동안 히브리어를 배웠단다. 그 언어에서는 진실과 믿음이 같은 단어였지. 그걸 발견하고 혹시 그 두 가지가 정말 같은 뜻인지도 모르겠다는 생각을 했어. 물론 철학자들은 그렇게 단순하게 말할 수는 없다고 하겠지만, 나는 기술자이니 그렇게 말해도 되겠지. 네 이론에 맞지 않는다면 그냥 조용히 이 단락을 넘기렴. 하지만 언젠가 한 번쯤은 이 모든 걸 스스로 생각해 보길 바란다.

내가 말하는 건 절대적인 진실이 아니라 일상의 진실이야. 그건 우리가 어떤 길을 갈 때, 우리가 그 길을 함께 걸어갈 때 생겨나지. 길을 잃을 수도 있지만 그건 아무 문제도 아니야. 길은 언제라도 수정될 수 있으니까. 하지만 우리가 어떤 방향으로 나아가려고 할 때 믿음이 없어선 안 돼. 길을 가겠다는, 특정한 사람들과 함께 가겠다는 믿음을 지키면서 우리가 굳게 믿는 것을 현실로 만들어야 하지. 이것이 길에 관해 우리가 알고 있는 가장 단순한 진실이다. 하지만 불행히도 우리는 한 가지를 더 알고 있지. 그건 바로 그것이 영원히 유지되지는 않는다는 것. 언젠가 그 길과 그 길을 함께 가던 사람들은 모두 사라지고 새로운 길과 새로운 동반자들이 생겨난다는 것 말이야.

한번 믿음이 머릿속에 자리 잡으면, 뇌가 끝없는 반대론을 쏟아놓는 중에도 우리는 어떤 생각을 위해 대담한 결정을 내리고 그걸 믿음으로 지킨다. 거기서 '진실'이 생겨난단다. 우리는 그 생각에 찬성하는 말이라면 뭐든지 받아들이고, 그에 반대되는 말은 가능한 한 조그맣게 받아 적지. 그 생각을 실천에 옮기지 못하고, 계속해서 결정을 내리지 못하고, 커져가는 의심 탓에 진척하지 못한다면 아주아주 불행해질 거야. 불안감 같은 방해물이 그 생각의 기한이 만료될 때까지 시간을 축낼 수도 있지만, 그래도 믿음은 그걸 뛰어넘고 계속해서 달려나가도록 밀어주는 힘이 된단다. 이게 바로 믿음에 관해 내가 세운 기술적 모델이야.

여기서 말하는 생각은 길, 발명, 영화 소재, 이론, 가설 등등 여러 단어로 대체될 수 있어. 우리에게 필요한 건 무엇보다 우리가 그 생각에 도달할 수 있을 거라는 믿음이란다. 이 이론은 사랑에도 적용될 수 있어. 나는 팡코 시민공원에서 열린 평범한 댄스파티에서 엠마를 만났지. 여기까진 그리 특별할 게 없었어. 하지만 나는 '엠마라는 생각'에 사로잡혔고, 그 생각에 관한 내 믿음을 지켰단다. 그러지 않고서야 우리 가족이 이렇게까지 많아질 수는 없었겠지. 하물며 우리 관계를 '엠마가 나를 발명했고 나 또한 그녀를 발명했다'고 말해도 과언이 아니야. 우리는 서로 특허 등록만 하지 않았을 뿐이란다.

내가 아는 사람들 중 자신의 생각을 믿음으로 지킨 덕분에 행복한 사람들이 적지 않아. 그들이 그래서 성공했느냐 아니냐는 중요하지 않지. 발데마르 3세는 그의 소설에, 슐로스제크 선생님은 독일에 관한 생각에, 블뤼트너 씨는 마법사의 인류사적 의무에, 그나들은 인생의 약도로 삼은 숲에 평생 동안 신의를 다 바쳤다. 그리고 지금까지 한 번도 언급한 적 없는 친구 에버하르트는 우주의 운행에 관한 생각을 굳게 믿었지.

에버하르트는 팡코 태생인데, 우리는 시절이 나쁠 때 알게 되었어. 1918년 한창 좀도둑질을 하고 다닐 때였지. 열다섯 살부터 그는 무슨 말인지 금방 이해하지 못하는 사람을 앉혀놓고 자기 생각을 설명했단다. 세상 전체가 어떤 손에 의해 운행되고 있으며 만사가 통제하에 있다고 말했지. 천지만물의 질서를 푸는 열쇠가 그 개념 안에 있다고 했어. 아마도 그는 오늘날 우리가 생각하는 범용 컴퓨터 같은 거대한 기계를 상상한 것 같아. 다만, 그 컴퓨터는 사람에 의해 만들어지지 않았고 모든 것을 조종하지. 하지만 당시에 나는 내가 설계하고 내 손으로 만들 수 있는 기계에만 관심이 있었어. 그래서 '조종'은 무엇에나 갖다 붙일 수 있는 말이며, 전등을 켜고 끄는 것도 조종이고 지구상에 피조물을 창조하는 것도 조종이라고 받아쳤지. 그의 생각을 전혀 따라가지 못했던 거야. 그러니 그는 웃을 수밖에. "넌 아직 나를 이해하지 못하는구나!"라고 하면서.

에버하르트는 정말 특이한 인물이었지. 그는 항상 평정을 유지했는데, 그에게 평정이란 세상의 기본 원리를 인식하고 있다는 증거였어. 그는 어떤 것에도 동요하지 않았다. 중상모략을 당해도 끄떡하지 않았지. 그는 신앙심이 깊었고 끊임없이 하나님에 대해 얘기하면서도 항상 하나님을 다 알지 못한다고 말했어. 시간이 흐른 후에 그는 이미 오래전부터 사이버네틱스나 체계 이론을 알고 있었다는 사실을 깨닫게 되었지. 그는 그저 고개를 끄덕이며 말했어. "접근이 다를 뿐 모두 한 방향이야. 하지만 갈 길이 멀어." 그는 평생 모든 뉴스와 모든 사건을 '조종'의 관점에서 파악하고 해석했지. 그리고 생각한 바를 메모하고 그 메모를 파일로 묶고 그렇게 묶인 파일철을 가지런히 쌓아두었단다.

에버하르트의 놀라운 점은 그가 자신이 굳게 믿는 것에 광신자나 교주가 되지 않았다는 사실이야. 세계에 관한 그의 평온한 믿음은 그를 호기심 많고 지혜로운 동지이자 친구로 만들어주었지. 그는 용감하고 친절한 사람이었지만, 부패하거나 도둑질을 하거나 사기를 치거나 살인을 하는 사람, 그리고 전쟁을 일으킨 사람에게는 단호히 맞섰다. 그들은 '조종'을 전혀 이해하지 못하는 자들이었으니까. 그러는 동안 그는 명망 높은 지식인이자 전형적인 가난뱅이로 살았지만 다행히 사립학교 시간강사 자리를 얻었어. 그리고 사랑스런 여인을 만났는데, 다행히 그 여인은 가난하지 않았지.

삶은 행운을 준비하고 있지만 그건 마법으로 얻을 수 있는 게 아니야. 세인트 폴리카프의 요리책을 읽어본다 한들 소용없단다. 우리는 그저 자신이 앉은 자리로 행운의 물결이 들어올 때까지 기다리는 수밖에 없어. 물결이 들어오려고 할 때 친절하게 문을 열어준 다음 잠시 머무르게 하는 거지. 내 선조들의 이름인 파흐라 나가트는 '물속에 발을 담근 자'란 뜻이야. 행운을 맞이하기에 좋은 이름이지. 강물에 발을 담그고 앉아 있으면 시원하고 상쾌하니까. 그 외에 다른 건 필요치 않아. 두려움도 폭력도 특권도, 다른 사람을 특별히 더 번창하게 만들겠다는 공명심도 필요 없지. 너는 그들에게 필요한 많은 것들을 가져다줄 수 있을지 몰라. 하지만 그들을 번창하게 하려면, 너는 그냥 그 자리에서 스스로 행복하게 지내며 평온하게 기다려야 한단다. 그들이 네게 그 일을 어떻게 처리하면 좋겠냐고 물어보러 올 때까지.

행운은 오래 유지될 수는 있지만 언젠가는 사라진단다. 새떼처럼 훌쩍 날아가 버리지. 하지만 영영 가버리는 것도 아니야. 또다시 만날 수 있으니 행운이 다른 곳에 깃들었다고 해서 화낼 필요는 없어. 행운은 그저 지루한 게 싫어서 그런 거니까.

마틸다, 적어도 이 편지를 읽는 동안에는 분명히 눈치챘을 테지만 그래도 내가 실토해야겠지? 나는 단 한 번도 마법을 부려보지 못했고, 마법계의 대가도 아니다. 이게 지금, 오늘 아침, 나의 진실이야. 하지만 지금까지 네가 읽은 것은 당연히 내 이야기가 맞단다. 너에 관한 것들도 모두 진짜야. 그렇지 않고서 처음부터 그 얘기를 했을 리가 없겠지. 혹시 허풍쟁이 할아버지에게 화가 났을지도 모르겠구나. 하지만 그건 내가 편지를 쓸 동안 아직 아이였던 너를 생각해서 한 일이야.

아이들은 가만히 이야기를 듣고만 있는 것을 좋아하지 않거든. 아이들은 스스로 이야기를 만들어내길 좋아하고, 그중에서도 말도 안 되는 이야기를 제일 좋아하지. 이제 나는 내 친구 쿠젠베르크를 더 잘 이해할 수 있게 됐어. 그는 이야기를 만드는 개구쟁이 아이였다. 유머로 어른들의 권력에 저항하지만, 그렇다고 어른들을 화나게 만들거나 그들에게 트집 잡힐 거리는 만들지 않았어. 그렇다고 자신의 유년 시절에 숨어 살지만도 않았지. 그는 독립적인 어른이었으니까.

젊은이들이 오늘을 살아가는 올바른 방식을 보다 보면 경탄할 수밖에 없지. 그들은 죄책감도, 설명을 해야 한다는 강박도 없이 놀이하듯 살면서 상상 밖의 발명품을 내놓더구나. 어린 시절에는 우리도 그랬지만 요즘 젊은이들은 어른이 되어서도 끔찍한 어른

역할에 얽매일 필요가 없더구나. 그들은 운이 좋은 거야. 아마 좋은 부모와 좋은 선생님을 만나서 공포와 긴장에 맞설 면역체계를 물려받았겠지. 나 역시 그랬지만, 내 안의 어린아이에게 좀더 많은 자유를 허락하기까지 시간이 좀 걸렸단다.

오늘 아침까지 내 옆 침상엔 함부르크에서 온 남자가 누워 있었어. 디스크 수술을 받은 엘베 강변의 사나이였지. 그는 심한 허리 통증 때문에 그의 직업에서 반드시 해야 하는 일을 쉽게 할 수 없었다고 했어. 큰 배를 바다로 끌어낸 다음, 파도가 일렁이는 가운데 도선사용 사다리 마지막 계단에서 보트로 뛰어내릴 때마다 허리가 아파 비명을 질렀다고 했지. 수술이 끝나자 그는 자기 직업을 다시 즐겁게 할 수 있다는 사실에, 다시 말하자면 비명 없이 사다리에서 점프할 수 있다는 사실에 무척 행복해했단다. 하지만 계속 그렇게 하다간 다시 통증이 도질 게 분명해. 이런 걸 사람들은 '금처럼 확실하다'고 하지. 그는 입원해 있는 동안 배와 뱃사람에 관한 놀라운 이야기들을 잔뜩 들려주었단다.

그리고 오늘 오후에 퇴원했어. 그의 작별 인사는 "다음날까지!"였어. 함부르크에서는 그렇게 인사한다더구나. 내가 유쾌한 친구가 돼주고 아름다운 이야기를 들려줘서 고맙다고 하자 그는 "아무것도 아니에요"라며 손사래를 쳤지.

나는 그에게 "다시 볼 때까지"라고 인사했어. 하지만 퇴원을 한 환자들이 다시 얼굴을 보는 경우는 매우 드물다는 것을 우리 둘 다 알고 있었어. 병실에서 모든 얘기를 털어놓은 사이라 해도 마찬가지야. 그럴 땐 "아듀(Adieu)"라는 인사가 더 적당했을 거야. 첫째는 프랑스어이기 때문이고, 둘째는 일어나지 않을 일은 생각하지 않고 할 수 있는 인사니까. 남쪽에서 많이 하는 "세르부스(Servus)"는 꼭 레스토랑에서 인사하는 것 같아서 좀 거북해. 바이에른 방언으로 "퓌아트 디(Pfuat di)!"란 인사도 있어. 그런데 거기에는 '하나님'이 들어가는 게 문제야. "(하나님이) 당신을 보호하시길(Behute dich)!"을 그 지방 억양으로 줄인 말인데, 꼭 "당신에게도!"로 화답해야 해. 병원에서는 "츄스(Tschuss)!"란 인사도 많이 하는데, 그건 '아듀'와 같은 뜻이야.

아무리 생각해도 '아듀'가 안성맞춤이구나.

아침에는 발데마르 3세가 병실에 들어오려고 했어. 하지만 나는 손짓으로 그와 얘기하고 싶은 기분이 아니라는 표시를 했지. 지금은 그가 아무리 좋은 사람이라도, 회의론자를 곁에 두고 싶지 않거든. 그가 아무 말 하지 않더라도 나를 바라보는 그의 어두운 눈빛은 볼 수 있을 테니까.

주말까지만 여기 있고, 월요일에는 집에 돌아가도 좋다는구나. 병원에서는 내게 더 이상 해줄 게 없다는 얘기지. 그럼 나는 다시 내 사랑스러운 책상 앞에 앉을 수 있겠구나. 침대에서 뭔가를 쓴다는 건 참 힘든 일이야. 화요일이면 너도 나를 보러 집에 오겠지. 함께 아이스크림을 먹으러 나갈 수 있을 만큼 날이 따뜻하면 좋으련만.

이것이 파흐로크의 마지막 문장이다. 그는 2017년 5월 10일에서 11일로 넘어가는 밤에 병원에서 세상을 떠났다. 집에서 죽기를 소원했으나 그런 행운은 허락되지 않았다. 그는 몇 달 전부터 자신에게 일어날 일을 분명히 알고 있었다.

발데마르 3세의 헌사

2032년 7월 25일, 레이캬비크

이 책의 헌사를 써달라는 요청을 받고 기꺼이 그러겠노라 했습니다. 좋은 의도에서 시작된 이 책이 많은 독자들의 사랑을 받길 바라기 때문이죠. 현재만이 아니라 미래, 그리고 무엇보다 과거의 독자들에게 말입니다. '과거의 독자'란 말이 이상하게 들릴 수도 있겠지만, 그 이유를 듣고 나면 이해가 될 겁니다.

일단 내 소개를 하지요. 아직까지는 별로 잘 알려지지 않은 사람입니다. 1973년부터 1983년까지 전기기술자이자 발명가, 심리치료사이자 영화 특수효과 전문가, 그리고 마법사였던 파흐로크 씨의 조력자였지요. 나는 얼마 전 아흔 번째 생일을 맞았습니다. 레이캬비크에서 맞이한 여느 생일처럼 그날도 내겐 소중한 시간이었지요. 나는 은퇴한 작가로 이제는 다른 사람들 책의 헌사나

후기를 주로 쓰고 있습니다. 내 얘기는 여기까지입니다.

2017년 파흐로크 씨가 세상을 떠난 다음 그의 두 번째 아내였던 레일란더가 내게 읽어보라며 편지 뭉치를 건네주었습니다. 2011년에 태어난 손녀 마틸다에게 쓴 편지였지요. 하지만 수신인은 성인이 된 다음에 편지를 읽기로 돼 있었습니다. 파흐로크 씨의 마지막 조력자였던 발데마르 4세는 그가 모시던 마법사가 돌아가신지 1년 만에 그 뒤를 따랐습니다. 레일란더는 2년 반 전인 2030년 동방박사 축일에 마틸다에게 편지를 건넸습니다. 이제 막 성년이 된 젊은 아가씨는 그 편지들을 읽고 난 뒤 곧장 책으로 출판해도 좋다고 허락했어요. 하지만 애석하게도 그건 안 될 일이었습니다. 마법은 이전보다 훨씬 더 가혹한 처벌 대상이 되었기 때문이었죠. 그와 관련된 책을 출판했다가는 오랫동안 징역을 사는 것은 물론 전자기 두뇌 수갑을 차게 되죠. 가련한 레일란더가 몇 달 전 당했던 것처럼 말이에요. 그녀는 그 후로도 살아 있지만 뇌는 제 기능을 하지 못하고 마법 능력은 아예 사라지고 말았어요.

1년 전 마틸다는 렘베르크의 마법사 전용 도서관에서 레일란더의 새 친구인 이븐 루슈드라는 아랍인과 함께 대가들의 작품을 공부하기 시작했어요. 역사의 흐름을 바꿀 수 있는 능력을 익히기 위해서였죠. 그들은 15년 전의 과거로 이 책의 출판을 앞당기는 일을 시도하려 합니다. 그땐 아직 마법사를 위해 무언가 도모할 수 있을 때였으니까요. 이건 무엇보다 마틸다 자신을 위한 일이에요. 오늘의 상황에서 레일란더를 구해 내기 위해서였죠.

레일란더가 어쩌다 그렇게 되었는지 설명해야겠군요. 여러분이 생각하시는 그런 건 아닙니다. 그러니까 위대한 여성 마법사가 일반성에 집착하는 정치 세력에 맞서 과격하게 저항하거나 독재자에게 공격을 가했다가 정체를 들킨 게 아니었습니다. 불운은 그보다 단순한 길을 택했지요. 레일란더는 자신의 습관 때문에, 그러니까 시내 한복판을 걸어가면서 몇 분마다 한 번씩 핸드백을 바꿔 들다가 감시카메라에 찍혀버렸어요. 그리고 며칠 만에 감옥에 갇혔지요. 그녀가 마술을 부린다는 사실이 금방 탄로 났고, 특별히 강철과 방탄유리로 제작된 방에 감금됐습니다. 그리고 거기서 기억이 스캔되고 조작되었습니다. 그 조치는 돌이킬 수 없었습니다. 하지만 그녀를 구할 방도가 딱 한 가지 있기는 했죠. 그건 바로 미래가 아직 열려 있는 시간으로 돌아가는 거였어요. 시간을 돌이킬 수 있다면 몇 가지 포인트를 다르게 설정할 수도 있으니까요. 파흐로크의 편지를 2017년에 출판하는 것은 마법사를 탄압하는 문화가 생겨나지 않게 할 여러 가지 방안 중 하나였습니다. 그런 일은 아예 일어나지 않았어야 했어요.

나는 아마도 세상에 나오게 될, 아니 그렇게 되길 간절히 바라는 책의 헌사를 쓰기 위해 파흐로크 씨의 편지 사본을 받아서 다시 한 번 꼼꼼히 읽었습니다.

처음 읽을 때부터 눈여겨봐 두었던 대목이 있었지요. 마지막 편지에서 파흐로크 씨가 자신은 결코 마법사가 아니었으며, 그 모든 이야기는 지어낸 것이라고 밝히는 대목 말입니다.

그의 조력자이자 파흐로크 씨가 재주 많은 마법사였다는 사실을 직접 보고 확인했던 사람으로서, 그가 그렇게 앞뒤가 맞지 않은 말을 한 이유를 오직 한 가지로 설명할 수 있었습니다. 바로, 미래의 위험을 예측하고 손녀를 보호하기 위해서였죠. 자격 없는 독자들, 염탐꾼, 그리고 배신자들은 그 대목에 실망할 수밖에 없었을 겁니다. 그는 발명가이자 기술자였으니 자신의 편지를 읽게 될 미래에는 뇌 과학이 얼마만큼 발전할지 정확하게 알았겠죠. 그럼에도 그가 아직 살아 있다면 오늘날 세계가 돌아가는 꼴에 기가 막힌 나머지 낙담하고 말 것입니다. 오늘날 서구 세계가 돌아가는 꼴이라고 하는 편이 더 정확하겠군요.

유럽에서는 과연 사건이 연쇄적으로 일어났습니다. 한심한 사건들이었지요. 민주주의는 테러와의 전쟁에서 살아남지 못했어요. 테러도 살아남지 못하긴 마찬가지였죠. 하지만 그렇다고 별로 나을 것도 없었어요. 테러리스트를 무찌를 능력을 갖췄다는 이유로 독재자들이 목소리를 내기 시작했거든요. 한 명이 본색을 드러내자 줄줄이 그 대열에 합류했고 모두 그걸 두고 보기만 했습니다. 사실 진짜 권력은 다국적기업들이 쥐고 있었고, 그들은 민주주의를 성가시게 생각하고 있었어요. 현대적 독재자들이 그들의 구미에 훨씬 잘 맞았죠. 그리고 마법사가 아닌 평범한 사람들의 꿈은 정치적 선전과 상업 광고로 채워지기 시작했습니다. 모든 것이 파흐로크 씨가 우려했던 그대로예요.

1970년대 베를린에서 한 남성이 도시 곳곳의 벽면에 자신이 방송사에 의해 미행당하는 중이며 일거수일투족을 감시받고 있다는 내용의 낙서를 한 적이 있습니다. 이제 보니 그는 시대를 한참 앞서간 사람이었습니다. 요즘 우리는 우리의 뇌가 전기적으로 '해킹당하는 것'을 막기 위해 구리줄로 새장을 만들어 머리에 쓰고 다닙니다. 그리고 그걸 들키지 않기 위해 그 위에 부르카를 쓰지요. 심지어 남자들도요. 그들은 종교적 이유를 들며 양해를 구하지만, 사실 부르카는 아주 오래전부터 얼굴 스캔을 방해한다는 이유로 금지됐어요. 그래서 몇몇이 궁여지책으로 머리에 붕대를 감기 시작했습니다. 이른바 두개골이 손상된 사람들이 급증했고 이번엔 진단서를 발급해 준 의사들이 감옥으로 보내졌지요. 그리고 이 모든 사건 위에 미동 없이 그 자리를 지키고 있는 하늘이 펼쳐져 있습니다. 이제는 하늘이 수평선에서 수평선을 잇는 광고판이 되었습니다. 이전에 갈등과 전쟁으로 붕괴했던 아랍 국가와 도시들은 재건되었습니다. 그곳에 만인을 위한 세상이 펼쳐졌고 사회는 모권제도 아래 번창하고 있지요. 대학에서 수학과 의학을 복수 전공하고 있는 마틸다는 다마스쿠스에서 살면 어떨까 상상해 봤다고 해요. 그곳은 전 세계에서 가장 자유로운 공간이 되었지요. 하지만 이민은 점점 더 힘든 일이 되어가고 있습니다. 유럽에서 난민 신청이 급증한 탓에 아랍 지역에 발을 들이려면 긴 줄을 서야 하지요. 처음부터 마틸다가 여길 떠나려고 한 건 아니었어요. 티투스

삼촌에게 상속받은 알프스 자락 목장에서 살 수도 있지요. 하지만 그녀의 영혼을 위해 필요한 건 외로움이 아니라 자유로운 인간들과 어울리는 일인 것 같습니다.

현 상황이 이렇다 보니 나는 파흐로크 씨가 마지막 편지를 그렇게 쓴 까닭을 이해할 수 있습니다. 그에게는 손녀의 행복이(그리고 레일란더의 행복이) 진실보다 훨씬 더 중요했겠지요. 마틸다는 레일란더와 나, 그리고 다른 친구들에게 쓴 여러 통의 이메일에서 파흐로크 씨의 편지를 문학적 가치가 높은 독특한 '판타지 소설'이라고 불렀습니다. 통제기관이 이메일까지 감시하고 있으니 그럴 수밖에 없었겠지요. 그녀는 세상 그 누구도 마법을 부릴 수 없고, 자신도 마찬가지이며, 자신은 그 사실이 다행스럽다고 적었습니다. 그런 면에서 마틸다는 파흐로크 씨의 경고를 잘 이해하고 있는 것 같고, 그녀를 가르친 레일란더보다 훨씬 신중한 것 같더군요.

나는 2017년 일흔다섯 번째 생일을 레이캬비크에서 맞았습니다. 파흐로크 씨가 세상을 떠난 직후라 침울했던 레일란더도 생일 파티에 왔었습니다. 그때 그녀의 손에 마틸다에게 쓴 편지 사본이 들려 있었죠. 그녀는 나 외에도 남편과 친하게 지냈던 이리스와 슈테판에게 편지를 건넸습니다. 레이캬비크에서 본 이후로 다시는 그녀를 만나지 못했죠. 그녀는 이미 계약된 영화를 촬영해야 했으니까요. 마틸다는 레일란더에게 2017년 7월 28일 그녀가 쓴 편지를 함께 책으로 묶어도 될지 물었습니다. 그들은 그 편지가 파흐로크 씨의 편지 묶음을 소개하는 훌륭한 프롤로그가 될 거라는 데 뜻을 같이했습니다.

레이캬비크에서 나는 레일란더와 오랫동안 영화 얘기를 했습니다. 언젠가 그녀가 만들 파흐로크 씨에 관한 영화 얘기를 말이죠. 그녀는 영화로만 만들 수 있다면 아무래도 좋다고 했어요. 집을 촬영 장소로 내놓을 수도 있다고 했죠. 그녀는 영화감독의 유전자를 타고난 인물입니다. 몰티즈 크로스가 발명되기 한참 전에 영화 장면처럼 사진을 연출하는 픽토리얼리즘을 개발한 오스카 구스타프 레일란더의 친척이거든요. 영사기에서 셔터가 열려 있는 동안 화면도 정지하도록 필름을 멈추는 몰티즈 크로스가 나오기 전까지는 그게 최선이었지요.

파흐로크 씨에 관한 영화도 과거를 돌이키는 마법이 성공하고 나서야 판을 벌일 수 있겠지요.

그것 외에도 우리는 팡코에 있는 파흐로크 씨의 생가에 기념 현판을 달기로 계획했고, 그 일은 2020년에 완성되었지요. 동시에 맞은편 슐로스제크 선생님 댁 현관에도 누구나 읽을 수 있는 현판이 걸렸습니다. 둘 다 내가 스케치를 맡았죠.

마법사들이 다시금 우리 삶이 풍요로워지는 데 기여할 수 있게 된다면 얼마나 좋을까요. 무엇보다 그들은 꿈의 세계를 소생시키는 데 필요한 존재입니다. 그들이 이 땅에서 완전히 추방된다면, 동화 속에서도 같은 일이 일어나겠지요. 어른들은 순진함을 잃어버리고 '만약 그랬다면 어떻게 됐을까'로 시작하는 아름답고도 이상한 이야기들도 사라져버릴 겁니다. 모든 마법은 이 세상 좋은 곳으로 달려나가는 작은 움직임을 꿈꾸는 데서 시작됩니다. 그리고 좋은 마법사의 행운은 그 자신을 위한 것이 아니라 다른 사람에게 행운을 안겨주기 위한 것이지요.

2018년이나 2019년에 마법사들이 연합을 꾸렸다면, 아니 적어도 유럽에서라도 마법사들이 함께 행동했더라면, 프리메이슨 집회소처럼 은밀한 공간이든 일반인들에게도 열려 있는 클럽이나 호텔 로비이든 그들이 한데 모일 수 있었다면 오늘날처럼 희생양이 되는 일은 없었을 겁니다. 하지만 파흐로크 씨도 힘을 보탰던 두 번의 연합 시도가 수포로 돌아간 뒤, 그들은 한 번 더 모여볼 용기조차 잃었고 최근까지도 공동 행동은 없었습니다.

레일란더의 남자 친구 이븐 루슈드는 더스틴 호프만을 닮았습니다. 2017년쯤 아주 유명한 배우였으니 모두 얼굴을 떠올릴 수 있을 거예요. 그의 생애는 지중해의 고무보트, 북프랑켄 지역 난민 수용소, 밤베르크의 작은 컴퓨터 가게 그리고 뮌헨의 방송기술 회사 등으로 요약할 수 있습니다. 하지만 이건 그의 인생에서 아주 작은 단면에 불과해요. 시간여행 전문가인 마법사 루슈드는 사실 아주 먼 곳에서 왔으니까요. 그의 원래 이름은 함체흐입니다. 1855년 바흐슈텔츠와 함께 ≪아름다운 요리를 위한 안내서≫를 집필한 요리사죠. 그리고 2015년으로 자신을 날려 보내 보트 난민들 틈에 섞였습니다. 왜 그랬을까요? 동화 속 황새처럼 훨훨 날아다니며 모든 것을 구경만 할 수도 있었을 텐데 말이죠. 내 생각에는 그가 많은 생명이 걸려 있는 위험한 운송수단이 안전하게 바다를 건너는 일을 돕는 데 재미를 느꼈던 것 같습니다. 하지만 그는 아직도 과거에 할 일이 많으며 심지어는 철학자 아리스토텔레스의 업적에도 도움을 줄 게 남아 있다고 했지요. 그래서 어느 날인가 그에게 독일에 남을 것인지, 아니면 돌아갈 것인지 물었어요. 그는 일단은 남겠다고 했죠. 위기에 빠진 레일란더를 내버려두고 갈 수 없다면서요. 그녀는 이제 그를 알아보지도 못하는데 말이에요. 심지어 그녀는 그를 파흐로크라고 부르기도 했답니다. 하지만 언젠가는 그를 제대로 기억하는 날이 오겠지요.

이븐 루슈드는 바흐슈텔츠의 책에서 어떤 가능성을 발견했습니다. 이른바 '시대의 구멍'을 만들어내는 기술이었죠. 특정한 맥락에서 사건을 지우고 그 구멍에 다른 사건을 집어넣는 일이 마법으로도 가능했어요. 마법사는 역사의 흐름에 간섭할 수 없다는 것이 규칙입니다. 마법으로 그 누구도 죽일 수 없는 것과 마찬가지로 구두상의 규칙입니다. 그러니 정당하다고 여겨지는 경우에는 예외도 인정되지 않을까요? 바벤첼러가 바다 얼음을 마법으로 녹여서 총살 명령을 집행하려는 군인들을 익사시켰을 때처럼요. 바벤첼러는 예외가 가능하다는 것을 알았고, 바흐슈텔츠 역시 그 사실을 알았을 뿐 아니라 이 특별한 예외가 거룩한 계획을 성공시키는 데 기여하길 바랐던 것 같습니다.

사실 바흐슈텔츠는 30년전쟁을 막을 만한 계획도 갖고 있었습니다. 그는 최초로 성경을 인쇄해서 출판한 해를 1534년에서 1400년대로 앞당긴다면 그 전쟁이 일어나지 않을 수도 있다고 생각했지요. 친애하는 독자 여러분께 먼저 양해를 구하면서, 전직 역사학자가 썰을 좀 풀어보겠습니다. 성경 인쇄가 종교개혁을 앞당겼을 거라는 점은 쉽게 상상할 수 있습니다. 종교개혁은 당시 제멋대로 굴던 가톨릭 교회에 대한 반발이었으니, 역으로 성경 인쇄가 앞당겨져 대중이 성경을 읽을 수 있었다면 종교개혁은 아예 일어날 필요가 없었을지도 모르지요. 모든 상황이 달라질 수도 있었던 겁니다.

그 일을 성공시키기 위해서는 1400년 즈음 성경을 인쇄할 만한 출판업자를 찾는 게 급선무였습니다. 그리고 이 지점에서 바흐슈텔츠는 좀 남다른 선택을 한 것으로 보입니다. 당시 출판을 업으로 삼고 있었던 건 수도원이었지만 바흐슈텔츠는 교회 기관을 매우 불신했습니다. 그래서 그는 리케델러를 통해 성경을 출판하려 했습니다. '균등 배분자'라는 의미의 그 유명한 해적단 말입니다. 그들은 "하나님의 친구이자 전 세계의 친구"를 자처하며 자부심을 가지고 자기 일을 했죠. 그러니 그 프로젝트에 부유하면서도 독립적인 돈줄 역할을 할 인물은 그들밖에 없었습니다. 바흐슈텔츠는 일을 꾸미기 위해 일단 해적 대장 클라우스 슈퇴르테베커부터 꾀었습니다. 슈퇴르테베커는 당시 바이에른과 슈트라우빙의 대공이자 네딜란드와 제란트, 헤넨가우의 백작이었던 알브레히트

1세의 보호 아래 있었습니다. 그리고 무엇보다 교회와 한자동맹의 몇몇 거물들에게 화가 난 상태였으므로 그 일을 맡기기에 적격이었죠. 성경을 번역할 사람도 이미 구해 놓았습니다. 네덜란드 즈볼레 출신의 고언어학자였습니다.

바흐슈텔츠의 계획이 성공했다면 1390년 고다 출신이 찬송가와 성경책을 인쇄한 최초의 인쇄술 발명가가 될 뻔했습니다. 대범한 마법사는 최초의 성경이 네덜란드어로 인쇄된다는 사실을 크게 개의치 않았어요. 사건을 앞당기면 슈퇴르테베커의 최후를 비롯한 몇 가지 유명한 역사가 누락될 수 있다는 것도 미처 예상하지 못했지요. 바흐슈텔츠의 계획대로라면 그는 헬고란트섬 앞에서 체포되지 않았을 거예요. 함부르크에서 교수형을 당하지도, 머리가 잘린 채 군중 사이를 걸어 다니지도 않았겠지요. 그 대신 해적단과 함께 이른바 '고다 성경'을 유럽 전역에 전파하고 다녔을 겁니다.

바흐슈텔츠는 슈퇴르테베커가 네덜란드 비텔스바흐 왕가의 야코베아 공주와 인간적으로 가까운 사이가 될 수 있다는 것까지 염두에 두었습니다. 어쩌면 프랑스 왕이 될 뻔했지만 너무 일찍 죽어버린 장 드 발루아 대신 슈퇴르테베커가 야코베아의 남편이 될 수도 있었던 것이죠. 그랬다면 슈퇴르테베커와 함께 야코베아 역시 교회 개혁의 상징적 인물이 되었을 거예요. 사회 개혁도 일어났겠죠. 모든 저항에 맞서 개혁을 이룬 야코베아는 전혀 다른 여성상을 보여줬을 테니까요. 루터나 츠빙글리, 칼뱅은 야코베아와 슈퇴르테베커가 이미 과업을 이룬 후에 나타나 별 두각을 나타내지 못했을 거예요. 그리고 교회가 신구파로 갈라지지 않았다면 30년전쟁에 허비된 시간을 아낄 수 있었겠지요. 하지만 위대한 바흐슈텔츠는 이 모든 것을 계획만 했을 뿐입니다. 알다시피 그는 너무 일찍 세상을 떠났어요.

지난주 마틸다는 아직 관청에 붙들려 가지 않은 거의 모든 마법사들을 비밀 도서관에 불러 모았습니다. 시간 수정이란 중대사를 위해서는 여러 명의 마법사가 힘을 합쳐야 하니까요. 이븐 루슈드가 한 번 더 방법을 설명했습니다. 처음에는 다들 동의하지 않는 것으로 보였죠. 전 유럽을 구해야 한다는 부담감에 분위기는 가라앉았습니다. 하지만 그때 마틸다가 모든 참석자들의 귀를 사로잡는 연설을 시작했어요. 그중 중요한 문장만 요약해 보겠습니다.

"어떤 세대의 마법사들은 위대해지는 것을 포기했습니다. 당신들 또한 그 세대가 한 것처럼 할 수 있습니다. 그렇다면 당신들은 마법사의 마지막 세대가 될 것입니다."

그 말을 들은 마법사들은 힘을 모으기로 마음먹었습니다. 그들에게도 의지는 있었으니까요. 하지만 시간 마법 자체가 굉장히 어려운 기술이기에 성공을 장담할 수는 없습니다. 그래도 나는 예정대로 헌사를 쓰기로 했습니다. 2017년의 눈 밝은 독자들을 불러 모을 근사한 제목을 찾는 데도 힘을 보탤까 합니다.

나는 90년 가까이 회의주의자로 살았습니다. 그러니 책이 출판되지 못한다 하더라도 크게 놀라지는 않을 겁니다. 하지만 그럼에도 이 책은 반드시 출판되어야만 합니다.

옮긴이 **이지윤**

프레시안 정치부 기자로 일했고 독일 풀다 대학교에서 다문화주의로 석사 학위를 받았다. 현재는 베네트랜스 소속 전문 번역가로 활동하며, 옮긴 책으로는 《두 개의 독일》, 《세금전쟁》, 《지적인 낙관주의자》, 《만만한 철학》 등이 있다.

마틸다의 비밀 편지

초판 1쇄 인쇄 2018년 10월 24일 | 초판 1쇄 발행 2018년 10월 31일

지은이 스텐 나돌니 | 옮긴이 이지윤
펴낸이 김영진

사업총괄 나경수 | 본부장 박현미 | 사업실장 백주현
개발팀장 차재호
디자인팀장 박남희 | 디자인 김가민
마케팅팀장 이용복 | 마케팅 우광일, 김선영, 정유, 박세화
해외콘텐츠전략팀장 김무현 | 해외콘텐츠전략 강선아, 이아람
출판지원팀장 이주연 | 출판지원 이형배, 양동욱, 강보라, 손성아, 전효정, 이우성

펴낸곳 (주)미래엔 | 등록 1950년 11월 1일(제16-67호)
주소 06532 서울시 서초구 신반포로 321
미래엔 고객센터 1800-8890
팩스 (02)541-8249 | 이메일 bookfolio@mirae-n.com
홈페이지 www.mirae-n.com

ISBN 979-11-6233-886-5 03850

「이 도서의 국립중앙도서관 출판시도서목록(CIP)은 서지정보유통지원시스템 홈페이지
(http://seoji.nl.go.kr)와 국가자료공동목록시스템(http://www.nl.go.kr/kolisnet)에서
이용하실 수 있습니다.(CIP제어번호: CIP2018031076)」